더러운
페미니즘

14

민음의 비평

더러운
페미니즘

심진경 평론집

'더러움'이 자긍심이 되도록

더러운 페미니즘. 마치 황색 저널의 헤드라인을 연상케 하는 말이다. BBC 서울 주재 특파원이었던 로라 비커는 몇 년 전 올림픽 양궁 금메달리스트 안산 선수를 둘러싼 이른바 '페미' 논란에 대해 이런 트윗을 남겼다. "한국에서는 어떤 이유인지 '페미니즘'이라는 말이 더러운 단어가 됐다." 그녀는 이제 한국에서 '페미니스트'(줄여서 '페미')가 금지어이자 혐오스러운 정체성의 이름이 되었음을 알리고 있었다. 지난 2022년 대선에서 '페미'가 보수와 진보 양 진영 모두에서 묻으면 큰일나는, 문자 그대로 더러운 단어로 취급받았던 것을 상기해 보면 이는 과장만은 아닌 듯하다. 이제 페미니스트는 인터넷 자경단에 의해 강제로 '아웃팅'되거나 스스로 용기 내 '커밍아웃'해야 하는, 선뜻 밝히기 어려운 정체성의 이름으로 취급받는 것 같다.

지난 몇 년 간 한국의 페미니즘은 새롭게 리부트되었다. 예술계에 만연한 성폭력을 고발한 '#○○계 성폭력' 운동과 'MeToo' 운동, 인터넷에 만연한 여성혐오 논리를 미러링함으로써 '여혐'의 문제를 폭로하는 '메르스 갤러리'의 퍼포먼스 등이 있었다. 그러나 국내 최대 불법 성폭력 음란 사이트인 '소라넷' 폐지 청원 운동에도 앞장섰던 '메갈리아'는 '남혐'

을 주도하는 극렬 페미니스트로 낙인찍혀 곧바로 혐오와 거부의 이름이 되었으며, 우리 사회를 강타한 성폭력 고발 운동은 이후 생산적인 논의로 이어지지 못한 채 물밑으로 가라앉았다. 그 자리에 도래한 것은 거대한 백래시의 물결이었다. 그리고 이 과정에서 '페미니스트'는 자기들만의 이익을 위해 행동하는 극성맞은 이기적 여성들을 가리키는 말로 통용되었다. '페미니스트'는 이제 2000년대 초반의 '꼴페'(꼴통 페미니스트)와 2010년대 '메갈'을 거쳐 아무런 수식어나 대체어 없이도 그 자체로 '더러운' 단어가 되어 버린 듯하다.

'나는 페미니스트입니다.'라는 당찬 선언은 "너 페미니?"라는 낙인찍기의 폭력으로 급박하게 뒤바뀌어 갔다. 그리고 이런 반동의 물결은 착잡하고도 복잡한 의문을 불러왔다. 예컨대 이런 것. 지난 수십 년간 페미니즘 연구가 폭발적으로 증가하고 페미니즘 실천 운동이 여러 갈래로 나뉘면서 오랫동안 지속되었음에도 왜 우리는 여전히 낡은 젠더 이분법의 프레임에 갇혀 똑같은 얘기를 지루하게 반복하고 있는가? 왜 '여성'이라는 개념에 의문을 제기하지 않고, 왜 '남성'이라는 존재를 단일하게 사유하는가? 남성과 여성이 자연스러운 범주가 아니라는 사실은 왜 여전히 받아들여지지 않는가? 왜 다른 성에 대해서는 사유하지 않는가? 왜 우리는 성의 차이에 대해 공포와 혐오로만 반응하는가? 왜 '다름'에 대해 이야기하는 우리의 언어는 이토록 빈곤하고 상투적인가? 오드리 로드가 주장하는 '차이로부터 나오는 역동적 힘'은 왜 이리도 요원한가?

이미 많은 페미니스트가 반복해서 주장했듯 페미니즘은 '여성들을 위한 집단적 모험인 동시에, 남성들과 다른 모두를 위한 것'이기도 하다. 게일 루빈의 말처럼 "궁극적으로 철저한 페미니즘 혁명은 단지 여성을 해방하는 것 이상일 것이다. 그것은 성적 표현의 형태들을 해방할 것이며, 인간의 인격을 젠더라는 구속복으로부터 해방할 것이다." 페미니즘에서 여성이 모든 문제를 해결하는 만능키도, 모든 것을 포용하는 절대적 정체성도 아닌 이유다. 물론 남성 중심적인 문화에서 여성은 여전히 '퀴어'한 성이지만, 그렇다고 해서 여성이 언제나 옳은, 윤리적 정언명령이 되는 것은 아니다. 여성이 퀴어해지려면 성에 관한 클리셰와 고정관념의 유혹에서 벗어나 겸손한 자세로 서로의 차이를 성찰하고 자신의 정체성 역시 비판할 줄 알아야 한다. 그런 점에서 '나는 페미니스트입니다.'라는 정체성의 선언은 결코 여성이라는 젠더로만 환원될 수 없는, 자신이 처한 성적·경제적·정치적 지형들 속에 복잡하게 얽혀 있는 자기에 대한 새로운 질문이어야 한다. 그래야만 정체성과 관련된 논의는 폐쇄적이거나 배타적이지 않은, 풍성하고 복잡하고 개방적인 작업일 수 있다.

'더러운 페미니즘'이 새로운 의미의 맥락을 이루는 것은 바로 그런 때다. 페미니즘은 이제 '오염'을 자기의 것으로 기꺼이 받아들여야 한다. 그때야 비로소 '더러움'은 페미니즘의 새로운 전환의 계기로 역전될 것이다. 페미니즘 운동의 주체를 생물학적 여성 혹은 남성 중심적 필드 속에서 구성된 여성에만 제한하지 않을 때, 페미니즘 운동이 다른 소수자들과 연대할 때, 기존의 여성 주체를 해체하고 새로운 복수의 여성을 만들기 위해 노력할 때, 남성에게도 새로운 주체성을 구축할 수 있는 다양한 가능성을 열어 줄 때, 그리하여 여성 억압만이 아니라 다른 모든 종류의 억압과 차별, 소외, 폭력에 저항하는 혁명이 될 때, 그럴 때 페미니즘 앞에 붙은 '더러운'이라는 수식어는 수치심이 아닌 자긍심을 불러일으키는 단어가 될 것이다. 그리고 바로 그 순간 조롱과 경멸, 혐오로 오염된 정체성은 새로운 혁명적 주체의 이름이 될 것이다.

이 책에 묶은 글들은 크든 작든 이런 문제의식 아래 씌어진 비평이다. 1부에는 미투 운동 이후 다시 소환되고 있는 페미니즘 미학과 정치학에

1   게일 루빈, 임옥희·조혜영·신혜수·허윤 옮김, 『일탈』(현실문화연구, 2015), 135쪽.

대한 내 나름의 해석과 비판적 논의들을 담았다. 이 과정에서 새삼 확인한 것은 젠더에 대한 고정관념(남성과 여성, 혹은 여성과 남성이라는 이분법적 프레임)이야말로 여전히 페미니즘 문학이 직면한 문제들의 근본 원인이라는 사실이다. 페미니즘이 단일하지 않음은 이미 오래전 너무도 분명한 사실이 되었는데도 왜 우리에게 페미니즘의 선택지는 하나처럼 느껴질까? 페미니즘 표준 약관 같은 것은 없는데도 말이다. 이런 문제의식의 일단이 1부의 글들을 관통한다. 여기서는 다양하게 변화하는 복수의 페미니즘들 그리고 젠더, 퀴어, 트랜스와 결합하면서 더 풍성한 문학적 언어와 서사를 생산하고 있는 새로운 문학적 주체들의 양상을 살핀다. 2부는 폭력과 여성 섹슈얼리티에 관한 글들로 이루어져 있다. 여성과 폭력의 결합은 여전히 낯설거나 거부감을 불러일으키는데 반해, 여성과 성(性)의 결합은 쉽게 자극을 느낄 법한 익숙하고 상투적인 세계를 연상시킨다. 그러나 그게 전부가 아니다. 여기서 다루는 소설들은 일상적 삶에 만연한 폭력과 성이 어떻게 '여성'을 매개로 결합하고 중첩되면서 순환하는지를 폭로한다. 3부에는 여전히 자기만의 '문학-하기'를 실천하면서도 늘 새로운 문학적 긴장을 고조시키는 작가들에 대한 글을 모았다. 단언컨대 이 작가들의 작품을 통과하면서 21세기 한국문학의 장은 더 풍성해졌다.

4부에는 식민지 시대를 대표하는 여성 작가들에 대한 글을 묶었다. 한국 근대 문학의 형성 과정에서 '여성'이라는 개념이 어떻게 극단적으로 상반된 이미지에 갇혔는지, 당시 여성 작가들이 이러한 재현의 틀을 벗어나 어떻게 자기만의 문학을 하려고 했는지, 그러다가 어떻게 미치거나 죽거나 살아남았는지에 관한 얘기들이다. 5부의 글들은 리뷰와 작품해설, 그리고 인터뷰가 주를 이룬다. 길지 않은 글들이지만 읽고 쓰는 사람으로서의 고민과 부담은 여느 글과 다르지 않았다.

어찌어찌 이렇게 네 번째 평론집까지 왔다. 이렇게 오래 썼는데도 여전히 글을 쓰는 일은 어렵다. 돌이켜보면 단 한 번도 일필휘지한 적이 없었다. 내 안에서 들끓던 문학적 열정과 의지는 꺼내 놓고 보면 초라했고 문학 천재도 아닌 주제에 글을 쓰기 위해 몸과 마음을 다해 애쓰지도 않았다. 그동안 쓴 글들을 보니 후회가 앞선다. 그럼에도 이만큼이라도 쓸 수 있었던 건, 원고 마감을 훌쩍 넘긴 내 원고를 인내하며 기다려 주고 때론 채찍질로 독려해 준 편집자 선생님들 덕분이다. 깊이 감사드린다.

차례

1부

새로운 페미니즘 서사의 정치학을 위하여

1 #성폭력과 한국문학

2017년 세계는 할리우드를 발칵 뒤집어 놓은 성폭력 폭로 사건으로 떠들썩했다. 거물급 영화 제작자인 하비 와인스타인이 배우들을 비롯해 회사 직원, 영화 스태프 등을 수십 년간 성추행 및 성폭행해 왔다는 사실이 폭로되었다. 이런 폭로는 할리우드를 넘어 미국 전역에서 자신들의 성폭력 피해 경험을 폭로하는 '미투(MeToo)' 운동으로 번지고 있다. 흥미롭게도 이 사건은 성폭행의 대상이 사회초년생 혹은 초심자에 집중되었다는 점에서 2016년 한국 문단을 떠들썩하게 했던 '#문단 내 성폭력' 해시태그 운동을 연상시킨다. 이를 통해 터져 나온 폭로와 고백의 내용을 정리해 보면, '나이 든-선생인-유명한-남성 작가'가 '젊거나 어린-제자인-등단하지 않은-여성 독자'를 성폭행한 경우가 대부분이다.[1] 각 분야에 입

---

[1] 대학 입시생에서부터 등단 준비생, 갓 등단한 젊은 시인, 출판계 젊은 여성 편집자에 이르기까지 문단 안에서 '문학의 이름으로' 광범위하게 그리고 끈질기게 지속되어 온 문단 내 성폭력 문제를 고발한 『참고문헌 없음』(참고문헌 없음 준비팀 엮음, 2017)은, 성폭력 가해자와 피해자가 성별,

문하는 젊은 여성들에게 이러한 성폭력 경험이 집중된다는 점에서, 성폭력은 초심자인 젊은 여성의 입사 절차처럼 여겨질 정도다.[2] 그러나 동종 업계에 종사하는 나이 든 남자가 어린 입문자 여성을 성적으로 착취하는 스토리는 이미 다양한 서사적 재현물을 통해서, 입에서 입으로 떠도는 소문을 통해서, 술자리의 은밀한 성적 농담으로, "이야기의 클리셰"[3]처럼 광범위하게 유포되고 익숙하게 소비되어 오지 않았나? 그런데 여성에 대한 성폭력 문제가 왜 이토록 강력한 사회 정치적 이슈로 뜨겁게 타오르는가?

2016년부터 이어져 온 성폭력 해시태그 운동에서 주목되는 건 두 가지다. 하나는 성폭력 피해자의 즉각적이고 직접적인 폭로가 행해지고 있다는 점이고, 다른 하나는 성폭력 피해에 대한 폭로가 개별적이거나 특수한 방식이 아니라 집단적이고 보편적인 형태로 이루어지고 있다는 점이다. 사실 성폭력 피해자는 자신의 경험을 다른 사람에게 털어놓기를 주저한다. 우리 사회는 성폭력 피해 여성에게 호의적이지 않은데, 그 이유는 여성의 성폭력 피해 경험을 보통의 성 경험과 동일시하기 때문이다. 성폭력 피해 경험을 가까운 가족에게 털어놓아도 "어디 가서 말하지 마라, 네 행실만 의심받고 아무도 믿어 주지 않는다."[4]라는 말만 돌아올 뿐이다. 많은 경우 여성의 성폭력 피해 경험이 비밀에 부쳐지고 개별 여성이 감당해야 할 고통으로 받아들여지는 것은 그 때문이다. 순결 이데올로기가 더 이상 유효하지 않으며 이 말 자체가 사어(死語)가 된 지금 이 시점에서도

경력, 사회적 지위, 나이 등에 따라 위계화된 관계 안에서 만들어져 왔음을 잘 보여 주었다.

2 이에 대해 오혜진은 다음과 같이 설명한다. "이건 어떤 분야든 젊은 여성이 사회에 진입할 때 겪는 성폭력의 경험이 그야말로 '보편적'이고 '구조적'이라는 뜻이다." 오혜진, 「'페미니스트 혁명'과 한국문학의 민주주의」, 『참고문헌 없음』, 240쪽.

3 강화길, 『다른 사람』(한겨레출판, 2017), 332쪽.

4 김소연, 「가해자의 리그에서」, 『참고문헌 없음』, 191쪽.

'깨진 유리 그릇', '걸레' 등과 같은 표현이 여성에게만 적용되는 것은 여성의 성 경험에 대한 우리 사회의 인식이 크게 바뀌지 않았음을 암시한다. 비록 그 경험이 강제적 폭력에 의해 이루어진 것이라고 해도 말이다. 그런 점에서 전 세계적으로 이루어지고 있는 성폭력 피해 여성의 폭로는, 남성 중심적으로 구획되고 위계화된 '좋은'/'나쁜' 여성의 구분을 해체하고, 나아가 자신들을 비정상으로 낙인찍는 가부장제적 질서 그 자체를 심문하는 행위라고도 볼 수 있다.

그리고 2016년부터 이어진 성폭력 피해 여성의 폭로와 고발은 집단적·연쇄적으로 이루어진다는 점에서 이전의 방식과는 확연히 다르다. 여성의 성폭력 피해 사실에 대한 폭로가 집단적으로 이루어짐으로써 강간과 성추행, 성희롱은 몇몇 개인들에게 발생하는 예외적인 사건이 아닌, 오랫동안 한 성이 다른 성에게 일상적으로 가하는 부당한 폭력과 지배의 표현으로 의미화된다. 이는 성폭력 피해자들의 이야기가 쌓일수록 아이러니하게도 개별 피해 여성들의 이름이 익명화되고 전체 발화의 효과는 더 강렬해지는 현상을 통해서도 확인할 수 있다. 개인의 미숙함과 실수의 결과로 여겨지던 문제와 갈등이 사실은 사적인 게 아니라 비슷한 사회적 위치에 처한 많은 여성들이 공통으로 경험하는, 사회적으로 만들어진 갈등이자 모순이라는 사실을 인식하게 되는 이러한 집단성의 경험이야말로, 여성에게 자신의 성폭행 피해 경험을 드러낼 수 있게 하는 토대가 된다.

때로 어떤 공통적 경험은 작가의 상상력과 언어를 그 이전과는 완전히 다른 것으로 변화시킨다. 세월호 참사 이후 작가들의 상상력 지도가 달라진 것처럼 성폭력 고발 사건 또한 남성과 여성의 관계에 대한 재현의 방법에 모종의 변화를 가져왔을 것으로 짐작된다. 특히 2016년부터 SNS를 중심으로 전개된 성폭력 고발 운동을 연상시키는 강화길의 장편소설 『다른 사람』, 남녀 간의 사랑의 불가능성을 다룬 그의 몇몇 단편들, 근친에 의한 친밀한 성폭력의 문제를 다룬 최은미의 「눈으로 만든 사람」(『눈으로 만든 사람』, 문학동네, 2021), 최은영, 천희란의 레즈비언 서사, 내면을 거세한 채 사회 정치적 탐구 대상으로서 한국 사회에서 차별받는 여성의 삶을 표준적으로 제시한 조남주의 장편소설 『82년생 김지영』(민음사, 2016) 등은 분명 이전의 1990년대 여성문학과는 완전히 다르다. 이 글에서는 그중에서도 특히 성폭력 문제에 초점을 맞춘 강화길의 소설을 중심에 놓고 최근 여성문학의 성 정치가 갖는 문제 지점을 두루 검토해 보려고 한다.

2 '어쩌면 사랑'의 논리

여기서 미리 말해 두고 싶은 게 있다. 그 남자가 광기에 휩싸여 있었거나 선천적으로 악한 마음을 가진 사람은 아니라는 점이다. 그저 남보다 더 많은 열정과 신명을 가지고 있었을 뿐이다. 앞으로 그 남자가 그 여자에게 어떤 일을 하든, 그건 모두 그의 열정이고 신명이고, 어쩌면 사랑이었을 거라는 점이다. 그 일이 어떤 가혹한 것이든 간에.[5]

김형경의 장편소설 『세월』(초판 1995)의 일부다. 여기서 '그 여자'는 '그 남자'가 "어떤 가혹한" 일을 하더라도 그것은 모두 "그의 열정이고 신명이고, 어쩌면 사랑"이라고 말한다. 열정이고 신명이자, "어쩌면 사랑"일지도 모르는 그 '가혹한 일'은 도대체 무엇인가? 그것은 성폭행이다. 술에 취한 여자 후배를 여관으로 끌고 가 강압적으로 성관계를 갖고 이후 자신을 피하는 여자 후배를 스토킹하면서 일방적으로 결혼을 약속하는 남자의 행동이 '성폭행'이 아니라면 무엇인가? 그러나 소설에서 이는 성폭행으로 적시되지 않는다. 오히려 소설은 주인공 여성이 어떻게 외부의 폭력

---

5   김형경, 『세월 1』(사람풍경, 2012), 415쪽.

과 부딪히면서 왜곡된 성 정체성을 갖게 되었는지, 나아가 그로부터 벗어나기 위해서는 어떤 치유와 극복의 방법이 필요한지에 집중한다. 소설에서 제시된 치유와 극복의 방법은 바로 자전적 글쓰기와 '세월'이다. 특히 주인공은 "시간이 퇴적층처럼 쌓여 정신을 기름지게 하고 사고를 풍요롭게 하는, 바로 그 세월"을 통해 과거에는 이해하지 못했던 "세상의 이치"를 이해하게 된다. 그것은 바로 '그 남자' 또한 우리 사회의 잘못된 성 문화와 성 관념의 피해자일 수 있으며, '그 남자'의 행위는 왜곡된 방식이긴 하지만 "어쩌면 사랑"일는지도 모른다는 것이다!

이 '남자도 피해자'와 "어쩌면 사랑"의 논리는 성폭력에 대응하는 지난 시절의 방식을 함축적으로 보여 준다. 노동운동, 민족운동, 민주화운동과 같은 거대 담론의 맥락 속에서 '성폭력' 문제는 직접적·물리적으로 폭력을 행사한 가해자 남성에게 집중하기보다 오히려 여성에 대한 폭력을 더 큰 차원의 억압에 의해 발생하는 것으로 일원화하는 경향이 있었다. 그리하여 "피해자 여성의 대립 항은 군사독재나 여타 지배 세력으로 상정되었으며 남성의 주체 위치나 행위성과 연관된 권력은 끊임없이 미끄러지고 시야에서 사라져 버렸다."[6] 거기에다가 1990년대 여성문학에서 재현된 '성폭력' 문제는 여성-피해자의 불안정한 내면 심리에 집중함으로써 사회적 범죄로서의 성격은 탈색된 채 내밀한 사적 영역에서 벌어지는 지극히 주관적인 문제로 간주된 경향이 강하다. 그 해결 또한 사적인 차원에서만 이루어진다.[7] 그럴 때 여성의 성폭력 피해 경험은 사건으로서의 구체성과 실체성을 상실한다. 그 대신 폭력적인 외부 세계로부터 상처받은 연약한 내면만이 전경화된다. 이들 소설에서 성폭력 문제가 공적 영역

---

6   신상숙, 「젠더, 섹슈얼리티, 폭력—성폭력 개념사를 통해 본 여성 인권의 성 정치학」, 《페미니즘
     연구》 8권 2호(한국여성연구소, 2008), 112쪽. 이혜령, 「빛나는 성좌들: 1980년대, 여성해방문
     학의 탄생」, 《상허학보》 47집(상허학회, 2016), 440쪽에서 재인용.

과의 연관성을 박탈당한 채 사사화(私事化)되고 만 것은 이 때문이다.

『세월』을 지배하는 "어쩌면 사랑"의 논리 또한 마찬가지다. 이 소설은 표면적으로는 전형적인 멜로드라마적 삼각 구조로 이루어져 있다. 무슨 수단을 써서라도(그것이 성폭력이라도) 사랑하는 여자를 소유하고야 말겠다는 남자, 그런 남자의 열정에 굴복할 수밖에 없는 여자, 그런 여자를 멀리서 바라보기만 하는 또 다른 남자. 결국 '그 여자'는 '그 남자'의 연인이 되어 7년간 그 관계를 지속하다가 '그 남자'의 외도로 헤어지게 된다. 왜곡된 사랑일망정 이 소설 속 남녀 관계는 사랑의 서사 문법(광포한 열정, 굴복, 이루어질 수 없는 사랑, 배신, 이별)을 중심으로 직조된다. 물론 이 "어쩌면 사랑"의 논리가 시종일관 매끄럽게 유지되는 것은 아니다. 이제는 30대 중반이 된 '그 여자'는 어린 시절 엄마에게 들었던 '선녀와 나무꾼' 이야기를 "최초의 성폭행 서사"로 해석하거나, '그 사건'이 있었던 1978년에는 '성폭력 상담소'가 없었다는 사실을 환기함으로써 '그 남자'의 "어쩌면 사랑"이 사실은 성폭행이었음을 우회적으로 폭로하기 때문이다. 그러나 결국 '그 여자'는 소설이 끝날 때까지 자신의 경험을 '성폭행'이라는 단어로 표현하지 않는다. 아니, 못 한다. 그 대신 '그 사건'은 "척락감"(拓落感, 어렵거나 불행한 환경에 빠짐)이라는 다소 이해하기 어려운 단어로 에둘러 표현될 뿐이다.

---

7 예컨대 조경란의 「불란서 안경원」(1996)이나 하성란의 「악몽」(1999) 같은 소설에서 성폭행은 다소 모호하게 서술되고, 피해 여성 또한 자신이 어떤 일을 겪었는지 명확하게 인지하지 못한다. 혹은 신경숙의 「베드민턴 치는 여자」(1992)에서처럼 여성은 성폭행을 당한 뒤 일시적이나마 욕망의 주체이고자 했던 자신을 학대하는 자기 징벌적 태도를 드러내기도 한다. 내면의 상처를 '검은 선글라스'로 가린 채 세계와의 소통을 완강히 거부하는 「불란서 안경원」 속 '그녀', 가해자로 짐작되는 남성을 유혹한 뒤 등에 가위를 꽂음으로써 개인적 차원에서 복수극을 완성하는 「악몽」 속 '여자', 성폭행을 당한 뒤에 사면이 막힌 포클레인 안에 들어간 다음에야 비로소 "안심이 된다는 표정"을 짓는 「베트민턴 치는 여자」 속 '그녀'. 이들은 모두 성폭력 문제를 지극히 주관적이고 사적인 차원에서 해결하거나 자폐적 영역으로 도피함으로써 회피하고자 한다.

지금의 관점에서라면 비교적 자명해 보이는 '그 남자'의 성폭력 행위를 왜 '그 여자'는 끝까지 성폭력이라고 말하지 못했던 것일까? 한국에서는 1994년 성폭력특별법이 제정되었고, 1997년에야 비로소 '가정폭력방지법'이 제정됐다.[8] 분명한 것은 어떤 행위와 사건을 성폭력으로 해석하기 위해서는 "이성애 관계를 유지시키는 성별 권력, 사회·경제·문화적 조건, 그 안에서 살고 있는 '구체적인' 여성/남성의 섹슈얼리티 경험을 그들의 목소리를 통해 분석해야 한다."[9]는 점이다. 소설에서 '그 여자'의 불안정하고 자기 비하적인 여성으로서의 정체성은 순결 이데올로기와 이성애 중심의 성차별 이데올로기를 당연시하는 성도덕과 성 관념의 한계 안에서, 그리고 남성의 성폭력 행위를 격렬한 구애로 해석하게 만드는 왜곡된 사랑의 서사 속에서 극단적인 수동성과 무기력함을 내면화함으로써 완성된다. '그 여자'가 성폭행을 성폭행이라고 말하지 못하는 데에는 저간의 사정이 있었던 것이다.

3 불안은 로맨스를 잠식한다

그렇다면 지금은 어떤가? 인정사정없이 거침없는 폭로를 이어 가는 트위터리안, 일베를 미러링하면서 막말 배틀을 벌이는 메갈리안을 떠올린다면 아마 과격하지만 주체적이고 능동적이며 성폭행 문제 앞에서도 당당할 것 같은 여성을 떠올릴 수도 있겠다. 그래서 어쩌면 지금의 도전

8 　권김현영, 「여성주의 인식론과 반성폭력 운동: 정체성의 정치를 넘어」, 한국성폭력상담소 기획, 이미경 외, 『성폭력에 맞서다: 사례·담론·전망』(한울아카데미, 2009), 247쪽.

9 　변혜정, 「성폭력 '경험들'에 대한 단상―「성폭력 행위와 피해 의미의 틈새」, 한국성폭력상담소 기획, 변혜정 엮음, 『섹슈얼리티 강의, 두 번째』(동녘, 2006), 179쪽.

적이고 적대적인 영(young) 페미니스트는, 스스로를 성적 주체로 선언하고 새로운 사랑의 서사를 구축하고자 했던 1990년대 여성문학의 주인공을 떠오르게 할지도 모르겠다. 그러나 아이러니하게도 1990년대 '성적 욕망의 주체로서의 여성' 담론은 더 이상 유효하지 않다. 김별아와 송경아의 소설에 나타나는 젊은 여성의 성적 모험담, 전경린, 서하진, 차현숙 등의 불륜 서사는 지금의 젊은 여성 작가들에게 더 이상 시도되지 않는다. 그들에게 성은 이제 저항의 도구도 해방의 계기도 아닌, 공포와 혐오의 대상에 불과하다. 모든 여성이 싸잡아서 '김치녀'로 호명되고 여성을 대상으로 한 성범죄(강간, 데이트 폭행, 데이트 살인, 이별 살인, 그냥 무차별적 살인) 기사를 거의 매일 접하면서 어떻게 여성이 남성과의 낭만적 사랑을 상상할 수 있겠는가? 남자 친구와의 섹스가 몰카 동영상과 리벤지 포르노가 되어 인터넷 음란물 시장을 돌아다니는 상황에서 남성과의 섹스는 공포가 아니겠는가? 강화길의 「호수 ― 다른 사람」에 등장하는 다음의 에피소드는 이런 여성의 공포를 잘 보여 주는 예다.

"저기, 연락처 좀 알 수 있을까요?"

남자는 그녀가 너무 마음에 들어서 술집에서부터 따라왔다고 말했다. 중간에 말을 걸 틈이 없어서 여기까지 왔다고. 그녀는 고개를 저었다.

"안 돼요? 제가 마음에 안 드세요?"

남자가 말했다. 그녀의 집은 십오 층이었고, 이제 겨우 오 층이었다. 그녀는 숨이 막혔다. 남자는 키가 크지는 않았지만, 운동을 많이 한 사람처럼 팔뚝이 무척 굵었다. 단단해 보였다. 그녀는 더듬거리며 자신의 전화번호를 말했다. 남자가 씨익, 웃으며 들고 있던 핸드폰에 숫자를 입력했다. 그리고 통화 버튼을 눌렀다. 그녀의 핸드폰이 울렸다.

"지금 뜨는 번호가 제 번호예요."[10]

엘리베이터 안에서 여성을 성폭행하는 사건이 빈번하게 일어나는 상황에서 이 남자의 행위는 과연 열정적 사랑의 기호로 해석될 수 있을까? 남성의 관점에서 마음에 드는 여자를 쫓아가서 전화번호를 물어보는 행동은 어쩌면 사랑을 쟁취하기 위한 남자의 용기와 박력으로 보일 수도 있겠다. 그러나 밀폐된 공간에 모르는 남자와 함께 있는 여성의 입장에서 그것은 공포를 불러일으키는 폭력 행위나 다름없다. 그럴 때 남자의 '운동으로 다져진 단단한 몸'은 성적 매력과는 거리가 먼, 여성에게 폭력에 대한 공포를 불러일으키는 대상에 불과하다. 지배와 복종의 메커니즘을 중심으로 작동되는 남성 지배적 상황에서 구애와 폭력을 구분하기는 쉽지 않다. 예컨대 합의에 기반한 비폭력적 성관계가 때로는 폭력의 형식을 띠기도 한다. 거친 숨소리, 전투적 태도, 강한 저항과 거부, 굴종과 정복 등의 어휘들은 열정적 사랑을 표현하기 위해 동원되기도 한다. 실제로 많은 대중 매체에서 재현되는 성관계는 이러한 폭력의 수사학에 익숙하다. 여자의 옷은 자주 찢기고 육체는 함부로 내던져진다. 이것은 난폭한 사랑인가, 성폭행인가? 아니면, 불편한 상황에서 원치 않는 남성의 구애에 못 이겨 하룻밤을 보낸 뒤 설명할 수 없는 불쾌감을 느끼는 여성에게 그 관계는 동의된 것인가, 강제된 것인가? 최근 젊은 여성 작가들의 작품에서 이성애적 사랑이 부재하거나 불가능한 것으로 재현되는 것은 이런 상황과 무관하지 않다.[11] 그런 맥락에서 최은영, 천희란, 박민정의 레즈비언 서사에서 시도되는 여성 간의 낭만적 사랑 이야기는 어쩌면 남자와의 사랑

---

10 강화길, 「호수 ─ 다른 사람」, 『괜찮은 사람』(문학동네, 2016), 34~35쪽. 이후 소설 인용 시 쪽수만 표기한다.

11 어쩌면 이는 사랑에 관한 논의가 관념적 유형(ideal type)으로만 얘기되어 온 것에 대한 저항 혹은 그러한 이상의 파탄을 적나라하게 드러낸 것으로 볼 수도 있다. 앞으로 세분화되고 다양한 개별 사례들의 문학적 집적을 통해 성폭력에 대한 문제 제기는 지금보다 더 정교하게 의미화의 영역 안으로 들어올 수 있을 것으로 본다.

을 공포로 받아들이는 시대의 불가피한 징후일지도 모른다.

이성애적 관계에서 젠더 불균등을 탐구하는 강화길의 일련의 소설은, 사랑의 문법과 표현 방법, 행위의 의미가 젠더에 따라 다른 상황을 통해 남녀 간의 관계가 낭만적 사랑 서사로 귀결되지 못하는 이즈음의 현실을 예민하게 보여 준다. 그 중심엔 여성의 불안감이 있다. 「호수 — 다른 사람」에서 이러한 불안의 원인은 일차적으로 여성에 대한 폭력이 만연한 현실이다. 전 남자 친구에게 데이트 폭력을 당한 경험이 있는 '나', 누군가에게 폭행을 당해 의식불명 상태인 친구 '민영', 남편에게 머리가 다 뽑혀 머릿수건을 쓰고 호숫가에서 빨래를 하는 '미자네', 엘리베이터, 버스, 지하철 등에서 빈번하게 발생하는 성범죄에 관한 소문들. 여성에 대한 폭력은 그렇게 익숙한 공간에서 익숙한 대상에 의해 일상적으로 발생한다. 친밀하고 익숙한 존재가 돌연 공포스럽고 낯선 존재가 될 수 있다는 불안감은 남녀 간의 로맨스를 미스터리와 호러로 바꿔 버린다. 겉보기에 완벽한 그 남자는 정말 믿을 만한 사람인가? '괜찮은 사람'인 줄 알았는데 짐작과는 '다른 사람'이면 어쩌나? 강화길의 단편소설에서 이러한 여성의 불안감이 압축되고 집약된 공간은 바로 '호수'와 '초록기와집'이다. 우선 '호수'로 가 보자.

이미 많은 사람이 오갔다. 그들이 매번 아무것도 찾지 못한 건 아니었다. 다만 민영이 두고 온 것을 찾지 못했을 뿐, 항상 무언가를 건져 올리긴 했다. 정체를 알 수 없는, 그러니까 어디서 어떻게 오게 된 건지 알 수 없는 물건들이 많았다. 목걸이. 귀걸이. 머리카락. 물에 불은 편지. 풀 수 없는 굵은 매듭. 핸드폰. 오르골. 고양이의 뼛조각. 누군가의 옷. 이제 더는 누군가의 일부였다고는 상상할 수 없는 잡다한 물건들. 이 호수는 얼마나 많은 사람의 사연을 얼마나 깊이 담고 있는 걸까.(36~37쪽)

누군가에게 맞아 의식불명 상태에 빠진 민영은 의식을 잃기 직전 "호수에 두고 왔어. 호수에."(13쪽)라는 말을 남긴다. 나는 민영의 남자 친구인 그에게 민영이 '두고 왔다는 물건'을 찾았다는 연락을 받고 그와 함께 호수를 향해 간다. 그 과정에서 소설은 대답하기 어려운 다양한 질문들을 던진다. 왜 나는 "예의 바르고 잘생겼을 뿐만 아니라 유머 감각도 좋아서 분위기를 잘 이끌"(15쪽)기도 했던 그와 함께 있는 시간이 불편한가? 사고가 나기 전날 만난 민영의 팔뚝에 있던 "푸르스름하고 동그란 멍자국"(25쪽)은 왜 생겼을까? 왜 그는 집요하게 민영이 자신에 대해 뭐라고 얘기했는지를 궁금해하는가? 혹 이 모든 의심이 '나'가 겪은 데이트 폭력 때문은 아닐까? 도대체 그는 좋은 사람인가, 무서운 사람인가? 소설에서 그의 정체는 그가 호수에서 찾았다고 짐작되는 물건의 정체("장도리 같아요.", "아뇨, 머리핀처럼 생겼어요.", 14쪽)처럼 모호하다. 장도리와 머리핀의 거리만큼이나 그는 극단적으로 상반된 해석의 대상이 된다.

작가는 그의 정체에 대해 명확한 해답을 제시하지 않는다. 다만 분명한 것은 사랑의 몸짓은 돌연 폭력에 대한 기억을 떠올리게 하고 사랑의 자취는 때로 폭력의 흔적으로 보이기도 한다는 사실이다. 이 소설에서 호수는 바로 그러한 은폐된 여성 폭력에 대한 기억의 저장고다. "강간을 당하고, 두들겨 맞고, 발가벗겨진 채로 발견되고, 여자의 거기에서 돌멩이가 후드득 떨어져 내리고……"(40쪽). 호수에 빠진 '나'가 순간적으로 떠올리는 이 폭력의 기억들은 우리가 일상적으로 접하는 여성 폭력에 관한 떠도는 이야기들이자 실제 여성들이 겪은 경험담이기도 하다. 그렇다면 결말 부분에서 모호하게 제시된 '나'의 "해야 할 일"이란 억압된 폭력의 기억들에 저항하는 몸짓인가, 아닌가? 「호수 — 다른 사람」속 '호수'는 이 모든 질문과 기억, 흔적들을 삼킨 채 아무런 대답도 없이 고요하다. 「괜찮은 사람」속 '초록기와집' 또한 마찬가지다.

"지난 일요일, 그가 나를 밀쳤다."(81쪽)라는 문장으로 시작되는 「괜찮은 사람」은 「호수 — 다른 사람」과 마찬가지로 '그'의 정체에 대한 의문('그는 자상한 로맨티스트인가, 아니면 치밀한 연쇄살인범인가.')으로 가득한 소설이다. 높은 연봉의 변호사이자 물려받은 재산이 많은 '그'와 넉넉하지 않은 집안의 맏딸인 '나'와의 만남은, 여러모로 백마 탄 왕자와 소박한 행복을 꿈꾸는 평범녀의 로맨스를 연상시킨다. 그러나 어둠 속에서 벌어진 단 한 번의 실수(?) 때문에 이제 나는 그와의 로맨스를 의심하기 시작한다. 그리고 한번 시작된 그에 대한 의심은 걷잡을 수 없이 커진다. 그가 '나'를 밀친 것은 실수일까, 고의일까. 왜 그는 경기도 외곽에 마련했다는 '초록기와집'에 내켜하지 않는 나를 악착같이 데려가려는 걸까? "무엇이든 정확하게 계획하고 실행하는 그"(101쪽)가 왜 고장 난 내비게이션을 고치지 않고 길을 잃게 된 걸까? '그 집' 주변에 있는 "폐업한 지 오래된" "도축장"(95쪽)과 그곳에서 만난 "고기 썩는 냄새"를 풍기는 남자는 누구인가? '그 집'의 창 너머에서 깜빡이는 "동그랗고 붉은 불빛"(99쪽)은 무엇인가? 나는 왜 이렇게 불안한가? 이 모든 불안과 의심은 다음 질문으로 수렴된다. "괜찮은 사람"인 '그'와 결혼하기 위해 '나'는 어떤 대가를 치러야 하는가? 「괜찮은 사람」은 신데렐라 스토리에 여성 연쇄 살인에 관한 잔혹 동화(예컨대 「푸른 수염」 같은)를 겹쳐 놓음으로써 로맨스 서사 이면에 감춰진 여성의 불안 의식과 공포감을 예리하게 드러낸다. 그럴 때 '초록기와집'은 '스위트홈'에 대한 기대와 '푸른 수염'에 대한 두려움이 교차되는 공간이 된다.

지금까지 살펴본 강화길의 두 단편소설에서 성폭행 문제는 직접 다뤄지지 않는다. 그럼에도 이들 소설은 여성의 이성애적 욕망이 어떻게 좌절되고 불가능해지는지를 보여 줌으로써 성폭행과 여성 살해가 만연한 지금의 현실이 문학적 상상력과 재현에 어떤 영향을 미치는지를 간접적으로 시사한다. 그 징후는 바로 침묵과 마비다. 이들 소설에서 남자 친구에게 (성)폭행을 당한 경험이 있는 여성들은 모두 침묵하거나 마비 상태다. 「호수 — 다른 사람」에서 의식불명 상태인 민영은 "시체"와도 같은 상태며, 나 또한 전 남자 친구에게 맞았을 때 "가만히 있었다". 하지만 민영과 나는 자신들의 폭력의 경험에 대해 침묵한다. 「괜찮은 사람」의 나 또한 마찬가지다. 나는 '그'와의 안정된 결혼 생활을 "가만히 있는 것, 움직이지 않는 것"으로, 그리고 그의 아내가 된 자신을 "도축장에 매달린 거대한 가축 하나"(101쪽)로 상상하기에 이른다. 이제 로맨스는 더 이상 호러와 구분되지 않는다. 일상을 공유하고 감정을 교류하는 관계에서 발생하는 친밀한 폭력은, 예측 불가능성과 그것의 훈육적 특성 때문에 많은 경우 여성의 육체를 위축·마비시켜 극단적 수동성과 무기력의 상태로 몰아간다. 그런 점에서 강화길 소설 속 '호수'와 '초록기와집'은 이렇게 마비된 여성의 종착지(죽음)이자 그러한 죽음들을 은폐하는 침묵의 도가니다.

4 '진정한' 페미니스트는 없다

강화길의 장편소설 『다른 사람』은 이들 단편소설과는 달리 2016년에 SNS를 중심으로 이루어진 성폭력 고발 운동에 대한 급박한 문학적 응답을 고발과 고백의 직접 화법을 통해 시도한다. 소설은 데이트 폭력 피해자인 주인공 '나'(진아)가 자기의 피해 경험, 즉 "그가 나를 때린 횟수, 폭언의 내용, 상처의 정도, 병원 진단서와 사진, 판결 내용까지"[12]를 인터넷에 올리면서 시작된다. 왜냐하면 성폭력 가해자이자 연인인 '이진섭'이 제대로 된 처벌을 받지 않았기 때문이다.

국가와 법이 여성을 보호하지 않는 현실에서 성폭력 경험의 폭로와 고

---

12 강화길, 『다른 사람』(한겨레출판, 2017), 23쪽. 이후 소설 인용 시 쪽수만 표기한다.

백은 스스로를 보호하기 위한 유일한 방법일 수도 있다. 그렇게 본다면 최근까지 이어지고 있는 성폭행 고발 운동은 피해 여성들의 자경(自警)과 자강(自强)을 위한 고육지책이나 다름없다. 문제는 이러한 SNS상의 폭로 와 고백이 두 가지 내용 증명을 요구한다는 점이다. 하나가 진술 내용의 신빙성이라면, 다른 하나는 진술자에 대한 신뢰다. 친밀한 관계에서 벌어 지는 폭력은 비공식적이고 은밀한 사생활의 영역에서 벌어지는 문제이기 때문에 입증이 어려울 뿐 아니라, 바로 그런 이유로 진술 내용의 신빙성 은 물론 진술자의 신뢰성도 보증되어야 한다. 이러한 점에서 "페미니즘의 투쟁에서 핵심 과제는 우선 여성을 신뢰할 만하고 경청할 만한 존재로 만 드는 것"[13]이다. 그러나 이 소설의 '나'는 인터넷상에서 갑론을박과 스캔 들의 대상이 되면서 '꽃뱀', '된장녀' 그리고 '헤픈 여자' 등으로 낙인찍히 고 그에 따라 진술의 신뢰성 또한 상실된다. 『다른 사람』에서 데이트 폭력 피해자로서의 나의 커밍아웃이 자기 존재 증명을 위한 여정으로 이어지 는 것은, 그런 점에서 당연하다.

성폭력은 "그 행위와 여성의 주체성에 따라 다르게 문제화되는 사회 구성물"[14]이다. 결국 어떤 사건이 성폭력이 되느냐 마느냐 하는 문제는 그 사건을 해석하고 의미화하는 사회적 맥락에 따라 달라질 수 있다. 결국 '나'는 현재의 경험 맥락에서 과거에 여성 섹슈얼리티를 둘러싼 소문('너 저분한', '싸구려')이나 개인적 미숙함과 실수('술 마신 내가 문제다.') 탓으 로 돌렸던 성폭행 문제'들'을 재해석하고 새로운 방식으로 이야기하기 시 작한다. 그렇게 '나'는 은폐된 여성 (피해) 서사를 폭로함으로써 여성 섹슈 얼리티에 관한 고정관념과 통념, 그리고 낡은 이야기를 해체하고 새롭게

---

13 리베카 솔닛, 김명남 옮김, 『남자들은 자꾸 나를 가르치려 든다』(창비, 2015), 19쪽.

14 변혜정, 앞의 글, 188쪽.

재배치할 수 있게 된다.『다른 사람』에서 그것은 새로운 서사적 욕망으로 귀결된다.

> 피해자인 유리는 이제 스스로 증언할 수 없으니까. 그러나 유리의 일기장을 복원하는 건, 단지 유리와 김동희 사이에 있었던 일을 밝히기 위해서만이 아니었다. 그건 하나의 조각이었다. 사방으로 흩어져 있는 유리 조각들. 깨지고 버려져 누구도 온전한 형태를 알아볼 수 없을 거라 생각한 낡은 조각들의 원래 모습. 나는 그걸 맞추는 중이었다. (⋯⋯) 김이영은 조심스러운 손길로 유리의 일기장을 받았다. 그녀가 유리의 일기장을 조심스레 펼쳤다. 바로 이 이야기가 시작된 순간이다. 그렇다. 뻔한 결말이다. 어차피 나는 이야기의 클리셰 같은 사람이다. 그렇지 않은가. 어디서나 만날 수 있는 사람. 어디에서나 벌어지는 일. 그렇게 대단하지도 엄청나지도 않은 사건. 그러나 언제나 존재해 왔던 사람. 이것이 나의 방법이다. 누군가에게 끝없이 편지를 쓰는 것, 혼자 책 속에 파묻히는 것, 있었던 일을 하나하나 기록하는 것처럼 내가 할 수 있는 어떤 모든 것.(331~332쪽)

소설에서 '나'가 자기 존재를 발견하고 자각하는 과정은 자신이 부정했던 여성들이 자기와 같은 강간 피해자라는 사실을 알게 되는 과정과 정확히 일치한다. 특히 '너저분한' 여자로 소문난 유리가 사실은 강간 피해자였다는 사실을 확인하는 과정은, 성폭력 피해자 여성을 스캔들의 대상으로 소비하고 여성의 성에 관한 고정관념을 반복하는 과거의 왜곡된 서사를 바로잡고 감춰진 진실을 폭로하는 일이다.『다른 사람』은 다소 혼란스럽고 두서없는 서술 시점과 복잡한 스토리라인, 분노와 자책 사이를 떠도는 강간 피해 여성들의 마음의 연설들을 거쳐, 간신히 새로운 이야기의 출발점이 될 "하나의 조각", 즉 죽은 유리가 남긴 일기장을 발견하기에 이른다. 그것은 한편으로는 "사방으로 흩어져 있는 유리 조각들"

의 "원래 모습"을 복원하기 위한 첫 번째 퍼즐 조각이지만, 다른 한편으로는 죽은 (혹은 침묵하는) 여성들의 목소리를 복원함으로써 남성 중심적으로 서사화된 성폭행 피해 여성의 이야기를 새롭게 만들기 위한 첫 번째 시도이기도 하다. 그리고 그 일기장은 현재 성폭행 피해 문제를 겪고 있는 김이영에게 전달되면서 또 다른 여성 (피해) 서사로 이어질 가능성을 열어 놓는다.

그러나 "뻔한 결말"과 "클리셰"라는 자기비판적 서술이 암시하는 것처럼, 이 이야기(『다른 사람』)가 새로운 여성 서사로 나아갈지는 의심스럽다. 이 소설이 '뻔한 결말'과 '클리셰'가 될지도 모른다는 우려에도 불구하고 작가가 이 소설을 쓴 이유는 무엇인가? 때로 이 소설은 여성에게 필요한 성폭력에 관한 정보와 지식을 전달하는 것처럼 보인다. 무엇이 성폭력인지, 성관계에서 동의와 강제는 어떻게 구분되는지, 친밀한 관계에서의 성폭력이 왜 더 문제가 되는지, 성폭력이 얼마나 끔찍한 범죄인지 등등에 관한 지식 말이다. 그런 점에서 이 소설은 매뉴얼 혹은 프로파간다에 근접한다.

또 하나. 소설에서 '나'는 유리와 수진이 자신과 마찬가지로 성폭력 피해자였다는 사실을 확인한 뒤 이들과 잠재적으로 연대한다. 그 과정에서 강간 피해 경험이 없는 존재들은 그 연대에서 배제된다. 그렇다면 작가는 성폭력 피해자만이 성폭력 문제에 대해 말할 수 있다고 생각하는 것인가? 가령 유리를 성폭행한 남자가 현규 선배가 아니라는 것이 밝혀졌음에도 불구하고 결국 수진은 현규 선배와의 별거를 선택한다. 이는 "정말 좋은 사람"이라고 하더라도 남자는 결국 여성과 연대할 수 없다는 뜻인가? 의문은 계속된다. 완결되지 않은 비문들과 정돈되지 않은 단상들의 나열은 '나'의 혼란스러운 심리를 있는 그대로 반영하려는 작가적 노력인가, 채여물지 않은 사고의 흔적인가?

작품이 불러일으키는 이러한 석연찮은 의문을 오로지 작가적 역량의

미숙함 탓으로만 돌리는 것은 단선적인 진단이 될 것이다. 오히려 이것은 지금의 페미니즘 운동이 안고 있는 어떤 문제의 징후라고 보는 것이 적절하겠다. 강화길의 소설은 한편으로는 영페미니즘 운동의 활력을 반영하면서도 다른 한편으로는 그러한 활력에 비례해서 늘어나는 논의의 소박함과 단순함의 한계를 그대로 드러낸다. 그리고 그 중심엔 '피해자 중심주의'와 '페미니스트 신원 조회'가 있다.

우선 피해자 중심주의란 강간 피해자의 경험은 축소하고 가해자의 언어만을 편향적으로 신뢰해 온 오랜 관행을 경계하고, 상대적으로 소외되어 온 피해자의 주장에 귀 기울이기 위해 대안적으로 고안된 것이다. 그러나 이미 몇몇 페미니스트들이 지적한 것처럼 피해자 중심주의는 성폭력 문제를 필연적으로 '성폭력 가해자 남성/성폭력 피해자 여성'이라는 오랜 젠더 이분법적 구조로 수렴시키고[15] 여성의 정체성을 오직 '피해자'로만 상상하게 한다는 점에서 재검토의 대상이 되고 있다.[16] 다 같은 성폭행 피해자라는 사실만으로 이전의 모든 갈등과 대립이 해소되어 하나의 대안적인 여성 연대를 구성하게 되는 『다른 사람』의 결말은 이런 맥락에서 문제적이다. 자기주장의 정당성이 피해 경험 여부를 통해서만 확보될 수 있다는 이 소설의 논리는 그 자체가 폐쇄적인 정체성 정치의 일면이다. 소설에서 이러한 피해자 중심주의는 적대적 세대론과 결합되어 '젊은' 여성의 정체성을 이중으로 피해자화한다. 그러나 주체를 설명하는 목록은 실제로는 얼마나 길고 다양한가? 심지어 『다른 사람』의 '나'조차도

---

15 이러한 젠더 이분법이 반성폭력 운동을 비롯한 페미니즘 운동의 한계로 작용할 수 있다는 지적은 이미 제기된 바 있다. 백지연, 「페미니즘 비평과 '혐오'를 읽는 방식」, 《창작과비평》 176호(창비, 2017), 25쪽 참고.

16 피해자 중심주의에 대한 좀 더 상세한 논의는 오혜진, 앞의 글과 권김현영, 「'2차 가해'와 피해자 중심주의」, 《허핑턴포스트》 2017년 3월 14일자 참고.

따지고 보면 단순히 피해자로서의 정체성만 있을 리 없다. 작가는 '나'에게서 '비트랜스, 이성애, 영(young), 페미니스트' 등등의 복합적 정체성[17]을 보지 않는다. 사실 피해자로서 여성은 비록 가시화되지는 않더라도 흔적, 증상, 침묵의 형태로 서로 교차하는 정체성'들'을 동시적으로 갖는다. 그러나 이 소설은 여성을 성폭행 피해자로서만 상상한다. 주체에 대한 그러한 단선적 상상은 역설적이게도 성폭행이 이루어지는 복잡한 사회 경제적 맥락을 거세한 채 성폭행 문제를 오직 성폭행 피해 당사자의 문제로만 제한하는 원치 않는 결과를 가져올 수도 있다.

성폭행 피해 여성만이 성폭력 문제를 말할 수 있고 이에 저항할 수 있다는 소설의 논리는 순정한 윤리적 주체에 대한 상상력을 촉발시킨다. 이는 지난해 성폭력 해시태그 운동 내부에서도 종종 발견되었다. 성폭력 피해 호소자의 고백에 근거해 끊임없이 '진정한' 페미니스트를 신원 조회하고 그런 페미니스트만이 발언권을 가질 수 있다는 태도는, 다른 사람을 비난할 때만 간신히 자기 자신을 정당한 주체로 상상할 수 있는 네티즌 심판관을 떠올리게 한다. 문제는 진정한 페미니스트 신원조회가 한편으로는 여성들 사이에 배타적 차이를 설정하고, 다른 한편으로는 그렇게 해서 만들어진 여성 공동체 내부의 차이를 삭제하는 이중의 방식으로 이루어진다는 점이다. 이러한 방식은 결국 폐쇄적인 자기만족적 게토로서의 여성 공동체에 대한 상상으로 귀결될 수밖에 없다. 이는 어떤 측면에서 동일성과 차이의 논리를 통해 배타적인 동성 사회적·남성 중심적(homo-social=homme-social)인 내부를 구성하고 이를 근거로 여성을 배제하는

17 루인, 「혐오는 무엇을 하는가」, 윤보라 외, 『여성혐오가 어쨌다구?』(현실문화, 2015), 194쪽. 이 글에서 루인은 구분과 배제의 방식을 통해 비트랜스 여성(이른바 이성애자 여성)의 범주를 구축함으로써 비트랜스 여성을 투명하고 자연스러운, 그래서 동질적인 범주로 상상하는 방식에 대해 비판적으로 사유한다.

전형적인 여성혐오 논리의 전도된 거울상이 되어 버릴 위험에서 자유롭지 않다. 페미니즘 서사의 정당성은 서술 주체를 재현 대상과 동일시함으로써 획득되지 않는다. 오히려 그러한 동일시에 대한 상상력이야말로 대상 자체의 실체성을 삭제하는 오류를 범할 수 있다. 그러니 '진정한 여성'[18]이 없는 것처럼 '진정한 페미니스트'도 없다.

강화길의 소설은 성폭력 고발 사건으로 전면화된 최근의 급박한 페미니즘적 이슈에 작가로서 적극적으로 개입하고 발언해야 한다는 요청에 대한 절박한 응답의 한 사례다. 그것은 문학이 폭력적인 여성혐오적 현실에 더 이상 눈감아선 안 된다는 절박한 자각의 소산이라고도 할 수 있다. 그럼에도 불구하고 그 개입의 방식이 현실에 대한 즉자적 반응의 방식이어선 곤란하다. 어쩌면 지금 중요한 것은 성폭력 사건을 있는 그대로 재현하는 일이 아닐지도 모른다. 게다가 비록 성폭행 사건과 성폭행 피해자가 '어디에서나 존재하고 어디서나 만날 수 있는 사람'이라 하더라도 "클리셰"와 "뻔한 결말"이 소설적 "방법"이 될 수는 없다. 중요한 것은 여성혐오적 현실에 대한 생경한 반영에 그치기보다 재현의 대상과 재현 주체 사이의 거리를 인정하고 재현의 한계를 인정하는 데서 출발하는 것이다. 성폭력의 현실이 있고 문학은 그것을 전달해야 한다는 식의 사고를 넘어서지 못하면 문학은 단순한 사건 보고서나 일기, 매뉴얼의 수준에서 한 걸음도 더 나아가지 못한다. 자신이 알고 있는 익숙한 세계를 동어 반복하

---

18 이 질문은 '누가 여성인가?'라는 트랜스섹슈얼의 질문을 떠올리게 한다. 1970년대 트랜스섹슈얼 레즈비언 가수이자 활동가였던 베스 엘리엇이 1973년 레즈비언 페미니즘 학술대회에 참석하려고 하자 페미니스트들이 그/녀를 '진짜 여성'이 아니라는 이유로 쫓아냈던 사건은, 한때 페미니스트의 트랜스포비아가 얼마나 심각한 문제였는지를 잘 보여 준다. 페미니즘 운동 내부에서 여성의 범주 문제는 이렇듯 상당히 복잡한 역사적, 사회적 과정을 거쳐서 제기되어 왔다. 이 문제에 대한 상세한 논의는 수잔 스트라이커, 제이·루인 옮김, 『트랜스젠더의 역사』(이매진, 2016), 158~172쪽 참고.

기보다 내가 모르는 나 바깥의 어둠에 한 줄기 빛을 비추려는 시도야말로 새로운 페미니즘 주체 위치들을 상상하고 실현하는 문학적 출발점이다. 페미니즘 서사의 의미 있는 문학적 공간은 그럴 때에야 비로소 가능해질 수 있을 것이다. 그리고 그런 창조적인 여성적 언어의 집적과 구축이야말로 우리를 "지금까지 아무도 들어가 본 적이 없는 그 거대한 방"[19]으로 들어갈 수 있게 할 것이다.

---

19 버지니아 울프, 이미애 옮김, 『자기만의 방』(민음사, 2006), 129쪽.

이것은 페미니즘이 아닌 것이 아니다

1 미학의 조명등 밖에서

2021년 '젊은작가상' 대상 수상작인 전하영의 소설 「그녀는 조명등 아래서 많은 시간을 보냈다」[1] 는 흥미롭게도 현실의 한국문학 현장에서 흔히 볼 수 있지만 지금까지는 잘 재현되지 않았던 캐릭터를 다루고 있다. "소년 같은 남자", 아니 "자신을 소년으로 생각하는 부류"(32쪽)의 예술가 남성, 그래서 '스무 살 여성에 대한 꾸준한 취향'을 자랑하는, 자칭 '영원한 문학청년'이 바로 그것이다. 그의 이름은 '장 피에르'다. 여성 화자인 '나'가 대학교 2학년 교양 수업에서 만난 장 피에르는 "금방이라도 균형이 무너질 것 같은 섬세함"(17쪽)과 "지적이고 부드러운 미소를 가진 키 큰"(18쪽) 서른일곱 살의 시간 강사다. 겉보기에 그는 상처 입기 쉬운, 부서진 사물 같은, "왠지 자살하거나 정신병원에 갈 것만 같은"(20쪽), 그래서 연민을 불러일으키는 사회 부적응자 같다. 그러나 허름해 보이는 그의 옷

[1] 전하영, 「그녀는 조명등 아래서 많은 시간을 보냈다」, 『2021 제12회 젊은작가상 수상 작품집』(문학동네, 2021). 이하 소설 인용 시 쪽수만 표기한다.

은 대체로 명품이며 부조리한 권력과 싸우는 열혈 운동권이었던 그는 부모의 돈으로 프랑스 유학을 다녀와 결국엔 교수가 되었다. 그러면서도 그는 권위라는 단어를 경멸하고 부모의 뜻대로 파리에 간 것에 굴욕감을 느낀다. 그러니 "그가 하는 말의 대부분을 알아들을 수 없었지만 모든 말을 받아 적으려 애"(18쪽)쓸 만큼 지적 허영과 예술적 충동으로 가득했던, 대학교 2학년이었던 '나'가 예술적·지적 아우라를 뿜어내는 이 엘리트 남성을 어찌 사랑하지 않을 수 있었겠는가? 그러나 장 피에르를 향한 '나'의 이 사랑 혹은 동경은 생각처럼 그리 단순하지 않다.

소설에서 '나'는 스물한 살 때부터 서른일곱 살이 된 지금까지 시종일관 장 피에르로 상징되는 권위적인 남성 예술가의 영향력에서 벗어나지 못한다. 그의 취향의 영역에 포함된 담배와 커피, 와인, LP, 프랑스 배낭여행, 미술관, 예술영화 등에 대한 '나'의 열정적인 애호는 그에 대한 오랜 추종의 결과라고 할 수 있다. 그뿐만이 아니다. "긴 시간에 걸쳐 '나'에게 내면화된"[2] 장 피에르의 미학화된 시선은 '나' 역시 여성을 남성 예술가의 오브제나 파트너로서만 상상하게 한다. 대학 동기인 연수를 바라보는 '나'의 시선이 바로 그렇다. 특별한 외모의 소유자인 연수에 대한 '나'의 집착에 가까운 관심과 재현이 남성 작가가 여성 인물을 그려 내는 방식을 연상시키는 것은 그 때문이다. 그것은 대체로 다음과 같다. 장 뤽 고다르가 사랑한 스무 살의 프랑스 여배우, '병적인 기질과 난해한 아름다움'의 소유자, "사랑에 빠지는 여자"(49쪽), "미스터리를 남겨 두는 여자"(55쪽), 그리고 "불완전한 강렬함을 지닌 하나의 이미지"(45쪽). 이 비유들은 실재하는 연수의 실체성을 박탈하는, 그리하여 연수를 "인물도 사물도 아닌 그 중간 어디쯤의 공기"(20쪽)로 휘발되는 흐릿하고 희미한 존재로 만들

---

2   오은교, 「예술성의 안개를 걷으면」, 「그녀는 조명등 아래서 많은 시간을 보냈다」 해설, 같은 책, 69쪽.

어 버리고 만다. 당연히 거기에, 현실의 연수는 없다.

그런데 마치 인과론적 내러티브에서 벗어나 파편적인 이미지들로 브리콜라주되었다고 소개되는 장 피에르의 영화처럼, 외부적인 그 어떤 것에도 의존하지 않고 오직 스타일과 기교로만 이루어진, 내적으로 완결적이고 자족적인 미학적 세계란 과연 가능할까? 그 세계에서 나이와 직위, 성별 같은 것은 아무 상관이 없는 걸까? 그래서 나이 든 남자 선생이 어린 여자 제자의 "무릎과 허벅지 쪽에 손을 가져다 대"(25쪽)도 아무 문제도 안 되는 걸까? 그건 그냥 수줍은 남자와 유혹적인 여자 사이의 '러브 어페어'인 걸까? 오랜 시간이 지난 뒤 연수와 만난 '나'는 비로소 자신이 숭배하던 '고다르 같은 인간'이 사실은 "해파리 같은 남자"(53쪽), 즉 수족관에서는 투명하게 빛났지만 사실은 "넓적하고 거무튀튀한 형상이 꼭 썩어 가는 묵 같"(28쪽)은 존재에 불과했음을 알게 된다. 그리고 연수 또한 예술가 남성의 이상을 투사하기에 적합한 "무지막지하게 '예쁜' 사람만"(53쪽)도, 혹은 "유혹하기 쉬운 애인"(57쪽)만도 아닌, 자기 스스로 "기록하는 여자"(56쪽)일 수 있음을 깨닫게 된다. 거기에서 더 나아가 "나이가 스무 살이나 많은 남자 어른을 한 명의 소년으로 생각하며 끝끝내 매혹당하고 마는, 그런 가냘픈 비극"(57쪽)의 논리가 지금 현실에서는 통용되지 않는 낡은 것이 되었음을, 그리하여 그런 비극 따위는 아랑곳하지 않은 채 자기들만의 사랑을 시작한 "두 여자아이"(58쪽)가 있을 수 있다는 사실을 수긍하기도 한다.

젠더의 문제가 사라지는 장소는 없다. 미학의 영역이라고 할지라도 말이다. 순수하게 그 자체로만 존재하는 미학, 흔히 말하는 것처럼 가치중립적이거나 자율적인 미학은 더이상 없다. 오히려 미학은 권위, 권력, 위계 등과 같은 지극히 세속적인 비미학적 힘과 연계되어 있음을 이 소설은 암시한다. 그럴 때 미학은 사회적·젠더적 권력 관계 속에서 그저 하나의 효과로 존재하거나 자신이 거부해 온 사회의 지배적 현실을 보충하는 일부를 구성할 뿐이다. 그러나 깨진 가로등이라도 "그 안에 전구가 살아 있으면 불이 들어"(56쪽)오는 것처럼, 더 이상 현실의 변화를 담아내지 못하는 낡고 오래된 미학일지라도 그것은 여전히 힘이 세다. 왜냐하면 기존의 미학이라는 것이 줄곧 남성 중심적으로 구성되고 재생산되어 왔기 때문이다. 그렇다면 기존의 남근 로고스 중심적인 방식과는 다른 미학은 어떤가? 예컨대, 여성미학은? '나'는 '깨진' 미학의 조명등을 벗어나 새로운 조명등 아래로 갈 수 있을까?

2 여성 없는 여성미학

이른바 여성주의 미학은 남성 중심적으로 구성되고 재생산된 기존의 미학에 대한 강력한 대안으로 거론되어 왔다. 이때 '여성미학'이라고 하면 즉각적으로 떠오르는 건 프랑스 후기구조주의 페미니즘일 것이다. 그것은 대체로 부재와 결핍으로서의 여성성, 남근 로고스 중심주의를 해체하는 여성적 글쓰기, 혹은 주변성, 전복, 비존재, 불일치, 모순, 비언어 등과 같은 부정과 저항의 키워드들로 대표된다. "나는 '여성'을 재현될 수 없는 존재, 말해지지 않는 존재, 이름 짓기와 이데올로기 바깥에 남아 있는 존재로 이해한다."[3]라는 쥘리아 크리스테바의 주장이야말로 그런 방식으로 미학적으로 구성된 여성, 여성성의 성격을 잘 보여 준다. 다소 오래된 얘기이긴 하지만, 이러한 여성미학에 대한 요구는 1970~1980년대 영미 페미니즘 문학비평에 대한 비판의 맥락에서 생겨난 것이다. 그 비판의 내용은 대체로 텍스트의 뉘앙스나 해석의 모호함, 내적 불일치는 무시한 채

---

3   Julia kristera, "La femme, ce n'est jamais ça," *Tel Quel* 59(1974), p.21; 토릴 모이, 임옥희·이명호·정경심 옮김, 『성과 텍스트의 정치학』(한신문화사, 1994), 192쪽에서 재인용.

오로지 이분법적 성 이데올로기에 기반한 단순한 내용 분석에만 그치고 있다는 것이었다. 이에 따르면 영미 페미니스트들의 비평은 극단적 반영론과 경험주의적 문학관에 경도되어 텍스트 생산이 문학적, 비문학적 요소들의 결합으로 이루어진 고도로 복잡하고 '중층 결정적인' 과정이라는 사실을 인정하지 않았다.[4] 이러한 페미니스트 분리주의의 함정을 피하기 위해 제시된 것이 바로 문학 텍스트의 자율성이라는 형식주의적 원리였다. 그리하여 이제 페미니즘의 이념과 정치학에 기반한 평가가 아닌, 미학적 감상과 가치판단이 문학비평의 기본 과제가 된다.[5]

이미 잘 알고 있듯이, 1990년대 한국 여성문학 비평의 중심 키워드인 여성성, 여성적 글쓰기, 여성 육체, 여성 욕망, 모성성, 기호계, 코라(chora), 비체(卑體; abject) 등의 개념은 '프랑스 페미니즘 이론의 새로운 삼위일체'라고 불리는 엘렌 식수, 쥘리아 크리스테바, 뤼스 이리가레의 정교한 이론적 작업에서 비롯되었으며, 그 당시 이를 중심으로 '여성미학'의 기본 내용과 형식이 구성되었다.[6] 이 후기구조주의 페미니즘 이론을 한마디로 요약하면 여성의 은유화 전략이다. 은유화란 일차적으로 구체적 영역

---

4   토릴 모이, 앞의 책, 52~53쪽.

5   토릴 모이의 『성과 텍스트의 정치학』은 일레인 쇼월터와 같은 페미니스트들이 전통적 휴머니즘에 기반한 리얼리즘 문학관에 경도되어 버지니아 울프처럼 언어의 정치성을 강조한 진보적이면서 혁신적인 페미니스트 작가를 제대로 평가하지 못했다고 비판한다. 이 책은 이러한 영미 페미니즘 문학비평을 비판하면서 이에 대한 대안으로서 프랑스 페미니즘 비평을 제안한다. 일레인 쇼월터는 자신의 출세작 『그들만의 문학(A Literature of Their Own)』 개정판 서문에 선배 페미니스트 비평가에 대한 후배의 비판을 언급하면서 자기방어와 자기비판을 동시에 수행한다.

6   후기구조주의 페미니즘, 일명 프랑스 페미니즘의 이론적 배경(라캉과 들뢰즈에 기반한), 성차(의 해체)에 기반한 여성성 개념, 주변성과 여성성의 상관관계, 여성 리비도의 전복성 등에 관한 좀 더 상세한 논의는 크리스 위든, 이화영미문학회 옮김, 『포스트구조주의와 페미니즘 비평』(한신문화사, 1994); 이소영·정정호 편역, 『페미니즘과 포스트모더니즘』(한신문화사, 1992); 주디스 버틀러, 조현준 옮김, 『젠더 트러블』(문학동네, 2008) 2부; 토릴 모이, 앞의 책 참고.

의 개념을 통해 추상적 영역의 개념을 표현하는 것을 말한다. 은유란 야콥슨에 따르면 유사성의 가장 응축된 표현이고 라캉에 따르면 '다른 단어를 위한 단어'이다. 논리적으로는 양립할 수 없는 원관념(temor)과 보조관념(vehicle), 혹은 비교되는 항과 비교하는 항은 유추를 통해 양립 가능한 것이 되는데, 그 과정에서 새로운 의미가 발생하거나 의미의 이동이 나타난다. 전통적인 수사학자들이 환유보다 은유를 더 수준 높은 비유법으로 평가한 것은 바로 이 '의미의 발생' 때문이다. 문제는 은유의 의미화 과정에서 대체된 기표(보조관념)의 실재가 억압된다는 것이다. 즉 은유는 보조관념이 되는 대상의 실체성을 증발시키고 가능성을 제한한다. 이는 프로이트가 『꿈의 해석』에서 말한 압축의 방식을 연상시키는데, 압축이란 서로 다른 두 요소를 하나로 묶어 주기 위해서 서로 다른 둘 사이의 차이를 무화시키는 것이기 때문이다. 이러한 과정을 우리는 동일시와 상징화로 불러도 좋을 것이다. 여성의 은유화 전략이 필연적으로 여성을 추상화하고 일반화할 수밖에 없는 것은 바로 이러한 동일시와 상징화로 집약되는 의미화 과정 때문이다. 그럴 때 여성에게 잠재된 나머지 의미의 가능성들은 괄호 쳐진 채 일시적으로 중지된다.

후기구조주의 페미니즘에서 이러한 은유화 전략은 상징질서 내부와 외부, 이렇게 두 개의 차원에서 이루어진다. 우선 상징질서 내부에서. 프랑스 페미니스트들은 기본적으로 데리다의 해체주의와 라캉의 정신분석에 기반해 남근 중심적 담론을 해체할 새로운 글쓰기를 주장한다. 때문에 그들은 여성으로서의 주체성(에 대한 신념)을 포기하지 못하는 여성해방운동의 주체들과는 다른 여성 개념을 주장한다. 그것은 일단 생물학적 여성과 반드시 일치하지 않는, 아니 오히려 무관한, 상징질서에 의해 비가시화된, 그러나 상징질서 아래에서 암약(暗躍)하는, 그리하여 결국 상징질서를 그 내부에서 서서히 붕괴시키는 일종의 '여성 효과'라고 할 수도 있겠다. 그렇다면 이들이 생각하는 여성은 어떤 존재일까? 그들의 이론적 맥락을 따라 정리해 보면 대강 다음과 같지 않을까? 기존의 문장론이나 문법에 구애받지 않은 채 비명, 노래, 침묵과 같은 다른 언어들, 즉 "원초 언어의 메아리"로 말하는 추방자(엘렌 식수), 남성 중심적 담론을 의도적으로, 과도하게 모방, 패러디, 미러링함으로써 그 담론의 효과를 해체하고자 하는 모방자(뤼스 이리가레), 스스로를 가부장적 상징계에서 주변화된 이방인으로 위치 지으면서 리듬, 맥박과 같은 비언어로 호흡하는 시적 혁명가(쥘리아 크리스테바).

그렇게 여성을 존재가 아닌 기호로 사유함으로써, 이제 '여성'은 상대적이고 유동적으로 정의할 수 있는 개념이 된다. 그에 따라 '여성적 글쓰기' 여부를 판단하는 기준은 이제 작가의 성별이 아닌 글쓰기 자체의 성별에 따라 만들어지게 된다. 즉 작가의 성별과 글쓰기 자체의 성별은 무관하게 된다. 엘렌 식수에 따르면 "여성, 남성에 상관없이 생산된 글쓰기에서 리비도적 여성성을 읽어 낼 수 있는 글쓰기"[7]라면 모두 '여성적 글쓰기'가 될 수 있다. 좀 더 구체적인 얘기를 들어 보자.

여성적 글쓰기는 그 이름 때문에 함정에 빠지지 않도록 하기 위해 대단히 주의할 필요가 있다. 즉 여자 이름으로 서명이 되었다고 반드시 여성적 글쓰기 작품으로 볼 수 없다. 여자의 이름으로 썼더라도 지극히 남성적인 글쓰기일 수도 있으며 그 반대의 경우도 마찬가지다. 현실적으로 남자의 이름으로 서명된 글쓰기 작품이라고 해서 여성성이 배제되어 있는 것은 아니다. 드문 현상이기는 하지만 남성이 쓴 작품에서도 간혹 여성성을 발견할 수 있으며 실제로 그런 경우가 있다.[8]

7　토릴 모이, 앞의 책, 127쪽.

8　엘렌 식수, 「거세」, 토릴 모이, 위의 책, 같은 쪽에서 재인용.

과연 글쓰기의 성별은 확인 가능한 것인가? 상징질서 안에서 배제되고 주변화된 모든 존재는 여성이 될 수 있나? 여기서 말하는 여성, 여성적 글쓰기는 현실에서의 여성, 여성적 글쓰기와 얼마나 먼가, 아니면 가까운가? 그렇다면 여성 리비도를 자신의 시적 전략으로 활용하면서도 여성혐오가 공존하는 '생물학적 남성'의 시는 여성적인가, 남성적인가?

후기구조주의 페미니즘에서 여성적 글쓰기는 남성/여성의 이항대립을 해체하는 것을 목적으로 했지만, 비주류적이고 탈중심적이고 비고정적인 모든 것을 여성에 빗댐으로써 결과적으로는 실제 여성과는 무관한 것이 되어 버렸다. 뿐만 아니라 심지어 그것은 여성혐오적인 아방가르드 남성 예술가들에게 '문학적 여성'이라는 훈장을 부여해 줌으로써 남성 중심적으로 구축되어 온 문학사를 더 단단하게 봉합해 주었다. 그 과정에서 여성(어떤 종류의 여성이건 간에)은 실종되고 당연히 성별 이항대립은 해체되지 않은 채 더욱 공고해졌으며, 여성적인 것의 의미는 점점 모호해지고 수수께끼와 같은 것이 되었다. 그런데 그처럼 여성을 수수께끼적 존재로, '얼굴을 가린' 진리로 수사화하는 방식이야말로 가부장제적 담론 안에서 여성을 비존재, 비주체로 만드는 전형적인 논리가 아닌가?

상징질서 내부에서 탈여성화된 여성은 이제 상징질서 바깥에서 재여성화된다. 후기구조주의 페미니스트들은 반본질주의적, 반생물학적 여성 개념을 주장함으로써 여성이 하나의 의미로 고정되기를 거부했지만, 아이러니하게도 상징질서 안에서 여성은 그럼으로써 모든 부정성과 거부의 연속체로 고정되어 의미화되었다. 그렇게 상징질서 내의 비가시성, 비언어, 비존재, 비의미를 떠안은 여성은 오직 결여와 부재로서만 자신을 증명한다. 식수와 이리가레가 오이디푸스적 상징질서 자체를 문제 삼으면서 전(前)오이디푸스적 상상계를 여성적 유토피아로 발견한 것은 어쩌면 당연한 일일지도 모른다. 문제는 그곳이 억압받기 이전의 모성적 영역을 연상시킨다는 것이다. 예컨대 라캉의 상상계와 밀접하게 관련된 크리스테바의 기호계는 모성체를, 식수의 "흰 잉크"는 어머니의 흰 젖을, 이리가레의 '하나인 두 입술'은 여성 생식기를 연상시킨다. 이제는 잘 알려진, 여성적 글쓰기와 모성성의 관계를 다룬 식수의 다음 글은 '여성', '여성성', '여성적 글쓰기'와 같은 개념들이 생물학적이고 경험적인 여성을 벗어나 작동되는 것은 불가능하다는 사실을, '여성'은 결코 재현의 이데올로기를 벗어나 자율적으로 운동하는 순수 기표가 될 수 없다는 것을 새삼 깨닫게 한다.

여성의 말, 여성의 글쓰기 속에는 결코 중단됨 없이 울림을 간직하고 있는 것이 있다. 그것은 옛날옛적에 우리를 가로질러 갔기에 감지할 수 없이 깊이, 우리를 스치고 갔기에 아직도 우리를 감동시키는 힘을 간직하고 있다. 그것은 노래다. 최초의 음악, 모든 여인이 생생하게 보존하고 있는 최초의 사랑의 음악이다. 목소리에 대한 이런 특별한 관계가 어떻게 가능한 것일까? (……) 설사 팔루스적인 신비화가 좋은 관계들을 전반적으로 오염시키기는 했지만, 여자는 결코 '어머니'로부터 멀리 떨어져 있지 않다. (여기서 내가 어머니라 함은 역할로서의 어머니가 아닌, 어머니라는 이름으로서가 아닌 행복의 근원으로서의 '어머니'를 의미한다.) 여성 안에는 언제나 최소한 약간의 좋은 모유가 늘 남아 있다. 여성은 흰 잉크로 글을 쓴다.[9]

이 글의 '어머니'는 과연 가부장제하에서 오랫동안 신화화된 모성 이미지와 얼마나 다를까? 이 어머니는 은유인가, 실제인가? 분명 여성을 은유화하는 전략은 단일하고 통합된 여성 주체가 사실상 불가능하다는 사실을 드러내고 여성이라는 개념의 스펙트럼을 확장함으로써 여성에게서 새로운 스타일과 형식의 가능성을 발견할 수 있게 한다. 그러나 끊임없이 변동하는 여성이라는 개념, 여성을 위반과 전복의 아이콘으로 만들어 버

---

9   엘렌 식수, 박혜영 옮김, 『메두사의 웃음/출구』(동문선, 2004), 21~22쪽.

리는 접두어 '탈-', '반-', '비-'의 신비로운 도식, 여성의 광기와 비정상성, 그 밖의 여성적 양식들은 지적, 미학적 권위와 정통성을 얻으면서 새로운 형식으로 굳어지게 된다. 그 결과 프랑스 페미니즘의 여러 개념과 논법은 이제 하나의 클리셰가 되고 만다. 특히 탁월한 언어 활용법이나 미학적 세련됨이 부족한 경우에 이러한 클리셰의 재활용은 더 자주 발생한다. 여기에 모더니즘과 포스트모더니즘 텍스트의 기본적인 문법과 도식이 더해지면서 여성미학의 상투화는 한층 가속화된다. 리타 펠스키는 위반이 규칙이 되는 이러한 역설을 '위반의 규칙화'라고 말한다. 예컨대 의미의 비결정성, 불투명한 결말, 이질적 요소들이 복합적으로 교차된 인물, 텍스트 해독을 가로막는 서사적 구멍들과 같은 요소들이 이제 관습적인 미학적 판단 기준이 되어 그럴듯한 형식과 스타일로 규정되는 것이다. 이러한 모더니즘 텍스트의 방법론은 그대로 여성문학에도 적용되어 "문학 텍스트의 모호성과 열린 결말은 젠더 정치학의 가장 전복적 형식으로" 간주된다. 게다가 이러한 미학적 판단 척도가 그대로 정치의 영역으로 치환됨으로써 정치조차 '정치적인 것'으로 추상화, 일반화되고 만다. 그 결과 "의미의 비결정성에 대한 끝없는 성찰은 정치적인 행위라기보다는 정치적 마비를 초래"하게 된다.[10] 그럴 때 정치적 가치는 물론 문학적 가치 또한 실종되고 마는 것은 어쩌면 너무 당연한지도 모른다.

그렇다면 1990년대부터 한국 여성문학 비평과 연구에 지대한 영향을 끼쳤던 이 여성적 양식들은 이제 그 시효가 다하고 만 것일까? 어쩌면 그럴는지도 모른다. 왜냐하면 그것은 이미 너무 익숙한, "더 이상 불온하지도 낯설지도 않은 이야기"[11]가 되었기 때문이다. 어떤 미학적 전범이든 그

---

10 리타 펠스키, 이은경 옮김, 『페미니즘 이후의 문학』(도서출판여이연, 2010), 129쪽. 위반의 규칙화에 대한 리타 펠스키의 비판적 논의를 좀 더 상세하게 살펴보려면 117~130쪽 참고.

11 김미정, 「운동과 문학」, 『움직이는 별자리들』(갈무리, 2019), 110쪽.

것은 사회적 변동에서 촉발된 어느 한 시대의 산물이다. 엘렌 식수의 「메두사의 웃음」과 같은 텍스트도 마찬가지다. 이 선언적이면서 시적인 에세이야말로 1970년대 급진적 여성해방운동에 대한 자기 나름의 정치적 응답이라고 할 수 있다. 어쩌면 미학과 정치학의 거리는 그리 멀지 않을지도 모른다. 그럼에도 문학적 가치(형식)와 정치적 가치(전언)의 관계는 언제나 반비례 관계로 받아들여져 왔다. 당연한 말이지만 그 자체로 절대적인 문학적 가치란 없으며, 정치적 가치의 효과적 전달은 언제나 적절한 문학적 형식과의 결합을 통해 가능하다. 그런 점에서 형식적 실험만이 현실에 대한 진정한 저항적 실천이라는 주장은 더 이상 받아들여지기 어렵다. 특히 정치적 이해관계가 첨예하게 부딪히는 오늘날 이러한 주장은 시대착오적이기까지 하다. 이는 당연히 기존의 미학적 형식과 언어로 지금의 여성 현실과 정치적 가능성을 포착하고 구성하기 어렵다는 것을 의미하는 것이기도 하다. 따라서 페미니즘 문학이 "현재에도 끊임없이 구성 중인 인식론이자 정치학"[12]이 되기 위해서는 기존의 예술론을 금과옥조처럼 따르기보다는 지금 우리 시대, 우리 사회를 재현하기 위한 훨씬 더 복잡한 인식의 그물망을 짜야만 한다. 그러니 문제는 다시 재현이다.

3 여성 재현과 그 불만

재현의 정치학은 기본적으로 재현하는 자와 재현되는 자 사이의 역학 관계를 중심으로 구성된다. 이때 재현되는 존재는 스스로를 대변하지 못하기 때문에 대체로 무력한 상태가 되어 자기표현의 권리를 박탈당할 수

---

12 오혜진, 「비평의 백래시와 새로운 '페미니스트 서사'의 도래」, 『지극히 문학적인 취향』(오월의봄, 2019), 183쪽.

밖에 없는 데 반해, 재현하는 쪽은 재현의 권위를 부여받음으로써 특정 지식을 생산하고 합법화하거나 반대로 어떤 지식은 배제하고 불법화함으로써 자기 마음대로 재현 체계를 구성할 수 있게 된다. 그럴 경우 재현되는 자는 이 재현 체계에 개입할 가능성은 거의 없는, 그저 수동적인 담론 구성물에 불과한 존재가 되고 만다. 그러나 재현 대상은 단지 사회적으로 구성된 결과물에 불과한 것일까? 그렇다면 이 일방적이고 불균형한 힘의 관계는 바꿀 수 없는 것인가? 재현 체계는 여러 이데올로기로 촘촘하게 짜인 허구의 매트릭스이며 재현 대상은 바로 그러한 그물망에 포획된 존재로서 이해되어 왔다. 따라서 재현의 문제 영역에서 중요한 것은 특정 재현 대상을 재현 (불)가능하게 만드는 재현 이데올로기는 무엇인지를 파악하고 그것이 어떻게 작동하는지를 살펴보는 일이다. 젠더는 바로 그러한 권력의 관계를 나타내는 기본적인 지표다.

2021년 미군 철수로 아프가니스탄을 탈환한 탈레반이 자신들의 힘을 과시하기 위해 가장 먼저 한 일이 부르카를 쓰지 않고 길을 걷던 여자를 총살하는 것이었다는 외신 보도는 젠더와 권력의 관계를 명확히 보여 주는 사례다. 여성 살해야말로 남성 권력을 과시하는 즉각적인 행위다. 젠더가 권력의 개념과 구성 속에 포함되어 있다는 것은 사실 새로운 얘기는 아니다. 역사학자 조앤 스콧은 일찍이 젠더 이데올로기가 사회적으로 불평등한 계급과 서열 구조를 떠받치는 가장 기본적이면서 핵심적인 논리임을 간파했다. 따라서 그는 "독재국가에서 지배나 힘에 대한 주장이 여성에 대한 지배나 우월을 실현하는 정책으로 그 모습을 띠는 것이나 민주국가에서 복지가 여성이나 어린이를 위한 법률에 온정주의라는 형태로 젠더 관념을 포함"[13]하는 것을 가장 전형적인 젠더 이데올로기의 작동 양

---

13 Joan W. Scott, "Gender: A Useful Category of Historical Analysis," *The American Historial Review*, Vol. 91, no. 5(1986). 번역본은 송희영 옮김, 「젠더: 역사 분석의 유용한 범주」, 《국어문

상으로 본다. 페미니즘 문학과 비평도 마찬가지다. 문학작품에 나타나는 많은 여성들은 사실상 승인받은 성적 질서를 통과한 존재들이며, 선택과 배제의 재현 정치학이 작동한 결과에 불과하다. 즉 우리가 알고 있는 (재현된) 여성이란 수많은 가능성들이 배제된 끝에 도달하게 된, 즉 무수한 삭제와 괄호 치기를 통해 만들어진 담론 생산물에 다름 아닌 것이다.

근래 페미니즘 문학비평이 한국 소설에 나타난 여성 인물의 도식성과 상투성을 비판하면서 여성 재현에 대한 불만을 드러내기 시작한 것은 바로 이런 맥락에서다. 예컨대 한국 소설에서 욕하는 여성들은 욕을 통해 자신들의 '하층민-됨'을 가시화하는 존재로만 다뤄지고, 여성의 자발적인 성적 욕망 또한 오직 '저항'이나 '교란'이라는 의미의 맥락 속에서만 다뤄진다는 비판이 그 한 사례다.[14] 그렇다면 한국 소설에 자주 등장하는 욕설, 폭력, 성욕은 왜 남성의 몫으로만 할당되었나? 그동안 한국 소설에서 폭력과 욕설, 섹스를 통해 상대적 박탈감을 토로하고, 부조리한 사회에 대해 폭로하고, 가망 없는 미래에 좌절하던 '앵그리 영맨'은 모두 남자였다. 그리고 이들이 표출하는 사회에 대한 거부감과 폭력, 욕설은 대체로 여성을 대상으로 하기 때문에, 여성은 그러한 남성 폭력의 수동적 타자나 배설의 도구로만 재현되어 왔다. 여성에게 폭력과 욕설, 성욕은 오직 광기에 사로잡히거나 밑바닥으로 추락했을 때만 허용될 뿐이었다.

젠더는 일종의 재현 효과이며 재현된 여성 또한 "사회적 관계 속에서 생산된 효과들의 집합"[15]인 것은 사실이다. 그러나 여성의 재현은 단지 여

학》 31집(국어문학회, 1996), 321쪽. 이 글에서 조앤 스콧은 젠더가 여성의 동의어로 사용되는 경향에 대해 비판하는데, 왜냐하면 연구자들이 '젠더'가 '여성'보다 더 중립적이고 객관적이라고 오해하기 때문이다. 그럴 때 젠더라는 용어는 페미니즘의 정치성과 인연이 끊어지는 것처럼 보일 뿐 아니라 젠더라는 용어를 사용할 때 수반되어야 할 불평등이나 권력에 대한 사유가 배제된다고 본다.

14 오혜진, 같은 글, 198~203쪽.

성이 놓인 담론 내 위치에 따라 자동적으로 혹은 수동적으로만 이루어지는 것은 아니다. 마찬가지로 여성 정체성 또한 고정되거나 이미 결정된 것이 아니라, 여성을 둘러싼 다양한 사회적 힘과의 갈등을 통해 계속 변화해 왔다. 여성은 여성이 놓인 가부장제적, 이성애 중심적, 여성혐오적 담론장 안에서 이러한 장의 논리에 의해 일방적으로 배치되는 존재만은 아닌, 스스로를 재현하는 주체이기도 한 것이다.

최근 페미니즘 문학비평이 단지 여성이 재현된 결과물에만 주목하지 않고, 그러한 재현의 결과물을 둘러싼 담론장 내에서의 갈등과 투쟁은 물론 그 과정에서 재현 체계의 구성 방식과 논리가 변화할 가능성에 주목하는 것은 이 때문이다. 그런 점에서 이제 우리가 해야 할 일은 재현 대상에 대한 정치적·윤리적 판단과 해석보다는 그러한 재현물을 생산해 내는 재현 체계를 근본적으로 어떻게 변화시킬 수 있을지 질문하는 것이다.

김미정의 「흔들리는 재현·대의의 시간」[16]은 이러한 질문에 대한 응답의 시작을 알리는 글로 주목할 만하다. 이 글은 일차적으로 "기존에 미학적으로 합의된 언어와 개념만으로"는 『82년생 김지영』 현상을 설명하기 어려우므로 "차라리 이 소설을 둘러싸고 작가의 욕망과 독자의 욕망이 어디쯤에서 어떻게 만나는지"(62쪽)를 파악할 필요가 있다는 점을 지적한다. 이때 중요해지는 것은 텍스트 내재적 구성 요소가 아니라 작가와 독자가 함께 만드는 새로운 인식론적 장이다. 이 말은 『82년생 김지영』의 경우 기존의 미학적 구성 요소들이 더 이상 유효한 분석적 잣대로 기능하지 못한다는 것을 뜻한다. 왜냐하면 이 소설에서 독자의 호응을 불러일으키는 부분은 작가의 문학적 개성, 즉 '오리지널리티'가 아니라 "자기 투영

---

15 박미선, 「재현」, 《여/성이론》 10호(도서출판여이연, 2004), 322쪽.

16 김미정, 같은 책. 이하 이 글의 인용은 본문에 쪽수만 표기한다.

이 가능한 여백·공백"(50쪽)이기 때문이다.

　새로운 독자, 그리고 그들의 요구는 한 평론가의 고민처럼 재현의 문제에 있음은 자명하다. 하지만 지금 재현의 문제는 단순히 쓰는 이(작가)가 세계를 텍스트 안에 형상화해 담아내는 문제를 넘어, 근대의 구축 원리 자체의 의미로 우리에게 육박해 온다. (……) 이것이 한국 사회에서 대의제의 지배적 위치가 흔들리는 장면들과도 연동되어 있음은 말할 것도 없다. 이때 재현·대의 모두 representation의 번역어라는 점, 그리고 그것이 '근대'의 구축 원리와 맺고 있는 관계들에 대해서는 강조하지 않아도 될 것이다.(76쪽)

　그렇게 볼 때, 예컨대 『82년생 김지영』의 재현 체계와 관련하여 우리가 특별히 주목해야 하는 것은 무엇인가? 그것은 바로 소설에서 그려지는 인물의 개성적인 내면에 감정이입하기보다 내면 없는 인물을 통해 자신의 감정과 생각을 표명하는 새로운 독자들의 등장이다. 이들은 다른 재현물을 통해 재현되기를 거부하는, 오직 자기만으로 자기 자신을 대표하고자 하는 주체들이다. 그 결과 새로운 독자는 '재현하는 자/재현되는 자'로 이루어진 이자적(二者的) 재현 체계의 수동적 수용자에 머물지 않게 된다. 반대로 그들은 오히려 그들 자신과 그들의 삶의 경험을 재현 체계의 질서 속에 적극적으로 기입한다. 그렇게 그들은 적극적으로 문학장에 개입함으로써 그들 나름의 계산법에 따라 다른 사람들에게는 덜 배타적이면서 자신들에게는 더 해방적인 재현(대의)의 방법을 창안하고자 한다. 나아가 이러한 노력을 통해 우리는 비로소 재현의 역설, 즉 무언가를 드러낸다는 것은 동시에 무언가를 감추는 것이며, 그런 점에서 우리의 이해라는 것도 사실은 수많은 것들을 배제한 끝에 도달하게 되는 것에 불과하다는 사실을 깨닫게 되는 것이다. 재현의 자명성과 투명성이 끊임없이 문제되고 의심되어야 하는 이유다.

이 맥락에서 『82년생 김지영』에 대한 여성 독자들의 폭발적 반응과 환호를 다시 해석해 보면 어떨까? 지젝은 과거의 흔적들이 새로운 문맥 안에 포함될 때 과거 사건의 의미가 변화하는 문제를 '트라우마'와 관련해 설명한 적이 있다. 즉 "처음에는 의미 없고 중립적인 사건으로 생각되었던 것이 어떤 새로운 상징적 그물망의 도입으로 통합될 수 없는 트라우마로 사후적으로 변한다."[17]는 것이다. 소설에서 한 여성의 일대기를 중심으로 구성되는 여러 에피소드는 한국에 사는 여성이라면 대개 그 강도의 차이는 있을지언정 경험했음직한 일상적 사건들이다. 그러나 그 당시에는 억압적이라는 느낌도 없이 그저 흔한, 별 의미 없는 경험이라고 생각했지만, 살면서 차곡차곡 쌓인 그 경험들은 『82년생 김지영』이라는 익숙하지만 낯선 재현 체계의 그물망에 걸러지면서 성차별적이고 여성 억압적인 사건으로 새롭게 의미가 부여된다. 그렇게 상징적 재현 체계가 흔들리면서 여성들은 당연하다고, 나름 만족스럽다고 생각했던 평범한 자신의 삶이 사실은 남성 중심적 체제의 전체성을 위해 착취되고 배제되어 왔음을 깨닫게 된다. 그런 점에서 사회적 사실로만 패치워크된 '김지영'이라는 캐릭터는 여성들에게 그들이 처한 성차별적 현실을 자각하고 그러한 현실의 변화에 대한 각성을 가능케 하는 새로운 재현의 그물망 역할을 할 수 있는 것이다. 물론 여기에도 여전히 우리가 접근할 수 없는 불투명한 부분은 남겨져 있을 것이다. 그럼에도 우리가 끊임없이 해석 불가능한 대상에 접근해야 하는 것은, 해석할 수 없는 불투명한 지점에서부터 비로소 해석의 실패를 보충할 수 있는 다른 재현 체계에 대한 가능성이 열리기 때문이다.

---

17   슬라보예 지젝, 박정수 옮김, 『그들은 자기가 하는 일을 알지 못하나이다』(인간사랑, 2004), 418쪽.

4   더러운 페미니즘

그렇다면 문학에서 새로운 재현의 그물망은 어떻게 만들 수 있나? 새로운 허구의 논리와 새로운 등장인물들을 발명하면 가능한가? 문제는 그리 간단치 않다. 왜냐하면 재현의 틀에 맞지 않는 서사적 발명품은 한편으로는 그 재현 불가능성으로 인해 기존의 재현 질서에 문제 제기를 할 수도 있지만, 같은 이유로 아예 발견되지 못한 채 사라질 수도 있기 때문이다. 우리를 구성하고 있으면서 동시에 우리를 거부하는 재현 시스템에 저항하거나 시스템 밖으로 벗어나는 것만으로는 충분하지 않다는 것이다. 거부하다가 거부되거나 저항과 위반의 포지션으로 재현 체계 안에 안주하는 경우 모두는, 이 재현적 체계를 벗어나는 것이 사실상 불가능하다는 사실을 암시한다. 아니면, 마그리트의 그림 「이미지의 배반」처럼 재현의 원본에 충실하면서도 그 모델(파이프)을 '이것은 파이프가 아니다.'라고 부정함으로써 재현 체계의 존재 자체가 의심받게 하는 방식은 어떨까? 그렇다고 파이프는 파이프 아닌 것이 될까? 식탁 위의 물잔에 대한 묘사가 현실의 어떤 물잔에 대한 모방은 아니라고 하더라도 그 문장을 보고 현실의 물잔을 떠올리지 않을 수는 없을 것이다.

도쿄 올림픽 양궁 금메달리스트인 안산 선수를 둘러싼 논란에 대해 BBC 서울 주재 특파원 로라 비커는 자신의 트위터에 이런 논평을 남겼다. "한국에서는 어떤 이유인지 '페미니즘'이라는 말이 더러운 단어가 됐다." 그러나 페미니즘이 더러운 말이 된 지는 꽤 오래됐다. 흥미로운 것은 페미니즘을 모욕하는 사람들 대부분이 페미니즘에 대해 잘 모른다는 사실이다. 페미니즘이 화제가 될 때마다 '페미니즘', '페미니스트'가 실시간 검색어 1위에 오르는 이유이기도 하다. 그런데 왜 잘 알지도 못하면서 페미니즘을 싫어하는 걸까? 혐오 뒤에 숨은 욕망은 무엇일까? 그것은 바로 올바른 페미니즘, 더 나아가 올바른 여성에 대한 요구다. 2005년 된장녀 담론이 방송과 언론을 휩쓸었을 때 '개념녀'에 대한 요구가 함께 제기됐던 것과 마찬가지다. 여기에 2020년 트랜스젠더 여성이 숙명여대 입시에 합격하며 논란이 일자 사회 전체가 입학을 반대하는 여대생들을 '여자 일베'로 매도하면서 사회적 약자를 배려하는 올바른 여성을 요구했던 사례도 덧붙일 수 있겠다.

문제는 이러한 '올바른' 페미니즘에 대한 강박이 문학계에서도 나타나고 있다는 것이다. 물론 이때 '올바른'의 내용은 각각의 문학적 성향이나 경험, 입장에 따라 다르겠지만 말이다. 그것은 형식적·미학적으로 올바른 것일 수도 있고 정치적으로 올바른 메시지를 전달하는 것일 수도 있다. 아니면 올바르게 형상화된 여성 인물은 어떤가? 때로 이러한 '올바른'에 대한 요구는 올바르지 않은 형식이나 내용으로 나타날 때도 있다. 그러나 재현된 것이 전부는 아니다. 예컨대 최은미의 「눈으로 만든 사람」[18]을 보자. 이 소설에서 일차적으로 눈에 띄는 사실은 주인공 강윤희가 친족 성폭행 피해 생존자라는 사실이다. 그러나 소설에서 강윤희는 성폭력의 피해자라는 정체성에 스스로를 가두는 대신 그럼에도 불구하고 자신을 성폭행한 삼촌의 아들 강민서를 돌본다. 어린 시절 성폭행의 후유증으로 여전히 부인과 질환을 달고 살며 자기도 모르게 간헐적으로 밑도 끝도 없는 분노가 치밀어 오르면서도, 성조숙증을 겪는 어린 딸과 조카 강민서의 교류를 지켜보며 성폭행에 대한 두려움에 빠지면서도 왜 강윤희는 강민서를 보살피는 것일까? 아픈 조카를 돌보는 일은 그저 침묵의 레짐인 가족 구조 속에서 어쩔 수 없이 수행되어야 할 여성적 의무에 불과한 것일까? 그러나 나에게 이 고통스러운 돌봄은 상처받은 존재만이 지켜 낼 수 있는 최소한의 도덕적 책무이자 인간적 존엄으로 느껴졌다. 이러한 재현은 올바른가, 올바르지 않은가?

---

18   최은미, 「눈으로 만든 사람」, 『눈으로 만든 사람』(문학동네, 2021).

우리 모두의 현실은 복잡한 그물망 안에서 다양하게 매듭지어져 있어 쉽게 해석되기 어렵지만, 동시에 타자들과의 부분적 연결을 통해 매번 재구축되기도 한다. 여성에 대한 재현도 마찬가지다. 일정한 역사적 맥락 속에서 수다한 여성들의 삶에 각기 축적된 서로 다른 의미와 실천을 탐색하지 않은 채 일방적으로 특정 정체성이나 입장만을 고수한다면, 결국 기존의 재현 논리만을 반복할지도 모른다. 당위적으로 이러저러해야 하는 문학이 없는 것처럼, '올바른 여성'이나 '올바른 재현' 같은 그런 것은 없다.

남성을 넘어, 여성을 지나, 떠오르는 레즈비언

김멜라 소설을 중심으로

1 딜도의 사회경제학

박민규의 2009년 작 「딜도가 우리 가정을 지켜줬어요」(『더블 side B』, 창비, 2010)는 "삼 년 전부터 좆은 안 서고, 일 년 가까이 돈도 못 벌고 회사에선 팽(烹)"(194쪽)당한 소설의 주인공 '나'가 자신이 파는(정확히 말하면 아직 한 대도 팔지 못한) 고급 승용차에 올라타 화성에 사는 돈 많은 여성-괴물의 거대 음순 안으로 직행해 오르가슴을 느끼게 한 후 경제적·성적으로 실추된 남성성을 비로소 회복한다는 환상소설이다. 처음에 '나'는 3년 동안 아내에게 "한 번도 해 주지 않"은 자신의 페니스를 대리해온, '좆'은 아닌 "좆같은 것", "내 거보다 세 배… 굵직하고 거무틱틱한 그놈"(193쪽)에 좌절하고 열등감을 느낀다. 그러나 인공 보철 자동차와 합체하는 상상을 통해 '나'는 거대 딜도가 되어 비로소 여성(비록 화성에 사는 비인간 존재이긴 하지만 어쨌든)을 만족시킬 수 있게 된다.

이 소설에서 딜도는 가부장제를 연상시키는 어떤 것, 즉 성의 남근 중심적 구성물의 징후로 해석된다.[1] 보통 정신분석학에서 남성은 특정 신체 기관(예컨대 페니스)에 지배적 가치와 의미를 부여하는 방식을 통해 주체화된다고 알려져 있는데, 그 과정에서 페니스는 팔루스(phallus)라는 이미지가 된다. 그렇게 팔루스를 페니스에 부여된 일련의 의미라고 한다면, 박민규의 소설에 등장하는 딜도는 분명 대리보충된 팔루스다. 문제는 소설에서 고개 숙인 남성이 팔루스를 결여하게 되자, 역설적으로 이러한 팔루스 중심적 인식체계는 더 강력하게 작동하게 된다는 사실이다. 분명 박민규의 소설적 상상력이 우리를 화성이라는 낯선 곳까지 가게 하고 그곳에서 외계인을 만나게 했음에도 불구하고, 그곳에서 우리가 발견할 수 있는 것이 남근 중심적 이성애주의 강령에 따라 관습화된 섹스를 반복하는 한 쌍의 남녀에 불과한 것은 바로 이 때문이다. 그런 점에서 박민규의 소설에 등장하는 화성은 지구의 남근숭배 문화가 여전히 똑같이 작동하는 또 다른 지구에 불과하다고 할 수 있다.

딜도는 그저 남편이 '해 주지 않아' 외로운 아내를 성적으로 만족시켜 줄 음경의 대리 보충물에 불과한 것일까? 더 이상 그런 것만은 아닌 듯하다. 2021년에 발표된 김멜라의 「저녁놀」(『꿈』)에서, 딜도는 스스로 말하고 생각하는 주인공이 된다.[2] 여기서 딜도는 레즈비언 커플이 "더 큰 쾌락을 위해서가 아니라 더 가까이 닿고 싶은 마음으로, 한 번쯤"(103쪽) 사용해 보고 싶은 사랑의 도구로 등장한다. 흔히 레즈비언계에서 딜도는 "남성의 욕망을 레즈비언 섹슈얼리티나 심지어 여성 섹슈얼리티에 투사하는"[3] 유사 남근으로 간주되어 왔는데, 그 때문에 딜도를 사용하는 레즈비

---

1   폴 B. 프레시아도, 이승준·정유진 옮김, 『대항성 선언』(포이에시스, 2022), 91쪽. 이 책은 딜도를 저항적 성에 대한 강력한 인식도구이자 실체와 비유 모두에 해당하는 포스트자연주의적, 포스트구조주의적, 그리고 포스트정체성주의적 방법론으로 해석함으로써, 섹슈얼리티를 젠더 논의에서 분리하고자 하는 새로운 시도다.

2   이 글에서 다루는 김멜라의 소설은 『적어도 두 번』(자음과모음, 2020)과 『제 꿈 꾸세요』(문학동네, 2022)에 수록된 작품들이다. 이하 인용 시에 본문에 『두 번』 『꿈』으로 적고 쪽수만 밝힌다.

3   폴 B. 프레시아도, 같은 책, 94쪽.

언은 남근을 선망하는 위선자로 비난받았다. 그러나 「저녁놀」에서 딜도는 마치 사 놓고 읽지 않은 베스트셀러처럼 이 커플에게 선택되기는 했지만 사용되지 않은 채 방치됨으로써 애초의 사용 목적을 상실한 '어떤' 사물에 불과한 것이 된다. 그 결과 이야기가 전개될수록 딜도는 점점 "섹스의 상징이자 육체의 중심"(118쪽)으로 간주되었던 남근 이미지와 멀어진다. 그 과정에서 남근에 부여되었던 의미의 보편성과 구심력은 해체되고, 딜도는 그저 하나의 '특수' 혹은 '예외'가 되고 만다. 급기야 딜도는 애초의 사용 목적을 거부하는 "노 우먼 노 흡입"(128쪽)을 선언하게 된다. 다음은 선언문의 일부다.

> 동지들이여, 우리를 짓누르는 고환의 하중을 벗어던지고 솟아나자. 확대 수술, 정력제, 발기부전과 조루로 더럽혀진 우리를 둘러싼 언어를 깨부수자. 질 건강 유산균을 먹고 강해진 흡입자들에게서 탈출하자. 굿바이, 차오, 쟈네, 아디오스. 나는 무쓸모의 쓸모, 철저히 무용해지고 버려져 허공의 별이 되리라.(128쪽)

처음에 음경의 인공 대리물처럼 보였던 딜도는, 몇 차례의 존재 변이를 거쳐 그동안 원본으로 간주되어 온 남근의 성적 권위에 의문을 제기함으로써 자발적으로 원본 없는 모방본이 된다. 그리하여 소설 결말에 이르러 이제 딜도는 애초에 원했건 원하지 않았건 간에 '하나의 이름에 갇히지도 하나의 쓸모에 묶이지도 않는' 낯선 사물로 변신한다. 그것은 바로 만성피로에 찌들어 거북목 증후군에 시달리는 고단한 'K-레즈'를 위한 안마기다. 그리하여 "실리콘으로 채워진 탄력 있는" 딜도는 이제 새로운 외양("과일 나오는 도깨비방망이")과 안마기의 용도에 걸맞은 "새 이름을"(136쪽) 기대하며 그녀들이 돌아와 자신을 사용해 주기를 바라게 된다.

김멜라의 「저녁놀」은 딜도를 의인화해 레즈비언 커플의 고단하지만 따뜻한 일상사를 우회적으로 다루는 일종의 가전체(假傳體)소설로, 의인화된 딜도의 시선과 목소리로 그동안 비가시화되었던 레즈비언의 (성)생활을 엿볼 수 있게 한다는 점에서 주목할 만하다. 그러나 그게 전부가 아니다. 왜냐하면 이 소설에서 레즈비언은, 의도하지는 않았지만 그 존재 자체만으로도 남근 중심적·이성애 중심적 사회에서 발기와 삽입, 사정으로 요약되는 중앙집권적인 리비도의 흐름을 막거나 흩뜨림으로써 리비도 경제를 해체하고 있기 때문이다. 이는 소위 정상적이고 자연적이라고 얘기되는 리비도 경제에는 동맥경화를, 여성 지배를 당연시해 온 팔루스에게는 급성 신경증을 일으킨다. 흥미로운 것은 이러한 붕괴와 해체의 상황에서 딜도는 재빨리 그 상황에 적응한 뒤 자신만의 어휘를 사용해 스스로를 새롭게 창조하고 있다는 점이다. 그리하여 평범한 딜도는 '책갈피'를 거쳐 '모모(무쓸모의 쓸모)'가 되지만 거기서 멈추지 않고 '새로운 이름'을 향해 나아간다.

이러한 딜도의 행보는 김멜라의 인물들이 보여 주는 행로를 상징적으로 집약하는 측면이 있다. 김멜라의 문학적 우주는 우리에게 익숙한 지구적 상상력을 완전히 벗어나 문자 그대로 지금까지 만난 적 없는 "외계에서 온 이방인들"[4]로 채워져 있다. 기존의 문학 언어와 관습적 서사 장치에 포획되기를 거부하는 이 낯선 존재들은 우리에게 어느 한 순간에 머무르지 말고 한 발짝 더 나아가기를, 그곳에서 친밀한 돌연변이들을 만나 보기를, 그리고 그들과 연결되기를 제안한다. 가 보자.

2 레즈비언 '되기'의 역학

김멜라의 소설에는 다양한 레즈비언들이 등장한다. 그러나 그들은

---

4   전승민, 「귀환하는 문학의 빛 : 퀴어-크립토나이트」, 《문학인》 2호(소명출판, 2021), 227쪽.

'레즈비언'이라는 단일 정체성으로 범주화하기에는 서로 다른 상황과 조건, 관계 속에 놓여 있다. 그렇다고 기존의 스테레오타입화된 이미지, 예컨대 남자에게 상처 입고 남자를 두려워하는 여자, 그런 여자를 위해 기꺼이 남자의 대체물 역할을 하는 여자, 우리가 각각 '펨'과 '부치'라고 부르는 그런 정형화된 여성, 남성 역할을 반복하지도 않는다.[5] 앞의 「저녁놀」에서도 확인할 수 있는 것처럼 "세상에는 남자를 혐오하지도 선망하지도 않고 남자에게 전혀 관심이 없는 **레즈비언**도 있다."[6] 그렇다고 해서 작가는 레즈비언을 주변부적 섹슈얼리티로 범주화한 뒤 주류 성 담론, 특히 이성애적·재생산적 규범이 지배적인 사회에 저항하는 해방적 성 정체성으로 특권화하지도 않는다. 물론 레즈비언 정체성에 대한 내재적이거나 본질주의적[7] 접근 또한 불허한다. 그래서일까? 김멜라 소설에 등장하는 레즈비언들은 배타적으로 구별지어진 고유한 정체성의 이름이라기보다는 오히려 레즈비언 경험을 통해 새롭게 조정되고, 배치되고, 구성된 존재들의 연속체에 가깝다. 김멜라 소설에서 레즈비언으로 산다는 것이 단지 자신의 성적 지향을 따르는 것으로만 이해될 수 없는 것은 이 때문이다. 그것은 오히려 레즈비언 경험과 가능성을 중심으로 자기 삶을 선택하고 자기 자신에 대해 책임진다는 것에 더 가깝다. 그렇다면 우유부단한

---

5   물론 펨 혹은 부치로 범주화된 사람들 안에서도 섹슈얼리티 표현과 젠더 표현은 다양하며 그 표현들은 서로 복잡하게 얽혀 있으므로 이들 이름을 단정적으로 여성 역할, 남성 역할로 한정할 수는 없다. 여기서는 다만 펨과 부치를 남성성/여성성이라는 단순한 이분법적 도식 속에서 획일화하는 논의에 대한 비판의 맥락에서 서술한다.

6   한채윤, 「레즈비언의 남성성: 공존, 반전, 경쟁, 갈등하는 젠더」, 권김현영 외, 『남성성과 젠더』(자음과모음, 2011), 133쪽. 강조한 레즈비언은 원문에 있는 '사람'이라는 단어를 대신한 것임.

7   이때 본질주의란 동성애와 다른 정체성 범주들이 그러한 범주들에 속하는 사람들의 근본적 본성을 이루는 선천적 특징들을 반영한다는 신념을 말한다. 미미 마리누치, 권유경·김은주 옮김, 『페미니즘을 퀴어링』(봄알람, 2018), 29~30쪽 참조.

과학도에서 레즈비언이 된 「물질계」(『두 번』)의 주인공 '나'는 어떤가?

「물질계」는 양자-역학(力學)의 눈으로 불확정성의 원리가 지배하는 물질계를 연구하던 '나'가 대학의 관행(예를 들면 '지도교수'의 뜻을 거스르면 안 된다는 것과 같은)을 따라가지 못하다가 결국 학계에서 퇴출된 후 어떻게 다른 존재로 거듭나게 되는가에 관한 이야기다. 한때 "나는 우주의 어떤 법칙을 내 힘으로 만들 수 있다고 자신했"(90쪽)지만 이런 '나'의 야심은 "20세기 아인슈타인 흉내"(88쪽)에 불과하거나 비과학적인 것으로 치부된다. 그러다 '나'는 '은하수'라는 점집의 불확정적 예언처럼 서른넷에 "완벽히 불행"(93쪽)해진 후에 본격적으로 우주-역학(易學)의 세계로 들어서게 된다. 그렇게 자신의 불행한 운명의 원인을 추적하다가 드디어 '나'는 자신이 어떤 존재인지를 깨닫게 된다. '나'는 "집안을 말아먹을 년"이었던 것이다.

> 사촌이 말하길 할머니는 잔칫집에 온 무당에게 내 사주를 보았는데 그 무당은 내가 커서 집안을 말아먹을 팔자를 타고났다고 말했다는 것이다. 지금이었다면 내게 그런 말을 하는 사촌의 앞니를 두들겨줬겠지만 아홉 살의 나는 내 존재의 비밀을 깨닫기라도 한 듯 몸의 힘이 빠져나갔다. (……) 어렴풋이 나도 알고 있었다. 내가 집안을 말아먹을 년이라는 것을. 내 안의 숨겨진 무언가가 밖으로 튀어나와 나와 내 집안을 말아먹고 세상의 손가락질을 받으리라는 것을.(97쪽)

아버지가 스물다섯 젊은 나이에 죽고 어머니가 스물여덟 젊은 나이에 재혼하면서 할머니에게 맡겨졌던 '나'는, 아홉 살에 "집안을 말아먹을 년"이라는 무당의 저주에 가까운 예언을 들은 이후 줄곧 이 모든 불행이 '자기 안의 숨겨진 무언가'(아마도 남들과 달랐을 성적 성향)의 탓이라고 생각한다. 게다가 이 무언가를 끄집어내면 사람들의 비난을 받게 될 거라고 예감하기도 한다. '나'가 "누구에게나 일관되게 작용하는" "과학의 세계를 신뢰"(99쪽)하게 된 것도 이 때문이다. 그 과학의 세계, 즉 양자-역학의 세계야말로 자신의 욕망과 기질, 취향을 감추기에 적합한 "동일한 물리 법칙이 작용"(120쪽)하는 장소였기 때문이다. 그런 점에서 과학의 세계는 '나'에게 일종의 '벽장'[8]이라고 할 수 있다. 그러나 문제는 이 과학이라는 벽장 또한 이성애 중심적으로 조직된 현실 세계의 일부이며, 절대로 젠더 중립적이거나 무성적(無性的) 공간일 수 없다는 사실이다. 예컨대 소설의 첫 문장은 이렇다. "죽음은 어떤 공간이며 계속 걸으면 다다르는 길이다. 그러니 찾아오고 찾아갈 수 있는 것이다"(87쪽). 이때 '죽음'이란 그런 점에서, 벽장 속 레즈비언으로서 '나'가 자신을 완벽하게 감춘 상태를 의미할지도 모른다. 그러나 "완전한 죽음은 불가능하다". 아무리 시간이 흐르지 않는 침묵의 공간에 숨어 있다고 해도 '나'는 자신을 완전히 숨기거나 속이지 못한다. 두 번째 지도교수가 '나'의 논문에서 과학적 세계와는 무관해 보이는 "파워, 섹시, 유혹"(88쪽)을 발견한 것은 그 때문이다.

결국 '나'는 과학적 세계에 적합하지 않다는 사실을, 아무리 애를 써도 그 세계 안에서는 '나 자신을 행복하고 충만하고 아름답게 만드는 빛 타래'를 발견하지 못한다는 사실을 깨닫게 된다. 그러다가 '나'는 급한 변을 처리하기 위해 고가 다리 밑 굴다리로 갔다가 그곳에서 "레즈비언 사주 팔자"라는 글자가 인쇄된 전단지를 발견하게 된다. 그것은 "낯설지만 오

---

8 이때 벽장은 두 가지 의미를 갖는다. 우선은 자신이 동성애자임을 부끄러워하고 남들이 알지 못하도록 자신을 숨겨 두는 은밀하고 어두운 공간을 의미한다. 그러나 벽장은 이성애자들의 공간으로, 그곳에서 동성애자는 침묵하기만 해도 이성애자로 간주된다. 그런 점에서 벽장은 이성애 중심적 규범이 지배하는 현실 세계 그 자체이기도 하다. 따라서 동성애자의 커밍아웃은 이 세계가 사실은 거대한 하나의 벽장에 불과하다는 사실의 폭로인 동시에, 벽장 바깥에 다른 세계가 존재할 수 있다는 가능성의 확인이기도 하다. 이러한 벽장의 상반된 두 가지 의미에 대해서는 한채윤의 「벽장 비우기」, 한국성폭력상담소 기획, 변혜정 엮음, 『섹슈얼리티 강의, 두 번째』(동녘, 2006), 255~256쪽 참고.

래 꿈꿔온 듯한 단어들"로, 그 순간 '나'는 "두 가지 물질이 일으키는 국소적 파동에 전율"(104쪽)하며 바지에 똥을 싼다. 레즈비언이라는 단어와의 만남은 그렇게 '나'를 전율케 하고 '나'가 오랫동안 억압해 온 레즈비언으로서의 정체성을 저도 모르게 홀로 커밍아웃하게 한다. 그렇게 '나'는 '레사'(레즈비언 사주팔자의 줄임말로 '나'의 사주를 봐주는 역술인)를 만나 '나'를 꽁꽁 얼어붙게 만들어 벽장에 가두고 침묵하게 했던 "집안을 말아먹을 년"이라는 가혹한 운명과 정면 대결하기 시작한다. 어떻게? 바로 레즈비언 '되기'로 말이다.

'나'는 레사를 만나고 나서야 비로소 자기 몸안에 꽁꽁 얼어붙어 있는 '빙하'가 "달콤하고 불안하게 부풀어오르는 것"(114쪽)을 느끼게 된다. 레사는 "내 마음속 빙하를 녹여 주었다. (중략) 그렇게 10년 동안 레사와 나는 변함없이 서로를 사랑하고 있다"(127쪽). 이때 중요한 것은 레즈비언되기라는 '나'의 변화는 '나' 혼자만의 움직임만으로는 불가능하다는 것, 레사라는 또 다른 운동 변수와 만났을 때 비로소 '나'는 새로운 존재로 거듭날 수 있게 되었다는 사실이다. 나아가 그것은 레사가 말하는 명리학처럼 "자기에게 적용하는 성찰이고 수양"으로, 자신에게 그리고 다른 사람들에게 "하루하루 충실하게"(125쪽) 사는 것을 의미한다.

결국 레즈비언이 된다는 것은 기존의 닫힌 세계를 벗어나 새로운 삶의 선택지를 발견하고 그에 맞춰 자신을 변화시키려는 운동이라고 할 수 있다. 그것은 일차적으로는 여성에게 할당된 여성 역할(출산과 가사노동으로 요약되는 재생산 서비스)을 벗어나 (가부장제가 부여한 이름으로서의) 여성이 아닌, 또 다른 여성이 되는 과정이다. 그러나 그게 전부는 아니다. 레즈비언에 최종 버전은 없다. 낯선 존재들과의 결합 놀이는 '이미 판결이 이루어진 벽장 세계'와는 달리 어떤 판결도 없는, 끊임없이 변화하는 낯선 세계로 우리를 이끌고 갈 것이기 때문이다. 또 다른 이야기는 거기서 시작한다.

「논리」(『꿈』)는 레즈비언 '되기'에 관한 이야기라는 점에서 「물질계」와 기본 방정식을 공유하는 소설이지만, 외재적 시각에서 레즈비언 되기에 대해 이야기한다는 점에서 메타소설적 성격을 갖는다. 이 소설은 교통사고로 죽은 '나'가 살아남은 딸 '엘리'의 고통과 상처를 지켜보면서 자신에게 익숙한 세계의 논리를 포기하고 딸을 위해 새로운 세계에 관한 이야기를 지어내는 일련의 과정을 다루고 있다. 그런데 그 과정은 제목과 달리 비논리적인 것처럼 보인다. 시간의 흐름은 순차적이지 않고 서사는 일관적이지 않다. 왜 그럴까? 일단 가장 큰 이유는 서술자 '나'가 죽은 사람이기 때문이다. 비유적으로가 아니라 실제적으로. 문제는 죽은 '나'의 시간이 이 세상의 시간 구조와는 다르게 흐른다는 것이다. 죽음은 중력의 영향을 받지 않는다. 그래서 이 소설을 흐르는 시간은 우리가 시간에 대해 가지고 있는 익숙한 통념과 틀을 벗어난다. 소설 속 사건이 과거-현재-미래라는 익숙한 질서를 따라 인과적으로 연결되지 않는 것은 그 때문이다.

'나'의 공간에서 시간은 직선으로 흐르지도 않고, 하나의 문법과 질서에 따라 구성되지도 않는다. 오히려 시간은 여러 사건처럼 동시다발적으로 존재하며 그 사건들은 익숙한 시간의 논리에 따라 인과론적으로 짜맞춰지지도 않는다. 끔찍한 교통사고 현장에서 기적적으로 살아남은 과거의 엘리, 혼자 살아남은 자신을 자책하며 고통스러워하는 현재의 엘리, 엘툰코 해변에서 연인과 함께 파도를 타는 미래의 엘리. 이 세 엘리는 아무런 논리적 인과관계 없이 소설 속에 흩어져 있다. 이 사건들은 어떤 논리로 이어져 있는지, 이러한 비논리적 시간 구조가 레즈비언이라는 엘리의 성 정체성과 도대체 어떤 관계가 있는지 논리적으로 설명하기는 어려워 보인다. 그러나 소설에서 우연히 발생한 뒤 무질서하게 흩어지는 각각의 시간-사건들은 이야기가 진행될수록 점차, 불연속적이지만 역동적인 구조를 만들어 간다. 그 불안전한 구조의 한가운데에 놓여 있는 것은 바로 문자 'L'(혹은 '엘' 혹은 'El')이다.

'나'가 딸 엘리의 글씨 연습을 지켜보는 소설의 첫 장면에서부터 시작해 보자. 엘리는 오직 알파벳 '엘'(L)만을 반복해서 쓰는데, 이후 이 알파벳 '엘'은 소설이 진행되면서 다양한 엘들과 만나고 이어지면서 '레즈비언' 정체성에 관한 이야기로 나아간다. 그것은 처음에 "더 높고 거룩한 곳에서 축복처럼 내려온 단어", 즉 엘로힘(Elohim), 엘 샤다이(El Shaddai)에서 가져온 엘리의 'El'에서 시작하지만 차츰 애니메이션 「겨울왕국」의 주인공인 엘사의 엘과 만나고, 'El Salvador'와 '태평양, 엘 툰코 해변'의 엘을 지나 "레터, 라이트, 룩……"(177쪽), 그리고 런, 레즈비언과 같은 단어들로 넘어간다. 흥미롭게도 이 '엘, El, L' 들은 서로 다른 시간과 공간에 등장했다 사라지는데, 그 때문에 마치 이 소설의 '엘'들은 소설의 시간만큼이나 "뒤죽박죽"(176쪽) 마음대로 직조되고 있다는 인상을 준다. 그러나 흥미로운 것은 엘리의 레즈비언 정체성이란 이러한 엘의 무규칙적이고 비논리적인 서사적 운동을 통해서만 설명할 수 있는 우연한 시간-사건이라는 사실이다. 이 무작위한 결합 놀이는 그렇게 엘리가 이 세상과 접촉하고 반응하고 작용하는 고유한 형식이자 레즈비언 정체성 구성의 논리가 된다.

그리고 이 결합 놀이는 새로운 이야기의 선택으로 이어진다. 앞에서도 말한 것처럼 이 소설의 낯선 시간 구조는 "귀신인지 영혼인지 모"(204쪽)를 '나'의 비실재적 실재성에서 기인한다. 그 때문인지 소설에서 '나'는 하나의 서사 장치, 즉 '데우스 엑스 마키나'처럼 문자 그대로 '도구/장치로 구성된 신'처럼 설정되어 있다. 소설에서 '나'는 기적에 관한 두 가지 이야기를 제시한다. 첫 번째 이야기에서 '나'는 끔찍한 교통사고에서 살아남은 인물로 등장한다. 그것은 "인간의 논리로는 다 설명할 수 없는 초월적 존재의 힘"(180쪽)이 만들어 낸 놀라운 기적에 관한 이야기다. 그러나 곧 이 이야기는 사실이 아닌 것으로 밝혀진다. 게다가 초월적 존재와 기적에 관한 이야기는 엄마의 죽음을 자기 탓으로 여기며 자책하는 엘리를 위로하지도 못한다. 그리고 '나' 또한 "내가 옳다고 믿어 온 세상의 법칙들이 반드시 좋은 결과를 가져오진 않는다는 것을 이 사고를 통해 배"(182쪽)운다. 그리하여 '나'는 낯선 이야기를 찾아 "더 먼 바다, 더 먼 미래를 향해" "내가 모르는 곳"(202쪽)까지 가서, 기어코 엘리가 연인과 함께 온전한 기쁨과 믿음 속에서 해피엔딩을 맞이하는 레즈비언 생존 서사를 발견한다. 그리고 나서 비로소 '나'는 깨닫는다. 자신이 죽음의 순간에서조차 간절히 바란 것은 바로 엘리가 살아남는 기적의 이야기였음을 말이다. 그리고 '나'는 아직 실현되지 않은 이 이야기를 먼 곳에서 오래전에 보낸 편지의 형식 안에 담아 냄으로써 미래의 레즈비언 엘리를 현재화·현실화한다. 그런데 죽은 '나'가 작위적으로 만들어 낸 이런 이야기가 과연 힘이 있을까? '나'가 말하는 '삶과 죽음 사이에 있는, 서로를 연결해 주는 힘'은 과연 존재할까? 또 다른 죽은 자의 이야기를 들어봐야겠다.

3 ( )를 채우지 마시오

「제 꿈 꾸세요」(『꿈』)는 '나'의 죽음에서 시작한다. 그런데 그 죽음은 사인이 분명한, '죽음'이라는 단어로 깔끔하고 단일하게 규정되기 어려운 어떤 것으로 이루어져 있다.

> 나처럼 죽은, 그러니까 죽으려다 못 죽고 예기치 못하게 죽은. 자의로 계획했지만 타의의 습격을 받아 애매하게 그 사이에 낀. 칸과 칸 사이에 절취선이 그어진 휴지처럼 자의/타의로 말끔하게 끊어지지 않고 불규칙한 선으로 찢겨 나간.(271쪽)

'나'의 죽음의 상황을 좀더 구체적으로 정리해 보면 이렇다. 우울증을 앓는, 혼자 사는, 30대, 무직, 레즈비언인 '나'는 수년에 걸쳐 모은 수면제로 자살을 시도하지만 예기치 않게 사흘 만에 깨어난다. 그러나 그 사흘 동안 자신을 찾는 전화나 문자 한 통이 없었다는 사실을 확인한 후, "이렇게 끝낼 수는 없다며 (……) 그 누구도 나의 안녕을 궁금해하지 않는 세상, 이 악물고 살아 주마, 그렇게 결심하고 급히 먹은 원 플러스 원 초코바에 목이 막혀 죽는"(268쪽)다. 그렇다면 '나'의 죽음은 자살일까, 사고사일까? '나'는 자살을 시도하기는 했지만 그래도 자기 죽음을 '사고사'라고 생각한다. 그러나 '나'의 시신 옆 "여러 조제 일자의 약 봉투"와 "내 플러그는 내가 뽑고 싶어요."(269쪽)라고 씌어진 노트는 '나'의 죽음을 자살로 단정짓게 할 터이다. 그렇게 '나'의 죽음은 자살과 사고사 어디에도 포함되지 못한 채, 죽음 직후 등장한 '챔바'라는 가이드에 의해 "판단 이전의 괄호"(272쪽)로 명명된다.

괄호는 채워지기를 문제는 풀리기를 바란다,라고 우리는 흔히 생각한다. '나' 또한 죽었다가 살아났다가 다시 죽게 된, "이 뒤엉킨 인과관계의 인을"(268쪽) 찾아 죽음의 정체를 밝히고 명명하고자 한다. 왜 '나'는 이렇게 자기 죽음의 원인을 찾으려고 하는 걸까? 왜냐하면 '나'의 죽음에 대한 탐구는 곧 '나'의 정체성에 대한 질문으로 이어지기 때문이다. 무직에 우울증을 앓는 레즈비언인 '나'의 죽음은, '나'의 성 정체성이 알려지는 순간 사회적 죽음으로 비화된다. 그런 죽음 속에서 '나'는 특정 이미지로 박제되고 '나'의 죽음은 스테레오타입화된 이야기로 만들어져 '나'를 그런 이야기 속 고정관념과 편견에 가둘 것이다. 마치 자살한 모든 레즈비언에게 단일한 서사가 있는 것처럼 말이다. 그렇게 레즈비언에 대한 상투적인 이야기는 재생산된다. 물론 '나'가 무직에 우울증을 앓는 레즈비언인 것은 맞다. 그러나 '나'는 그런 범주 안에서만 명명되거나 재현될 수 있는 존재일까? '나'의 취향, 일상적 경험, 관계, 그리고 감정 들에 대해 잘 알지도 못하면서 레즈비언 범주로만 '나'를 설명할 수 있을까? '나'는 어떻게 "죽음을 통해 비로소 **레즈비언**으로 태어나고 태어남과 동시에 **레즈비언**으로만 삶을 박제시키는 과정"[9]을 거부하고 자신의 괄호를 세상의 범주가 아닌, 자기만의 논리와 언어로 채울 수 있을까? 그런데 잠깐, 그전에 물어보자. '나'는 그러한 범주에서 자유로운가?

물론 '나' 또한 범주에서 그렇게 자유롭지 않다. '나'는 죽고 나서 '챔바'라는 이름의 가이드를 처음 만나는데, 갑자기 그가 남자인지 여자인지, 몇 살쯤 됐는지를 궁금해한다. 분명 '나'는 고정된 불변의 범주 안에 자신을 가두는 것을 불편해했는데, 왜 챔바에 대해서는 성별과 나이의 범주 속에서 그가 누구인지를 가늠하려고 한 것일까? 마치 어떤 사람의 해부학적 성이 그가 무슨 일을 하고, 어떤 성격이며, 무엇을 좋아하는지 혹은 싫어하는지 등등을 다 알려 줄 수 있는 것처럼 말이다. 심지어 나는 "내겐 당신의 성별이 중요한 요소가 아니라는 듯. 하지만 우리 사이가 좀더 가까워지길 원한다면 그 머플러를 내려 울대뼈가 튀어나왔는지 확인시켜 주면 된다는 듯" 기어이 다음과 같이 질문한다. "소괄호예요? 아니면 뾰족 괄호?" 그러나 챔바는 이 무례한 질문에 무심하게 답변한다. "빈 괄호, 비워 두는 거예요"(273쪽). 이분법의 힘은 세다. 고정된 정체성에 자신을 가두는 것에 분개하고 비판하는 사람조차 이 조악하고 거친 이분법을 벗어나 다른 누군가의 정체성에 대해 질문하는 것은 쉽지 않다. 그럼에도 불구하고 방법이 없지는 않다. 그것은 바로 당신이 남자인지 여자인지를 확

---

9 루인 「죽음을 가로지르기: 트랜스젠더퀴어, 페미니즘, 그리고 퀴어 연구의 이론사를 개괄하기」, 전혜은·루인·도균, 『퀴어 페미니스트, 교차성을 사유하다』(여이연, 2018), 189쪽. 루인은 이 글에서 트랜스젠더 활동가의 죽음이 트랜스젠더라는 범주로만 활용되는 방식을 비판하면서 죽음이 삶을 알아가는 자리로 사유되어야 하며 그럴 때 트랜스젠더의 삶은 더 이상 단순하게 재단되지 않을 수 있다고 본다. 김멜라의 「제 꿈 꾸세요」 속 '죽음'에 대한 해석은 이 글의 통찰에 기댄 것이다. 위의 인용문 속 강조한 '레즈비언'은 원래 '트랜스젠더'이다.

인하기 전에 당신의 상처와 슬픔을 발견하는 것이다.

상처받았지만 품위를 잃지 않겠다는 표정으로, 챔바가 회색 점무늬 머플러를 벗었다. 나는 챔바의 목을 보았다. 울대뼈가 튀어나왔는지 안 튀어나왔는지 확인했다. 하지만 그보다 먼저 본 것은 챔바의 상처였다. 챔바의 목에는 스스로 플러그를 뽑을 때 생긴 흉터들이 있었다.(294쪽)

그렇게 "챔바의 시간이 나에게 흘러왔다"(294쪽). 챔바가 남자인지 여자인지 하는 것보다 더 중요한 것은 그가 어떤 삶의 시간을 보냈으며 그가 만든 이야기는 무엇인지 하는 것이다. 그리고 그의 슬픔이 무엇인지를 이해하는 것이다. '나'도 마찬가지다. '나'는 고등학교 시절 원하기만 하면 언제나 '나'와 떡볶이를 먹어 주던 친구 규희와의 추억을, 왼쪽 뺨에 난 손톱자국과 비뚤게 난 아랫니는 물론 키스할 때 나는 사랑니 썩는 냄새조차 좋아했던 세모와의 사랑을, 삼각 비닐팩 커피우유에 단번에 빨대를 꽂던 엄마의 유쾌한 모습을 떠올리다가 문득 깨닫는다. "인과관계의 인(因)에 매달리느라 (……) 내 죽음의 경위와 삶의 이력들을 오해 없이 완결하"(295쪽)는 일이 결코 자신에 대해 더 잘 이해하는 방법이 아니라는 사실을 말이다. 죽음은 인과관계에 따라 규명되어야 할 사건이 아닌, '나'의 삶을 알아가는 계기로 사유되어야 하는 것이다. 그럴 때 '나'의 죽음은 비로소 '나'가 어떤 존재였는지를 알 수 있게 해 준다. 그것은 특정 정체성이나 병력(病歷), 경제적 조건 등을 근거로 범주화되거나 환원되기 어려운 삶의 내용들로, '나'라는 한 존재의 삶을 풍성하게 해 준 다양한 경험과 감정, 관계 들로 이루어진 이야기다. 그럴 때 소설에서 반복적으로 등장하는 '괄호'는 채워지기를 기다리는 수동적인 자리가 아닌, 결코 단순하게 해석되지 않을 삶의 디테일들이 교차하면서 만들어 내는 새로운 이야기의 자리가 될 것이다. 물론 그 새로운 이야기가 레즈비언의 것만은 아니다.

4 성도덕의 최전선에서

김멜라의 소설 속 괄호는 다양하다. 앞에서 다룬 소설들에 등장하는 레즈비언은 물론, 「호르몬을 취줘요」(『두 번』)의 IS(인터섹스의 줄임말), 「나뭇잎은 마르고」(『꿈』)의 장애 레즈비언 등은 이성애 중심적 매트릭스 안에서 주변화되거나 비가시화된 섹슈얼리티이자 기존의 정체성 범주로 깔끔하게 정리되기 어려운 존재들이다. 물론 이들을 명명하는 정체성의 이름은 많다. 그동안 동의어로 사용되어온 '성소수자' '퀴어' 'LGBT' 혹은 '젠더퀴어'[10] 등과 같은 좀 더 큰 범주에서부터 더욱 세분화된 퀴어 정체성까지, 성 정체성의 리스트는 지금도 새롭게 등재된 이름들로 점점 길어지고 있다.[11] 그러나 이브 세즈윅의 말처럼 퀴어란 이성애의 반대 항에 놓인 정체성의 이름이 아니라, "여전히 변화무쌍한 동성애/이성애 분류를 마치 다 정리된 것처럼, 어떤 사람이든 그것만으로 그 사람에 대한 투명하고 실증적인 사실을 말해 줄 수 있는 것처럼 다루는 방식에 대한 저항 그 자체"[12]라고 할 수 있다. 어찌 보면 너무 당연한 얘기 아닌가? 왜냐하면 우

---

10 젠더퀴어(gender-queer)는 젠더를 남성과 여성 둘로 분류하는 이분법적 성별 구분을 벗어난 종류의 성 정체성을 가지는 것을 부르는 용어다. J. 잭 할버스탬, 이화여대 여성학과 퀴어·LGBT 번역 모임 옮김, 『가가 페미니즘』(이매진, 2014), 44쪽.

11 지금 명명되고 유통되고 수용되는 새로운 퀴어 정체성 이름의 리스트 중 하나를 소개한다. 프라이드&게이, 레즈비언, 바이섹슈얼, 팬섹슈얼/팬로맨틱, 에이섹슈얼, 인터섹스, 트랜스젠더, 젠더퀴어, 논-바이너리, 바이젠더, 팬젠더, 트라이젠더, 젠더플럭스, 젠더플루이드, 에이젠더, 안티걸, 안티보이, 폴리아모리, 그레이섹슈얼, 그레이로맨틱, 데미섹슈얼, 에이로맨틱, 오토코리(스)섹슈얼, 에이로플럭스, 리스섹슈얼/로맨틱, 프레이섹슈얼/로맨틱, 쿠피오섹슈얼/로맨틱, 아포시(안티)섹슈얼/로맨틱, 뉴트로이스, 안드로진, 매버릭, 데미젠더, 데미걸, 데미보이, 퀘스처너리/퀘스처닝, 그리고 기타. 이에 대한 자세한 얘기는 전혜은의 『퀴어이론 산책하기』(여이연, 2021), 270~296쪽, 272~274쪽의 표 참조. 전혜은은 이러한 새로운 퀴어 정체성들의 도식화를 '퀴어 정체성의 백가쟁명'으로 설명하고 있다.

리 모두는 각자가 처한 특수한 사회적 맥락과 개별 경험들, 사건들로 이루어진 복잡한 프로세스이자 다른 존재들과의 관계에 따라 변화 가능한 '과정 중의 주체'이기 때문이다.

그런 점에서 김멜라 소설의 괄호는 배타적이고 독점적인 의미로 채워져야 할 불안한 빈 공간이라기보다는, 역동성과 변화 가능성, 개방성을 통해 또 다른 불투명한 존재들과 결합하면서 새로운 이야기를 향해 뻗어나가는 유쾌한 운동체(運動體)에 더 가깝다. 이들은 자신을 특정 정체성으로 명명하는 데는 관심이 없다. 예컨대 인터섹스 괄호는 자신을 "숫자나 과일이나 색"처럼 "다른 것에 비유"(「호르몬을 춰줘요」, 16쪽)하면서 하나의 정체성 의미에 고정시키지 않고 계속 미끄러지게 하거나, 자기 안에 흘러넘치는 호르몬에 맞춰 춤을 추는 일에 집중한다. 그래서일까? 김멜라 소설 속 장애인 괄호는 비장애인들과는 다른, 자신만의 속도와 기울기, 웨이브를 반복하면서 낯선 리듬을 만들어 내기도 한다(「나뭇잎은 마르고」). 이 괄호들의 탄생 서사 또한 남다르다. 이들은 이성애·혼인가족 중심으로 구성된 인과관계의 논리 바깥에서 자기 존재의 기원을 상상하는데, 레즈비언 엄마를 둔 청소년 여성 '나'는 자신을 "하늘에서 뚝 떨어진 것 같은" "때에 맞지 않은 열매"(「링고링」, 『꿈』, 9쪽)에 빗대기도 한다. 그리고 뇌병변장애 레즈비언은 여전히 여성에게 임신과 출산, 양육으로 요약되는 모성(열매)을 강제하는 가부장제적 신화와 종교를 향해 불임(不姙)의 역습을 가하기도 한다. 이 씩씩한 괄호들의 행진이라니!

그러나 김멜라 소설에서 괄호는 어떤 존재의 정체성에만 해당되는 것이 아니다. 그것은 관계, 특히 성적 관계에 사용되기도 한다. 이 괄호는 정

12　Eve Kosofsky Sedgwick, *The Epistemology of the Closet*(Berkeley: University of California Press, 1990), 박이은실, 「(다시) 급진적으로 성을 사유할 때가 왔다」, 《여/성 이론》 33호(도서출판여이연, 2015), 73~74쪽에서 재인용.

상적이고 자연스러운 것으로 간주되는 이성애 매트릭스 바깥의 성적 관계와 성적 실천을 과연 어떻게 범주화할 수 있는지, 이러한 일탈적 섹슈얼리티를 도덕적 공황에 빠지지 않으면서 어디까지 포괄/배제할 수 있는지를 심문하고 있다. 거기에는 딜도와 같은 도구를 사용한 성행위(「저녁놀」)와 유부녀와 그녀의 동성 애인과의 불륜(「링고링」)은 물론 맹인 제자에게 클리토리스 자극(자위)을 통해 얻는 쾌락에 관해 가르쳐주는 일(「적어도 두 번」)도 포함된다. 이 중에서 특히 논란이 되는 소설은 「적어도 두 번」이다.

「적어도 두 번」은 한국문학에서는 흔치 않은 여성의 자위행위를 소재로 다루면서도, '좋은 성'과 '나쁜 성'을 가르는 서로 다른 가치판단 기준들이 경합하는 양상을 통해 섹슈얼리티의 다양성에 대해 좀 더 개방적인 토론을 유도한다. 특히 이 소설은 여전히 섹스 자체(결혼과 임신이 전제된 섹스를 제외한)를 부정하고 금기시하는 한국 사회에서, 세대 간 성행위, 위계 관계가 개입될 수 있는 성관계, 자위행위, 청소년-장애 여성의 욕망 등과 같이 논쟁이 될 만한 성 이슈를 다루고 있다. 지극히 사적이고 비유적인 개인 방언을 중심으로 전개되는 '나'의 고백 내용은 대강 이렇다. 20대의 레즈비언 대학생인 '나'는 맹인 고등학교 학생인 '이테'의 방과 후 과외 선생('유파고')으로, 건강하고 솔직한 이테에게 성적인 매력을 느낀다. 그러던 어느 날, 병문안을 핑계로 이테의 집에 갔다가 혼자 심심해하는 이테에게 "자기 자신과 악수하는 법"(78쪽), 즉 자위('지위')를 가르쳐주게 된다. 이테는 자신의 클리토리스('클리토리우스')를 자극하는 자위에 매우 만족해하며 자기만의 방식으로 한 번 더 자위를 한 뒤 잠이 든다. 이테와 함께 잠든 '나'는 중간에 깨서 잠든 이테에게 갑자기 동정심을 느껴 "이테의 클리토리우스를 혀로 핥"(82쪽)아주다가 이테의 엄마('줄파추')에게 들켜 미성년자 성추행으로 고소를 당한다.

푸코의 논의에 따르면, 고백이라는 양식은 새로운 성적 주체를 구성하고 성적 담론을 생산하는 가장 좋은 방식이다. 그런 점에서 「적어도 두 번」의 고백 양식은 여성의 자위행위 전반에 대한 자기 민속지적(auto-ethnographic) 탐구를 가능하게 하는 동시에, 그동안 잘 알려지지 않았던 여성의 자위행위를 새로운 여성의 성적 실천으로 제안하게 한다. 그러나 다른 한편으로 자신의 은밀한 성생활을 고백하는 주체가 상대적으로 나이가 많은, 비장애, 레즈비언 선생이라는 사실은 사태를 좀더 복잡한 양상으로 끌고 간다. 특히 상대가 미성년, 장애, 여학생이라는 점은 공적 교육 기관에서 빈번하게 발생하는 위계에 의한 성폭력 사건들, 장애 여성을 성적으로 착취하는 사건들을 떠올리게 하기도 하지만, 동시에 미성년 장애 여성을 탈성애화하거나 피해자화하는 도덕적 금지의 메커니즘이나 동성 애자들의 성적 실천을 소년애와 동일시하는 동성애 혐오 논리[13]가 중첩되기도 한다.

그렇다면 이 두 여성 사이에서 이루어진 성적인 관계를 어떻게 해석할 수 있을까? 이 관계는 합의에 의한 것인가? 위계에 의한 성폭행인가? 건강한가, 병리적인가? 이테는 '나'의 가스라이팅 피해자인가? 성 해방적인가 아니면, 성 억압적인가? 이 질문들에 대해 과연 답변할 수 있을까? 그럴 수도 있고, 아닐 수도 있다. 그러나 분명한 것은 '미성년자 성추행'이라는 법적 고발이 곧장 '나'의 도덕적·법적 유죄를 확정짓지는 않더라도, '10대 맹인 여고생'과 '20대 레즈비언 여대생'의 자가 성애적·동성애적 관계와 실천이 아직까지는 자연스럽고 정상적인 섹슈얼리티로 받아들여 지지 않는다는 점이다. 이성애의, 혼인 관계의, 출산을 전제로 한, 도구를

---

13 동성애를 소년애와 동일시함으로써 근거 없는 동성애 포비아를 부추기는 사례로는 우에노 치즈코, 나일등 옮김, 『여성혐오를 혐오한다』(은행나무, 2012) 참조. 우에노 치즈코는 여성 혐오 문제를 성차적 시각에 근거해 접근함으로써 남성 동성애자를 여성의 적으로 설정하는 오류를 이 책 전반에 걸쳐 반복한다. 이에 대한 비판적 논의는 김주희, 「우에노 치즈코의 젠더─본질주의 비판」, 《여성문학연구》 47호(한국여성문학학회, 2019) 참조.

사용하지 않는, 파트너와 둘이 함께하는 섹스를 정상적이고 자연적인 것으로 특권화하고, 그 외의 성은 부자연스럽고 비정상적이며 심지어 변태적이고 범죄적이라고 보는 성적 카스트 계급은 여전히 견고하게 작동되는 듯하다. 페미니즘 논의의 장 안에서조차 소위 일탈적이라고 하는 다양한 성적 실천에 관한 구체적인 분석 사례와 자기 인류학적 탐구가 부족한 이유다.

그러나 올바른 페미니즘에 대한 요구가 부당한 것처럼 더 바람직한 섹슈얼리티에 대한 요구 또한 마찬가지다. 그런 맥락에서, 김멜라 소설에 등장하는 레즈비언을 새로운 여성 정체성의 이름으로 제한해서는 안 된다. 그것은 '진짜 여성'의 범주를 확장시켜 레즈비언, 트랜스젠더 여성, 장애여성 등을 모두 여성이라는 정체성의 틀 안에 가두는 것에 불과하다. "레즈비언은 여성이 아니다."[14] 잘 알려진 것처럼 남성과 여성은 자연스러운 성 범주가 아니다. 그것은 강제적 이성애주의하에서 남성이 여성의 성과 육체를 장악하기 위해 만든 이성애적 사회계약의 산물에 불과하다. 모니크 위티그는 레즈비언이야말로 이러한 강제된 이성애적 사회계약에 참여하는 것을 거부함으로써 남성 중심적 세계 속에서 파생된 '여성'이라는 개념의 범주에 속하는 것을 거부할 수 있게 된다고 보았다. 그러나 그게 전부가 아니다. 게일 루빈에 따르면, 1970년대 유행했던 캐치프레이즈인 '페미니즘은 이론, 레즈비어니즘은 실천'에서 정치적 신념을 성적 선호와 동일시함으로써 레즈비어니즘을 일종의 자매애로 탈성화했다고 비판한다. 그러나 섹슈얼리티에 의해 굴절되지 않는 젠더는 없다. 김멜라 소설 속 레즈비언을 또 다른 여성으로만 볼 수 없는 이유이다.

레즈비언은 생물학적 여성인 동시에, 여성과 섹스하(고 싶어하)는 여성이다. 따라서 레즈비언이라는 정체성 범주를 이해하기 위해서는 여성

---

14 모니크 위티그, 허윤 옮김, 『모니크 위티그의 스트레이트 마인드』(행성B, 2020), 95쪽.

에 대한 성차적 인식과 함께 섹슈얼리티에 대한 논의가 더해져야 한다. 그것은 남성과의 관계 속에서만 지나치게 이분법적으로, 경직되게 사유되어 온 '여성'이라는 정체성 범주를 지나 여성을 좀더 다양한 성적 상황과 맥락 속에 위치짓는 것을 의미한다. 그것은 퀴어도 마찬가지다. 새로운 퀴어 정체성이라는 범주만을 강조할 경우 오히려 기존 정체성 정치의 한계에 갇히거나 심지어 퀴어라는 정체성을 개인의 역사와 사회적 맥락을 지운 채 본질처럼 간주할 수도 있다. 김멜라 소설에서 주목할 점은 레즈비언이라는 정체성을 고정된 불변의 범주가 아니라, 매번 다르게 수행적으로 구성되는 변화의 과정 그 자체로 보고 있다는 것이다. 마치 「저녁놀」의 딜도가 딜도로서 정해진 자기 운명을 벗어나 낯선 이름의 '모모'가 된 것처럼 말이다. 그리하여 이제 '모모'는 니체의 '아침놀'과는 다른 새로운 시간, 즉 '저녁놀'이 도래하기를 기다린다. 그것은 딜도에서 '모모'로의 변화를 겸허하게 받아들이는 또 다른 변화의 시간이다. 물론 "아직 해가 지지(는) 않았"지만 그래도 우리는 그 변화의 시간이 다가오는 "문밖의 소리에 귀기울"(136쪽)여야 한다.

'진짜 페미니즘'을 넘어서

윤이형의 『붕대 감기』가 페미니즘'들'에 대해 말하는 방법

1

윤이형의 소설은 줄곧 약자와 소수자의 문제에 초점이 맞춰져 있었다. 그는 때로는 일상적 삶의 섬세한 관찰을 통해, 때로는 작가 특유의 SF적 상상력을 통해 우리 사회의 질서와 관습이 갖는 억압성과 그럼에도 그 안에서 살아갈 수밖에 없는 소수자의 감각을 특유의 세대 감각으로 예리하게 포착해 왔다. 최근 들어 그러한 작가의 관심은 한국 사회를 흔들고 있는 페미니즘 이슈로 더욱 확장되고 구체화되고 있는 것처럼 보인다. 한국 사회에서 페미니즘에 대한 폭발적 관심과 호응에 힘입어 여성들이 감수해 온 폭력과 억압적 현실에 대한 비판적 인식을 드러내는 소설들이 세를 늘려 가고 있지만, 근자에 발표된 윤이형의 소설만큼 이 문제에 대해 예민하고 자각적인 소설도 그리 흔치 않다. 기혼 여성들의 정치적 주체 되기의 지난한 과정을 그린 「작은마음동호회」, 레즈비언 커플을 둘러싼 우리 사회의 정상성의 폭력을 고발하는 「승혜와 미오」, 성폭력 피해 사실 여부를 중심으로 '성폭력 피해자/가해자' 간의 대립 구도만 앙상하게 남게 되는 성폭력 논쟁을, 피해자에 대한 우리 자신의 고정관념과 통념을 통해

드러낸 「피클」 등이 대표적 사례들이다. 윤이형의 소설 『붕대 감기』(작가정신, 2020)는 그 연장선상에 있는 소설이다.

『붕대 감기』의 이야기는 고등학교 시절에 만나 40대가 된 지금까지 끊어질 듯 이어지고 있는 '진경'과 '세연' 두 사람의 관계를 중심에 놓고 시작한다. 그리고 그 둘로부터 마치 가지를 치듯 뻗어 나가는 여러 주변 인물들의 이야기가 자유 연상의 방식으로 펼쳐진다. 이 소설의 서사는 하나의 중심으로 수렴되지 않으면서도 서로 연결된 그들 다양한 여성들의 사연 및 에피소드들의 콜라보레이션이라고도 할 수 있겠다. 이러한 구성은 그 자체로, 소설 속에서 작가인 세연이 쓰려고 했던 "다양한 연령대와 직업군의 여성들"을 대상으로 한 "여성들의 우정"에 관한 책을 연상시킨다.

이 지점에서 우리는 이런 물음을 떠올려 볼 법도 하다. 나이, 직업, 취향, 기질 등이 서로 다른 그 다양한 여성들의 우정은 과연 가능할까? 이것은 우리가 이 소설에 등장하는 다양한 여성들의 생각과 사연을 읽으면서 자연스럽게 갖게 되는 의문이기도 하다. 젊은 여성들은 분노하고 늙은 여성들은 염려한다. 어떤 여성들은 그들에게 당연하게 요구되었던 꾸밈노동을 거부하는 탈코르셋을 실천하고, 다른 여성들은 탈코르셋이 또 다른 여성 억압적 규범이 되면 안 된다고 주장한다. 전업주부와 워킹맘, 기혼녀와 비혼녀는 서로를 이해하기보다 적대시한다. 서로 불화하는 이 여성들에게 과연 자매애란 가능한 것인가. 서로 입장과 처지가 다른 다양한 여성들이 펼쳐 가는 각색의 에피소드와 대화를 통해 이 소설이 암시하는 고민의 핵심은 거기에 있다.

작가는 이렇게 소설 안팎에서 자연스럽게 드러나는 여러 물음에 대한 답을 직접 주지는 않는다. 예컨대 우리가 쉽게 짐작할 수 있는 '자매애'와 같은 모범 답안 말이다. 그 대신 작가는 차이가 적대감으로 이어지는

---

1   윤이형, 『붕대 감기』(작가정신, 2020), 79~80쪽. 이하 소설 인용 시 쪽수만 표기한다.

이유가 무엇인지, 여성들이 서로 갈등하면서도 공존하게 하는 힘은 무엇인지, 서로의 차이를 견디면서 여성들 간의 우정은 어떻게 가능한 것인지 등등의 질문을 제기함으로써 독자들이 각자의 입장과 위치에서 이들 질문에 대해 고민하고 토론할 수 있도록 소설을 열어 둔다. 이러한 질문의 방식은 우연적이면서도 충동적인 인물들의 이어달리기 형식과 맞물리면서, 페미니즘을 둘러싼 여성들 내부의 입장 차이와 다양한 시선을 그대로 드러낸다. 이러한 서사 형식은 최근 한국 사회에서 활발하게 논의되고 있는 페미니즘 관련 이슈를 양성 간의 대결 구도로 이분화하는 데서 벗어나 문제 그 자체를 탈이원적, 탈대립적으로 구성함으로써 등장인물은 물론 독자들에게 익숙한 문제를 다른 시각에서 들여다보도록 한다.

『붕대 감기』에 남성 인물이 한 명도 등장하지 않는 것은 이와 관련된다. 흔히 페미니즘 이슈를 둘러싼 여성들 간의 차이는 '과격한 꼴페미/개념녀' 혹은 '가짜 페미니스트/진짜 페미니스트'로 이분화되곤 하는데, 아이러니하게도 이는 그 성격상 '악녀(창녀) 아니면 성녀(가정주부)'라는 오래된 남성 중심적 도식과 그리 멀리 있는 것이 아니다. 문제는 이러한 도식이 여성들의 다양한 실제 모습을 지우고 여성을 단순한 몇 개의 이미지로 고정시킨다는 것이다. 게다가 이 시대착오적이고 낡은 도식이 여전히 힘이 세기 때문에 여기서 벗어나는 일은 생각보다 쉽지 않다. 따라서 양성의 차이를 만들어 내는 구조에 대한 사유가 전제되지 않은 채 여성과 남성의 관계를 다루게 되면, 어쩔 수 없이 소모적인 성 대결이나 뻔한 성차 논의만을 반복할 우려가 있다. 그런 점에서 남성 인물을 배제하는 작가의 인물 배치 방식은 아무리 벗어나려고 해도 다시 갇히게 되고 마는 이분법적인 성 구분 도식을 벗어나 그와 무관한 자리에서 여성에 대해 사유할 수 있는 가능성을 제공한다. 그럴 때라야 비로소 여성은 남성과의 대타적 관계 속에서 남성이 원하거나 원하지 않는 형태로만 존재하는 것이 아니라, 각자의 상황과 맥락 속에서 구성된 개별적 주체로 호명되고 인식될 수 있다. 『붕대 감기』 속 여성 인물들이 누구의 딸도, 누구의 아내도, 누구의 엄마도 아닌, 자기 자신에 대해 이야기할 수 있는 것은 이 때문이다. 그리하여 소설은 개별적인 각각의 점들이 조금씩 겹쳐지면서 전체 모습을 떠오르게 하는 점묘화처럼, 누군가의 이야기가 다른 누군가의 이야기와 겹쳐지고 이어지게 하면서 익숙하지만 낯선 여성들의 이야기 세계로 우리를 이끈다.

2

　『붕대 감기』는 진경의 딸 율아와 같은 유치원에 다니는 서균의 엄마인 은정의 이야기에서 시작된다. 은정은 영화사 홍보 마케팅 일을 하는 워킹맘으로, 8개월 전 아들 서균이 갑자기 쓰러져 의식불명이 된 후 총체적 삶의 위기를 겪는 인물이다. 은정은 '경단녀'가 될지도 모른다는 공포 때문에 엄마들과의 모임 같은 것을 "작위적인 인간관계"(24쪽)로 치부하며 직장 생활 이외의 모든 관계를 소모적이고 불필요한 것으로 배제해 왔다. 흔히 워킹맘 문제는 대개 두 가지 경로를 거치면서 서사화된다. 하나는 전업주부와의 비교·대조를 통해, 다른 하나는 '직장과 육아' 중 하나를 선택해야 하는 딜레마적 상황의 연출을 통해. 이 흔한 이분법적 대립 구도는 여성의 사회 경제적 활동을 언제나 가사 노동과 육아와의 관계 속에서만 고민하게 할 뿐이다. 그와 달리 이 소설은 워킹맘이 직업적 커리어와 양육 모두를 감당하는 과정에서 얼마나 정신적으로 황폐하고 정서적으로 고립되기 쉬운 존재가 되는지에 특별히 주목한다. 누군가의 따뜻한 위로 한마디가 간절했던 은정은 말 한마디 섞어 본 적 없는 단골 미용실 미용사인 지현에게 자기 이야기를 털어놓음으로써 비로소 마음의 안정을 찾는다. 그리고 아들 서균의 안부를 처음으로 물어봐 준 진경과의 만남을 통해 자신이 더 이상 정서적으로 고립되지 않았다는 느낌을 갖게 된다. 이 에피소드를 통해 알 수 있는 것은, 어쩌면 겉보기에 시간 낭비처럼 보이는 여자들끼리의 수다 모임이 이렇듯 팍팍한 서로의 삶을 응원하고 서로에게 소박한 위안을 건네기도 한다는 것, 그리고 그 과정에서 여성들은 마음의 전문가가 되어 가정과 직장이라는 제한된 공간 밖에서 아무런 이해관계 없이 새로운 친밀감의 영역을 만들 수도 있다는 것이다. 여기서 윤이형이 그리고 있는 것은, 순수하게 관계 내적인 속성에 따라 형성되고 지속되는 이른바 '순수한 관계'[2]다.

은정의 이야기는 지현의 이야기로 이어진다. 헤어 디자이너인 지현은 페미니스트다. 지현은 "아무도 대신해 주지 않는 싸움을 하면서 맨 앞에 서서 머리 풀고 욕설을 하며 미친 사람들처럼 화를 내는 여자들"(43쪽)을 지지한다. 그럼에도 그녀는 "기혼 여성이나 트랜스젠더들에 대한 그들의 날 선 의견"(39쪽)에 대해서는 동의하지 못한다. 또한 그녀는 여성들에게 꾸밈노동이 강요되는 현실에서 탈코르셋을 해야 한다고 주장하면서도 헤어 디자이너라는 자기 직업에 자부심과 애정을 갖기도 한다. 그리고 여성을 아름다움과 동일시하는 미용실 실장 해미의 "투박하고 유치한 말들"(47쪽)을 속으로 비웃지만 다른 사람의 아픔에 공감하는 해미의 진심에 고개를 끄덕이기도 한다. 이것은 일종의 자기 분열이다.

아무에게도 말할 수 없고 이해받을 수도 없는 그런 분열과 자괴감 때문에 지현은 다른 사람들, 말하자면 바람 같은 사람들과 약간의 거리를 두게 되었다. (······) 지현은 집회에 나갔지만 그 집회를 둘러싸고 일어난, 여자들끼리 하는 싸움에 끼지는 않았다. 그런 건 소모적으로 보였다.(38~40쪽)

2   앤서니 기든스, 배은경·황정미 옮김, 『현대사회의 성, 사랑, 에로티시즘』(새물결, 2003), 103쪽.

그렇다면 지현은 페미니스트인가, 페미니스트가 아닌가? 페미니스트는 투블럭 커트 헤어스타일을 하고, 핑크와 액세서리를 혐오하며 "분노로 불타는 불주먹을"(61쪽) 가진, 강철 같은 심장의 소유자들이어야 하는가? 페미니스트는 매사에 일관적이고 논리 정연해야 하는가? 상냥하게 미소 짓는 페미니스트, 외모 가꾸기를 좋아하는 페미니스트, 내성적이고 소극적인 페미니스트는 존재하지 않는가? 그런데 진짜 페미니스트는 누구인가? 소설 속 지현의 내적 모순과 분열적 자의식은 이렇게 자명한 것처럼 보였던 페미니스트 정체성을 다시 질문하고 고민하게 만든다. 소설은 진경과 세연의 이야기에서 탈코르셋과 혐오 발언을 둘러싼 세대 간 경험과 입장의 차이를 통해 이 문제를 좀 더 심화된 형태로 제기한다.

평범한 40대 중산층 여성(처럼 보이는) 진경은, 페미니스트 편집자이자 작가인 친구 세연에게 끊임없는 가치판단의 대상이 된다. 그녀에 따르면 진경은 "남자 없으면 못 사는"(135쪽), 외모 가꾸기에나 열중하는 한심하고 뻔한, 그렇고 그런 여자다. 그러나 여성다움에 대한 강요가 폭력인 것처럼, 여성다움에 대한 과도한 혐오와 경멸 또한 폭력일 수 있다. 이는 진경을 경멸하는 세연의 복잡한 내면 사정을 통해서도 확인할 수 있다. 사실 세연은 외모 가꾸기에 열중하던 시절이 있었으며, 그 때문에 전교생에게 왕따를 당한 경험이 있다. 그 당시 화장하는 10대 여학생은 학교와 사회가 요구하는 순결하고 깨끗한 여학생 이미지에서 벗어났다는 이유로 성적으로 문란하다는 조롱을 받았으며, 그 때문에 "걸레"로 낙인찍히기도 했다. 그렇다면 지금은 어떤가. 그때와는 정반대로 "이제는 화장을 하지 않으면 따돌림과 놀림의 대상이" 되는 시대로 "세연이 받았던 것만큼이나 따가운 시선을, 이제 화장을 하지 않는 학생들이 온몸으로 받아 내고 있었다."(138쪽) 외모 강박이 심했던 세연에게 화장은 단순한 꾸밈노동이나 코르셋이 아닌, 자기 열등의식을 감추기 위한 최소한의 자기 보호막이자 방어 수단이었다. 모든 화장이 꾸밈노동은 아니다. 누군가에게는 자기방어를 위한 수단일 수도, 다른 누군가에게는 자기표현의 한 방식일 수도 있기 때문이다. 그러나 어떤 화장은 꾸밈노동이다. 화장하지 않은 맨얼굴을 예의 없다고 말하는 사회에서, 화장을 하지 않았다는 이유로 따돌림 당하는 학교에서, 분명 화장은 강요된 노동이고 우리를 억압하는 코르셋이 된다. 그렇다면 화장은 꾸밈노동인가, 아닌가.

소설에서 작가가 지현과 세연의 사례를 통해 던지는 질문은, 어쩌면 중요한 것은 화장을 하느냐 하지 않느냐의 문제가 아닐지도 모른다는 사실이다. 외모를 기준으로 여성을 소외시키고 멸시해 온 역사는 길다. 르네상스 시대 이후 거의 300년간 유럽을 휩쓴 마녀사냥 과정에서 결혼하지 않은 지적인 여성은 '못생긴 여자'로, 그러다가 점점 사회질서를 위협하는 '마녀'로 낙인찍혔다.[3] 기존의 남성 중심적 질서에 문제를 제기하는 여성들은 그 후로도 계속해서 '못생긴 여자' 취급을 받았다. '꼴페미'라는 혐오 표현이야말로 페미니스트에게 '못생긴 여자' 프레임을 덧씌우는 오래된 전형적인 논리다. 그러나 여성에게 들이대는 이런 미추의 기준이야말로 얼마나 자의적이고 편협한가. 여성에게 아름다움이란 남성 중심적 사회 혹은 자본주의적 질서가 여성에게 요구하는 조건을 충족시켰는가 여부에 따라 판정되는 가치에 불과하다. 화장하지 않은 맨얼굴이 때로는 더 가혹한 가부장제적 규범(맨얼굴인데 예쁘기까지 해야 하기 때문에)으로 작동될 수도 있다는 사실을 잊어서는 안 된다. 따라서 탈코르셋은 화장하지 않은 맨얼굴과 투블럭 커트 헤어스타일, 노브라로 요약되는, 탈여성화된 외모 규범을 요구하는 데서 그쳐서는 안 된다. 탈코르셋은 여성들에게 의식·무의식적으로 강요되고 내면화되어 온 모든 팬옵티콘적 남성 감시로부터 벗어나 진정한 여성 자결권을 획득하는 데까지 나아가야 한다.

그러나 그 과정은 얼마나 험난하며 또 얼마나 지지부진할 것인가. 때론

---

3   클로딘 사게르, 김미진 옮김, 『못생긴 여자의 역사』(호밀밭, 2018) 참고.

여성 주체성 획득이 언제나 정치적으로 올바른 기호인가라는 질문이 제기될 수도 있다. 예컨대 1990년대 한국 대중문화가 요구한 새로운 주체적 여성 이미지가 사실은 새로운 소비 주체에 대한 자본주의 시장경제의 요구에 부응하는 것이었다는 사실은, 절대적으로 올바른 페미니즘이란 사실상 불가능함을 암시한다. 어떤 관점에서는 순응주의자처럼 보이는 사람이 다른 관점에서는 전복적인 가능성을 지닌 존재가 될 수도 있다. 작가가 이 소설에서 암시하는 것은, 그처럼 페미니즘에 모범 답안은 없다는 사실이다. 세연이 보기에 진경은 삶에 대해 소박하고 평균적인 의식 수준을 지닌 그렇고 그런 아줌마지만, 그렇다고 "진경은 바보가 아니었다."(64쪽) 진경은 세연이 엄격한 페미니스트 강령에 따라 자신을 판단하고 평가한다는 것을 잘 알지만, 그럼에도 세연의 '단호함'과 '편협함'마저도 이해하려고 노력한다. 겉보기에 완벽한 페미니스트인 세연은 또 어떤가.

> 세연은 머릿속이 정리되지 않았다. 이곳에는 도저히 답이 없으니 삶에서 불필요한 것들을 빨리 정리하고 정상으로 올라가 떠나겠다는 이 학생들을 지난 시대의 관점으로 판단하는 일이 공정한지 혹은 유효한 것인지 알수 없었고, 자신의 사고에 믿음을 가질 수가 없었으며, 자신이 낡은 사람이라는 위기감, 이미 많이 뒤처졌고 이제는 있는 힘껏 지금을 따라잡아야 한다는 생각 때문에 주관이 더더욱 흐트러졌다.(85~86쪽)

세연은 겉으로 강한 페미니스트지만 자기 확신보다 초조함과 위기의식, 불안으로 흔들리는 불완전한 존재다. "자매에서 금세 적으로 몰릴"(83쪽)까 봐 젊은 페미니스트들에게 말조심을 하거나 때론 "머릿속이 정리되지 않"(85쪽)을 정도로 자기 생각에 확신을 갖지 못한다. 세연 또한 잘 안다. 진경에 대한 비난이 사실은 자기 안에 여전히 남아 있는 어떤 두려움과 불안에 대한 거부감에 다름 아니라는 것을. 어쩌면 세연 자신이 진경과 크게 다르지 않을지도 모른다는 것을.

> 진경은 거울일 뿐이었다. 진경을 보며 진경이 아니라 과거의 자신을, 27년
> 전 고등학교 1학년 때 교실에 붕대를 들고 서 있던, 단지 완전히 성숙하지 못
> 했고, 누군가와 이어지고 싶었으나 그럴 수 없어서 엉거주춤 서 있던 어린
> 자신을, 세연은 한없이 미워하고 있었다. 언제부터인지도, 어디까지인지도
> 모르게.(142쪽)

소설 속 등장인물들 대부분은 이러한 자기혐오와 불안 의식을 벗어나
지 못하고 있을 뿐만 아니라, 어떤 점에서는 여전히 성숙하지 못한 의식
상태에 머물러 있다. 어쩌면 소설 속 '붕대 감기'로 대표되는 세연의 실패
와 고립에 대한 공포는 과거의 자기와 같은 처지에 있는 지금의 젊은 페
미니스트들과의 연대를 가능하게 했을지도 모른다. 그러나 동시에 세연
은 자신의 불완전함을 그들에게 들킬까 봐 혹은 그들에게 '꼰대'로 비춰
질까 봐 두려워하기도 한다. 세연뿐만이 아니다. 진경과 SNS 친구인 50대
중반의 싱글 여성 윤슬은 젊은 여성들이 처한 억압적 현실에 공감하지
만, 그러한 공감은 젊은 여성들에 의해 종종 '여성혐오'나 '피해자 비난'
으로 해석되어 비난의 대상이 된다. 윤슬이 스스로를 "퇴적된 지층의 일
부"(95쪽)로 정체화하고 여성 문제에 대해 침묵하는 것은 이 때문이다. 성
폭력 피해자인 제자 채이를 위해 동료 교수이자 후배인 "천에게 보내는
격문을 써서 아무도 없는 시간에 학생회관 벽에 붙"(105쪽)인 경혜는 또
어떤가. 그러나 이런 경혜의 노력은 채이의 후배인 형은에게 제자의 고통
을 이용해서 '페미니스트 투사'라는 영광을 얻으려는 나이 든 페미니스트
의 음흉한 계략으로 삐딱하게 해석된다. 형은에게 기성 페미니스트들은
페미니즘으로 "강연을 열고 책을 팔고 포트폴리오를 채"울 뿐, 정작 행동
이 필요한 순간에는 자기들과 "선을 긋고 없는 사람 취급하"(110쪽)는 침

묵하는 '꼰대'에 불과하다.

작가는 그렇게 나이 든 페미니스트와 젊은 페미니스트를 각각 '영악한 여자 꼰대/분노하는 천방지축 어린애'로 대립시키는 이분법적 프레임을 문제 삼는다. 그 프레임은 도대체 누가 만든 것인가. 그런데 정말 경혜와 형은의 갈등과 입장 차이는 단순히 세대 간 격차에서 비롯된 것에 불과한 걸까. 여성 내부의 차이에 대한 논의는 지금의 문제만은 아닐뿐더러, 세대 간 갈등에 국한된 것만도 아니다. 성 정체성, 계층, 지역, 학력, 직업 등등에 따른 여성들 간의 차이는 예전부터 있어 왔으며, 그 차이만큼 페미니스트들 사이에 서로 다른 입장과 견해차는 존재해 왔다. 문제는 그러한 여성 내부의 차이와 다양성을 단순히 세대 간 차이로 몰아가면서 더 다양한 페미니즘 논의의 가능성을 제한해 버린다는 것이다. 그리고 이러한 '늙은 여성/젊은 여성'으로 대변되는 페미니즘 이분법의 프레임은 선악의 마니교적 이분법으로 전화(轉化)하면서 페미니즘을 '좋은 페미니즘/나쁜 페미니즘', '진짜 페미니즘/가짜 페미니즘'으로 나누는 진품명품 쇼로 전락시킨다. 그런데 도대체 좋은, 진짜 페미니즘은 어디에 있나.

3

그런 페미니즘은 없다. '진짜 페미니즘'이란 마치 어떤 이상적 형태를 상정하고 거기에 도달하지 못하는 모든 것을 부정하는 텅 빈 기표와 같다. "존재하지 않는 것을 상상하고, 그것을 가짜 기원으로 삼으면서 동시에 향수를 느끼는 것"[4]처럼, '진짜', '좋은', 페미니즘이라는 개념은 오히려 우리 사회의 젠더 문제를 해결될 가능성이 거의 없는 것으로 만들어 버린

---

4   최태섭, 『한국, 남자』(은행나무, 2018), 214쪽.

다. 왜냐하면 순수하고 완전한 페미니즘이라는 이데아는 이 현실 세계에서는 실현 불가능하기 때문이다. 그렇다면 지금 우리에게 필요한 것은 페미니즘, 혹은 페미니스트에 대한 당위와 대의명분에서 벗어나, 진짜인지 가짜인지 재단하지 않는, 각자의 복잡한 경험이나 개별 특성을 인정하는, 이분법적이고 대립적인 사고방식을 벗어난, 천편일률적이지 않은, 모순이 공존하는, 잡종적인, 오염된 페미니즘, 페미니스트인지도 모른다. 그것이야말로 어쩌면 '진정한 페미니즘'이라는 강박에서 벗어나 '소문자 페미니즘들'[5]을 만드는 일이며, 그럴 때라야 비로소 여성 연대는 가능할 것이다. 이때 여성 연대란 단수적이기보다는 복수적이고, 통합적이기보다는 해체적이고, 무질서하고 개방적인, 그래서 비(非)연대처럼 보이는 어떤 것이 될지도 모른다. 윤이형의 『붕대 감기』가 여성들끼리의 화해와 연합이 아닌, 서로 간의 다름을 인정하는 데서 끝나는 것은 이런 인식과 맥을 같이하기 때문이다. 마침 진경은 상상 속에서 세연에게 이렇게 말한다.

> 너와 똑같은 속도로, 같은 방향으로 변하지 못한다고 해서 그 사람들의 삶이 전부 다 잘못된 거야? 너는 그 사람들처럼, 나처럼 될까 봐 두려운 거지. 왜 걱정하는 거니, 너는 자유롭고, 우리처럼 되지 않을 텐데. 너는 너의 삶을 잘 살 거고 나는 너의 삶을 응원할 거고 우린 그저 다른 선택을 했을 뿐인데…… 참 이상해. 다른 사람이었으면 벌써 관계가 끝났을 텐데, 이상하게 세연이 너한테는 모질게 대하지 못하겠더라. 이해하고 싶었어. 너의 그 단호함을. 너의 편협함까지도.(154~155쪽)

세연도 진경에게 상상 속에서 말한다.

---

5   록산 게이, 『나쁜 페미니스트』(사이행성, 2016), 17쪽; 김홍미리, 「'페미니즘 고딕체' 권하는 사회를 살아가는 법」, 권김현영 외, 『페미니스트 모먼트』(그린비, 2017), 147쪽.

나 역시 무섭고 외로워. 버스? 이게 버스라면 나 역시 운전자는 아니야. 난 면허도 없고, 그러니 운전대를 잡을 일도 아마 없을 거야. 그건 우리보다 젊은 사람들이 할 일이야. 하지만 우리 이제 어른이잖아. 언제까지나 무임 승차만 하고 있을 수는 없으니까, 나는 최소한의 공부는 하는 걸로 운임을 내고 싶을 뿐이야. 어떻게 운전을 하는 건지, 응급 상황에선 어떻게 해야 하는지, 그 정도는 배워 둬야 운전자가 지쳤을 때 교대할 수 있잖아. 너는 네가 버스 바깥에 있다고 생각하지만, 나는 우리 모두가 버스 안에 있다고 믿어. 우린 결국 같이 가야 하고 서로를 도와야 해.(156쪽)

어쩌면 연대에서 가장 중요한 것은 '같아지는 것이 아니라 상처받을 준비가 되어 있다는 것'일지도 모른다. 소설은 다만 세연의 '붕대 감기'가 세연과 진경 모두에게 예기치 않은 고통과 좌절을 안겨 준다고 하더라도 계속될 것임을, 그러니 상처받을 것이 두렵다고 해서 관계 맺기를 포기하지 말아야 함을 암시한다.

윤이형의 소설 『붕대 감기』는 최근 한국 사회에서 활발하게 논의되는 페미니즘 이슈를 전면적으로 다룬 문제적인 소설이다. 작가는 페미니즘 이슈를 둘러싸고 벌어지는 여성들 간의 갈등과 대립, 내면에서 일어나는 분열과 혼란 등을 다루면서도, 그럼에도 불구하고 포기할 수 없는 여성들의 연대를 꿈꾼다. 소설에서 대부분 여성 인물들은 불안과 의심에 흔들린다. 인물들이 그런 것처럼, 작가 역시 시종 확신에 찬 목소리를 내지 않는다. 그것은 작가가 지금 한국 사회에서 페미니즘 이슈가 안고 있는 문제의 복잡성과 어려움을, 연대의 지난함을 알고 있기 때문이다. 하나의 결론에 안주하지 않으면서 곳곳에서 주저하고 흔들리는 작가의 목소리는, 그럼에도 그 복잡성과 지난함을 회피하지 않겠다는 의지와 고심의 흔적을 드러내는 형식이라고 보아야 할 것이다.

나는 여자가 아닙니까?

트랜스젠더 트러블

2020학년도 대학 입시에서 숙명여자대학교 법학대학에 최종 합격했던 트랜스젠더 여성이 결국 학내의 거센 반발로 등록을 포기했다. 트랜스젠더 여성의 여대 합격 사실이 알려지자 '숙명여대 트랜스젠더 남성 입학 반대 TF팀'은 그에 반발해 '여성의 권위를 위협하는 성별 변경에 반대한다'는 성명서를 발표했다. "인간의 성별은 염색체로 결정"되기 때문에 남성에서 여성으로 성전환 수술을 받았다고 하더라도 트랜스젠더 여성이 남성이라는 사실이 근본적으로 변하지 않는다는 것이 입학을 반대하는 근거였다. 물론 다른 한쪽에서는 '숙명여자대학교 공익인권학술동아리 가치'나 '숙명여자대학교 동문' 등의 이름으로 다양한 소수자들과의 연대를 내세우며 트랜스젠더 여성의 입학을 환영하는 성명서를 내기도 했다. 하지만 이들의 지지와 응원은 트랜스젠더 여성의 여대 입학으로 이어지지는 못했다. 그 과정에서 학교 측은 수동적 대응에만 급급했다. 즉 숙명여대의 액션은 "학생들의 우려는 인지하고 있지만 A 씨가 법적으로 성별 정정을 했기 때문에 입학에는 절차상 문제가 없다. 아직 등록하지 않아 입학이 확정된 상태가 아니고, 유사한 전례도 없어 공식 입장은 논의하지 않은 상태"라고 밝힌 것이 전부다.

이러한 숙명여대의 미적지근한 태도는, 2019년에 앞으로 스스로의 성을 여성으로 인지하는 트랜스젠더 학생을 수용하겠다는 방침을 밝힌 일본 오차노미즈 여자대학의 입장과 극명하게 대조된다. 이들에 따르면 젠더 억압에 저항해 온 여자대학이 성 소수자 억압 문제와 싸우는 트랜스젠더를 포함하는 트랜스-인클루시브(trans-inclusive) 입장을 취하는 것은 당연하다.[1] 물론 일본에서도 오차노미즈 여자대학의 입장이 보도된 직후 트랜스 여성에 대한 다양한 차별과 배제의 발언들이 온라인에서 확산된 바 있다. 그 내용 또한 한국에서 트랜스 여성의 여대 입학을 반대하는 사람들이 주장하는 것과 대동소이하다. 예컨대 '트랜스 여성에게 시스 여성(타고난 성별과 성별 정체감이 일치하는 여성)의 권리를 빼앗기고 있다', '남성의 특권을 향유해 온 트랜스 여성이 우리의 작은 권리마저 박탈하려 한다', '스스로를 여자라고 주장하는 남성(트랜스 여성)에 의해 여성의 안전이 위협받을 수 있다', '트랜스 여성은 성별 적합 수술을 받더라도 Y염색체를 갖고 있기 때문에 남성이다', '여성 차별과 여성에 대한 폭력을 없애는 것이 선결 과제이며, 그것이 해결된 후에 트랜스 여성 문제를 다뤄야 한다' 등과 같은 주장이 그것이다. 이들의 주장을 세 가지로 요약하면 다음과 같다. 첫째, 자연적으로 주어진 성별은 절대 바꿀 수 없다. 둘째, 여성은 차별받아 온 당사자성을 가진다. 셋째, 트랜스젠더 여성은 여성에게 강요되어 온 규범적 여성성을 강화한다.

그런데 이들의 주장을 가만히 들여다보면 그 내용이 결코 새롭지도 낯설지도 않다는 것을 알 수 있다. 이는 여성운동의 초창기부터 반복적으로 제기된 질문의 내용과 다르지 않기 때문이다. 즉 '누가 여성인가?', '여성운동의 주체는 누구인가?', '누가 진정한 페미니스트인가?' 등과 같은 질

---

1   이와 관련한 좀 더 자세한 내용은 호리 아키코, 고주영 옮김, 「'트랜스 여성' 혐오 발언의 출처가 페미니즘이라고?」《일다》, 2019년 8월 18일자를 참고할 것.

문 말이다. 이번 트랜스젠더 여성의 입학 취소 운동을 주도했던 '터프'(TERF, trans-exclusionary radical feminist)가 제기하는 '여성' 범주 이슈 또한 페미니즘 운동사와 이론사 속에서 끊임없이 논의되었으며 여전히 논의되고 있는 문제 중 하나다. '누가 여성인가?' 하는 '여성'의 정체성에 대한 질문은 '여성운동의 주체는 누구인가?'라는 질문과 연동되면서 자연스럽게 페미니즘 운동의 성격과 방향성 문제로 이어진다. 따라서 이들의 주장이 갖는 문제를 파악하기 위해서는, 이 사건을 '페미니즘 대 성소수자'라는 대결 구도가 아니라 여성 젠더 정체성을 둘러싼 페미니즘 이론의 다양성과 서로 다른 젠더 정치학의 연대 가능성 등에 초점을 맞춰 접근할 필요가 있다. 그럴 때 비로소 '터프'의 급진적인 것처럼 보이는 주장(이들은 모든 이성애를 가부장제 아래에서 강제된 이성애주의로 보기 때문에 정치적으로 '레즈비어니즘'을 표방한다.)이 왜 반(反)동성애를 주장하는 보수적인 성 담론과 일맥상통하는 것처럼 보이는지,[2] 왜 그들의 주장이 자신들의 의도와는 달리 남성 중심적 필드 속에서 구성된 남성/여성이라는 젠더 이원론을 강화할 수밖에 없는지 이해할 수 있을 것이다.

사실 페미니스트의 트랜스포비아(transphobia, 성전환 공포증)에는 오랜 역사가 있다. 예컨대 1970년대 미국에서는 트랜스젠더 레즈비언 가수이자 활동가였던 베스 엘리엇이 레즈비언 페미니즘 학술대회에 공연자로 참석하려고 했을 때 페미니스트들이 그녀를 '진짜 여성'이 아니라는 이유로 쫓아낸 사건도 있었다. 그처럼 트랜스젠더 여성 여대 입학 취소 사건으로 불거진 여성의 '범주'와 관련한 문제는 훨씬 이전부터 페미니즘 담론의

---

2   기독교 단체의 반(反)동성애 시위에서 들리는 '양성평등 YES, 성평등 NO'라는 구호는 트랜스젠더와 게이, 기혼 여성을 진정한 여성이 아니라고 주장하는 몇몇 페미니스트들의 주장을 연상시킨다. 역사적으로 일부 페미니스트들의 의제는 실제로 사회적 보수주의자들의 의제로 수렴되는 경우가 종종 있었다.

다양한 형태와 지형 속에서 제기되어 온 오랜 문제 중 하나다.[3] 더 거슬러 올라가 보자. 초기 여성운동이 중산층 백인 여성들의 운동에 불과했을 때, 흑인 여성인권운동가 소저너 트루스는 1816년 「나는 여자가 아닙니까?」라는 유명한 즉흥 연설에서 도발적인 질문을 던진다. 나는 여자가 아닙니까? 이는 결국 여성운동의 주체는 누구인가라는 물음에 다름 아니다.

저기 있는 저 남자분은 여자는 마차에 탈 때 도움을 받아야 하며 구덩이에서 나올 때도 남자가 들어 올려 주어야 하고 모든 곳에서 가장 좋은 곳을 차지해야 한다고 말합니다. 그렇지만 아무도 내가 마차를 타거나 진창을 지나야 할 때 도와주지 않으며 아무도 내게 가장 좋은 곳을 내어주지 않습니다. 그렇다면 나는 여자가 아니란 말입니까? 나를 보십시오! 이 팔을 보십시오! 나는 어느 남자보다도 더 많이 쟁기를 끌었고 씨를 뿌렸으며 곡물을 거두어 곳간에 넣었습니다. 그렇다면 나는 여자가 아니란 말입니까? 나는 남성과 똑같이 일할 수 있고, 충분한 음식이 있다면 남자만큼이나 많이 먹고, 채찍질을 견딜 수 있습니다. 그렇다면 나는 여자가 아니란 말입니까? 나는 열세 명의 아이를 낳았으며 이 아이들 모두가 노예로 팔려 가는 것을 보아야 했습니다. 내가 어머니로서 슬픔에 겨워 울 때 주님 말고는 아무도 제 슬픈 울음소리를 들으려 하지 않았습니다. 그렇다면 나는 여자가 아니란 말입니까?

이 연설에서 소저너 트루스는 남성과 동등한 권리를 요구하던 당시 페미니즘 운동이 백인 여성이 아닌 자신과 같은 '여성 흑인 노예'를 철저히 배제하고 있음을 시사한다. 이렇듯 페미니즘 운동 초창기부터 '보편적인

---

3 페미니즘 담론 안에서 트랜스젠더 여성을 배제해야 하는지 수용해야 하는지 등의 문제에 대한 좀 더 상세한 논의는 수잔 스트라이커, 제이·루인 옮김, 『트랜스젠더의 역사』(이매진, 2016) 참고.

여성'이 된다는 것은 결코 쉬운 일이 아니었다. 백인·중산층·여성을 보편적인 여성 주체로 상정하는 표준화된 페미니즘에서 "복합적 약자 계급" 여성들, 예컨대 유색인·하층계급·비(非)여성들은 지속적으로 배제되고 소외되었다. 지적인 백인 여성을 중심으로 형성된 이러한 페미니즘 표준 약관의 문제는 사실 어느 한 시절의 문제만은 아니다. 바로 이 지점에서 교차성 페미니즘(translating feminism) 논의가 시작된다.

킴벌리 크렌쇼의 「인종과 성의 교차점 탈주변화하기: 반차별 독트린, 페미니즘 이론, 반인종주의 정치에 대한 흑인 페미니즘의 비판」[4]은 미국의 민권법 7조와 관련된 세 가지 사건을 통해 흑인 여성은 여성을 대표할 수도, 흑인을 대표할 수도 없는 특권 없는 비가시적 존재가 되고 마는 현실을 고발한다. 예를 들어 보자. 사용자의 흑인 여성 차별에 의한 부당 해고를 문제 삼아 제너럴모터스를 상대로 소송을 제기한 '데그라펜레이드 대 제너럴모터스 사건'은 결국 원고 측 입장을 기각한다. 법원의 진술에 따르면 제너럴모터스는 백인 여성과 흑인 남성을 고용했기 때문에 여성 차별도 흑인 차별도 하지 않았다는 것이다. 다시 말해서 '흑인 여성'은 성차별이나 인종차별 때문에 해고된 것이 아니라는 것이다. 어떻게 이런 판결이 가능했을까? "성차별의 패러다임은 백인 여성의 경험을 기반으로 하는 경향이 있고, 인종차별의 모델은 가장 특권을 가진 흑인들의 경험을 기반으로 하는 경향이 있"기 때문이다. "여자들은 죄다 하얗고 흑인들은 죄다 남자"인 세상에서 '흑인 여성'은 여성에도, 흑인에도 속하지 못하는 교차적 존재가 되고 만다. 그럴 때 기존의 차별(여성 차별이건 흑인 차별이건 간에) 밑에 감춰진 또 다른 차별은 삭제된다.

---

4   이 논문의 내용은 '웹진 인-무브 페미니즘 번역 모임'의 마리온, 단감, 쏠, 느루, 단호의 번역본을 참조했다. https://en-movement.net/173?category=718342. 민권법 제7조 관련 사건들에 대한 내용은 논문 참고.

물론 이는 흑인 여성의 문제만은 아니다. 약간 각도를 달리하긴 하지만 트랜스젠더 또한 오랫동안 진정한 페미니즘의 존립을 위협하는 반(反)페미니즘적 존재로 비난받아 왔다. 이번 트랜스젠더 여성의 여대 입학 반대 운동을 주도한 '터프'가 전적으로 참고하고 있는 실라 제프리스의 주장 또한 1970년대부터 가시화된 일부 페미니스트들의 트랜스젠더 혐오 논리를 반복하고 있다. 제프리스는 트랜스젠더를 "태어난 몸을 가지고 존엄성 있게 살 인간의 권리"를 침해하는 폭력이자 자해에 불과하며 트랜스젠더리즘은 제도적으로 강제된 남성성, 여성성을 유희함으로써 오히려 이들 젠더를 강화하고 유지하는 정치학이라고 주장한다.[5] 최근에 번역된 실라 제프리스의 『젠더는 해롭다』[6] 「감사의 말」에 등장하는 제니스 레이먼드는 『트랜스섹슈얼 제국: 여장 남자 만들기(The Transsexual Empire: The Making of the She-Male)』(1979)에서 이미 트랜스젠더 여성을 트랜스젠더 전체로 왜곡하면서 모든 트랜스섹슈얼을 강간범으로 범죄화할 뿐만 아니라, 트랜스젠더 여성들이 수술을 통해 가부장제적 여성성을 과장하고 재생산한다고 비판한다. 문제는 이들이 트랜스젠더 여성을 가짜 여성, 여성으로 위장한 남성으로 몰아가면 갈수록 역설적이게도 양성에 기반한 이분화된 젠더 도식을 강화하고 가부장제가 만든 여성에 대한 정상성 규범을 반복하게 된다는 것이다. 그렇게 양분화된 성 대립의 개념 틀이 강화될수록 여성들 간의 차이와 다양성은 무화되어 버리고 만다.

5   김지혜, 「페미니즘, 레즈비언/퀴어 이론, 트랜스젠더리즘 사이의 긴장과 중첩」, 《영미문학페미니즘》 19권 2호(한국영미문학페미니즘학회, 2011), 58쪽 참고.

6   실라 제프리스, 유혜담 옮김, 『젠더는 해롭다』(2019, 열다북스). 이 책에 대한 상세한 리뷰는 페미니스트 연구 웹진 《Fwd》의 「실라 제프리스의 『젠더는 해롭다』 출간에 부쳐: 트랜스젠더리즘은 해롭다?」 참고. https://fwdfeminist.com/2019/10/31/critic-4.

주디스 버틀러에 따르면 '젠더는 운명'이다. 이 말은 '해부학은 운명'이라는 프로이트의 말을 비튼 것으로, 프로이트 시절에 해부학이 남성과 여성의 성적 운명을 결정지었다면 이제 거꾸로 젠더가 생물학적 남녀의 차이조차 무화시킬 수 있다는 것을 의미한다. 이는 예컨대 하리수처럼 남자로 십몇 년을 살아온 사람이 외과적 조치를 통해 해부학적으로 여자가 되었다고 해서 과연 우리는 그를 남자로 혹은 여자로 한정할 수 있는가 하는 말이다. 그럴 때 하리수는 남자도 여자도 아닌 제3의 젠더일 수 있는 것이다. 동성애자들이 서로의 성별 역할을 유희하듯이 교환하거나 하나의 고정된 성별 정체성을 갖는 대신에 젠더 수행적으로 성을 실천하는 데서도 알 수 있듯이, 현대 사회에서 젠더란 남성 젠더/여성 젠더로만 이분화되지 않는다. 우리 주변에서 흔히 볼 수 있는 여자들, 혹은 남자들을 보자. 우리는 그들을 과연 여성 젠더 혹은 남성 젠더라고 볼 수 있는가? 오히려 현실에서 남성/여성이라는 이분화된 젠더 도식은 성립되지 않는다. 다만 대중매체에서 이상화된 방식의 남성성과 여성성을 재현할 뿐이다. 실제로 생물학적으로 성 염색체는 XX, XY 이외에 다양한 염색체 배열이 존재한다. 우리는 이를 비정상으로 낙인 찍지만 성이 다만 두 개의 젠더로만 분화되었다고 어떻게 장담할 수 있겠는가.

롤랑 바르트는 『신화론』에서 우리 사회에는 다양한 신화가 존재한다고 말한다. 우유는 완전식품이다, 와인은 건강에 좋다, 거품 세제가 때를 더 잘 빼 준다, 천재의 뇌는 다르다 등등. 신화란 오랜 시간 당연한 것으로 여겨져 이제는 자연스러운 사실로 받아들여지는 것들이다. 그것은 달리 말하면 일종의 통념이나 사회적 고정관념으로, 우리가 현실을 받아들이기 위해 오랫동안 학습해 온 사회 문화적 관습이라고 할 수 있다. 그러나 이러한 신화들이 단지 우리의 관점을 지배해 온 이데올로기에 불과하다는 것은 이미 다양한 방식으로 밝혀지고 있다. 성에 대한 통념 또한 마찬가지다. 우리는 너무 오랫동안 성은 남성과 여성으로만 구분되며 그리하여 자연 또한 음과 양이라는 이치에 따라 순환된다고 믿어 왔다. 다시 말해서 그러한 양분화된 젠더 구분의 도식으로 이 세계를 들여다보았기 때문에 지금까지 우리에게 세계는 음과 양, 하늘과 땅, 안과 밖, 나와 너 등등으로 양분되어 이해된 것이다. 그러나 젠더는 더 이상 남성과 여성만으로 양분되지 않는다. FTM(female to male)이나 MTF(male to female)는 단순히 트랜스젠더를 지칭하는 용어가 아니라, 성이란 그렇게 과정 중에 있는 것임을, 얼마든지 변화 가능한 것임을 의미한다. 나아가 그렇게 해서 변화된 성은 기존의 성적 구분의 도식으로는 결코 설명할 수 없음을 의미한다. 남성과 여성이라는 두 개의 젠더만이 존재하는 것이 아니라, n개의 젠더가 존재한다. 이 조립 가능한 성적 존재의 가능성이야말로 해체되었다가 조립되고, 재조립되고 다시 해체되는 다층적이고 복합적인 정체성의 시대를 이해하기 위한 최선의 방법론이 아닐까. 모든 것들이 무너지고 모든 경계가 다시 그어지는 시대에 성에 대한 고정관념만을 생물학에 의지하여 끈질기게 주장하는 것이야말로 낡은 신화이자 이데올로기는 아닐까.

그런데 문제는 다른 곳에도 있다. 숙명여대 사태를 보면서 많은 언론에서는 트랜스젠더 여성의 숙대 입학을 반대한 터프를 소수자에 대한 혐오를 조장하는 '여자 일베'로 매도하거나 여성의 안전과 권리만을 주장하는 '자칭 페미니스트'의 이기심을 비난한다. 예컨대 이런 주장.

> 자신을 각자도생으로 내몬 지배 체제가 아니라 소수자의 약한 고리를 분노 표출 대상으로 삼는다는 점에서 이들의 언어는 급진(래디컬)이 아니라 일베적이다. (……) 특정한 소수자의 안전을 위해 또 다른 소수자를 위험한 존재로 만들어 배제하는 행위로 결집을 강화한다는 점에서 이들의 언어는 페미니즘이 아니라 극우 포퓰리즘이다.[7]

이런 언론의 논조는 수긍할 부분이 없진 않다. 그럼에도 불구하고 휴가 중 해외에서 성전환 수술을 받은 뒤 육군으로부터 "심신미약 2급 판정"을 받고 '강제 전역'을 당한 변희수 하사 사건에 대한 반응과 이를 비교해 보자. 한국 언론은 트랜스젠더 여성의 여대 입학 불발 사건에 대해서는 우리 사회의 혐오 문제, 사회적 약자, 소수자에 대한 차별 문제, 여성 정체성 문제 등을 다양한 관점과 논조로 다루는 데 반해, 변희수 하사 사건의 경우에는 강제 전역에 반발해 육군 본부에 인사 소청을 제출한 변 하사가 군 복무를 이어 갈 수 있는지 여부에만 논의를 집중한다. 왜 변 하사 강제 전역 사건은 트랜스젠더 여성의 여대 입학 거부 사건보다 주목도가 떨어졌을까? 왜 변 하사 사건은 가부장제적인 성별 도식에 기반해 이루어진 한국 군대에 대한 근본적인 문제 제기로 이어지지 않은 채 흐지부지된 것일까? 분명 두 사건 모두 트랜스젠더 여성의 성 정체성을 문제 삼고 있으며 두 사람 모두 공적인 존재로 등록되는 것이 거부된 존재라는 점에서는 같은 사건인데도 말이다. 어쩌면 한국 언론은 트랜스젠더 여성이 직면한 고통스러운 현실을 보도하는 것보다 스스로를 억압받는 소수자라고 칭하면서도 안전한 여성 공간을 핑계로 같은 소수자인 트랜스젠더를 배제하는 이기적인 한국 여자들을 비난하고 싶었던 것은 아닐까?

7   이재훈, 「숙대 트랜스젠더 합격생이 남긴 질문」, 《한겨레》, 2020년 2월 10일자.

2부

무서운 소설, 무서운 아이들

1 무서운 아이들이 온다

김사과 소설의 아이들은 정말로 끔찍한 존재다. 이 참을성 없고 쉽게 분노하는 아이들은 술이나 담배, 약, 혹은 고추장 등에 쉽게 중독되고, 중독된 상태에서 (혹은 멀쩡한 상태에서도) 친구나 가족 혹은 익명의 다수를 향해 무차별적으로 칼을 휘두른다. 그러나 그들이 정말로 끔찍한 이유는 이 모든 폭력적 상황을 냉정하게 자각하고 있을 뿐 아니라 무표정한 얼굴로 맡은바 책임을 다한다는 태도로 성실하게 살인을 저지른다는 점이다. 김사과 장편소설 『미나』의 주인공 '수정'을 보자. 그녀는 길거리에서 우연히 발견한 새끼 고양이를 단지 자신에게 호의적이지 않다는 이유만으로 때리고 목을 조르고 벽을 향해 던지다가 급기야는 검은 비닐봉지에 담아 아파트 창문 밖으로 던져 버린다. 그러나 수정의 폭력은 고양이에게

---

1 이 글에서 다루는 소설은 총 세 편이다. 김사과, 『미나』(창비, 2008); 안보윤, 『오즈의 닥터』(자음과모음, 2009); 최진영, 『당신 옆을 스쳐 간 그 소녀의 이름은』(한겨레출판, 2010). 이하 소설 인용 시 쪽수만 표기한다.

한정되지 않는다. 처음에 우발적으로 이루어진 고양이 살해는 이후 또 다른 폭력을 낳으며 폭력을 증폭한다. 그리하여 길거리에 버려진 새끼 고양이를 상대로 학대와 살인을 학습한 수정은 소설 결말에 이르러서는 치밀한 계산과 계획하에(그녀는 대형 마트에서 신중하게 칼을 고르고 사전에 미나 집의 모든 전화선을 끊어 놓는다.) 친구인 미나를 잔인하게 살해하기에 이른다. 다소 불편하더라도 문제의 장면을 조금만 엿보자.

믿기 위해, 수정이 미나를 찌르기 시작한다. 힘껏 밀어 넣은 칼끝에서 전해지는 미나의 살과 뼈, 혈관과 근육을, 수정은 눈을 감고, 그것의 소리와 진동을 느낀다. 입이 벌어지고 가느다란 미소가 흘러나온다. 잘린 혈관에서 피가 솟구친다. 수정의 셔츠를 향해, 쐐기 모양으로 창에 달라붙는다. 느낌표 모양으로 공작새의 날개를 찌른다. 굵은 선을 그리며 바닥을 향해 기어 내린다. 미나가 지르는 비명과 날카로운 금속 조각에 찢기는 살의 소음이 너무나도 멀리서 들려와서 수정은 그것을 믿을 수가 없다. 수정은 미나의 벌어진 입을 바라보며 반복하여 찌른다.(306쪽)

이 살해 장면은 언뜻 무질서하고 무차별적인 것처럼 보인다. 그러나 수정은 미나를 찌를 때 칼끝으로 전해지는 그녀의 "살과 뼈, 혈관과 근육"의 섬세한 진동을 느낄 정도로 자각적이며, 미나의 혈관에서 솟구쳐 흐르는 피의 행방을 예의 주시할 정도로 민첩하다. 그리고 그런 상황에서도 가느다란 미소를 흘리며 기계적으로 미나를 찌를 만큼 무심하다. 그러나 이렇게 잔인하고 무서운 아이는 김사과의 소설에만 있지 않다.

최진영 장편소설 『당신 옆을 스쳐 간 그 소녀의 이름은』의 결말 부분에서 '나'는 친구 나리를 성폭행하고 결국은 자살하게 만든 나리의 새아빠를 엘리베이터 안에서 칼로 찌른다. 찌르고 또 찌른다. "그의 눈이 빨간 피로 차오"를 때까지 "푹. 푹." 환각과 망각, 분열과 중독을 겪는 병리적 개인의 비극을 통해 폭력의 악무한을 유감없이 보여 주는 안보윤의 『오즈의 닥터』에 등장하는 '나'는 또 어떤가. 비록 소설 속 '나'는 현재 사춘기 소년은 아니지만,[2] 어린 시절 옆집 아저씨(나중에 밝혀진 바에 따르면 생물학적 아버지)가 새끼 고양이를 급속 냉동실에서 얼린 뒤 바닥에 떨어뜨려 죽인 일을 목격한 뒤, 그렇게 간접 체험한 폭력을 성인이 되어 또 다른 고양이와 두 명의 아버지, 그리고 제자를 향해 반복함으로써 아버지의 폭력을 세습한다.

쉽게 중독되고, 쉽게 타락하고, 그래서 쉽게 살인을 저지르는 무서운 아이들이 오고 있다. 특히 김사과, 최진영, 안보윤의 소설에서 미성숙한, 아니 성장을 거부하는 아이들은 순응된 육체들이 넘쳐 나는 문명화된 시스템 내부에 편입되기를 거부한 채 자발적으로 폭력적 야만의 세계를 연출한다. 이 세 젊은 여성 작가들의 소설에서 그 세계는 '인간은 인간에 대해 늑대'와 같은, 평등하게 살인할 수 있는 자연 상태이거나(김사과), 아버지의 상징계적 질서 안에 편입되기를 거부한 채 어머니의 자궁으로 회귀하는 기호계적 코라(Chora)이거나(최진영), 악무한적 폭력의 고리를 끊기 위해 스스로를 분열 양상으로 밀어 넣는 정신병적 환영의 세계(안보윤)로 나타난다. 이들이 그려 내는 아이들의 세계가 무엇이건 간에, 그 세계가 문명화된, 아버지의, 닫힌 현실을 무력화하고 붕괴시키기 위해 (무)의식적으로 열어젖힌 낯선 세계인 것만은 분명하다. 물론 그곳은 아직 어른들은 모르는 세계다. 아니 어쩌면, 어른들이 알고는 있지만 애써 외면해 온, 그래서 그들 안에 억압된 채 뒤틀린 형태로 똬리를 틀고 있는 그런 세계일지도 모르겠다. 그러니 이제 연필 대신 칼을 든 아이들의 사연을 들어 볼 차례다.

2 안보윤의 『오즈의 닥터』에서 주인공 '나'는 분명 아이는 아니다. '나'는 오히려 아이들을 가르치는 교사다. 그러나 '나'가 어린 시절 아버지(아저씨)의 폭력을 목격한 뒤, 같은 방법으로 아버지(아저씨)를 살해하고 그 때문에 아버지에게 강박된 인물이라는 점에서 '나'는 여전히 미성숙한 아이다.

2 수동적인, 너무나 수동적인

흔히 폭력은 도덕적, 제도적으로 규제되지 않는 부정적 에너지로 간주된다. 왜냐하면 폭력은 우리의 신체가 언제든지 훼손될 가능성이 있다는 공포스러운 사실을 가감 없이, 직설 화법으로 보여 주기 때문이다. 분명 "폭력은 최악의 수준에서 일어나는 접촉, 다른 인간에 대한 인간의 일차적인 취약성이 가장 끔찍하게 노출되는 방식, 우리가 다른 사람의 의지에 속수무책인 채로 양도되는 방식, 삶 자체가 다른 사람의 의지적 행위에 의해 말살될 수 있는 방식"[3]임이 분명하다. 따라서 아무리 폭력이 미화되고 가상 현실화된다고 하더라도, 무법적이고 무질서한 폭력이 야기하는 공포로부터 벗어나기는 어렵다. 이는 문학 속에서 폭력이 쉽게 긍정되기 어려운 이유이기도 하다. 혹 강도 높은 폭력이 노출되는 소설에서조차 주인공은 그러한 폭력의 주체라기보다는 객체, 즉 피해자로 등장하곤 한다. 왜냐하면 폭력의 희생자야말로 자신의 육체적, 정신적 피해를 통해 이 세계의 폭력성을 고발하기에 적합한 캐릭터이기 때문이다. 설령 폭력적인 주인공이라고 하더라도 그의 폭력은 타인을 향하기보다는 자기 자신에게 행사된다. 그것은 예컨대 자학, 자해, 자살 등과 같은 형태로 드러난다. 그러니 폭력을 당함으로써 폭력을 무력화하는 자학적 비폭력주의자들이야말로 그동안 우리에게 친숙한 주인공이었다고 할 수 있을 것이다. 스스로를 '똥'과 '개'로 불렀던 장정일 소설의 주인공에서부터 루저 의식 충만한 고시원 거주자에 이르기까지, 1990년대 이후 한국 소설의 주인공들은 줄곧 자발적으로 비폭력 평화주의자의 길을 걸어왔다고 해도 과언이 아니다.

그러나 김사과, 최진영, 안보윤의 소설에서 이러한 자학적 비폭력주

---

3 주디스 버틀러, 양효실 옮김, 『불확실한 삶』(경성대학교 출판부, 2008), 57쪽.

의자들은 더 이상 등장하지 않는다. 이들 소설의 주인공은 오히려 가학적 폭력주의자들이다. 예컨대 이들에게 공통적으로 잔인한 폭력의 대상이 되고 있는 고양이를 보라. 당연히 고양이 같은 연약한 존재는 이들에게 연민을 불러일으키는 보호의 대상이 될 수 없다. 그들에게 고양이는 그저 아무 이유 없이, 단지 지루하고 심심하다는 이유만으로도 죽일 수 있는 사물에 불과한 존재다. 김사과의 『미나』의 새끼 고양이가 주인공 수정에 의해 무차별적으로 살해당한 것처럼, 안보윤의 『오즈의 닥터』에서도 고양이의 수난은 대를 이어 계속된다. 도도하고 이기적이지만 여리고 내성적인 존재를 상징하는 대표적 캐릭터였던 고양이는, 혹은 변두리 청춘의 불안한 현실과 그로부터의 탈주에 대한 욕망을 대변하던 고양이는, 그래서 현실과 타협하지 않는 독신 남녀의 자유로운 일상을 다루는 시크하고 쿨한 소설의 주인공을 비유하기에 적합했던 고양이는, 이제 이들의 소설에서 겉보기에 아무런 동기 없이 자행되는 잔인한 폭력의 희생양에 불과한 존재가 되고 만다.

사람이라고 다를 게 없다. 『미나』의 주인공 수정은 종종 낯선 존재에게조차 맹렬한 살해 욕구를 느끼며, 『오즈의 닥터』의 '나' 또한 자신에게 닥친 억울한 상황을 참지 않고 제자를 납치, 감금, 폭행한다. 최진영 소설의 주인공 또한 억울하게 죽은 친구의 복수를 위해 살인도 마다하지 않는다. 2000년대 문학의 주인공이었던 옥탑방 고양이와 지하 생활자들이 현실에 대한 불안감과 그로부터 빚어진 공포, 그리고 그러한 공포심이 촉발한 분노 등을 자기 바깥의 존재들에게 투사하는 대신 배타적으로 자기 스스로에게 돌리는 내투사의 방식을 통해 해소(일종의 승화라고 불러도 좋으리라.)했다면, 이들 소설의 주인공은 그와는 정반대로 모든 문제의 원인을 타인에게 덮어씌운다. 그들은 진지한 자기반성과 회고(기억)를 하지 않는 존재들이다. 왜냐하면 그들에게 문제의 원인은 언제나 바깥에 있기 때문이다. 다시 말해 더 이상의 변화가 불가능한 억압적이고 폐쇄적인 자본주의 시스템과 그런 시스템 속에 안주하기 위해 발버둥치는 사악한 어른들, 그리고 아이들에게 폭력 유전자를 물려주는 나쁜 부모들 때문인 것이다.

최근 소설에 새롭게 등장하기 시작한 이들 가학적 폭력주의자들 중에서도 가장 파괴적이고 도발적인 폭력주의자는 바로, 김사과 소설 『미나』의 아이들이다. 그들은 묻지도, 따지지도 않고, 건조하고 지루한 표정으로 무차별적으로 때리고, 던지고, 찌른다. 핸드폰을 짓밟고 부수는 것처럼, 고양이를 벽에 던져 죽이고 동급생을 칼로 찔러 죽인다. 그리고 그 순간에도 "차가운 버터나 딱딱한 베이글처럼" 그들은 아무것도 느끼지 못한다. 왜냐하면 그 아이들에게 고양이나 인간은 생명체가 아니라 핸드폰과 같은 무생물, 즉 사물에 불과한 어떤 것이기 때문이다. 살인은 그렇게 완벽하게 무감각한 상태에서 이루어진다.

문제는 그뿐만이 아니다. 이 감각의 마비화, 사물화 상태를 위해 필수적으로 요구되는 것은 바로 완벽한 수동성이다. 왜 그런가? 사실 김사과 소설에서 폭력이라는 문제가 간단히 해석될 수 없는 이유도 바로 거기에 걸려 있다. 흔히 폭력성은 두 가지 상황에서 표출된다고 알려져 있다. 하나가 위험에 빠진 존재가 그에 대항하여 자아를 방어할 때라면, 다른 하나는 누군가에게 위해를 가함으로써 이득(대개는 절대적 권력)을 얻을 수 있을 때이다.[4] 자기방어의 한 표현이건, 권력 획득의 수단이건 간에, 어쨌든 폭력성은 대개 능동적인 것으로 간주된다. 그러나 『미나』에서 표출되는 극단적인 폭력성은 그런 세간의 짐작과는 달리 극단적인 수동성과 긴밀하게 관련되어 나타난다.

---

4   장춘익, 「근대와 폭력, 혹은 우리는 얼마나 비폭력적인가?」, 《인문학연구》 14집(한림대학교 인문학연구소 2008), 84쪽.

그녀를 둘러싼 세계는 언어와 같아서 모든 어법과 어조는 그녀가 오기 전부터 존재하고 있었기 때문에 그녀에게 남은 것은 수동적인 학습의 가능성뿐이지만 수정은 그 상황에 대해 아무런 불만이 없으며 만약 어떤 자신 고유의 것에 대한 갈망이 생겨난다 하더라도 그것을 짓밟고 이미 존재해 온 모든 것들을 향해 고개를 숙일 각오가 되어 있다. 그녀는 무감하여 사랑을 모르기 때문에 완전하며, 스스로 자라난 것이 아무것도 없기 때문에 순결하다.(26쪽)

음악이 시작되자 대기의 압력이 달라진다. 다음 순간, 거리의 현실성이 제거된다. 수정은 배경과 분리된다. 그녀는 오직 음악으로 이루어진 존재하지 않는 공간으로 이동한다. 거리는 여전히 소음으로 가득하지만 수정에게는 아무것도 들리지 않는다. 오직 단단하게 팽창된 음악이 수정의 머릿속을 장악한다. 거리, 사람들, 자동차, 도시 전체는 여전히 끊임없이 움직이고 있지만 그것은 이제 도시 고유의 리듬이 아니라 수정이 선택한 리듬에 따라 움직인다. 도시 전체에 단 하나의 음악이 울려 퍼진다. 반복하여, 수정은 카타르시스를 느낀다. 자신이 선택한 음악이 지배하는 도시 속을 걷기.(220쪽)

첫 번째 예문에서 수정은 자기 스스로를 '절대적으로 완전하고 절대적으로 순결한' 존재로 규정하는데, 이때 '완전'과 '순결'은 완벽한 무감각과 완벽한 무지의 다른 말이다. 바로 이러한 경지에 도달할 때라야 수정은 비로소 어떤 '균형 감각'을 느낄 수 있는 것이다. 그것은 두 번째 예문에서 알 수 있는 것처럼, 소음으로 가득한 도시 한가운데서 그 소음과 혼란을 지우고 자기만의 음악과 리듬으로 움직이는 세계, '자아폐하(自我陛下)'(프로이트)가 지배하는 세계로 들어가는 순간 느끼는 안도감과도 같다. 언뜻 그 세계는 개성적인 자아가 만들어 낸 자기만의 고립된 소우주처럼 보이지만, 실은 자신에게 닥쳐온 문제를 더 이상 생각하지 않고 이 해하지 않으며 침묵하기 위한 도피처에 다름 아니다. 수정이 그곳에서 하는 일이란 고작해야 '이미 벌어진 일들을 찌그러뜨려 파묻은 뒤 그것을 벌어지지 않은 일들로 환원'하는 것이기 때문이다. 세계가 정지할 때 수정은 생각을 멈춘다. 바로 그 순간에라야 비로소 수정은 "원인을 알 수 없는 복잡한 감정, 그런 모호한 느낌"에 대해 더 이상 사유하지 않을 수 있게 되는 것이다. 그렇게 볼 때 『미나』에서 '균형 감각'이란 모든 감각이 무감각해지고 사유가 백치화되고 행동이 좀비화된 존재들이 자신을 보존하기 위해 반(半)자발적으로 습득한 평정심 유지법에 불과한 것이다. 평정심이란 '평안하고 고요한 마음 상태'이다. 그러나 외부 세계가 흔들리는데 어떻게 우리의 마음이 평정할 수 있는가? 친구가 죽었는데 어떻게 아무 일도 없던 것처럼 공부에 집중할 수 있는가? 그러나 학교가, 사회가 학생들에게 요구해 온 것은 바로 그런 평정심과 집중력이 아닌가? 그렇다면 완벽한 자기통제가 가능하다는 수정의 환상은 결국 완벽하게 외부의 통제를 받고 있다는 사실에 불과한 것이 아닌가? 그러한 외부의 통제에 완벽하게 수동적으로 순응하고 있다는 사실 아닌가 말이다.

바로 그때, 폭력은 분출된다. 그것은 달리 말하면, 극단적인 수동성의 상황에 내몰린 존재들의 가학적 자기방어라고 할 수 있을 것이다. 상식적으로 생각해 보면 수동적이지 않은 아이들은 대개 어떤 억압을 받을 경우 승화건 거부건 간에 그에 대응하는 데 반해, 지나치게 수동적인 아이들은 억압을 자기 안으로 흡수한 채 그에 반응하지 않는다. 문제는 그렇게 흡수된 억압적 힘들이 포화 상태에 이를 때 자기도 모르는 사이에 폭발할 수 있다는 점이다. 질서정연하게 잘 짜인 시스템에 절대적으로 순응해 온 아이들은 외부 통제를 자기통제로 전환함으로써 자율성의 결여 상태를 완벽한 자기통제적 상황으로 오인한다. 따라서 '절대 순결, 절대 완벽'으로 상징되는 수정의 극단적인 자기통제는 결국 자기의 개성을, 심지어 "자기 고유의 것에 대한 갈망"조차 완벽하게 짓밟아야 하는 극단적인 자기 삭제에 불과한 것이다. "완벽하게 개인적이면서도 완벽하게 순응적인 인간"은 그렇게 탄생한다. 그런 존재에게 폭력은 무질서와 일탈이라기보다는 오히려 거꾸로 무질서와 일탈을 해결하고 기존의 사회질서를 바로잡기 위한 가장 확실한 방법이다. 달리 말하면 그것은 시스템 바깥으로 튕겨 나가지 않도록 자신을 지키기 위한 최선의 방책이다. 지금까지 지배 체제가 평화와 합의, 공생이라는 이름으로 그래 왔던 것처럼 말이다. 세계의 폭력은 그렇게 그 세계에 절대적으로 순응하는 개인에게 이전되어 기계적으로 학습되고 반복적으로 수행된다.

그런 맥락에서 볼 때, 김사과의 『미나』에서 발견할 수 있는 폭력의 서사를 단순히 폭력에 대한 예찬이나 파괴 욕구의 충동적 발산 정도로 단순하게 이해해서는 안 된다. 물론 "부패한 세계를 파괴함으로써 재건하고자 하는 급진적 혁명에의 의지"[5]로 과잉 해석해서도 안 될 것이다. 왜냐하면 수정의 폭력은 사회적 지배 구조를 유지하기 위해 낯설고 이질적인 존재를 무시하고 제거해 온 우리 사회의 폭력의 메커니즘을 수동적으로 반복한 것에 불과하기 때문이다. 폭력의 역설(逆說)은 바로 거기에서 시작된다. 복종과 순응의 미덕을 몸에 익힌 체제 순응적인 모범생이 자신에게 닥친 심각한 좌절과 무능력, 수동적 권태를 해결하기 위해 지배 체계의 폭력의 방법론을 모범생다운 성실함으로 모방하고 복습할 때, 지배적인 시스템은 예기치 않게 무력화되고 붕괴될 수 있는 것이다. 체제 순응적인 '수용소의 인간'은 그렇게 억압의 과정을 거쳐 시스템을 내파하는 살인 기계가 되어 귀환한다.

---

5   강유정, 「이어폰을 낀 혁명가」, 『미나』 해설, 320쪽.

3 폭력의 기원, 기원의 폭력

그렇다면 폭력은 어디에서 기원하는가? 문제는 아버지에게도 있다. 안보윤의『오즈의 닥터』와 최진영의『당신 옆을 스쳐 간 그 소녀의 이름은』(이하『당신 옆』)에서 겉보기에 아버지는 폭력의 기원인 것처럼 보인다. 두 소설의 주인공 모두 어린 시절 폭력적인 아버지의 학대와 구타를 경험한 다음에 아버지(혹은 아버지로 불리는 존재)를 살해하기 때문이다. 아이들은 가학적인 아버지에게서 물려받은 폭력 DNA를 부메랑처럼 그대로 아버지에게 돌려보내면서 아버지라는 존재를, 그 이름을 폭력적으로 지워 버리고 붕괴시킨다. 폭력은 그렇게 세습되면서 순환하고, 순환하면서 확산된다. 아니, 어쩌면 폭력은 아버지에게서 기원한다기보다는 폭력적인 아버지를 부정하는 파토스에서 기원한다고 해야 할지도 모르겠다. 어찌 됐든, 이 두 소설에서 폭력적인 아버지는 모든 사건의 중핵이자 모든 문제의 근본 원인으로 간주된다.

그러나 아버지의 상징적 죽음이 기정사실화된, 그래서 아버지라는 망령에서 벗어난 지 이미 오래된 것처럼 보이는 이 포스트모던 사회에서 갑자기 아버지라니, 그것도 폭력적인 아버지라니……. 아비 부재, 편모슬하, 가족 서사 등의 개념으로 요약되는 오이디푸스 서사는 이미 상투형이 된 지 오래지 않나? 모든 문제의 원인을 아버지에게서 발견하고 그 아버지를 상징적으로 살해하는 부친 살해의 모티프라든가, 부모에 대한 과대평가와 기대 때문에 스스로를 사생아와 업둥이로 상상하는 가족 로망스, 혹은 오이디푸스콤플렉스를 성공적으로 헤쳐 나가지 못한 사람들이 미성숙한 채로 성장하여 대인 관계에서 어려움을 맺는 이야기들은 너무 뻔하고 낡은 도식이 되지 않았는가 말이다. 특히 최진영의『당신 옆』에서 폭력적인 아버지와 그런 아버지의 폭력에 저항하지 못하는 어머니 모두를 '가짜'라고 단정짓고 누군가 때려도 절대 맞지 않는 '진짜' 엄마를 찾아가는

'나'의 이야기야말로 전형적인 오이디푸스 서사 아닌가 말이다. 그렇지 않으면 이 소설은 자신의 진짜 부모를 고귀한 신분의 사람으로 바꾸는 상상을 통해 현실의 부모, 그중에서도 아버지를 부정하는 가족 로망스의 변형태라고 할 수 있을지도 모르겠다.

그럼에도 불구하고 안보윤과 최진영 소설에서 폭력적 아버지와 그 아버지를 살해하는 아이를 중심으로 구성되는 이 상투적인 오이디푸스 서사가 흥미로운 것은, 그것이 폭력이라는 문제와 관련해 새로운 방식으로 재맥락화되고 있기 때문이다. 앞서도 지적한 것처럼 이 포스트모던 사회에서 아버지의 죽음은 실제적인 차원이 아니라 상징적인 차원에서 논의되어 왔다. 따라서 아버지의 죽음이란 흔히 알고 있듯이 포스트 IMF 시대에 장기화되는 실업 혹은 중산층의 몰락 문제와 맞물려 이야기되는 무능력한 아버지나 무력화된 아버지와 연관되는 것이지, 아버지의 진짜 죽음과는 아무 상관이 없다. 아버지는 그저 연민과 동정의 대상일 뿐 살인의 대상은 아닌 것이다. 게다가 자식들도 그런 아버지를 죽일 만큼 이 세계와 직접적으로 대면하기를 피해 온 터였다. 그러나 이들 작품에서 아버지는 문자 그대로 자식에게 '살해' 당한다. 여기서 아버지의 죽음은 더 이상 상징적인 차원이 아닌, 실제적인 차원에서 벌어지는 하나의 사건으로 나타나며, 바로 그 순간 지금까지 죽은 줄만 알았던 아버지는 '정말로' 죽게 된다. 이들 소설에서 아버지의 죽음이 외설적 사건으로 받아들여지는 것은 바로 그 때문이다. 최진영 소설의 마지막 장면으로 가 보자.

등을 둥글게 말고 그에게 달려든다. 은색 양복 옆구리가 새빨간 피로 물든다. 퉁퉁하게 겹쳐진 살이 칼을 앙 물고 놓아주지 않는다. 주문처럼 중얼거린다. 너는 지옥으로 간다. 너는 지옥으로 떨어진다. 네가 갈 곳은 지옥뿐이다. 꿀렁꿀렁, 피가 솟는다. 칼을 쥔 손이 끈적끈적하다. (……) 칼은 분명 내 손에 있는데, 칼끝은 그가 아니라 내 아랫배에 꽂힌다. 칼에 찔리고도 너무나 멀쩡한 그가, 송곳니를 드러내며 내 손목을 우그러뜨린다. 뚝. 뚜둑. 뼈마디 부서지는 소리. 바닥에 떨어진 칼이 그의 손으로 넘어간다. (……) 헐떡대는 나를 보고 그가 서서히 주저앉는다. 옆구리에선 샘물처럼 피가 솟구친다. 작은 칼을 들고 엉금엉금 그에게로 기어간다. 그가 칼을 다잡는다. 섬뜩한 아랫배. 피. 피가 너무 많이 나. 그와 나의 피가 콘크리트 바닥에서 뒤섞인다. 아빠와 딸이 다정하게 맞잡은 손처럼 차가운 벽에 찍힌 그와 나의 빨간 손도장. 작은 칼이 그의 가슴을 스친다. 목. 목을 끊어 놔야 해. 그의 얼굴로 손을 뻗는다. 눈앞에서 칼날이 번뜩인다. 세상이 새빨간 눈물을 쏟아낸다. 어지럽다.(293~294쪽)

'진짜'를 찾아가는 여정의 끝에서 저질러지는 잔혹한 살해 장면은 이 소설 전체에서 가장 이질적이고 낯선 장면이다. 최진영의 『당신 옆』은 사실 낭만적 여로형(旅路形) 소설에 가깝다. 진짜 부모에게 버림받았다고 (의도적으로) 오인하고 바로 그 오인의 힘으로 진짜 부모를 찾아 떠나는 '나'의 여정은 역 앞의 황금다방, 할머니의 태백식당, 폐가, 각설이패의 시장 바닥을 거쳐 서울의 철거촌에 이른다. 그 과정에서 '나'는 저마다 슬픈 사연 하나씩을 가슴에 품은, 불행하지만 선량한 사람들을 만나 그들의 삶을 들여다보면서 거칠고 모진 세상을 조금씩 온몸으로 헤쳐 나간다. 그러나 조금은 쓸쓸하고 힘겹지만 그 나름의 온기가 감돌았던 '나'의 여행담은 서울에서 만난 나리라는 친구가 그녀의 의붓아버지에게 지속적으로 강간당하다가 결국 자살하고 마는 장면을 목격한 이후, 급격하게 슬래시(Slash) 무비가 되고 만다. 그 속에서 '나'는 잔인한 살인마가 되는데, 주목할 점은 그 살해 장면에 '나'가 일부러 삭제해 버린 아버지의 죽음 장면이 겹쳐진 채 교차되고 있다는 것이다. 위의 예문에서 생략한 부분에서 리와인드되고 있는 문제의 아버지 살해 장면에서, 아버지가 휘두르다가 떨어뜨린, 그러다가 어머니 손으로 넘어간, 그래서 결국은 아버지의 심장에 꽂히고 만 '칼'은 이제 '나'의 손에 쥐어진다. 아버지의 칼은 그렇게 어머니를 거쳐 '나'에게로 온 것이다. 그런 맥락에서 짐작건대, '나'가 현재 죽이는 대상은 나리의 의붓아버지이지만 그 과정에서 실제로 재연되는 것은 '나'의 아버지의 죽음이라고 볼 수 있다. "아빠와 딸이 다정하게 맞잡은 손처럼 차가운 벽에 찍힌 그와 나의 빨간 손도장" 또한 그런 맥락에서 이해될 수 있는 것이다.

그런데 왜 '나'는 처음부터 아버지의 죽음을 알았으면서 알은체하지 않았는가? 왜 '나'는 이미 죽은 아버지를 다시 한번 더 죽여야만 했는가? 혹 '나'가 그토록 찾아 헤매던 '진짜'는 바로 그 살인 장면의 진실 속에 있는 것은 아닌가? 소설의 결말 부분에서 흥미로운 점은 아버지가 이미 죽었다는 '진짜' 현실을 인식하려는 '나'의 의지가 폭력과 더불어 귀환하고 있다는 사실이다. 그것은 지금까지 '진짜'를 찾겠다는, 다분히 낭만적이고 서정적인 '나'의 여로가 사실은 아버지의 죽음이라는 진실을 자기 스스로 은폐하는, 자기기만에 의해 작동된 것임을 암시한다. 그렇게 '나'는 낭만적 여정의 끝에서 부친 살해라는 외상적 장면과 마주한 채 그 장면을 스스로 연출한다. 그리고 그 순간 자기기만적 여정을 작동시킨 '진짜/가짜'의 이분법은 붕괴된다.

최진영의 소설이 흥미로운 것은 이렇듯 폭력의 기원으로서의 아버지와 아버지를 꼭짓점으로 한 가족 로망스를 해체하고 재맥락화하는 특유의 방식이다. 이러한 해체와 재맥락화는 조금은 다르지만 안보윤의 『오즈의 닥터』에서도 마찬가지로 나타난다. 그렇다면 안보윤 소설에서 아버지 살해는 어떻게 나타나는가? 그 점을 상징적으로 보여 주는 다음 장면을 보자.

　　―옷 좀 벗으라니까. 냄새나.
　　―그래도 괜찮겠냐?

아빠 목소리가 갑자기 음산해졌다.

이불 속이 아니라 동굴 속에서 울리는 목소리 같았다. 아니 그보다 이 소리는 좀 더 습기 차고 어두운, 검고 탁한 먼지가 떠돌고 있는 곳, 그러니까 흡사 연탄광 같은 곳에서 흘러나오는 것 같기도 했다. 나는 눈을 번쩍 떴다.

—이제 그만, 벗고 나가도 괜찮겠냐?

산발을 한 아빠가 시뻘건 눈으로 나를 노려보고 있었다. 얼굴과 몸에 시멘트와 연탄 가루가 덕지덕지 붙어 있고 털옷이 공처럼 부풀기 시작했다. 아빠가 앙상한 손을 내 쪽으로 뻗었다. 그 손에 돌연 살이 붙더니 털옷뿐 아니라 아빠까지 급격히 부풀기 시작했다. 넓은 어깨와 두꺼운 등, 금방이라도 나를 잡아 구겨 버릴 것처럼 거대해진 손바닥.

나는 비명을 지르며 몸부림쳤다. 가랑이 사이로 뜨거운 소변이 쏟아져 나오고 있었다.(160~161쪽)

이 장면을 자세히 살피기에 앞서, '나'가 어떤 상황에 처해 있는지를 살펴볼 필요가 있겠다. 사립 고등학교 교사인 '나'는 시험 감독 중에 모범생 수연의 부정행위를 발각하지만 수연의 거짓말로 인해 수연을 성추행한 교사로 낙인찍혀 실직한다. 게다가 징역 10월에 집행유예 2년, 손해배상금 및 위자료, 정신과 상담 96시간의 처벌을 받는다. 그런 이유로 '나'는 법원에서 지정해 준 정신과 상담의(라고 착각한) '닥터 팽'과 만나 상담을 받게 된다. 그리고 '나'는 의사의 요구에 따라 목이 꺾여 비참하게 죽은 아버지와 누나, 그리고 폐병을 앓다가 죽은 어머니까지, 비극적인 가족사를 비교적 상세하게 진술한다. 그러나 그런 '나'의 진술은 상담 과정에서 최소한의 개연성조차 담보하지 못한, 허구적인 이야기로 밝혀진다. 그것은 "꾸미고 짜깁기한 티가 너무" 심한, 리얼리티라고는 전혀 없는 상투적인 가족 서사에 불과한 것이다. 닥터 팽은 '나'의 이야기의 비인과성과 비현실성을 지적하지만, '나'는 그런 닥터 팽의 분석을 계속 부정한다. 비록

'나' 스스로도 자신의 가족 이야기가 앞뒤 맞지 않는, 진부한 이야기에 불과하다는 것을 자각하면서도 말이다. 그리고 긴 우회로를 지나 마침내 도달한 아버지 이야기에 이르러서야 비로소 '나'는, 약물중독에 알코올중독자였던 아버지, 약과 술에 취해 '나'를 "두개골이 깨지고 갈비뼈가 으스러지고 쇄골이 빼빼로처럼 부러지"도록 폭행한 아버지를 기억해 낸다. 나아가 자신이 그토록 잊고자 했던 과거의 기억, 법적 아버지인 허약한 약물중독자와 생물학적 아버지인 폭력적 권력자 모두를 죽이고 연탄광에 묻어 버렸다는 사실까지도 기억해 낸다. 소설 속에서 그 사실은 '연탄광에서 발견된 두 구의 시체'라는 물리적 사실에 의해 입증된다. 그럼에도 이 기억은 곧바로 부정된 채, 다른 기억 즉 '나'가 죽인 것은 아버지가 아니라 단지 버려진 새끼 고양이에 불과하다는 기억으로 대체된다. 그렇게 '나'의 과거 기억은 고정되지 않은 채 계속 미끄러진다. 그 결과 독자들은 소설을 끝까지 읽은 뒤에도 무엇이 사실인지 알지 못한다.

그렇다면 '나'는 정말 아버지를 죽였을까? 그런데 도대체 '나'조차도 기억하지 못하는 과거를 모두 알고 있는 닥터 팽은 누구인가? 왜 '나'는 끝내 아버지 살해를 부인한 채 아무것도 모르는 자로 남는가? 정신분석 임상에서 환자의 진술을 통해 기억된 과거가 설령 철저한 사실의 복원이 아닌 재구성된 허구적 사건에 불과하다고 하더라도, 만약 그것이 환자에게 사실처럼 작용한다면 치료적 효과를 발휘한다.[6] 그러나 이 소설에서 닥터 팽에 의해 이루어지는 정신분석은 환자인 '나'는 물론 독자에게도 아무런 설득력을 갖지 못할 뿐 아니라, 심지어 '나'를 환각 바깥으로 끌어내지도 못한다. 왜냐하면 극단적으로 '안다고 가정된 주체'(라캉)인 닥터 팽 또한 '나'의 망상 체계 속에 거주하는 허구적 존재에 불과하기 때문이다. 그런 이유로 『오즈의 닥터』라는 소설 전체를 '나'의 정신병적 증상을

6   이에 관한 상세한 논의는 박찬부, 『현대 정신 분석 비평』(민음사, 1996), 193~238쪽을 참고.

상연하는 극장으로 해석할 수 있다. 결국 이 모든 것은 '나'의 망상이 빚어낸 허구적 놀이에 불과한 것이다. 그렇다면 왜 '나'는 이런 미친 퍼포먼스를 계속하는가? 그것은 일차적으로는 아버지를 죽였다는 죄의식과 그것의 은폐 의지 때문이다. 인용문으로 돌아가 보자.

인용문에서 죽은 아버지가 끔찍한 모습으로 출몰하는 '나'의 꿈(환각)은 흥미롭게도 프로이트가 분석한 꿈 사례들 중 하나인 '불타는 아들'의 구조와 매우 닮아 있다. 아들의 장례식을 치르던 중 깜빡 잠이 든 아버지는 꿈에서 온몸에 불이 붙은 아들이 나타나 "아버지, 제가 불타고 있는 게 보이지 않으세요?"라고 외치는 모습을 보고 놀라 잠에서 깬다. 지젝은 라캉의 해석을 인용하면서 이때의 꿈은 아버지의 죄의식을 환기하는 것으로, 아버지는 꿈에서 그 끔찍한 실재로부터 벗어나기 위해 현실로 도피하는 것으로 해석한다. 그럴 때 현실은 우리가 마주 보기 힘든, 감당할 수 없는 실재로부터 우리를 보호해 주는 판타지적인 것이 된다.[7] 『오즈의 닥터』에서 '나'의 꿈 또한 마찬가지다. 현실에서는 감당하기 어려운 부친 살해의 죄의식은 '나'의 꿈-환각 속에서 괴물스러운 아버지의 형상으로 재현되지만, '나'는 곧장 현실로 도피함으로써 공포스러운 진실을 외면한다. 더 나아가 현실을 통제 가능한 것으로 만들기 위해 끊임없이 '그 사건'을 해체하고 재구성한다. 그리고 그런 과정을 반복하면서 소설 속 현실과 허구의 경계는 모호해지고, 그에 따라 아버지 살해라는 끔찍한 현실과 그런 현실을 은폐하는 과정에서 촉발된 '나'의 "죄책감과 책임감, 자부심" 또한 사라진다. 폭력적인 아버지는 현실에서건 꿈에서건 그렇게 폭력적으로 삭제된다. '나'는 이제 아버지 살해라는 실재적 장면을 대면할 필요조차 없는 완벽하게 허구적인 현실-환각을 구축하게 된 것이다. 그리하여 마침내 '나'는 닥터 팽을 향해 담담한 표정으로 이렇게 말할 수 있게 된다.

7   슬라보예 지젝, 이수련 옮김, 『이데올로기라는 숭고한 대상』(인간사랑, 2002), 87~89쪽 참조.

"이제 가도 돼요, 아버지." 그렇게 대타자로서의 아버지는 사라지고 그런 아버지를 중심으로 구성된 오이디푸스 서사는, 마침내 『오즈의 닥터』에 이르러서야 완전히 붕괴된다.

4　애타게 '진짜'를 찾아서

안보윤의 『오즈의 닥터』에서 환각은 처음에는 아버지를 죽였다는 죄의식 혹은 그 욕망의 심연을 견딜 수 있게 하는 상상의 시나리오를 제공함으로써 역설적으로 '정상적인' 현실을 지탱해 준다. 그러나 다른 한편으로 '나'는 그런 상상의 시나리오를 구성하고 해체하고 재구성하는 일련의 과정을 거치면서 '정상적인' (것처럼 보이는) 현실의 허구성을, 그 허구적 현실 속에 감춰진 진실의 중핵을 응시하게 된다. 여기서 진실이란 '나'가 아버지를 살해했다는 사실이 아니라, 아버지라는 큰 타자가 폭력적으로 만들어 낸 이 현실이라는 시스템이 허구에 불과하다는 사실이다. 이를 위해 '나'는 아버지들의 방법론(약물중독과 폭력)을 그대로 모방하고 반복하는 전략을 취한다.

최진영과 김사과의 아이들 또한 마찬가지다. 그들은 자신들이 경험한 잔인한 폭력의 순간을 더욱 강도 높게 재생하거나 폭력이 구조화된 일상적 삶을 수동적으로 실천하고 반복적으로 재생산하는 폭력적 개입을 통해, 현실이라는 닫힌 시스템의 허구성을 폭로한다. 그리고 그 순간 우리에게 익숙하고 편안한 일상적 현실은 극단적으로 파괴되고 우리의 마비된 의식과 감각 또한 격렬하게 각성된다. 잠시 『미나』의 결말 부분을 보자.

예를 들어서. 모두가 말하는 것. 예를 들어서. 친구를 짓밟고 올라서라. 숨이 막혀 온다. 이런 건 다 비유잖아? 아무런 힘도 없이. 나는 진짜가 필요했어. 예를 들어서. 나는 니 손을 밟아 으스러뜨렸어. 비유가 아니라 진짜로. 그렇게 하면 어떻게 될까? 어떤 일이 일어날까. 진짜 밟는 거랑 비유적으로 밟는 거랑은 어떤 차이가 있을까?(308쪽)

『미나』에서 수정이, 비유처럼 제시되는 어떤 현실의 요구들, 예컨대 "친구를 짓밟고 올라서라."와 같은 요구를 비유가 아닌 실제로 구현하는 순간, 우리는 지금까지 당연하게 받아들여져 온 현실이 사실은 구조화된 폭력적 이데올로기의 구성물에 불과하다는 사실을, 그 끔찍한 '진짜' 현실을 깨닫게 된다. 그것은 마치 최진영과 안보윤의 소설에서 아비 살해가 비유의 차원이 아닌 실제의 차원에서 이루어지는 것과 맞닿아 있다. 이들은 모두 '비유'와 '가짜', '허구'가 만연한 이 포스트모던 사회에서 근본주의적인 테러리스트의 얼굴로 그것들(비유, 가짜, 허구)을 끝까지 밀어붙임으로써 마침내 '진짜' 현실을 붙잡으려고 하는 것이다. 최진영의 『당신 옆』에서 '나'가 "진짜를 찾기 위해 가짜를 하나하나 수집"해서 불태우는 자기만의 의식(儀式)을 치르거나, 안보윤의 『오즈의 닥터』에서 조작된 이미지들로 가득한 세계에서 그와 같은 허구적 방식으로 자기만의 리얼 스토리를 찾으려는 시도 모두, '진짜'를 향한 열망이라고도 할 수 있을 것이다.

그러나 과연 그들은 '진짜'를 찾을 수 있을까? 아니, 실체 없는 이 포스트모던 가상 사회에서 과연 '진짜'란 존재할 수 있을까? "진짜 밟는 거랑 비유적으로 밟는 거랑" 아무 차이도 느낄 수 없는 무감각한 일상 속에서 (김사과, 『미나』), 그렇게 찾아헤매던 '진짜'가 진정성 있는 '가짜'들만도 못하다는 사실에 직면해서(최진영, 『당신 옆』), '나'는 결국 "현실을 정면으로 바라보면서 살아가"는 대신, "끝까지, 도망치"는 삶을 선택한다.(안보윤, 『오즈의 닥터』) 그들은 끝내 '진짜'를 찾는 것을 그만둘 것인가? '진짜'는 어디에 있는가? 이 질문들에 대한 답이 과연 있기나 한 것일까? 아직은 아무도 모른다. 그러나 적어도 이들은 일상적 현실에 침잠하거나 끝까지 가기를 거부한 채 무심한 듯 무위의 제스처를 취하지는 않는다. 그 대신 그들은 실재를 향한 열정[8]을 품고 이 폭력적인 한국 사회와 저 나름의 방식으로 대면한다. 그러니 아직은 거칠고 소박할지 모르나, 그들의 소설이 보여 주는 이 지점에서 한국소설의 또 다른 가능성에 대한 기대를 가져 볼 수도 있을 것이다.

---

8   슬라보예 지젝, 이현우·김희진 옮김, 『실재의 사막에 오신 것을 환영합니다』(자음과모음, 2011), 15~50쪽 참조.

여성과 폭력, 혹은 쓰레기 아마조네스

1   매 맞는 여자, 때리는 여자

두 여자가 있다. 한 여자는 맞고 있고, 다른 여자는 때리고 있다. 언뜻 보면 매 맞는 여자는 익숙한데, 때리는 여자는 낯설다. 그러나 좀 더 자세히 들여다보니, 때리는 여자도 그리 낯설지만은 않다. 왜 그럴까?

노여움으로 부풀어 오르던 현준의 얼굴이 무섭게 일그러졌고 그리고 정인은 머리채가 잡힌 채로 침대 모서리로 날아가 내동댕이쳐졌다. 날아가 떨어지면서 정인은 문득 내가 지금 어디서 무슨 일을 하고 있는 건지 생각했다. 여기가 어딘가, 나는 누구인가…… 하지만 현준의 손길이 정인의 머리채를 다시 잡았고 현준은 정인의 머리채를 손으로 잡은 채로 벽에다 정인의 머리를 쿵쿵 찧었다. 쿵, 쿵거리는 소리는 아득하게 들렸다.[1]

쓰레기통에서 나왔을 머리카락 뭉치가 가볍게 날아 발끝에 닿는 짧은

---

1   공지영, 「착한 여자 2」(한겨레신문사, 1997), 66쪽.

시간이 지나고 공격이 시작되었다. 아내는 득달같이 달려들어 내 어깨에 이빨을 들이댄다. 질긴 고깃점이라도 물어뜯듯 두 손으로 어깨를 움켜쥔 채 사납게 으르렁대더니 어느새 내 머리끄덩이를 잡아챈다. 어깨의 통증은 사라지고 수만 마리 벌 떼가 머릿속으로 날아들었다.[2]

두 소설 모두 한 성(性)이 다른 성에게 가하는 물리적 폭력을 전경화한다. 첫 번째 소설의 주인공인 '착한 여자' 정인은 남편에게 맞는다. 한국문학작품에서, 여성은 언제나 그렇게 맞았다. 현실이 그랬고 또 그런 현실이 익숙하기도 했다. 그런데 여성이 맞는 장면은 왜 우리에게 이토록 익숙한 것일까.

한국 근대소설의 시초인 이광수의 『무정』에서부터 여성은 맞고 강간당한다. 채만식의 소설 『탁류』에서도 그렇다. 그렇게 여성은 오랫동안, 관습적으로 폭력의 희생양으로 재현되었다. 그리고 폭력에 노출된 젊은 여성은 대개 시대의 고통과 모순을 우회적으로 표현하는 존재였다. 매 맞는 여성의 육체를 통해 현실 사회를 비판하고 고발하는 소설이 많은 것은 그때문이다. 이 수난당하는 여성의 이미지는 여기서도 여전히 강렬하다. 반면에 두 번째 소설의 '아내'는 남편을 때린다. 한때 '매 맞는 남편'에 관한 우스갯소리가 떠돌기도 했지만, 아직도 여자에게 맞는 남자의 이야기는 낯설고, 심지어 기괴하게 느껴지기까지 한다. 특히 천운영의 소설 『바늘』과 『명랑』(문학과지성사, 2004)을 지배하는 무서운 여성 인물들은 수시로 남편을 구타하고 그의 삶을 착취한다. 그녀들은 심지어 남자의 목숨을 앗아 갈 만큼 폭력적이다. 그래서 천운영 소설은 그로테스크하고 도착적이라고 평가받는다. 그러나 과연 천운영 소설의 폭력적 여성 인물들은 관습적인 젠더 규범을 벗어난, 낯선 존재라고 할 수 있는가.

2   천운영, 「행복고물상」, 『바늘』(창비, 2001), 161쪽.

어쩌면, 여성과 폭력이라는 주제는 빤한 것처럼 보인다. 매 맞는 여자와 때리는 여자를 중심으로 정리해 보자. 우선 폭력의 재현 과정에서, 여성은 대개 굴종적이고 수치심을 느끼는 매 맞는 존재, 즉 희생자나 피해자로 등장한다. 이때 도출 가능한 '가해자=남성, 피해자=여성'이라는 도식은 두 성이 오랫동안 구축해 온 지배와 종속의 관계를 말 그대로 도식적으로 반복한다. 그렇기 때문에 매 맞는 여성에 대한 문학적 재현은 여성이 처한 어떤 현실을 반영하기는 하지만, 그래서 조금 지루하거나 너무 익숙하다. 그렇다면 때리는 여성은 어떤가. 문학작품에서 종종 그려지는 폭력적인 여성은, 언뜻 생각하면 일상적이고 규범적인 젠더 질서(남성-지배자, 여성-피지배자)를 뒤집는다는 점에서 예외적이고 희귀한 사례라고 할 수 있다. 왜냐하면 폭력성은 적어도 얼마 전까지는 한국문학에서 여성에게 주어진 적이 없는, 남성적인 것으로 젠더화된 속성이었기 때문이다. 분명 이 '남근적 여성들'은 한편으로는 성차(性差)의 전도를 통해 기존의 정형화된 인물에서 벗어나고 있다는 점에서 젠더 질서를 전복하는 새로운 존재라고 할 수 있다. 그러나 진실을 말하자면, 겉보기에 기괴한 것처럼 보이는 이들 폭력적 여성은 '때리는 남성'의 습성과 특성을 그대로 모방함으로써 관습적 남성성을 재연하는 유사 남성에 불과한 존재일 뿐이다. 게다가 '가해자=여성, 피해자=남성'이라는 전도된 도식은 '가해자=남성, 피해자=여성'이라는 익숙한 도식을 단순히 뒤집은 채 반복한 것으로, 이때 때리는 여성은 언제나 때리는 남성을 전제한 대타적 자의식의 소산일 수밖에 없다. 때리는 여자의 문학적 등장이 결과적으로 낯설지 않게 느껴지는 이유는 바로 그 때문이다.

이들 소설에서 두 성 간에 벌어지는 폭력적 상황이 다분히 본능적이거나 생물학적인 현상처럼(그래서 비이성적인 것처럼) 인식되는 이유 또한 바로 이러한 젠더 도식의 반복 때문이다. 다시 말해 폭력을 두 성의 대결 구도 속에만 가두어 버리기 때문에, 폭력이라는 문제는 더 큰 틀 속에서 사유되지 못하고 결국 남성과 여성, 여성과 남성이라는 이분법적으로 구축된 젠더 질서를 확인해 주는 데서 그치고 마는 것이다. 그러나 폭력은 언제나 그 자체로 존재하는 것이 아니다. 폭력이 좁게는 물리적인 힘의 행사에서부터 넓게는 사회심리적 구속력에 이르기까지 다양하게 해석되는 것은 이 때문이다.

여성이 폭력과 만나는 상황 또한 마찬가지다. 여성이 맞느냐, 때리느냐의 문제는 어쩌면 중요하지 않을 수도 있다. 중요한 것은 오히려 여성이 어떻게 폭력과 만나며, 그러한 폭력이 어떻게 여성적 삶의 서사를 만들어 내는가의 문제다. 다시 말해서 중요한 것은, 여성의 삶에 침윤된 폭력의 메커니즘과 그 역사다. 김이설의『나쁜 피』(민음사, 2009)는 그런 점에서 매우 흥미로운 소설이다. 이 소설은 특히 폭력적 상황에 노출된 인물들(특히 여성 인물들)이 그 폭력에 대응(혹은 대항)하는 태도를 통해 우리 사회의 폭력 의존적이고 폭력 공생적인 성격을 드러내는 동시에, 폭력의 순환 메커니즘 속에서 여성이 어떻게 형질 변화할 수 있는가를 보여 주고 있기 때문이다. 맞고 때리면서 여성은 어떻게 변화하는가. 좋거나 나쁘거나…….

2 　맞고, 때리고, 맞고, 때리고…… 순환하는 매질

다시, 두 여자가 있다. 한 여자는 맞고 있고, 다른 여자는 때리고 있다. 김이설의『나쁜 피』에는 시종일관 맞는 '수연'과 때리지 못해 안달 난 '나'가 등장한다. 게다가 '나'의 매질은 대개 수연을 향해 있다. 이렇게 두 인물만을 놓고 본다면, '나'와 수연은 일방적으로 폭력을 가하고 그 폭력에 희생되는 사도마조히즘적 관계를 이룬다고 볼 수 있다. 그럴 때 '나'는 '못된 년'이 되고 수연은 '불쌍한 년'이 된다. 그러나 문제는 그렇게 간단하지 않다. 소설에서 이 두 여자를 중심으로 공고하게 구조화된 사도마조히즘적 관계는 둘 사이의 관계로서 단순 반복되지 않고 다른 등장인물들과 상호작용하면서 다소 복잡하게 뒤얽힌 양태를 보인다. 그러니 일단은 소설속 등장인물들부터 살펴볼 일이다.

우선 천변을 따라 늘어선 고물상들 중에서 가장 오래되고 가장 큰 고물상의 주인인 '나'의 외삼촌이 있다. 그는 천변 고물상의 제왕답게 "몸집이 큰 데다가 힘도 장사"[3]다. 그래서 그가 "마누라와 자식, 여동생이나 심지어 제 어미를 때리는 것을 이상하게 여기는 천변 사람은 없다."(16쪽) 그런 외삼촌에게 맞고 자라서 "늘 주눅 든 표정"(76쪽)의 수연은 "눈물도 흔한 데다가, 별일 아닌 일에도 주저앉아 무섭다고 벌벌"(같은 쪽) 떠는, 전형적인 '학대받는 여성'이다. 외삼촌의 누이동생, 즉 '나'의 엄마는 '정신지체'에 '간질'을 앓는 '병신'으로 '나'가 아홉 살 때 간질 발작을 일으키다가 외삼촌에게 맞아 죽는다. 여기에 '나'의 거짓말 때문에 졸지에 불륜커플이 되어 외삼촌에게 죽기 직전까지 맞다가 도망간 고물상 '이 씨'와 외숙모, 나중에 '이 씨'의 아들로 밝혀지는 수연의 내연남 재현, 수연의 딸 혜주, 그 딸을 키우게 된 진순, 그리고 수시로 병신 엄마를 겁탈하는 '이웃 고물상 김 씨, 박 씨 아저씨', '먼 친척뻘인 종수 아저씨, 윤 씨 할아비', '근우, 용재 같은 동네 청년들', 기타 '얼굴도 모르는 남자들'이 추가될 수 있겠다. 그리고 병신 엄마가 외삼촌이나 동네 남자들에게 물리적·성적으로 폭력을 당할 때마다 주체할 수 없는 분노에 사로잡혀 수연에게 화풀이를 하는 주인공 '나'가 있다. 이들은 서로가 서로에게 폭력의 피해자인 동시에 가해자이며, 사디스트이자 마조히스트이다. 흥미로운 점은, 이 소설에서는 폭력의 피해자가 자신이 받은 폭력을 자신보다 더 열등한 다른 존재에게 방향을 돌려 행사한다는 것이다. 폭력은 언제나 그렇게 잘못 배달된

3   김이설, 『나쁜 피』(민음사, 2009), 16쪽. 이하 소설 인용 시 쪽수만 표기한다.

다. 예컨대 이렇다.

　외삼촌은 꼭 엄마를 때리는 것으로 여자들의 일손을 재촉했다. (……)
엄마가 외삼촌에게 맞은 날이면, 나는 수연에게 달려갔다. 다짜고짜 있는
힘껏 뺨을 올려쳤다. 주먹으로 머리통을 때리고 가슴이나 배를 후려쳤다.
팔뚝을 깨물고, 발길질을 해 댔다. 외삼촌이 엄마에게 한 그대로 따라 했다.
"네 아버지 때문에 네가 맞는 거야. 알겠어?"(46쪽)

　외삼촌은 알몸을 간신히 가린 수연을 일으켜 세웠다. 그러더니 한쪽 뺨
만 올려치기 시작했다. 한 대, 두 대, 세 대……. 멈출 줄 몰랐다. 수연의 맞
은 쪽 뺨이 계속 부풀어 올랐다. 수연이 바닥으로 쓰러지며 얼굴을 가려도
외삼촌은 집요하게 때리던 뺨만 쳐 댔다.(71쪽)

　따지고 보면 재현이 증오해야 할 대상은 외삼촌이 아니라 제 아버지나
외숙모여야 하지 않을까. 어쩌면 증오란 자기가 미워하고 싶은 상대를 정
해 일방적으로 몰아붙이는 일인지도 모른다. 상대에게 왜곡된 기억과 감정
을 모조리 퍼붓는 소모전과 같은 것.(123~124쪽)

매사가 이런 식이다. 소설에서 폭력은 증오의 대상을 향해 나아가지
않는다. '나'가 분노를 느끼는 대상은 분명 외삼촌이지만 '나'는 그 분노를
외삼촌에게 돌려주지 못한다. 그 대신 '나'는 무관하고 무고한 수연에게
자신의 분노를 투사함으로써 수연과의 관계를 사도마조히즘적인 것으로
만든다. 외삼촌이 자신의 누이동생, 즉 '나'의 엄마를 때리는 상황 또한 크
게 보면 다르지 않다. 외삼촌은 게으름을 피우는 고물상 여자들에게 화를
내는 대신, 무고한 병신 여동생을 때림으로써 다른 여자들의 게으름의 대
가를 치르게 한다. 수연과 재현이 벌거벗은 채 재현의 쪽방에서 발견되었

을 때도 외삼촌은 재현 대신 자신의 딸 수연을 때리는 것으로 자신의 분노와 증오를 드러낸다. 재현 또한 마찬가지다. 재현은 아버지('고물상 이씨')의 가출을 수연의 아버지(외삼촌) 탓으로 돌리고 그를 미워하지만, 정작 외삼촌은 재현의 증오의 대상이 되지 못한다. 분노의 화살은 엉뚱하게도 수연을 향하고, 수연은 재현에게도 맞는다. 소설에서 거의 모든 폭력은 증오의 대상에게 직접적으로 행해지지 않고 다른 매개항을 통해 간접적으로 이루어진다.

위의 예문을 중심으로 정리해 보자. 외삼촌 ― 고물상 여자들 ― 엄마, 나 ― 외삼촌 ― 수연, 외삼촌 ― 재현 ― 수연, 재현 ― 외삼촌 ― 수연. 이 폭력의 삼각 구조에서 알 수 있는 것은, 폭력의 주체가 폭력의 대상을 향해 직진하지 않고 언제나 폭력의 대리인을 가운데 세운다는 점이다. 폭력의 삼각형 구조는 그렇게 형성되고 폭력은 그 속에서 순환된다. 이것은 흥미롭게도, 르네 지라르가 『낭만적 거짓과 소설적 진실』에서 설명한 '욕망의 삼각형'과 닮아 있다. 잘 알려져 있다시피, 르네 지라르의 '욕망의 삼각형' 은 욕망의 주체와 대상 외에 욕망의 중개자를 설정함으로써 욕망이 결코 자연발생적인 것이 아님을, 오히려 중개자의 욕망을 욕망하는 좀 더 복잡하고 다층적인 구조를 갖고 있음을 보여 준다. 물론 소설 속에서 발견되는 폭력의 삼각형 구조가 욕망의 삼각형 구조와 똑같은 원리로 작동된다고 말할 수는 없다. 다만 욕망의 구조가 타자의 욕망을 욕망하는 간접화의 원리에 기반하는 것과 마찬가지로, 소설 속 폭력의 구조 또한 그러하다는 데 주목할 필요가 있다. 소설에서 폭력의 주체는 자신에게 폭력을 행사하는 자와 직접 대면하는 대신 더 열등하고 비천한 타자(일종의 중개자)를 매개로 '간접적으로' 그에 대한 자신의 증오와 원한을 표출한다. 그리고 그 과정에서 한때 매 맞던 사람은 새로운 마조히스트들을 만들어 냄으로써 이제 때리는 사람이 된다. 밖에서 주눅 든 남편은 아내를 윽박지르고, 아내는 아이를 다그치고, 아이는 밥 잘 먹고 있는 개를 발로 찬다.

소설은 이렇게 등장인물들이 느끼는 불만과 분노를, 권력을 갖지 못한 타자에게 이월하는 간접화의 과정을 통해 우리 사회의 '진짜' 타자, 즉 최후의 마조히스트가 누구인지를 암묵적으로 보여 준다. 소설에서 그들은 바로 '나'의 '병신' 엄마와 수연이다.

소설에서 '나'의 엄마는 어느 누구의 보호도 받지 못하는, 간질을 앓는 지적장애인이다. 그 사실만으로도 그녀는 학대의 대상으로서의 조건을 두루 갖춘, 마조히스트의 원형이라고 할 만한 인물이다. 그래서 소설에서 '나'의 엄마가 마을의 모든 남자에게 강간당하고 폭력적인 오빠에게 구타당하는 일은, 당연하고 익숙한 일처럼 받아들여진다. 그러나 수연은 다르다. 수연은 '마른 체구에 흰 피부'를 지닌 여성적인 스타일인 데다가, 간신히 고등학교만 졸업하고 시장에서 보따리 장사를 시작한 '나'와는 달리 전문대를 졸업하고 작은 전자 회사에 경리로 취직하기도 한다. 체격과 외모, 학력 등에서 수연은 적어도 '나'와 비교했을 때, 월등하게 우월한 존재라고 할 수 있는 것이다. 그러나 앞의 예문에서도 볼 수 있듯이, 수연은 외삼촌과 '나'는 물론 사랑하는 재현에게도 끊임없이 맞는다. 물론 아무런 잘못도 없이 말이다. 수연과 '나'의 엄마가 공유하는 것, 그것은 결코 단 한 번도 사디스트로 자리바꿈한 적이 없다는 사실이다. 그 점에서 그녀들은 '최후의' 마조히스트라고 할 수 있다. 왜 그럴까. "병신 딸도 병신일 거라 생각"(50쪽)하는 천변의 사내들에게 언제나 성폭력의 위협에 시달리는 '나'가 아니라, 못생기고 뚱뚱한 '나'가 아니라, 왜 '정상적인 여성'인 수연이 천변 마을의 폭력적 위계질서에서 맨 아래칸을 차지하게 된 것일까.

3 이쪽 저쪽, 어긋난 욕망의 드라마

『나쁜 피』에는 소설의 중심 내용에 별 영향을 미치지 않는 것처럼 보이는 '천변 이쪽'과 '천변 저쪽'에 대한 지리지적 설명들이 종종 등장한다. 예컨대 다음과 같은 식이다.

> 고등학생이 되던 해, 텔레비전에서는 대대적으로 천변을 보여 주었다. 붉은 자전거 전용 도로가 천변을 따라 길게 이어졌다. 사람들은 살을 빼기 위해 밤낮으로 운동했다. 그들은 모두 현란한 색깔의 옷을 입고 있었다. 하늘은 푸르고 물은 맑았다. 그러나 천변 이쪽, 고물상 동네를 보여 주진 않았다. 할머니와 내가 사는 제일 오래된 집, 동네에서 제일 큰 외삼촌의 고물상이나 조각 논에 땅을 부치는 노인들의 더러운 재래식 화장실도 등장하지 않았다. 나는 둑에 서서 텔레비전에서 보았던 풍경을 쳐다봤다. 내 등 뒤의 세계와 전혀 다른 곳이었다. 여기와 저기는 붙어 있지만 완전히 다른 세상이었다. 밤이 되면 천변 저쪽의 미끈하게 빠진 고가도로가 알록달록한 불빛으로 반짝였다. 이쪽이 어두워서 저쪽이 더 현란해 보였다.(52쪽)

'천변 저쪽'은 사실 소설의 중심 공간이 아니다. 그럼에도 불구하고 서술자는 '천변 이쪽, 고물상 동네'와 대비되는 '천변 저쪽' 세계의 명랑성과 맑음, 밝음, 화려함 등에 대해 자주 언급한다. 그리고 그때 개입되는 것은 여지없이 '여기, 천변 이쪽'을 떠나 '거기, 천변 저쪽'으로 진입하고 싶은 '나'의 욕망이다. 그럴 때 '천변 저쪽'이라는 공간은 '천변 이쪽'의 거칠고 무질서한 세계를 도드라져 보이게 하는 대비 효과를 위해 의도적으로 고안된 가상 세계 같은 인상을 준다. '천변 이쪽'의 어둠에 더욱 짙은 그림자를 드리우는 상상적 밝음의 세계. 그래서인지 소설에서 '천변 저쪽' 세계의 구체적인 삶은 거의 다뤄지지 않는다. 그저 "천변의 저쪽엔 지하철역이 있고, 백화점이 있고, 고층 아파트가 펼쳐져 있고, 뉴스트리트가 있다."(76쪽)는 정도로만 간단하게 언급될 뿐이다. 그 세계는 분명 우리 주변에서 흔히 볼 수 있는 실재하는 현실이지만, 소설에서는 '여기와 붙어 있지만 완전히 다른 저기'로 묘사된다. 그래서 '나'는 "내 등 뒤의 세계"가 버겁고 두려울 때면 '저기'의 세계를 꿈꾼다. 그리고 그곳에 수연이 있다.

> 수연은 신랑이 가져다주는 돈을 받아 쓰는 인생이 된 것이다. 게다가 천변 이쪽에서 저쪽으로 자리가 바뀌었다. 그건 하루 종일 전전긍긍 일하는 나와는 전혀 다른 세계로 안착한다는 의미였다. 신랑 박원철, 신부 곽수연. 식장 푯말에 써 있는 두 이름을 나는 오래 쳐다보았다.(34쪽)

수연은 같은 회사 직원과 결혼해서 천변 저쪽 동네로 이사한다. 그것은 "나와는 전혀 다른 세계로 안착한다는 의미였다." 그러나 '나'가 집들이에 초대받아 간 수연의 집은 "천변 저쪽의 새 아파트가 아니었다." 그곳은 도배와 장판도 하지 않았을 뿐만 아니라, 1층의 삼겹살집 때문에 창문을 닫고 있어야만 하는 낡고 냄새 나는 집에 불과했다. 그리고 그 집에서 수연은 '핼쑥했다'. '나'의 짐작과는 달리 수연은 어둡고 불행한 것이다. 그럼에도 불구하고 소설에서 '나'는 언제나 수연을 '천변 저쪽'과 동일시하며 부러워하고 시기한다. 그리고 욕망한다. 심지어 "나는 비정상 너는 정상"(164쪽)으로 분류하기도 한다. '병신' 엄마의 딸이라는 유전적 콤플렉스에 작고 뚱뚱하고 못생겼다는 신체적 콤플렉스까지 더해져, '나'는 끊임없이 스스로를 열등한 존재로 규정한다. 수연은 그러한 '나'의 상대적 열등감이 반대급부로 만들어 낸 '너', '거기', '정상'의 세계를 대변한다. 그러나 소설에서 보듯이, 수연은 그런 존재가 아니다. 그녀는 실제로는 여전히 '천변 이쪽'의 존재이며, 쏟아지는 뭇매에 속수무책 당하기만 하다가 급기야 망가진, 그래서 "벌레 같은 년"(164쪽)으로 불리는 존재에 불과하다. 그러나 '나'에게 그런 사실은 하나도 중요하지 않다. 중요한 것은 다만 '나'는 언제나 수연을, 그녀의 불행조차 시기하고 부러워한다는 것이다. 따라서 위의 예문에 나오는 "천변 이쪽에서 저쪽으로 (수연의) 자리가 바뀌었다."라는 '나'의 진술은 사실이 아니다. 수연은 '저기'에 없다. 그러나 '나'의 상상 속에서 수연은 언제나 '저기'에 있다.

수연을 향한 '나'의 매질이 수연에 대한 '나'의 욕망의 크기에 비례한 다고 말할 수 있는 것은 그 때문이다. 그래서 '나'는 수연을 때리고 짓밟으면서도 수연의 "뒤꽁무니만 따라다니는 주제"(162쪽)를 벗어나지 못한다. '나'가 "수연을 마음껏 미워해도 될 이유"(72쪽)를 일부러 찾거나, 수연에 대해 "분노를 느껴야 할 동기"(85쪽)를 필요로 하는 것도 이러한 양가 심리와 관련된다. 그런 관점에서 볼 때, 자기가 결코 수연이 될 수 없다는 좌절감이야말로 '나'의 폭력을 부르는 근본적인 원인이라고 할 수 있다. 겉보기에 '나'의 분풀이 대상에 불과한 수연은 사실 '나'의 깊고 오래된 욕망의 대상이었던 것이다. 그리하여 소설에서 폭력의 존재 양태는 비틀리고 어긋난 방식으로나마 욕망의 구조를 암시할 수 있게 한다. 욕망의 구조와 폭력의 구조는 상동적이며, 그렇게 그 둘은 연동하며 나아간다.

그렇다면 폭력이라는 형태로 왜곡되어 표출될 수밖에 없는 '나'의 진짜 욕망은 무엇인가. 그것은 의외로 소박하다. "다들 사는 것처럼 나도 그렇게 살아 보고 싶"(125쪽)다는 것. "다들 사는 것처럼"에는 물론 수연이 결혼을 통해 일시적이나마 획득하게 된 "신랑이 가져다주는 돈을 받아 쓰는 인생"도 포함된다.

> 집 안에 들어앉아 된장찌개를 끓이고, 아이에게 젖을 물리고, 남편의 팬티를 빠는 모습을 상상했다. 불가능할 것 같지도 않은데 자꾸 아득한 일이 되는 듯했다.(149쪽)

'여기'를 떠나 '거기'에 가서 살고 싶은 삶은 바로 이런 평범한 가정주부의 그것이다. '병신' 엄마와 그런 엄마를 강간한 수많은 무명씨들 사이에서 태어난 '나'에게, 그래서 제대로 된 '성씨'조차 갖지 못한 '나'에게(그래서 '나'는 언제나 '화숙'이라는 이름으로만 불린다), 어쩌면 '평범한 여성적 삶'의 세계야말로 가장 도달하기 어려운 것일지도 모른다. 수연이 '곽수연'인 것도, 가냘픈 몸매의 연약한 여자라는 것도, 그래서 여러 남자의 구혼을 받았다는 것도, 그래서 결혼도 하고 애도 낳았다는 것도, '나'는 다 부럽다. 그러나 수연으로 상징되는 전형적인 여성성의 세계란 '나'에게는 처음부터 갈 수 있는 방법이 없는 '천변 건너편'일 뿐이다.

이 지점에서 우리가 주목해야 하는 것은, 그럼에도 불구하고 '나'의 표독스러움과 살기, 폭력성이야말로 결과적으로 '천변 이쪽'에서의 삶을 가능하게 하는 원동력이 되고 있다는 사실이다. '거짓말'도 마찬가지다. 수연의 엄마와 재현의 아버지가 밤도망을 간 것도, 그래서 재현이 그 원한으로 수연을 패는 것도, 결국 수연이 자살한 것도 따지고 보면 모두 '나'의 거짓말 때문이다. 그러니 일반적이고 상식적인 관점에서 '나'는 분명 '못된 년'이 분명하다. 문제는 그런 '나'의 못됨이 역설적이게도 '나'를 '천변 이쪽'에서 망가지지 않으면서 살아남을 수 있게 했다는 점이다. 물론 수연은 그 반대다. 멜로드라마의 여주인공처럼 예쁘고 착한 수연은, 드라마에서와는 달리 결국 그 '착함' 때문에 망가져서 결국 살아남지 못한다. 그리하여 '천변 이쪽' 밑바닥 세계에서 '착함'이라는 가치는 그런 방식으로 재조정되고 수정된다. 수연의 죽음이 증명하는 것처럼, '착함'은 생존을 위해서는 '무가치한 것', '불필요한 것'이 된다. 그 '착함'에 들러붙어 있는 여성스러움의 가치 또한 마찬가지다. 적어도 '천변 이쪽'에서는 말이다. 그렇다면 쓰레기들의 세계에 필요한 것은 어쩌면 보편적으로 인정되고 받아들여지는 도덕적 규율과는 다른, 이른바 '쓰레기의 윤리'일는지도 모른다. 그리고 그러한 윤리는 자신을 둘러싼 폭력적 세계에 대항하여 더 질긴 폭력과 끝없는 거짓말로 무장한 '못됨'에서 비롯될는지도 모른다. 적어도 '천변 이쪽'에서는 말이다. 그렇다면 『나쁜 피』의 이 전도된 규범이 우리에게 일러 주는 것은 무엇인가.

4 '쓰레기' 아마조네스

『나쁜 피』는 분명 불편한 소설이다. 특히 주인공 '나'의 못됨을 어디까지 이해하고 받아주어야 할지 판단이 서지 않을 때, 그녀가 자신의 모든 악행을 폭력적인 세계에서 살아남기 위한 최소한의 저항이라고 정당화할 때, 자기 불행은 무조건 확대하고 남의 불행은 안중에도 없을 때, 그리하여 벼랑 끝에 몰린 수연에게 "죽어. 차라리 죽어. 너 하나만 죽으면 되겠다. 살아 뭐하니, 벌레 같은 년아."(163쪽)라는 악담을 퍼부어 결국 수연을 자살하게 했을 때, 그러나 수연의 죽음 앞에서조차 자기 잘못을 뉘우치지 않을 때. 독자는 그럴 때 '나'가 불편하다. '나'가 주인공인데도 그녀에게 쉽게 동화될 수 없는 것은 그 때문이다. 거기에다가 외삼촌의 갑작스러운 죽음으로 외삼촌의 고물상은 물론 그의 여자(진숙)와 수연의 딸까지 얻게 되는 결론 부분에 이르게 되면, 우리는 '나'의 폭력성이란 폭력적인 세계에 대응하는 대항 폭력이 아니라 그저 '고물상의 절대군주'를 욕망하고 모방한 것에 불과한 것이 아닌가, 따라서 그녀는 단지 남성적 권력욕에 사로잡힌 유사 남성은 아닌가, 라는 의심을 하게 된다. 어쩌면 그럴지도 모른다. 그러나 생각해 보자. 어쩌면 이러한 의심과 비난이 혹 '천변 저쪽'에서 통용되는 보편적(이라 일컫는) 규범에 따른 해석에서 비롯된 것은 아닌지. 우리는 이 쓰레기와 고물의 세계에서 우리가 찾도록 교육받은 규칙과 규범을 발견하지 못한다. 그런데 혹시 그 세계에서 우리가 그토록 혐오하던 폭력은 서바이벌을 위해 요구되는 최소한의 수단일 뿐만 아니라, 오히려 성적, 물리적 폭력이 난무하는 무질서한 세계에서 자신을 보존하기 위해 필수 불가결한 요소는 아닐까.

규범이란 이미 주어진, 고정된 것이 아니다. 오히려 그것은 단지 하나의 지향점이거나 그에 도달하기 위해 끊임없이 변화하고 반복하는 과정 그 자체다. 그래서 규범과 비규범을 가르는 것은 어쩌면 허구에 불과할는

지도 모른다. 『나쁜 피』의 '나'가 자신의 분노를 노골적으로 전시하고 대체물을 향해 표출했을 때, 그러한 방식은 분명 비합리적이며 폭력적이라고 말할 수 있을 것이다. 나아가 그러한 비합리성과 폭력성이 생존이라는 목적 아래 당연시되는 '천변 이쪽'을, 의미 있는 가치나 규범이 부재하는 무질서한 세계라고 할 수도 있을 것이다. 그러나 과연 정말로 그러한가. 이 '천변 이쪽'의 세계는 단지 부정하거나 비판되어야만 하는 것인가. 그래서 '나'에게 "음울한 고통의 세계로부터" 벗어나 "인간의 위대한 환함에 대해 언젠가 천변 고개를 끄덕일 아름다운 긍정"[4]을 요구하는 것은 타당한가. 그것은 혹 일방적으로 '천변 저쪽'의 논리와 가치 체계에 기댄 주장은 아닌가. 그렇다면 '쓰레기와 고물의 세계'의 비합리성과 폭력성이 불편한 것이 아니라, 그 세계를 불가촉(不可觸) 천민들의 불가촉 세계로 게토화하면서도 그 세계에 쓰레기장 바깥 '저기'의 규범을 요구하는 것이야말로 진짜 불편한 일이 아닌가.

문제는 폭력이 좋은가 나쁜가 하는 것이 아니다. 한나 아렌트가 주장한 것처럼 폭력은 본래 도구적이기 때문에 다른 어떤 것의 본질이 될 수 없다. 다시 말해서 폭력이란 "대가를 가져다주기도 하지만 거꾸로 무차별적으로 대가를 치르게"[5] 할 수도 있는 '수단'인 것이다. 물론 폭력의 위험성을 간과할 수는 없다. 왜냐하면 폭력적 실천이 이 세계를 급격하게 변화시킬 수도 있지만, 반대로 세계를 더욱 폭력적인 곳으로 변화시킬 가능성 또한 무시할 수 없기 때문이다. 그러나 그렇다고 해서 폭력은 나쁘고 비폭력은 좋다는 식의 단순한 이분법의 논리를 맹목적으로 좇아간다면, 이 세계를 구속하는 더 큰 폭력의 논리를 간과해 버릴 위험이 있다. 폭력

---

4 백지은, 「이설의 현실, 현실의 이설」, 『나쁜 피』 해설, 198쪽.

5 한나 아렌트, 김정한 옮김, 『폭력의 세기』(이후, 1999), 122쪽.

의 문제에 대한 판단이 정치적·사회적·문화적 틀 속에서 맥락적으로 사유되어야 하는 것은 그 때문이다.

최근 젊은 작가들의 소설들에서 발견할 수 있는 폭력의 서사에 대한 해석 또한 마찬가지다. 그것을 흔히 그리하듯 폭력에 대한 예찬이나 파괴 욕구의 충동적 발산 정도로 단순하게 이해해서는 안 된다. 왜냐하면 이들 소설의 폭력의 방법론은 자신들에게 닥친 심각한 좌절과 무능력, 권태의 상황을 비틀린 방식으로 표출함으로써 거꾸로 이 세계를 반성할 수 있게 하는 것이기 때문이다. 그런 측면에서 이들 소설에 나타나는 주체의 폭력은 어떤 측면에서 새로운 행동 능력으로 해석될 수도 있을 것이다. 그런 맥락에서 볼 때 예컨대 김사과의 『미나』(창비, 2008)와 『풀이 눕는다』(문학동네, 2009)에서 그려지는 모욕적 언어와 폭력적 행위는, 말과 이미지의 폭력에 길들여진 존재가 그러한 세계의 폭력을 반복함으로써 이 세계의 추악한 일면을 폭로하는 소설적 방법론의 소산이라고 할 수 있다. 동급생을 살해하는 '미나'의 행동을 단순히 무서운 10대의 일면을 고발하는 것이 아니라 제도와 규범에 폭력적으로 길들여진 존재의 자기반성의 맥락에서 읽어야 하는 것도 그런 맥락에서다. 안보윤의 『악어 떼가 나왔다』(문학동네, 2005)와 『오즈의 닥터』(자음과모음, 2009) 또한 마찬가지다. 안보윤의 소설은 대개 폭력의 피해자인 동시에 가해자인 이중적 존재가 세계와 맺는 폭력적 관계를 통해 지금 이 세계의 진실이라고 알려진 거짓을, 혹은 거짓이라고 알려진 진실을 발작적으로 폭로한다. 예컨대 『오즈의 닥터』에서 어린 시절의 폭력적 기억에 중독된 주인공이 이 유년기의 폭력을 제도교육의 폭력에 길들여진 무서운 10대와의 단계 속에서 환각적으로 반복하고, 그런 반복을 통해 '소설적 진실'이라는 허구를 만들어내는 방식이 특히 그렇다. 그리고 이 소설에 등장하는 상상의 존재인 '닥터 팽'은 무차별적인 이미지 폭력을 통해 형성된 일종의 '기워진 존재'이지만, 아이러니하게도 오히려 그 때문에 폭력적으로 그어진 이 세계의 경계 ── 예컨대 허구와 현실, 진실과 거짓, 남과 여, 행복과 불행 등등 ── 를 다시 사유할 수 있게 한다.

김이설의 『나쁜 피』 또한 그러하다. 다시 한번 말하거니와, 원한과 증오가 난무하고 자기의 고통을 비합리적이고 폭력적인 방식으로 되갚아주는 복수의 논리가 지배하는 '천변 이쪽' 쓰레기의 세계는 분명 불편하다. 그것은 그 세계가 너무 폭력적이고 혐오스럽기 때문이 아니다. 오히려 그것은 거꾸로 쓰레기와 고물이 가득한 '천변 이쪽'의 폭력성과 혐오스러움이 지금 우리의 세계를 비뚤어진 방식으로 되비추는 거울이기 때문이다. 그리고 그 거울을 통해 모더니티가 생산한 잉여물, 즉 쓰레기(인간)가 질서 정연한 '천변 저쪽' 세계의 어둡고 수치스러운 비밀을 은연중에 폭로하기 때문이다. 김이설의 『나쁜 피』는 또한 "쓰레기가 된 인간들의 생산은 현대화가 낳은 불가피한 산물"[6]이라는 사실을, 그리하여 쓰레기의 세계가 쓰레기 바깥의 안온하고 청결한 세계를 유지시켜 주는 불가피한 구성 요소임을 새삼 깨닫게 해 준다. 다시 말해 이 소설은 폭력적인 여성 주체를 통해 바로 그 우리 사회 모더니티의 쓰레기 같은 뒷면을 보게 만들고 그것을 통해 그 나름의 전도된 방식으로 우리 사회에 은폐되어 있는 어두운 폭력성을 은연중 노출시키고 반성하게 만든다. 『나쁜 피』에서 불편하게 전시되는 여성의 폭력성과 비도덕성에서 우리가 보아야 하는 의미는 바로 그것이다.

다시, 『나쁜 피』의 결말이다. 그리하여 이제 최후의 마조히스트인 수연과 최초의 사디스트인 외삼촌이 죽은 뒤, 폭력적으로 맺어진 쓰레기 세계의 관계와 질서는 새로운 변화를 겪게 된다. 마치 노쇠하고 병든 왕을 자발적 혹은 비자발적으로 죽게 한 뒤 젊은 왕이 숲을 지배하게 되는 신화 속 황금가지의 이야기(프레이저, 『황금가지』)처럼, '나'는 "갑자기 늙어

---

6 지그문트 바우만, 정일준 옮김, 『쓰레기가 되는 삶들』(새물결, 2008), 22쪽.

버린"(75쪽) 쓰레기 세계의 절대군주인 외삼촌의 자리를 대신하게 된다. 그리고 그들은 낯설고 기이한 공동체를 이루게 되는데, 수연의 딸 혜주가 그린 그림은 이 쓰레기 왕국의 변화를 상징적으로 보여 준다.

> "여자 셋이 손을 잡고 있는 그림이었다. 그림의 구석에는 세모 지붕의 집 한 채, 하늘에는 노란 해가 떠 있었다."(178쪽)

이것을 우리는 '쓰레기 아마조네스'라고 불러도 좋을 것이다. 폭력과 거짓말로 외삼촌의 권력을 승계한 '나', 자궁을 제거한 뒤에야 비로소 모성성을 얻게 된 진순, 그리고 부모에게 버림받은 혜주. 서로 어울릴 것 같지 않은 이들의 이종적(異種的)이고 무규칙적인 공동체야말로 '천변 이쪽'의 무질서 속에서 비로소 가능한 것이 아닌가. 이 새로운 형태의 공동체가 흥미로운 이유는 그것이 지배 규범의 합법화된 폭력을 통해 구성된 정상적인 여성 혹은 정상적인 가족의 관념을 벗어난 자리에서, 거꾸로 그러한 규율화된 세계의 논리를 폭력적으로 균열시키면서 만들어졌기 때문이다. 그럼으로써 이때 이 '쓰레기 아마조네스'의 세계는 '천변 저쪽'으로 상징되는 정상적인 규범과 제도의 세계에 이끌리는 이분법적 구도의 대타항으로 존재하기를 그친다. 그것은 쓰레기 세계만의 폭력적 활기에 의해 이루어진 그 자체로 자족적인 세계다.

이 '쓰레기 아마조네스'의 모습에서 폭력적인 우리 사회의 대안적 가능성을 상상할 수 있다고 말한다면 그것은 지나친 말이 될 것이다. 오히려 우리가 여기서 주목해야 하는 것은 이 모든 것을 통해 볼 수 있는 새로운 문학적 가능성이다. 『나쁜 피』에서 나타나는 여성과 폭력의 결합이 흥미로운 것은, 폭력적이고 비도덕적인 여성 주체의 모습을 통해 그간 한국 소설에서 폭력의 형상화와 통상적으로 결합되곤 했던 ('가해자=남성, 피해자=여성'이라는) 익숙한 젠더 규범과 도식이나 그것의 전도된 모방에 간히지 않고 여성과 폭력이라는 주제에 대한 새로운 형상화의 가능성을 보여 주고 있기 때문이다. 이를 통해 여성과 폭력이라는 문제에 대한 사유의 폭을 확장함으로써 우리 사회를 지배하는 모더니티의 폭력을 반성하는 또 다른 문학적 방법을 보여 주고 있다는 것. 김이설의 『나쁜 피』가 한국소설에 무언가를 보태고 있다면, 그것은 바로 이 지점에서 찾아야 할 것이다.

성적 순진함의 역설

1990년대 여성소설의 섹슈얼리티와 성폭력

1 문제는 섹슈얼리티다

2010년대 후반은 한국 사회의 오랜 남성 중심적인 지배 체제와 정신 구조 속에서 착취당하고 억압받아 온 여성들의 자각과 자기주장이 본격화된 시기로 기억될 것이다. 고착화된 성적 위계질서 속에서 겪는 온갖 차별과 배제는 물론이고 생활의 모든 영역에서 가시적·비가시적 성적 폭력과 위협에 노출되어 온 여성의 분노는 한국 사회를 뒤흔드는 페미니즘 운동의 동력으로 작용하고 있다. 한국문학도 예외가 아니다. 문단의 성차별적 구조와 성적 폭력에 대한 폭로 및 문제 제기와 더불어, 페미니즘의 문제의식을 공유하는 여성 작가들의 소설도 활발하게 발표되고 있다. 조남주의 『82년생 김지영』(민음사, 2016)을 비롯해 최근 쓰이는 여성 작가들의 소설은 폭력적인 성차별적 현실과 이데올로기에 의해 통제되고 억압받아 온 여성적 삶의 경험을 문학적으로 형상화하면서 새로운 여성주의적 서사와 감수성을 한국문학의 장 안에 새겨 넣는다.

이런 흐름은 기존의 한국문학에 깊숙이 내재한 여성혐오적 시각과 감성에 대한 문제 제기로도 이어지고 있다. 근대 초기 이광수와 김동인의 소설은 물론이고 한국 근대문학의 흐름을 주도해 온 남성 작가들의 소설 대부분이 여성에 대한 혐오와 상징적 폭력을 통해 그들만의 '문학성'을 구축해 왔다는 비판이 대표적이다. 물론 그런 비판은 국문학계에서 이미 오래전부터 제기되어 온 것이었지만, 그런 인식이 새삼 폭넓은 대중적 공감을 얻으며 확산된 점은 주목할 만한 변화라고 할 수 있다. 이는 이제 우리가 한국 소설을 이전과 같은 방식으로 읽을 수 없게 되었음을 의미한다.[1] 어떤 측면에선 그동안 우리가 한국 소설을 읽고 소비하는 방식 자체가 그 안에 알게 모르게 내재한 뿌리 깊은 남성 중심적 사고 및 감수성을 승인하거나 그와 공모하는 방식이었을 수도 있다. 이때 한국 소설이란 물론 대부분 남성 작가들의 소설을 포괄할 것이다.

당연히 여성 작가의 소설이라 해서 이에서 예외가 될 수는 없다. 멀리는 식민지 시대 최정희의 소설에서부터 1990년대 여성소설에 이르기까지, 가부장제에 속박된 여성의 삶을 비판하고 여성적 삶의 정체성을 추구하는 이들 소설조차 어느 면에서 강력한 가부장제 이데올로기의 자장을 온전히 벗어나지 못하곤 했음을 우리는 알고 있다. 이는 여성소설에 대한 비평적 해석과 평가의 경우에 더 뚜렷하게 나타나는데, 예컨대 1990년대 전경린의 소설에 대한 다음과 같은 평가가 대표적이다.

> 여성은 남성으로 대표되는 세속의 인간들에게 뜨거운 정열을 일으키고 '신성한 광란'을 체험케 함으로써 초월적 세계로 인도하는 구원자적 존재였다. (……) 그러나 "영원히 여성적인 것은 우리를 인도한다"는 괴테의 말은 지금도 새겨 들어야 하지 않을까. 트리스탄을 사로잡은 신비의 사랑의 성이 여성이었다면, 서하진과 전경린의 소설은 자유에 대한 강렬한 비원

---

[1] 이와 관련해 여성의 시각으로 한국문학사를 다시 읽는 최근의 성과로는 권보드래 외, 『문학을 부수는 문학들 — 페미니스트 시각으로 읽는 한국 현대문학사』(민음사, 2018)를 주목할 수 있다.

(悲願)의 성은 아직 여성임을 느끼게 한다.[2]

여성 인물에 대해 이런 방식으로 의미를 부여하는 것은 남성 중심적 관점에서 여성을 대상화하고 여성에 관한 관습적인 고정관념을 재생산하는 전형적인 방식이라고 할 수 있다. 더 큰 문제는 이런 식의 관점이 그들 소설에 나타나는 불륜을 도덕적 규범을 초월할 정도로 불타오르는 여성적 정념의 문제로 제한함으로써 불륜의 배경으로 암시되어 있는 여러 사회 현실, 예컨대 가정 내에서의 여성 착취, 불평등하고 성차별적인 현실, 여성을 섹스로 환원하는 자본주의적 가부장제 논리 등에 대한 복합적인 사유를 불가능하게 한다는 것이다. 하나의 예를 들었을 뿐이지만, 사실 1990년대 여성소설에 대한 평가는 많은 부분 이러한 남성 중심적 시각에 의해 채색되어 왔고 또 그것이 이들 소설에 대한 공식적인 이해로 지금껏 통용되어 왔던 것도 사실이다. 우리가 지금 1990년대 여성소설을 다시 읽어야 한다면, 그것은 이런 비판적 인식 속에서 이루어져야 할 것이다.

최근 여성소설이 전면에 부각되고 있다고 했지만, 그런 흐름의 원류는 이미 1990년대에서 찾을 수 있다. 1990년대는 과연 여성소설의 전성기라 불러도 좋을 만큼 여성소설이 본격적으로 개화한 시기다. 한국 사회에서 통제되고 억압되어 온 여성의 성적 욕망과 섹슈얼리티는 이 시기 여성문학 속에서 여성의 삶과 자기 정체성을 지탱하는 준거로 부각된다. 특히 그동안 한국문학에서 잘 드러나지 않았던 여성의 성적 욕망과 에로티시즘에 대한 관심이 이 시기에 폭발적으로 분출한다. 송경아의 『성교가 두 인간의 관계에 미치는 영향에 대한 문학적 고찰 중 사례 연구 부분 인용』(여성사, 1994)과 김별아의 『내 마음의 포르노그라피』(답게, 1995)처럼

---

2   황종연, 「이졸데의 손녀들, 그들의 불륜과 소설 ─ 서하진, 전경린의 소설에 관하여」, 『비루한 것의 카니발』(문학동네, 2001), 317~318쪽.

'성교'와 '포르노그래피'라는 문구를 전면에 내세운 소설이 잇달아 발표된 것도 그런 흐름을 반영한다. 이들 소설은 미혼 여성의 성적 편력을 다루면서 여성을 억압하는 체제와 제도에 대한 저항의 도구이자 해방의 계기로서 여성의 섹슈얼리티를 과장된 방식으로 부각한다.

성적 일탈과 프리섹스, 불륜 등에 대한 묘사가 여성의 자기실현의 계기로서 적극적으로 활용되었던 1990년대 여성소설의 이러한 경향은 어떤 측면에서 2010년대 후반에 본격화된 여성소설의 지배적인 특성과 대척점에 있는 것으로 보인다. 왜냐하면 최근 젊은 여성 작가들의 소설에서는 여성의 사랑과 연애가 극도로 축소되거나 섹스가 배제된 형태로 그려지고 있기 때문이다. 이들의 소설에선 정형화된 이성애적인 사랑과 섹슈얼리티는 물론이고 남녀 간의 친밀한 감정적 교류에 대한 묘사도 찾아보기 쉽지 않다. 예컨대 최은영의 소설들에서는 남녀 간의 신체 접촉은 좀처럼 허용하지 않으며, 심지어 강화길의 소설에서 남녀 간의 연애는 거의 모두 성폭력 문제와 연관된다. 남자와의 친밀한 이성애적 사랑이 부재하거나 불가능한 것으로 그려지는 최근 여성소설의 이러한 경향은 남자와의 사랑이 자기해방과 저항의 방법이 아니라 공포와 혐오의 대상이 되어버린 이 시대의 불가피한 징후다.[3]

이와 비교해 보면 스스로를 성적 주체로 선언하고 성을 통해 새로운 여성 주체의 서사를 구축하려 했던 1990년대 여성소설은 아마도 성과 사랑에 대한 순진성을 여전히 지니고 있었던 시대의 산물이라 할 수 있을지도 모르겠다. 그렇지만 강고한 가부장적 체제와 인식 속에서 여성의 성이나 욕망이 과도하게 억압받고 통제되어 왔던 1990년대 이전까지의 사정을 고려해 보면, 성적 욕망의 자유로운 분출이 여성해방의 한 방식으로 받아들여질 수 있었다는 것은 충분히 이해할 수 있다. 1990년대 여성소설

3   이에 대한 상세한 논의는 본서에 실린 「새로운 페미니즘 서사의 정치학을 위하여」 참고.

은 최근 여성소설과는 정반대로 섹슈얼리티와 성적 경험을 자기 삶의 준거로 적극적으로 부각한다. 이때에 이르러 여성소설은 그동안 스캔들이나 추문으로만 치부됐던 여성의 성적 욕망과 섹스를 주체적인 여성의 자기 서사 속에 통합하면서 본격적으로 하나의 설득력 있는 이야기로 제시하기 시작한다. 연애의 경험과 그로부터 파생되는 여러 감정들은 여성 자신을 표현하거나 더 나아가 자아를 확인하기 위한 중요한 과정으로 다뤄졌으며, 욕망의 솔직한 표현이야말로 하나의 미덕으로 간주됐다.

여성의 성적 일탈과 가출, 불륜을 다룬 전경린의 소설은 이런 새로운 경향이 집약되는 문제적인 장소였다. 전경린은 가부장제적인 제도와 이데올로기에 의해 '나쁜' 성으로 매도돼 왔던 기혼 여성의 성적 모험과 탈주의 서사를 그리면서 여성의 일탈적인 섹슈얼리티를 소설의 한복판으로 끌어들인다. 그럼으로써 전경린은 흔히 '정념의 작가', '불온한 상상력의 소유자', '실존적 자아주의자' 등으로 명명되었다. 그러나 일탈적인 성을 여성의 주체적인 자기주장 및 자기해방과 관련시키는 그런 식의 평가가 오히려 거꾸로 전경린 소설에 나타나는 여성 섹슈얼리티의 복합적인 모순과 난관, 균열과 역설 등의 문제적인 지점들을 간과하거나 시야에서 지워 버리는 경우가 많았다는 점도 지적해야 할 것이다. 이 점은 1990년대 여성소설 전체에 대한 이해와 평가에서도 마찬가지로 해당되는 이야기다. 여성 인물을 바라보는 (대개 남성 중심적인) 관습적 사고 또는 여성 섹슈얼리티와 그를 둘러싼 사회적 조건에 대한 단선적인 이해는 이 시기 여성소설이 안고 있는 복합적인 모순을 보이지 않게 만들었다. 전경린의 소설은 1990년대 여성소설을 둘러싼 그런 일면적인 평가 혹은 오해의 문제가 가장 극명하게 드러나는 사례다. 1990년대 여성소설을 새롭게 다시 읽기 위한 작업의 첫걸음을 전경린의 소설에서 시작하는 이유다.[4]

2　섹스와 폭력 사이에서

1990년대 전경린 소설의 핵심을 가로지르는 것은 모든 제도와 관습의 속박을 거부하는 뜨거운 사랑의 정념이다. 그녀의 소설은 그 자체가 마치 '열정적 사랑'의 교본처럼 보이기도 한다. 이를 증명이라도 하듯 전경린의 소설에는 종종 열정적 사랑에 대한 교과서적 설명이 아무렇지 않게 등장한다. 예컨대 다음과 같은 구절들이 그렇다.

> 섹스란 어떤 의미에서든 일종의 전율이 아닐까. 불안이든 격정이든, 추억이든 혹은 슬픔이든, 놀람이든…… 두 몸이 얽혀 작은 배를 타고 검게 출렁이는 바다 멀리, 한없이 끝으로 나가도 두렵지 않고, 꿈인 줄 알고 꾸는 꿈처럼 두려움 없이 심연을 향해 솟구치는 그런 전율, 불구덩이에 빠져도 뜨겁지 않을 것 같고 척추에 바늘을 꽂아도 고통을 모를 것 같은 육체의 일탈. 네 손이 닿을 때, 네 입김이 스칠 때, 네 이빨이 파고들 때…….(「새는 언제나 그곳에 있다」, 『염소를 모는 여자』, 219쪽)

사랑을 하려면 담 안에 갇히는 결혼이 아니라 담장 바깥의 찬바람 속에서 연애를 해야지. 사랑이란 누군가와 잘 지낸다는 것과는 달라. 엄밀히 말하면 사랑이란, 어떤 사랑도 그래, 심연 속에 자아를 내던지는 행위이고 동시에 이 사회의 윤리와 규칙, 체제와 통념, 그 전체와 맞서 겨루는 열정이고, 일상에 저항하는 힘인 거 같아. 모든 사람이 다 사랑할 수 있는 건 아니야. 정상적이라고 할 수 있는 대부분의 사람은 절대로 누군가를 사랑할 수

4　이 글은 전경린의 첫번째 소설집 『염소를 모는 여자』(문학동네, 1996)와 두번째 소설집 『바닷가 마지막 집』(생각의나무, 1998)에 실린 단편소설들을 대상으로 한다. 이하 인용 시 소설 제목과 쪽수만 표기한다.

없어.(「오후 네 시의 정거장」, 224~225쪽)

열정적 사랑이라는 코드는 어떤 도덕적 정당화도 필요로 하지 않으며,[5] 어떤 형태의 사회적 질서와 의무도 상관하지 않는다. 특히 여성의 경우에 그것은 재생산의 요구와 가사 노동의 의무로부터 벗어나 자기만의 성적 쾌락을 추구하는 것을 정당화한다. 열정적 사랑의 특징은 일회성, 배타성, 불안정성, 지속 불가능성, 반사회성, 성적 쾌락 등으로 요약되는데, 그런 열정적 사랑은 전경린 소설에서 사랑의 본질로까지 절대화된다. 위의 인용문에 따르면 그것은 "불구덩이에 빠"지는 고난(passion)이지만 그 자체만으로 자기 충족적이며 바로 그 때문에 사회적 질서와 윤리, 체제와 통념 "그 전체와 맞서 겨루는 열정이고, 일상에 저항하는 힘"이다. 그중에서도 불륜으로 요약되는 위반적인 사랑이야말로 가장 극적이면서도 파괴적인 열정적 사랑을 대표한다. 물론 전경린에게 중요한 것은 불륜 그 자체라기보다 불륜을 통해 이루어지는 진부하고 관습적인 삶과의 단절, 온전히 '나'로만 살고자 하는 욕망의 실현, 그리하여 진정한 자아의 발견으로까지 이어지는 일련의 과정이다. 장편소설 『내 생애 꼭 하루뿐일 특별한 날』(문학동네, 1999) 이후 전경린 소설은 이렇듯 성적 쾌락의 향유와 사회 비판, 그리고 배타적 자아 관념이 결합된 열정적 사랑의 코드를 충실하게 따르는 불륜 서사를 반복한다.

전경린의 소설을 평가하는 핵심 키워드가 열정, 정념, 불륜, 불온, 위반 등이었던 것은 그런 측면에서 어느 정도 온당한 것이었다고 할 수 있다. 과연 전경린의 대부분의 소설은 일탈적이고 열정적인 사랑에 자기의 모든 것을 내던져 자아의 확실성을 구하고자 하는 정념에 지배되고 있다. 그러나 문제는 전경린의 소설을 바라보는 그런 식의 프레임에 의해 필연

---

5   니클라스 루만, 정성훈·권기돈·조형준 옮김, 『열정으로서의 사랑』(새물결, 2009), 96쪽.

적으로 가려지고 보이지 않게 되는 것이 존재한다는 사실이다. 전경린의 소설 곳곳에 눈에 띌 정도로 산재해 있지만 이상하게도 지금껏 아무도 주목하거나 언급하지 않은 것. 그것은 바로 소설 곳곳에서 재현되는 끔찍한 성폭력의 경험이다. 전경린의 소설에서 여성의 성을 둘러싼 경험과 상황들은, 우리의 짐작과는 달리 성폭력으로 얼룩져 있다. 그것은 매우 폭력적이고 착취적이다.

등단하자마자 전경린이라는 작가의 이름을 뚜렷하게 부각시킨 중편 소설「염소를 모는 여자」는 의외로 성폭력의 전시장이라고 할 만큼 여성에 대한 다양한 형태의 성폭력을 보여 준다. 무가지에 실린 전화번호에 전화를 걸어 모르는 여자에게 "축축하고 비릿하고 참을 수 없이 더러운 음성"(29~30쪽)과 "숨소리"(29쪽)로 자신의 성적 욕구를 해소하는 '익명의 남자들', 혼자 간 영화관에서 "부스럭거리는 비닐봉지 소리"를 내며 한 칸씩 한 칸씩 '나'의 옆자리까지 다가와 "서슴없이 나의 허벅지 속에 손을 집어넣"(66쪽)은 남자, 성관계를 거부하는 '나'의 "따귀를 후려"치면서 "쌍년! 더러워?"(61쪽)라는 욕설을 내뱉는 남편.

전경린 소설 속 여성 인물들은 이렇게 일상적이고 반복적으로 성폭력의 위험에 노출되어 있다. 예컨대「고통」에서는 주인공인 '여자'를 헤픈 여자로 오해한 낯선 남자가 갑자기 나타나 여자의 가슴을 움켜쥐고 여자에게 '한 번만 하자'고 강요하는가 하면,「평범한 물방울무늬 원피스」에서는 맞선 자리에서 처음 만난 남자가 갑자기 '나'에게 달려들어 키스를 하고 "거대한 물고기같이 힘찬 다리로 나의 다리를 벌리고 파고들어"(24쪽)온다. 전경린의 소설에서 여성들이 무방비로 맞닥뜨리는 성폭력은 때와 장소를 가리지 않는다.

이렇듯 전방위적으로 이루어지는 성폭력의 경험은 '나'가 스쳐 지나갔던 "무수한 낯선 남자들", 그들의 '떠도는 눈빛들, 굽어진 어깨들, 검은 구두코, 칙칙하고 짧은 목덜미, 의외로 너무 희고 통통하거나 작은 손들'(「염소를 모르는 여자」, 31쪽)에 대한 공포로 확장된다. 여자라는 사실만으로 성적 위협의 대상이 되고 남자가 성적 공포의 대상이 되는 소설 속 상황은, 섹스가 진정한 의사소통의 수단이 되지 못할 때 어떻게 (여성의) 성적 경험을 비인간화하고 폭력적으로 구성하는지를 잘 보여 준다. 전경린 소설에서 성적 위협과 폭력에 대한 공포는 그렇게 도처에서 나타나는데, 심지어 죽음에 대한 공포조차 성폭력과 관련된 것으로 표현될 정도다.

> 나는 꼭 내 머리만 한 돌을 들고 나의 그림자를 추적하는 죽음의 얼굴을 압니다. 그것은 바로 내 몸 안에 있고, 아직은 레일처럼 평행선을 가고 있지만 어느 날엔가는 나도 나의 여동생처럼 그에게 지게 될 것입니다. 그러면 그 어둡고 좁은 골목에서 한 남자가 나의 길을 가로막고, 그리고 누구도 알지 못하는 그런 일이 일어나겠지요?(「환(幻)과 멸(滅)」, 212~213쪽)

여기서 '나'의 꿈속에서 반복적으로 일어나는 "그런 일"이란 무엇인가? 「환(幻)과 멸(滅)」은 여동생의 자살 사건을 중심으로 삶과 공존하는 죽음, 그런 죽음에 대한 공포를 꿈과 현실이 교차하는 몽환적인 분위기로 쓴 에세이적 소설이다. 여기서 커다란 돌을 들고 나를 추적하는 남자는 분명 죽음에 대한 메타포다. 그리고 그럴 때 "그런 일"은 죽음과 맞닥뜨리는 일일 것이다. 문제는 하필이면 죽음이 커다란 돌이나 칼을 들고 여자를 추적하는 남자에 비유되고 있다는 점이다. 그러니 "그런 일"은 "어둡고 좁은 골목에서 한 남자가 나의 길을 가로막"을 때 여성에게 일어나는 성폭력으로 해석되지 않을 도리가 없다. 이런 식으로, 전경린 소설 속의 여성에게 죽음에 대한 공포는 성폭력에 대한 공포와 다르지 않은 것으로 나타난다. 그 역도 마찬가지다.

물론 잘 알려진 것처럼 전경린 소설에서 성적 욕망과 쾌락은 부정적이지만은 않다. 오히려 그녀에게 성과 사랑은 해체되는 동시에 숭배되고, 부정되는 동시에 긍정된다. 어떤 평등과 열정에 대한 상상, 관능과 친밀성의 경험을 연상시키는 여성 섹슈얼리티는 다른 한편으로는 거꾸로 죽음과도 같은 공포와 폭력, 남성에 대한 성적 종속과 결부된 것으로 그려진다. 전경린은 여성을 섹스로 환원하는 가부장제적 폭력에 대한 비판적 의식을 드러내는 동시에, 여성의 섹스를 "거듭되고 표절되는 진부한 삶의 궤도를 이탈"[6]하고자 하는 불가사의한 욕망으로 간주한다. 전경린의 소설에서 종종 사랑과 폭력이 혼동되고 여성의 성적 욕망과 성적 대상화가 모호하게 뒤섞이는 이면에는 여성의 섹스를 둘러싼 이러한 모순적인 인식이 가로놓여 있다.

여성의 섹슈얼리티에 대한 이러한 모순적 시각은 특히 유년기 여자아이의 '성적' 성장을 다룬 전경린 소설에서 자주 발견된다. 소설 속에서 여자아이들은 은근하든 노골적이든 다양한 형태의 성폭력에 항시적으로 노출되어 있다. 이를테면 이런 식이다. 1960년대를 배경으로 여성들이 직면해야 했던 다양한 성적 운명을 다루는 「안마당이 있는 가겟집 풍경」에서 어린 여자아이인 '나'는 서커스 공연이 있던 극장에서 낯선 남자의 무릎 위에 앉게 되는데, '나'의 엉덩이 밑에서 "점점 커지고 단단해지고 뜨거워진 고구마"(91쪽)에 당혹감을 느낀다. 그런가 하면 「평범한 물방울무늬 원피스」에서 사촌 오빠는 반듯하게 누워 있는 어린 '나'의 몸 위에 자기의 몸을 겹쳐 놓기도 한다. 그렇게 전경린 소설 속의 여자아이들은 어른의 성추행 대상이 되기도 하고, 또래 남자아이에게 얻어맞으면서 사랑을 고백받기도 한다.(「맨 처음 크리스마스」)

욕망과 폭력은 그리 멀지 않다. 그러나 이들 소설에서 어린 여자아이들의 성과 육체가 위협받는 사건은 아무런 작가적 주석이나 비판적 해석 없이 그 당시 흔하디흔한 삶의 풍속이자 풍경의 하나로 그려진다. 심지어

---

6   전경린, 「작가 후기」, 『내 생애 꼭 하루뿐일 특별한 날』(문학동네, 1999), 285쪽.

여자아이들은 "그런 것은 내가 태어나기 이전부터 그래 왔던 것이었고 누구 탓도 아니"(「안마당이 있는 가겟집 풍경」, 91쪽)라고 생각하고 '그런 일'을 그저 자신에게 주어진 여성적 운명으로 체념하고 수긍한다. 어떻게 어린 여자아이들은 이 끔찍한 성폭력의 기억을 납작하게 억눌러 여성적 운명의 일부로 받아들이게 된 걸까? 왜 여자아이들은 자신이 겪은 '그런 일'을 어른들에게 말하지 않고 비밀에 부친 걸까? 어쨌든 그런 식으로, 일상적으로 벌어지는 여성에 대한 성폭력은 여성이라면 누구나 다 알지만 소리 내 말하지 않는 공공연한 비밀로 전경린 소설의 공간에 만연해 있다.

3 성폭력의 내부 식민화와 '자기 세계'의 허구

그렇게 여성에 대한 성폭력과 성적 착취는 여성적 삶의 일부가 되는 것을 넘어 여성 일반의 운명으로 받아들여진다. 전경린의 소설 중에는 유독 유년기를 회고적으로 다루거나 유년기부터 현재 성인이 될 때까지의 성장사를 다룬 소설들이 많다. 거기에서 여성의 성장은 대개 성적인 파트너와의 관계 속에서 여성이라는 성적 정체성을 획득하는 과정으로 그려진다. 이때 인물들은 남성이라는 거울 혹은 남성적 시선으로 자신을 바라보게 되는데, 전경린의 많은 여성 인물은 이를 통해 부지불식간에 여성에 대한 남성의 성적 지배를 자연화·정당화하는 남성 중심적 시각을 내면화하는 모습을 보여 준다. 전경린의 인물들에게 어디에도 구속되지 않는 섹슈얼리티의 주체로서의 자기 확인이 자기 분열을 동반할 수밖에 없는 원인은 여기에 있다. "여성인 '나'의 성장 과정을 남성이라는 거울에 비친 내면의 형성 과정으로"[7] 그려 가는 소설인 「거울이 거울을 볼 때」에서 그런

---

7   방민호, 「꿈으로 피워 올린 녹색 종이꽃의 세계」, 『바닷가 마지막 집』 해설, 312쪽.

문제는 특히 두드러진다. 이 소설은 '나'와 L과의 10년 만의 만남을 계기로 촉발된 지난 시절 '나'의 삶, 대개는 남성과 관련된 삶을 되돌아 보는 에세이 형식의 소설이다. 여기에서 작가는 어떻게 여성이 성장의 매 단계마다 남성 중심적 시선의 상징인 거울을 통해 착각과 오인으로 얼룩진 여성으로서의 자기의식을 만들어 가는지 추적한다. 특히 이 소설은 '거울'로 상징되는 남성 중심적 세계의 관습과 규율이 어떻게 여성을 성적 대상으로 만들어 왔는지, 그 과정에서 여성은 어떻게 남성의 폭력을 섹스화된 육체를 통해 내부화해 왔는지를 독백적 어조로 담담하게 폭로한다. 소설에서 재현된 '나'의 최초의 기억은 다섯 살 때 목격한 성폭력 장면이다.

남자애는 언니의 그곳에 심혈을 기울여 흙을 담고 나뭇가지를 심은 뒤, 마지막으로 자신의 고추를 붙이고 오줌을 누어 흠뻑 적셨다. 마을의 그 여자애는 겨우 일곱 살이었다. 그 애의 표정을 나는 아직도 선명하게 떠올릴 수 있다. 반쯤 눈을 뜬 얼굴은 뭔가에 몸이 감겨 아래로 아래로 한없이 내려가는 듯했다. 고통도 공포도 그 근원이 너무나 먼 곳이어서 어찌할 수 없다는 날카롭고 뜨거운 애욕의 얼굴. 나의 무릎에 추위에 질린 듯한 보라색 봉선화꽃이 스쳤다. 내가 그렇게 뒷걸음질 칠 때, 남자애는 아무렇지도 않게 말했다. "넌 다음에 하자." 다음, 그렇다. 다음에……. 그곳을 떠난 뒤에도 남자애들은 여자애들 곁으로 바싹 다가와 팬티 속에 손을 집어넣었다. 때론 남자 어른들도…….(259~260쪽)

"겨우 일곱 살"이었던 아는 언니의 "그곳"에 나뭇가지가 꽂혔을 때 '나'는 "눈이 찔리는 듯한 두려움"을 느낀다. 그러면서 '나'는 "본능적으로 눈은 찔려서는 안 되는 곳"(259쪽)이라는 사실을 인지한다. 게다가 남자애는 나뭇가지가 꽂힌 여자애의 '그곳'에 오줌을 싼다. 이 명백한 여성혐오의 포즈는 이후 많은 남성 작가들의 작품에서 여성에 대한 단죄와 응징의 수단으로 자주 활용되어 왔다. 그런데 '나'에게 분명 트라우마로 남았을 이 사건은 단순히 과거의 일회적인 사건에만 그치는 것이 아니라는 데 문제의 심각성이 있다. 남자애는 '나'에게 "넌 다음에 하자"라고 말한다. 그리고 그런 성폭력은 이후로도 계속된다. '나'는 또래 남자애들에 의해, 때론 남자 어른들에 의해 "아무렇지도 않게" 그런 일을 겪어 왔을 것이다. 그리고 '나'에게 그런 일은 심지어 현재진행형이다.

그런데 '나'가 언니의 얼굴에서 본 것이 왜 하필이면 "날카롭고 뜨거운 애욕의 얼굴"이었을까? 그리고 "되읽고 싶지 않은 기억"의 그 시절을 왜 "어린 창녀의 시간"(260쪽)이라고 명명했을까? 이 자기 징벌적이고 여성 착취적인 명명이야말로 여성을 섹스화된 몸으로 환원시키는 성매매의 상상력을 따른 것이 아닌가? 이러한 남성 중심적 명명법은 '나'가 스물다섯 살에 결혼한 후에 다시 반복된다. '나'는 결혼 이후 자신의 고유성과 개별성을 상실하고 아내와 어머니, 며느리로 요약되는 가부장제 속에서의 여성 역할에 충실한 익명적 존재가 되었을 때 개별적 존재로서 '나'가 유일하게 할 수 있는 것은 생식뿐이라는 사실을 자조적으로 깨달으면서 스스로를 "교미하는 암컷"(269쪽)으로 부른다. 이러한 자기 지칭 또한 여성을 섹스를 위한 생식기로 도구화하는 남성의 언어가 아닌가?

분명 전경린은 여성의 육체를 분리하여 섹스화하고 그렇게 섹스화된 여성 육체를 지배하고 착취하는 폭력적 현실에 대해 누구보다 자각적이다. 이는 자신의 몸에서 "뾰족하게 돌출된 젖망울"(261쪽)을 발견한 열세 살의 '나'가 거울에 비친 자신의 육체를 "하나의 피사체"이자 "무서운 문제"로 인식한다는 데서도 확인할 수 있다. 그러나 문제는 스스로를 '피사체'로 인식하는 바로 그 방식이다. 그것이야말로 다름 아닌 남성 권력이 여성을 육체와 의식으로 분리하고 그 몸을 더 이상 여성에게 속할 수 없는, 오직 남성적 시선에 의해 재단되고 지배되는 존재로 대상화하는 방식이다. 그럴 때 여성의 경험은 파괴되고 남성의 언어와 시각으로 해석되고 판단된다. 그런 맥락에서 보면 「거울이 거울을 볼 때」의 어린 '나'가 언니의 얼굴에서 발견한 '고통' 속의 '애욕'의 표정이야말로 성폭력의 고통으로 일그러진 여성의 표정을 쾌락으로 착각하는 전형적인 남성적 인식을 반복하는 것이다. 여기에 가부장제적 순결 이데올로기가 더해지면서 사춘기를 지나는 열다섯 살의 '나'는 급기야 "내 몸은 교태를 부리고 내 의식은 공포에 빠"(266쪽)지는 자아분열의 상황에 이르게 된다.

그렇다면 현재의 '나'는 어떤가? 서른세 살의 '나'는 C와 불륜 관계를 맺고 있다. 흥미롭게도 '나'의 불륜을 다룬 장(章)에서, 그런 '나'는 자기 자신을 '나'가 아닌 A로 지칭한다. 그렇게 '나'는 느닷없이 A가 된다. 이 논리적 비약과 느닷없는 자기 객관화의 포즈를 거치면서 A 혹은 '나'는 자신의 상황에 대해 좀 더 냉철하게 인식하게 된다. '나'에 따르면 "로맨틱의 본질이란 불가능성에 있"(273쪽)다. 그리고 그것은 "거울이 거울을 볼 때, 그 무수히 부딪치는 연속적인 반영이며 환영이며 허구의 허구"(276쪽)에 불과하다. 그렇게 '나'는 분명 거울이 가부장제적·남성 중심적 논리에 의해 짜인 허구적 세계이며 그 속에서의 삶이란 단지 "거울의 강요, 거울의 장난, 거울의 합법적인 사기극"(278쪽)임을 알고 있다. 하지만 동시에 '나'는 그럼에도 거울이라는 매트릭스를 통해서만 자기 자신을 바라보고 이해할 수밖에 없다는 사실을 확인한다. 왜냐하면 어떻게 해도 '나'는 "거울 밖으로 나갈 수 없"(277쪽)기 때문이다.

그렇게 외부로 향하는 전망이 제거되었을 때 '나'의 나르시시즘적인 내면 탐색이 시작된다. 전경린 소설에서 이 내면 탐색은 두 개의 경로를 따라 이루어진다. 하나가 "밤의 나선형 계단"(「밤의 나선형 계단」)으로 상징되는 심층적 무의식 세계로의 침잠이라면, 다른 하나는 자아가 분리되기 이전의 "아직 허구인, 고래이면서 소이면서 하마인 한 덩이의 수수께끼"(「거울이 거울을 볼 때」, 278쪽)인 미분화 상태로의 퇴행이다. 이쯤에서 다소 몽환적이고 초현실적인 무드로 가득한 이 소설의 마지막 단락을 보자.

L, 나의 운행에 행운을 빌어 다오. 그럼에도 불구하고, 이제 나는 나인 것 외에는 아무것도 없는, 온전히 나일 뿐이다. 나는 흰 새들이 잠드는 검은 숲속을 안다. 나는 검은 물의 따스함을 안다. 나는 음화 같은 밤의 거울 속을 안다. 나는 가장 멀리까지 빛을 내달리게 하는 깊은 어둠의 내면을 안다. 나는 세계가 잠든 사이에, 나무들이 걸어 다니는 비밀스러운 시간에, 콜타르 같은 어둠 속에서 그네를 타려는 사람이다. 나는……, 달에게로 간다.(278쪽)

밤과 꿈의 세계이자 "나인 것 외에는 아무것도 없는, 온전히 나"로만 이루어진 이 나르시시즘적 퇴행의 세계야말로 전경린 소설의 주제이자 형식이며, 시간이자 공간이다. 이 세계는 '나'를 둘러싼 강제적·허구적 거울의 표면이 깨지고 '나'가 "긴긴 비명을 지르며 세상 속으로 수직 하강한"(278쪽) 뒤에야 비로소 도달하게 된 탈현실적·무시간적 장소다. 그곳은 거울의 표면이 가짜라는 사실을 깨달았지만 거울 밖으로는 나갈 수 없게 된 '나'가 발견한 도피처이자 은둔처다. 흔히 "여성의 자아 찾기"[8]로 평가되곤 했던 이러한 자기 세계로의 기투는 이후 '불륜 문학'으로 분류되는 일련의 장편소설[9]에서 불가능한 사랑과 쾌락의 향유로 이어진다. 전경린 소설에서 거울-현실과 단절된 채 이루어지는 실존적 자아 탐색은 그

---

8   전경린의 소설을 '여성의 자아 찾기'라는 주제를 중심으로 해석한 논의는 신승엽, 「벗어날 수 없는 일탈, 머무를 수 없는 정주」, 《창작과비평》 104호(창작과비평사, 1999); 이선옥·김은하, 「'여성성'의 드러내기와 새로운 정체성 탐색의 의미」, 《민족문학사연구》 11호(민족문학사연구소, 1997) 참조.

9   『내 생애 꼭 하루뿐일 특별한 날』(1999), 『난 유리로 만든 배를 타고 낯선 바다를 떠도네』(2001), 『열정의 습관』(2002), 『검은 설탕이 녹는 동안』(2002) 등은 가부장제적 강제와 폭력으로 억압받던 여성이 결혼 제도 밖에서의 불가능한 성적 탐닉과 쾌락을 통해 일시적이나마 진정한 자아를 발견하는 소설로 많은 독자들의 사랑을 받았다.

렇게 성적 탐닉과 쾌락을 통해서만 성취 가능한 것이 된다.

그런 나르시시즘적인 내면 추구와 긴밀하게 연관되어 있는 것이 바로 전경린의 소설에서 수시로 나타나는 체념적인 자기애다. 예컨대 전경린 소설에 매우 빈번하게 등장하는 '아무것도 아닌 존재로서의 삶'에 대해 상상하는 다음과 같은 구절들.

> 아주 낯선 곳에서 지루한 일을 하며, 아무에게도 소식을 전하지 않고 쓸쓸하게 살겠다고 결심한다. 낡은 옷들을 손질해 입고 푸성귀를 시들지 않게 보관해 마지막 것까지 알뜰히 먹고, 매일 똑같은 길을 산책하고 책장이 떨어지고 제목을 잃어버린, 아주 오래된 책만을 읽는다. 나는 이 생으로부터 운명 따위로부터 무관심하게 잊혀져 거리낌 없이 먼지에 뒤덮이겠다고 결심한다.(「꽃들은 모두 어디로 갔나」, 162~163쪽)

여기서 "아주 낯선 곳"은 시간이 멈춘 듯한 멀고 외진 곳이다. 그곳은 전경린의 다른 소설에서 "바닷가 마지막 집"(「바닷가 마지막 집」), "시골 국도변의 휴게소"(「염소를 모는 여자」) 혹은 "변두리 시골 우체국"(『내 생애 꼭 하루뿐일 특별한 날』) 등으로 변주되어 반복된다. 그곳에서 삶은 흐르지 않고 박제된 정물화처럼 붙박인 채 멈춘다. 그리고 '나'는 "검은 염소"로 상징되는 뭉쳐진 순수 자아 그 자체가 된다. 그러나 "이미 오래전에 훼손된 집"(「염소를 모는 여자」, 74쪽)으로 상징되는 기만적이고 허위적인 거울-현실의 삶과 단절한 뒤에 '나'가 도달한 이 자기 세계란, 결국 가부장제가 여성을 탈역사화·탈현실화함으로써 할당한 여성적 게토에 불과한 것이 아닐까? 이 언어 없음, 역사 없음, 현실 없음의 세계는 그래서 더욱 가부장제적인 남성의 목소리와 언어에 침윤되기 쉽다. 게다가 스스로를 심연과 외곽으로 밀어 버리는 이 자학적 자기 위안의 세계는, 사실상 여성을 다양한 현실 사회로부터 분리한 뒤 비인격적 사물로 만드는 포르노적 세계와 그리 멀지 않다. 예를 들면 사랑하지 않는 남자와의 첫 섹스를 통해 자기를 배신한 첫사랑에게 복수하는 경우라든가(「꽃들은 모두 어디로 갔나」), 맞선 자리에서 처음 만난 남자의 일방적인 요구에 아무런 거부감 없이 "예정된 폭력처럼 날카롭고 짧"(「평범한 물방울무늬 원피스에 관한 이야기」, 24쪽)은 섹스를 하는 경우. 이 자학적이고 수동적인 섹스에서 '나'는 스스로를 남성의 욕망의 대상으로만 상상할 뿐, 거기에 여성 자신의 주체적인 욕망은 존재하지 않는다.

그러므로 언뜻 순수 자아의 순수 의지에 의해 유지되는 것처럼 보이는 전경린 소설 속 '자기 세계'는 여성에 대한 성폭력을 비가시화하거나 정상화하는 남성 중심적 성 이데올로기의 자장에서 벗어났다고 보기 어렵다. 그것은 오히려 복종과 저항, 자학과 체념, 자기애, 파괴적 죽음 충동이 모순적으로 뒤범벅된, 일상적 젠더 권력관계가 작동하는 그늘진 현실일 뿐이다. 어떤 섹스도 진공 상태에서 이루어지지 않는다. 그럼에도 불구하고 어떤 섹스를 진공화한다면, 거기에는 분명 여성에게서 경험적 시간과 공간을 빼앗고 여성을 타자로 만들어 성적으로 착취하려는 가부장제적 욕망이 감춰져 있을지도 모른다.

4   성해방이냐 여성해방이냐

1990년대는 분명 능동적이고 적극적인 성적 주체로서의 여성 존재를 증명하는 일이 중요했다. 여성의 욕망과 쾌락, 성적 자유, 성 해방 등은 남존여비와 순결 이데올로기가 지배적이었던 그때까지의 한국 사회의 변화를 가시화하는 가장 활기찬 기호이자 새로운 성 정치의 코드였다. 그러나 섹스의 자유가 여성의 해방을 가져다줄 것이라는 '성적 자유주의자'의 순진한 믿음은 그리 오래가지 않았다. 문제는 여전히 여성의 욕망을 설명하고 기입할 수 있는 여성의 언어가 부재한다는 것이다. 1990년대 초중반부터 본격적으로 활동하기 시작한 영 페미니스트 중 한 명인 김신현경의 다음과 같은 고백은, 1990년대 자유주의 성 담론이 역설적이게도 페미니스트를 포함한 많은 젊은 여성들에게 얼마만큼 강박적이고 억압적이었는지를 짐작게 한다.

> 아무래도 나는 그때 성에 있어서 '여성이 좋아하는 것'과 '싫어하는 것'이 이미 이분법적으로 존재한다고 믿었던 순진한 '성적 자유주의자'였던 것 같다. 즉 '성'을 '지극히 자연스러운' '원초적 본능의 표출'이라고 보면서 만일 여성들이 그렇게 하지 못한다면 그것은 여성들이 노력해서 고쳐야 할 문제라고 생각했다. (……) 이것은 우리 사회의 '성적 자유주의자'들이 줄기차게 주장해 온 내용이다. "그냥 느끼고 즐겨라. 그러지 못하는 건 성에 관한 우리 사회의 보수주의적 사고에 우리들도 이미 찌들어 있기 때문이다." 그러니 '몸으로 부딪쳐' 깨우치는 수밖에…….[10]

여기서 '나'는 2000년대 초반 진보 진영의 성폭력 실태를 폭로한 '운동 사회 내 성폭력 뿌리 뽑기 100인 위원회'(통칭 100인위 사건)를 겪으면서, 여성이 그렇게 섹스의 대상으로 쉽게 사물화되는 현실에서 순결 이데올로기에서 벗어나 성적 욕망을 자유롭게 표현하고 즐겨야 한다는 '성적 자유주의'의 믿음이 얼마나 순진한 것이었는가를 고백한다. 따라서 이런 질문이 제기되는 것은 당연하다. 성적 자유가 남성이 원할 때 쉽게 자기 몸을 열어 준다는 의미라면, 과연 그러한 성적 자유가 해방적일 수 있을까? 성적 자유는 섹스하고 싶은 자유이면서 동시에 섹스를 거절할 수 있

---

10 김신현경, 「성적 주체로서의 여성, 욕망과 폭력 '사이'?」, 《여성과사회》 13호(한국여성연구소, 2001), 50쪽.

는 자유이기도 하다. 같은 맥락에서 여성이 성적 욕망을 느낀다고 해서 성폭력 피해를 두려워하지 않는 것은 아니다.[11] 그럼에도 불구하고 그 당시 알게 모르게 여성에게 강요되었던 성 해방과 성적 욕망의 프레임은, 여성의 성 해방과 자유를 오직 '섹스할 수 있는 자유'로만 제한함으로써 여성이 일상적으로 경험하는 다양한 형태의 성폭력을 '중성화'하거나 자연적인 것으로 만들어 왔다.

1990년대에 성적 자유를 통한 자기 정체성의 실현을 추구했던 대다수의 여성소설들 또한 이러한 딜레마에서 자유롭지 않았다. 그들 소설에 나타나는 여성의 자유로운 섹스는 의외로 애초의 의도와는 다르게 많은 부분 남성 주도적인 사회의 성적 규범과 가부장제 이데올로기에 대한 은연중의 순응과 복속으로 그늘져 있다. 전경린 소설에 나타나는 섹스 또한 마찬가지다. 전경린의 소설에서 상투적인 삶을 일시적이나마 벗어나게 해 줄 수 있으리라는 낭만적 기대와 결합되기도 하는 섹스는, 많은 경우 남성의 폭력을 동반한다. 그럴 때 섹스는 여성을 불평등한 현실로부터 벗어날 수 있게 하는 해방의 계기가 아니라, 거꾸로 여성의 불평등한 현실을 비참하게 부조(浮彫)하는 폭력의 증거가 된다. 그런 점에서 전경린 소설에서 빈번하게 드러나는 욕망과 폭력의 상관관계는 성적 욕망이 폭력적으로 구성되는 당대 현실을 반영한다. 그러나 '순응 아니면 일탈'이라는 양자택일적 선택지 외에는 자신을 둘러싼 성적 상황을 설명하는 언어가 아직은 마련되지 못했기 때문일까? 전경린 소설의 여성 인물들은 남성들이 자신에게 행한 폭력적 행동을 이해하지 못한 채 폭력적으로 이루어지는 강제적 섹스를 마치 그들 자신이 원하기라도 한 것처럼 묵묵히 받아들인다. 의도는 그렇지 않을지 몰라도 그것이 결국 '여성은 성적 존재이며 마땅히 그래야 한다'는 성 착취적 가부장제의 명령에 대한 순응으로

11   위의 글, 62쪽.

귀결된다는 것은 말할 것도 없다.

그러나 전경린이 가부장제와 성폭력 간의 유착 관계를 몰랐을 리 없다. 이는 예컨대 「남자의 기원(起源)」에 나타나는 다음과 같은 가부장제에 대한 신랄한 비판에서도 드러난다.

> 남편은 오늘 아침 출장을 떠났다. 그는 나를 전속 계약한 포주 같다. 남편은 나를 성적으로 이용하고, 전적으로 나의 성을 관리하며, 언제든 자유롭게 요구할 수 있는 유일하게 합법적인 존재이다.(174쪽)

> 나를 포함한 그녀들은 서둘러 꾸며진 여성적 아름다움으로 자신의 욕구를 기만한다. 그들은 포장된 선물처럼 열려지기를 기다릴 뿐이다. 그래서 모든 첫 관계는, 심지어 공식적인 결혼을 한 초야조차도 흡사 강간적인 요소를 띠는 것이다. 오해와 오해가 맞물리는 동의하는 강간과 동의하지 않는 강간의 차이를 가엾은 남자들이 어떻게 알겠는가.(186쪽)

요약하면 이렇다. 모든 여성의 첫 관계는 '동의하건, 동의하지 않건 간에' 강간의 형태로 이루어진다는 것, 가정주부는 남성에게 성 서비스를 강요받는다는 점에서 매춘 여성과 다르지 않다는 것, 합법적인 부부간 성관계조차 남성의 여성에 대한 일방적인 성 착취에 불과하다는 것, 따라서 여성의 섹슈얼리티는 일상적으로 매춘화되고 있다는 것. 언뜻 이 내용들은 모든 남녀 간의 성관계를 여성의 동의 여부와는 상관없이 남성 지배적인 성적 권력이 여성의 섹스화된 육체 위에서 행사되는 성 착취로 보는 성 급진주의자의 주장을 연상시킨다. 그러나 전경린 소설에서 단편적으로 나타나는 이러한 과격하고 급진적인 생각들은 소설 속에서 어떤 서사적 연결 고리도 찾지 못한 채 산만하게 떠다닌다. 오히려 주체화되지 못한 채 파편적으로 돌출되는 체제 전복적인 사고는, 전경린 소설에 나타나는 남성 중심적인 관습적 사고의 보수성조차 성 해방적인 것으로 오독하게 한다는 점에서 더욱 문제적이다.

"성을 자유의 한 형식으로서, 그리고 그것이 인간적 경험을 증대시키든 해롭게 하든 상관없이 그저 개인적 선택의 문제로서만 장려했던 성적 자유론자들"[12]은 여성에게 성적으로 자유롭고 적극적이어야 한다는 압력을 극대화함으로써 역설적으로 여성에 대한 가부장제적 자본주의의 성적 착취를 은폐해 왔다. 1990년대 성 해방 담론은 분명 여성에게 결혼 제도 바깥의 삶을 상상하게 하는 계기가 됐다는 점에서 일면 여성해방적이었다고 볼 수도 있을 것이다. 그러나 그런 식으로 봉건적인 성 규범을 해체하고 그 바깥으로 나간다고 해서 남성 중심적 성 권력과 지배가 사라지는 것은 아니다. 오히려 1990년대에 여성 욕망을 소비하기 위한 다양한 매뉴얼과 파편화된 성적 육체의 이미지가 대중매체에 의해 보편화된 것에서도 드러나듯이, 결혼 제도 중심의 가부장제적 성 규범은 소비자본주의를 통과하면서 여성을 섹스화된 육체로 환원하고 합법적으로 착취하는 새로운 성 규범으로 대체되었다. 그런 점에서 1990년대 성 해방 담론은 여성의 성을 착취하는 새로운 논리적 근거로 작용했을 가능성이 더 크다. 이는 전경린 소설에 나타나는 제도 바깥에 대한 한없는 낭만화가 거꾸로 여성을 손쉬운 섹스 대상으로 소모시킬 우려와도 맞닿아 있다. 그리고 이는 비단 전경린 소설만의 문제라고는 할 수 없다. 이것은 오히려 전경린의 소설을 포함해 가부장제의 속박을 떨치고 탈주하는 여성의 성적 자유와 해방을 주장했던 1990년대 대부분의 여성소설이 안고 있었던 한계라고 할 수 있다. 어쩌면 우리는 이를 성적 순진함의 역설이라 부를 수 있을지도 모른다.

---

12 캐슬린 배리, 정금나·김은정 옮김, 『섹슈얼리티의 매춘화』(삼인, 2002), 84쪽.

1990년대 은희경 소설의 섹슈얼리티

1   가부장제의 안팎에서

은희경은 여전히 현재진행형인 작가다. 은희경은 1995년 동아일보 신춘문예에 중편소설 「이중주」가 당선되고 같은 해 장편소설 『새의 선물』로 '문학동네 소설상'을 받으면서 화려하게 등장한 후 최근에 이르기까지 일곱 권의 단편집과 여덟 권의 장편소설을 출간하면서 활발하게 작품 활동을 이어 오고 있다.[1] 이렇게 오랜 기간 활동하면서도 은희경은 대중적 호응은 물론 비평적으로도 높은 평가를 받으며 문단 안팎에서 존재감을 과시해 왔다. 그런 점에서 그녀는 "은희경은 하나의 장르"[2]라는 비평적 수사가 어색하지 않을 만큼 자기만의 문학적 스타일을 구축한 흔치 않은 롱런 작가다. 그리고 이미 잘 알려져 있는 것처럼 그러한 은희경식 소설을

[1]   이 글은 은희경의 장편소설 『새의 선물』(문학동네, 1995)과 『마지막 춤은 나와 함께』(문학동네, 1998), 그리고 소설집 『타인에게 말 걸기』(문학동네, 1996)에 실린 단편소설들을 주된 분석 대상으로 한다. 이하 작품 인용 시 작품명 뒤에 쪽수만 표기한다.

[2]   신형철, 「거대한 고독, 인간의 지도」, 『아름다움이 나를 멸시한다』 해설(창비, 2007), 277쪽.

가능하게 했던 기본 동력은 바로『새의 선물』의 프롤로그에 처음 등장한 자아분열의 방법론이다. 그것은 자기 자신을 '바라보는 나'와 '보여지는 나'로 분리한 뒤 그 인식적 거리를 통해 자아를 냉철하고 이지적으로 인식하는 방법론이다. 예컨대 다음과 같은 방식이다.

> 내가 내 삶과의 거리를 유지하는 것은 나 자신을 '보여지는 나'와 '바라보는 나'로 분리시키는 데서부터 시작된다. 나는 언제나 나를 본다. '보여지는 나'에게 내 삶을 이끌어 가게 하면서 '바라보는 나'가 그것을 보도록 만든다. 이렇게 내 내면 속에 있는 또 다른 나로 하여금 나 자신의 일거일동을 낱낱이 지켜보게 하는 것은 20년도 훨씬 더 된 습관이다.(『새의 선물』, 12쪽)

> 때로 나는 나를 둘로 나눈다. '보여지는 나'로 하여금 행동하게 하고 '바라보는 나'가 그것을 바라본다. '보여지는 나'는 나라기보다는 나로 보이고 싶어하는 나이다. 그런 나를 '바라보는 나'는 그저 본다. 영화관 앞에서 우연히 마주친 꽤 괜찮은 남자를 보는 정도의, 호의를 품은 타인의 시선으로. 그때 나를 보는 '바라보는 나'의 눈에는 나라는 자아가 제거되어 있다. 그러면 고통에 대해서 조금은 둔감해질 수 있는 것이다. 대신 내가 누군지 잘 모르게 되어 버린다. 하지만 상관없다.(『마지막 춤은 나와 함께』, 12쪽)

이 자아 분리의 방법론은 첫 번째 장편소설『새의 선물』과 두 번째 장편소설『마지막 춤은 나와 함께』, 그리고 1990년대에 출간한 두 권의 소설집『타인에게 말걸기』와『행복한 사람은 시계를 보지 않는다』에 수록된 단편소설들에서 거의 비슷하게 반복된다. 특히 이 두 자아 사이에서 발생하는 모종의 '거리 두기'는 자기 자신에 대해서만이 아니라 타인과의 관계에서도 적용되는데, 이러한 전략은 은희경 소설에 대한 비평의 키워드로 자주 환기되는 환멸과 냉소, 농담과 위악, 탈낭만화 등과 밀접하게 관련된다. 이처럼 타인은 물론 자기 자신에게조차 너무 가까워지기를 두려워하는 '거리감'이야말로 은희경 소설의 중핵이라고 할 수 있다. '냉소적 아이러니스트'(신수정), '연극적 주체'(황종연), '자아와 초자아의 대립'(김형중) 등과 같은 은희경 소설의 주체에 대한 비평적 호명[3] 또한 이러한 이분법적 구도 및 거리 두기를 염두에 두고 이루어진 것이다.

은희경의 소설을 움직여 가는 이러한 '바라보기' 전략은 흔히 인물들이 자신에게 닥친 시련과 고통을 이겨 내기 위한 노력으로 해석된다. 즉 인물들은 이를 통해 자신의 상처를 대상화하고 그로부터 객관적 거리를 유지함으로써 자기 자신에 대한 냉철한 객관적 인식을 얻는다는 것이다. 이 '바라보기'의 전략은 분명 상투적으로 반복되는 우리 삶의 환영들, 예컨대 낭만적 사랑에 대한 환상의 허구성 같은 것들을 폭로하게 한다. 특히 자아를 상실하도록 부추겨진 채 낭만적 사랑의 서사를 체화해 온 여성들에게, 이러한 자기 객관화 전략은 사랑의 낭만적 아우라를 벗어나 순결, 정조 등과 같은 여성적 미덕을 배반하고 기존의 도덕률을 가볍게 비껴갈 수 있게 한다. 은희경 소설 속의 여성 인물들이 여성 해방에 대한 과잉된 자의식을 드러내지 않으면서도 여성에게 강제되어 온 가부장제적 규범을 해체할 수 있게 되는 것은 바로 이러한 바라보기의 전략에 힘입은 덕분이다.

그러나 은희경 소설 속의 여성 인물들이 언제나 세계에 대한 냉소적 멸시로 무장한 자유롭고 쿨한 프리섹스주의자이기만 한 것은 아니다. 오히려 여성들의 "상식을 넘어서는 대담한 일탈의 기운에도 불구하고 은희

---

3   신수정, 「유쾌한 환멸, 우울한 농담」, 《문학동네》 10호(1997, 문학동네); 황종연, 「나르시시즘과 사랑의 탈낭만화」, 은희경, 『타인에게 말 걸기』 해설(문학동네, 1996); 이선옥, 「우리 시대의 에곤 실레 — 은희경」, 《창작과비평》 118호(창작과비평사, 2002); 강유정, 「냉소라는 서사적 생존의 전략」, 《작가세계》 2005년 봄호; 김형중, 「냉정과 열정 사이 — 은희경론」, 《작가세계》 67호(세계사, 2005).

경 소설에 나타나는 '세 번째 남자'들과의 분망한 연애는 쾌락적이지 않다."[4] 아니 그것은 쾌락적이지 않을 뿐만 아니라 고통스럽기까지 하다. 게다가 은희경 소설 목록의 한 켠에는 남성적 요구와 여성적 역할에서 결코 자유롭지 못한 지고지순한 여인네가 있기도 하다.[5] 은희경 소설에 등장하는 이 상반된 여성 캐릭터는 언뜻 모순적인 것처럼 보이지만 실상은 그렇지 않다. 「명백히 부도덕한 사랑」 속의 부도덕한 사랑은 의도치 않게 제도적·관습적 질서를 유지하는 보수적 성격을 드러내는가 하면, 「빈처」의 헌신적인 전업주부는 우리의 짐작과는 달리 스스로를 자유분방한 개인주의자로 상상하기도 한다. 두 인물 간의 거리는 그렇게 멀지 않다.

이렇듯 은희경 소설에 등장하는 여성 인물들은 성적 자유와 해방의 주체라기보다는 오히려 기존의 성적 질서와 성적 혼란 사이의 '경계'에 위치해 있는 존재들에 가깝다. 그들은 한편으로는 여성 욕망에 대한 대중화된 이미지에 기대어 성적 욕망과 쾌락의 주체를 연기(演技)하지만, 다른 한편으로는 남성 욕망의 대상으로 남고 싶어 하는 수동적 주체를 가장하기도 한다. 그런가 하면 그들은 남성적 욕망의 논리에 휘둘리지 않겠다고 다짐하면서도 누군가의 욕망의 대상이 되고 싶어 하기도 한다. 은희경 소설이 지배적인 남성 이데올로기에 문제를 제기하면서도 부성적 권위를 전복하는 데까지 나아가지 않는 것은 이 때문이다. 그런 측면에서 은희경 소설은 섹슈얼리티의 문제와 관련하여 결코 '성의 해방이냐 억압이냐'와 같은 단선적인 이분법적 도식 속에서 이해하기 어려운 모순적이면서도 복합적인 지점들을 드러낸다. 이 글은 이 점에 착안하여 첫째로 은희경의 소설 속에 나타나는 성행위의 재현 방식, 둘째로 '바라보는 나'와 '보여지

---

4   신수정. 앞의 글. 211쪽.

5   남성 서술자(대개는 남편)의 시각에서 아내의 욕망과 바람을 짐작하고 타진해 보는 「빈처」, 「아내의 상자」, 「멍」 등이 대표적이다.

는 나' 사이의 젠더적 위계 관계를 중심으로 1990년대 은희경 소설에 나타나는 여성의 욕망과 섹슈얼리티의 지형을 살펴보고자 한다.

2 성 해방과 성폭력 사이에서

1990년대 은희경 소설 속의 여성 인물들은 대개 겉보기에는 사랑과 섹스를 가볍게 다루는 자유분방한 개인주의자처럼 보인다. 특히 『마지막 춤은 나와 함께』의 주인공 '나'는 "애인이 셋 정도는 되어야 사랑에 대한 냉소를 유지할 수 있다."(8쪽)라고 단언할 만큼 동시에 여러 남자를 만나는 일에 거리낌이 없다. 오히려 '나'에게 섹스는 상대를 더 잘 이해하기 위한 새로운 인간학에 가깝다. 예컨대 소설 초반에 등장하는 섹스에 대한 다음과 같은 고찰에서, 섹스는 인간에 대한 근원적 이해를 가능하게 하는 새로운 방법론으로 승화된다.

> 그러나 섹스의 깊이는 계속 소리만 질러 대는 단조로운 고음부 코러스에 있지 않다. 무반주 첼로 연주처럼 힘 있고 유장하면서도 견딜 수 없도록 고독한 데 있다. 만약 섹스가 터질 듯한 환희의 코러스일 뿐이라면 인간은 쉽게 섹스의 바닥까지 도달해 버릴 것이며 그 일을 평생 되풀이하고 싶어 할 리도 없다. 가장 가깝게 합해지는 순간 가장 고독하게 분리되는 어떤 부조리한 동반─섹스의 순간에는 인간이라는 존재에 대해 알 것 같은 기분이 든다.(『마지막 춤은 나와 함께』, 42쪽)

여기서 완벽한 합일에 대한 상상과 그 합일의 불가능성을 동시에 경험하게 하는 섹스는, 적어도 '나'에게는 인간 존재의 부조리함을 탐구하는 중요한 방법이 된다. 특히 이 소설 후반부에 제시된 섹스에 관한 아포리즘을 통해 섹스는 다양한 의미의 스펙트럼을 형성하게 된다. 소설의 화자 '나'에 따르면 '섹스는 본능적 배설인 동시에 상투적 고정관념의 집결지이기도, 격정적인 사랑의 표현인 동시에 육체 안에서만 일어나는 활동이기도, 신기한 게임인 동시에 인간끼리의 다정함이기도 한 것이다.'[6] 그럴 때 섹스는 주인공 여성이 자아를 인식하고 성찰하는 핵심적 계기이자 타인과 관계 맺고 타인을 이해하는 매개체가 되기도 한다. 은희경 소설 속의 수많은 섹스 장면은 그런 점에서 주인공의 자기해방과 자유의 중요한 계기라기보다는 좀 더 광범위한 인간관계에 대한 탐구의 사례로 이해되어야 한다.

사실 여성의 성과 육체는 남녀 간의 불평등한 권력관계를 가장 압축적이면서도 극적으로 가시화하는 영역이다. 그렇기 때문에 어떤 경우에도 탈맥락적이고 탈역사적인 섹스란 없다. 그럼에도 불구하고 은희경 소설 속의 여성 인물들은 섹스를 현실의 여러 규약이나 규제, 특히 가부장제적 성차별 의식으로부터 자유롭고 주체적인 선택인 것처럼 상상한다. 은희경 소설 속의 섹스 장면에서 여성과 남성의 관계는 의외로 현실에서의 젠더적 위계질서를 그대로 재현하는 듯 보인다. 예를 들면 '나'의 또 다른 섹스 파트너인 종태가 "나와 한 침대에 눕곤 하던 그 무렵에 다른 여자의 몸 속으로 들어가 아이를 만들었고 그것 때문에 결혼하게"(162쪽) 되었다는 사실을 알리던 날, 술에 취한 종태가 "내가 사랑하는 것은 너뿐이야.", "어쩔 수 없었어."(같은 쪽)라는 말을 반복하면서 굳어진 '나'의 몸에 강제로 들어오는 상황을 보자.

종태는 기어코 열리지 않는 문을 찢고 들어왔다. 그가 자신의 묵직한 두레박으로 바닥까지 말라 버린 나의 우물을 긁어 댈 때 나는 죽은 듯 가만히

6   이에 대한 구체적인 내용은 은희경, 『마지막 춤은 나와 함께』, 214~216쪽을 참고.

움직이지 않았다. 이제 그가 내 몸속에서 애욕을 길어 내는 일은 없을 것이라고 생각했다. 내게는 그의 결혼에 반발할 권한이 없었다. 나뿐 아니라 그 누구에게도 그런 권한은 없는 것이다. 그에게 상처를 주기 위해 내가 할 수 있는 가장 큰 실력 행사란 고작 그날 밤 섹스를 거절하는 정도였다. 종태는 섹스에서 여자의 만족을 중요하게 생각하는 타입이었다. 그에게 있어 절정감은 자기가 상대를 만족시킨 정도와 깊은 관계가 있었다. 여성 상위라는 체위를 인정하지 않는 것만 봐도 그렇다. 그가 섹스에서 구하는 것 중에는 상대에 대한 자기과시와 성취감도 빼놓을 수 없었다. 그런 점에서 본다면 그날 밤은 종태에게 참담했다. 알고 보면 섹스를 이용한 모욕만큼 치사하고 효과적인 것도 드물다.(『마지막 춤은 나와 함께』, 163쪽)

서로 동의하지 않은 모든 성관계를 우리는 성폭력이라고 부른다. 여기서 '나'는 자기를 버리고 다른 여자와 몰래 결혼한 종태와의 섹스에서 아무런 반응을 하지 않음으로써 종태를 참담하게 만들었다고 말하지만, 실상 그날 밤 정말로 참담했던 사람은 '나'가 아니었을까? 왜 '나'는 '원치 않는' 섹스를 거부하지 않았나? 그뿐만이 아니다. '나'는 종태를 다시는 만나지 않겠다고 결심하지만 늦은 밤 자신을 다시 찾아온 그의 '술 냄새와 축축함, 끈끈한 감촉'을 참으면서까지 그를 한 번 더 받아들인다. 왜냐하면 "그가 짐짓 불행한 척하고 있음을 알았으며 그것을 연출하는 데 들어간 성의를 인정했기 때문"(166쪽)이다. 여기서 '나'의 입장과 상황은 전혀 고려되지 않는다. 심지어 '나'는 종태가 자신을 만나는 이유가 "아내라는 현실적 동반자 외에 미화된 사랑의 대상이 필요"(188쪽)하기 때문이라는 사실을 알면서도 기꺼이 그의 사랑의 대상이 되기로 한다.

따지고 보면 이 소설에서 그려지는 대개의 섹스가 이러하다. 겉보기에는 남성과 여성 간의 성적 관계가 합의된, 대등한, 심지어 여성 주도적인 것처럼 보이지만 실제로『마지막 춤은 나와 함께』에 등장하는 섹스화된 여성 인물 '나'는 자기 욕망의 주체이기보다는 그저 남성 욕망의 대리인이거나 성적 대상에 불과한 존재로 그려진다. 현석과의 관계에서도 '나'는 주도적인 유혹자 역할을 하는 것처럼 보이지만 사실 '나'의 유혹의 노하우란 남자의 입장에서 남자의 기분을 맞춰 주는 것일 뿐,[7] 결코 유혹자 자신의 욕망이나 감정이 중시되지는 않는다. 특히 소설 초반 직업적 위기를 겪고 있는 '애인'에게 '나'가 스트레스 해소를 위한 자위의 수단으로 자기 몸(가슴)을 제공하는 에피소드는 여성의 성과 육체가 대상화·도구화되는 전형적인 사례에 불과하다.

은희경의 단편소설에서도 이러한 예는 얼마든지 있다. 「특별하고도 위대한 연인」에서 '여자'와 '남자'의 첫 섹스는 사실상 "취해서 제정신을 잃"(97쪽)은 여자의 동의 없이 이루어진 것에 불과하며 「그녀의 세 번째 남자」에서 '나'와 목수와의 섹스 또한 마찬가지다. 술에 취한 여자를 발견한 남자가 인적이 드문 댐으로 가서 여자의 동의를 구하지 않고 성관계를 했기 때문이다. 소설에서 '나'는 이 '두 번째 남자'에게 "세 번째를 향해 놓인 사다리"(67쪽), 즉 '세 번째 남자'에 도달하기 위한 일종의 제의적 수단이라는 의미를 부여하지만 '세 번째 남자'로 상징되는 (탈)사랑론을 주장하기 위해 굳이 여성 인물을 성폭력의 피해자로 만들 필요가 있었을까? 「빈처」에서 늦은 밤 술에 취해 들어온 '나'가 가사와 육아에 지쳐 쓰러지듯 잠든 아내를 안쓰러워하며 "그녀의 잠옷 아랫도리를 벗"긴 뒤에 "그대로 그녀의 속으로 들어"가는 장면은 어떤가? 그런가 하면, 「열쇠」에서는 여주인공 영신을 스토킹하던 윗집 남자가 갑자기 그녀의 "젖가슴을 마치

---

7   소설에서 '나'가 사랑하는 현석을 매혹시키는 노하우는 다음과 같이 제시된다. "나는 그가 화났을 때 논쟁을 벌이지 않으려고 애쓴다. 지적인 남자는 여자와의 논쟁을 싫어한다. 그들의 입장에서 본다면 여자에게 맥없이 지는 일이나 여자한테 굳이 이기는 일이나 자존심을 상하기는 마찬가지인 데다 노동의 강도로 보면 남자끼리의 경우보다 훨씬 피곤을 주기 때문이다."(『마지막 춤은 나와 함께』, 180쪽)

제 것처럼 당연하게 움켜쥐고 그대로 있"는 상황에서 "영신은 그냥 가만
히 앉아 있"(217쪽)는다. 이렇게 은희경 소설에는 여성의 의사와는 무관
하게 분출되는 남성의 성적 욕망과, 그런 상황에서 아무런 대응도 하지
않은 채 수동적으로 그 상황을 견디는 여성에 관한 에피소드가 자주 등장
한다. 은희경 소설에서 이런 예는 의외로 많다. 은희경 소설 속 여성 인물
들이 겉보기에는 이기적이고 전투적인 프리섹스주의자처럼 보이지만 실
제로는 "철저하게 수동적이며 자기방어적인 인간형"[8]일 수 있다는 기존
의 평가는 이런 맥락에서 이해할 수 있다. 어쩌면 우리의 짐작과는 달리
은희경 소설 속 여성 인물들은 성적 욕망의 주체가 아닐지도 모른다.

섹스가 혼외정사, 낙태, 이혼 등의 문제와 결합되고 있는 은희경의 연
애소설은 분명 1990년대적 상황에 대한 메타포로 읽힐 수 있다. '1990년
대적 상황'이란 어떤 상황인가? 흔히 1990년대는 1980년대라는 이념의
시대에서 2000년대라는 소비의 시대로의 전환이 본격적으로 이루어지기
전, 즉 신자유주의라는 야만의 시대가 펼쳐지기 직전 풍요와 자유가 만개
했던 '문화의 시대'로 규정되었다.[9] 그만큼 1990년대는 주체가 자기 삶의
주재자가 되고 자기 욕망을 찾으려고 했던 시대다. 문제는 모두가 자기
욕망의 주인이 되어야 한다는 1990년대적 시대정신이 여성들에게는 특
히 성적 자유와 해방이라는 형식으로 제시되었다는 사실이다. 그리하여
그 당시 이전에는 성적 주체로 간주되지 않았던 여성들이 성과 관련된 문
제의 전면에 본격적으로 등장하기 시작한다. 그들은 대체로 '여성 또한
남성과 마찬가지로 성에 대한 욕망과 쾌락을 갖는다고 주장하는 성 해방

---

8   소영현, 「현실의 초월, 초월의 현실성 — 신경숙 『기차는 7시에 떠나네』와 은희경 『마지막 춤은
    나와 함께』에 대한 검토」, 《여성문학연구》 5집(한국여성문학학회, 2001), 262쪽.

9   손희정, 「1990년대를 묻는다: '한국 영화'의 90년대성을 경유해서」, 《문화과학》 84호(문화과학
    사, 2015), 252쪽 참고.

주의자이거나 남성과 동등한 권리를 주장하는 페미니스트, 여성의 성적 매력을 사회적 자본으로 사용할 줄 아는 여성이 곧 해방된 여성이라고 주장하는 포르노 배우와 누드모델'[10] 등이다.

1990년대 은희경의 소설은 그 당시의 성 해방에 관한 다양한 담론들은 물론 그에 따른 성 풍속의 변화 등을 다채롭게 담아내고 있다. 그녀의 소설 속 여성 인물들은 대체로 서울 소재 4년제 대학을 졸업한 뒤 전문직에 종사하는 "걸어다니는 워킹 우먼"(「먼지 속의 나비」, 252쪽)으로, 학과장 앞에서 다리를 꼬고 앉아 담배를 피울 만큼 세상의 인습에 맞서 싸우는 "용감한 여성"(『마지막 춤은 나와 함께』, 131쪽)으로 비쳐지기도 한다. 그들은 자유로운 성생활을 즐기지만 그만큼 뒷담화의 주인공이 되기도 한다. 그래서 그들은 '걸레'로 불리기도 하고 '문란한 사생활'을 핑계로 해고되기도 한다. 은희경의 소설 속에 재현된 1990년대는 '대학신문에 동성연애자 회원을 모집하는 광고'가 실릴 정도로 성적 자유와 해방이 이루어진 듯이 보이지만 다른 한편으로는 동성연애를 에이즈와 같은 것으로 상상하는 보수적인 성 의식이 여전히 강력한 힘을 발휘하던 시대다.

1990년대에 새롭게 등장한 성 해방 담론은 분명 전통적인 남성 중심적 성 규범을 해체하고 여성을 결혼 봉건제에서 벗어나도록 견인하는 역할을 하기도 했지만, 이러한 (여)성 해방의 사회 문화적 분위기는 실제적인 여성해방으로 이어지지 못한다. 오히려 당대의 남성 중심적 성 담론은 자유롭고 주체적인 여성을 성적으로 대상화했고 그럼으로써 성 해방의 서사는 거꾸로 여성을 손쉽게 성적으로 착취하고 매춘화하는 논리로 활용되기도 했다. 1990년대 자유주의적 개인주의자의 성 해방의 논리가 그렇게 극단적으로 매춘을 옹호하고 정상화하는 남성 중심적인 성 착취 논리와 맞닿아 있다는 것은 시사적이다. 그런 점에서 1960년대 성 해방 담

---

10   김은실, 『여성의 몸, 몸의 문화 정치학』(또하나의문화, 2001), 44쪽, 문장은 수정했음.

론이 여성 성 착취의 새로운 논리적 근거로 작용해 왔다는 캐슬린 배리의 주장[11]은, 1990년대 은희경의 소설에 등장하는 자유로운 성관계에 대한 요구가 과연 주인공 여성에게도 해방적이었는가를 다시 생각하게 한다. 이렇듯 그 당시 알게 모르게 여성에게 강요되었던 성 해방과 성적 욕망의 프레임은, 여성의 성 해방과 자유를 오직 '섹스할 수 있는 자유'로만 제한함으로써 여성이 일상적으로 경험하는 다양한 형태의 성폭력을 중성화하거나 자연적인 것으로 만들어 왔다.[12] 1990년대 은희경 소설 속의 성애 장면이 성 해방과 성폭력 사이에서 흔들리며 모호하고 혼란스럽게 다가오는 것은 어쩌면 이 때문일지도 모른다.

3 '바라보는 나'의 젠더 정치

1990년대 은희경 소설 속의 여성 인물들이 지금까지 여성의 삶의 내용을 구속했던 가부장제적 환상에서 벗어나 성을 자유의 한 형식으로 사유하게 된 새로운 여성 주체임은 비교적 분명해 보인다. 이들은 여성이 빠지기 쉬운 멜로드라마적 함정, 예컨대 "세상의 관습을 이겨 누르고 사랑이 승리하는 장면"(『마지막 춤은 나와 함께』, 123쪽)으로 대변되는 위대한 사랑의 서사가 얼마나 기만적이고 상투적인, 빤한 이야기에 불과한지 너무나 잘 안다. 물론 자기 자신의 연애담 또한 그러한 "상투적인 사건"(126쪽)에 불과하다는 사실도 잊지 않는다. 이러한 냉정한 자기 환멸과 현실에 대한 냉소적 비판 의식을 가능하게 만드는 서사 내적 논리는,

---

11　캐슬린 배리, 정금나·김은정 옮김, 『섹슈얼리티의 매춘화』(삼인, 2002), 113쪽과 120쪽 참조.

12　이에 대해서는 본서에 실린 「성적 순진함의 역설 — 1990년대 여성소설의 섹슈얼리티와 성폭력」 참고.

이미 앞에서도 언급한 '바라보는 나'와 '보여지는 나'의 의도적 분리와 둘 사이의 작위적 거리감이라고 할 수 있다. 은희경 소설에서 '초자아적 심판관'(김형중) 혹은 '냉정한 서기관'(신수정)으로서 '바라보는 나'의 시선을 피해 갈 수 있는 사람은 아무도 없을 것이다.

문제는 이 전략이 어쩔 수 없이 '바라보는 자'의 우월한 시선을 전제할 수밖에 없다는 것이다. 『새의 선물』에서 주인공 '나'(진희)의 팬옵티콘적 바라보기 전략이 가능한 것도 '나'가 이미 그 시절을 지나고 그에 대해 이야기할 수 있는 '서술 자아'이자 이야기가 종결된 뒤 이야기 바깥에서 그 세계에 대해 말하는 '외부 서술자'의 위치를 점유하고 있기 때문이다. 어떤 점에서 회상이란 이미 지난 과거의 요소들을 현재의 관점에서 재배치하고 상징화함으로써 독해 가능한 하나의 사건으로 내러티브화한 결과다. 그럴 때 현재의 시점은 그 자체로 과거의 파편화된 에피소드를 논리적 연속성 안에 끼워 넣는 역사적 서술자의 위치를 차지한다. 따라서 1990년대에 1960년대를 회상하는 '나'는 그렇게 스스로를 '바라보는 자'의 자리에 놓음으로써 허구적이나마 전지전능한 시선을 획득하게 되고, 그 시선을 통해 자기를 둘러싼 세계의 부조리함과 폭력성을 자기와 무관한 것으로, 혹은 견딜 만한 상태로 거리화할 수 있게 된다.

그러나 '나'를 수치스럽게 만드는 '나' 바깥에서 벌어지는 일들은 정말 '진짜 나'와는 상관없는 일일까? 외부 현실의 변화와는 상관없이 '나'는 언제나 "상처를 덜 받는"(21쪽) 채 그대로 지켜질 수 있을까? 그렇다면 도대체 "꾸며 보이고 거짓으로 행동하"(같은 곳)는 '보여지는 나'는 무슨 의미가 있는가? "나의 분리법"이라는 "작위"를 통해 '나'는 정말 이 세계로부터 보호받을 수 있을까? 어쩌면 '바라보는 나'의 이러한 자기 확신은 "남의 시선으로부터 강요를 당하고 수모를 받는"(같은 곳) 실제 현실을 외면하기 위한 자기기만적 논리는 아닐까? 은희경 소설에서 이러한 '바라보기'의 시선은 '나'가 처한 현실의 고통을 그저 확인하고 괄호 칠 뿐 그러한 고통에서 벗어나기 위해 노력하거나 문제를 해결할 수 있게 하지는 못한다. '나'가 "열두 살 이후 성장할 필요가 없었"던 것도 그 때문이다.

> 지금 나는 무궁화호를 보고 있다.
> 90년대가 되었어도 세상은 내가 열두 살이었던 60년대와 똑같이 흘러간다. 열두 살 이후 나는 성장할 필요가 없었다.
> 나는 무궁화호를 보고 있다.
> 나는 아폴로 11호를 보고 있다.
> 나는 쥐를 보고 있다. 수챗구멍과 변소 구덩이를 오가는 쥐의 태연하고 번들번들한 작은 눈, 긴 꼬리의 유영, 그리고 그 심각하지도 비루하지도 않은 회색의 일과들을.(『새의 선물』, 387쪽)

『새의 선물』의 결말에서, 세계는 여전히 아무것도 달라지지 않은 채 30년 전이나 지금이나 그대로이다. '나'가 지금 바라보는 "무궁화호"는 30년 전의 "아폴로 11호"와 다르지 않으며, "수챗구멍과 변소 구덩이"는 그때나 지금이나 우리 삶의 이면에 도사리고 있다. 세계가 바뀌지 않으니 '나' 또한 "성장할 필요가 없"다. 왜냐하면 세계의 변화 없이 '나'는 성장하지 못하며, 마찬가지로 '나'의 성장 없이 세계 또한 변화하지 않기 때문이다. 은희경 소설의 환멸과 냉소의 에토스는 바로 이러한 삶의 변화 가능성을 전면적으로 부인하는 서술자의 태도에서 비롯된다. 자신을 둘러싼 세계를 변화시키기 어렵다는 절망적인 현실 인식은, 그러한 현실을 자기와 무관한 것으로 상상함으로써 무관심의 영역으로 옮겨 놓는다. 그럴 때 자아는 괴로운 현실에 영향받지 않은 채 보호받을 수 있다.

그래서일까. 은희경 소설 속 여성 인물들은 분명 가부장제적 현실의 여러 규약이나 규제로부터 자유로운 것처럼 보이지만 기존 질서에 대한 그들의 저항과 거부의 태도는 겉으로 잘 드러나지 않거나 현실적으로 아무런 영향력을 행사하지 못하는 경우가 대부분이다. 아니, 오히려 그들의 자유 분방함은 리스크를 동반해 결국 그들의 경제적 자유를 구속하는 경우가 대부분이다. 반면 그녀와 함께 자유분방했던 남성들은 아무런 외적 타격도 입지 않는다. 예컨대 『마지막 춤은 나와 함께』에서 현석, 종태와 동시에 성관계를 맺던 '나'는 아버지가 누구인지 분명하지 않은 아이를 임신했다가 결국 낙태하고 "전형적인 현모양처"(74쪽)인 종태의 아내에게 한 가정을 파탄 내는 뻔뻔한 파렴치범으로 낙인찍혀 도덕적 비난을 받는다. 그뿐만이 아니다. '나'는 "문란한 사생활"에 대한 투서 때문에 기간제 임용교수직을 그만두게 된다. 분명 '나'는 "일부일처제라는 이름의 종신형"(74쪽)에 구속되지는 않았지만 그러한 가부장제적 일부일처제에서 완전히 자유로울 수는 없었던 것이다. 은희경 소설 속 여성 인물들의 성적 자유가 현실의 질서를 교란시킬 수 없는 것은 이 때문이다. '바라보는 나'는 "운명을 가볍고도 발랄하게 조롱함으로써 아이러니스트는 비로소 신적인 위치에 육박"[13]했지만 그러한 위치에서 여성이 할 수 있는 일은 많지 않았다.

게다가 은희경 소설에서 이 '바라보는 자'의 고압적 시선은 종종 권위적 시선으로 바뀌는데, 그 때문에 그 시선에 포착되는 대상들('보여지는 나'를 포함한 다른 사람, 특히 여성들)은 쉽게 대상화·일반화된다. 오직 바라보는 나만이 특별한 존재일 뿐, 대상의 예외성이나 특별함은 인정되지 않는다. 문제는 그 시선 안에 의도적이든 그렇지 않든 여성의 삶에 대한 관습적인 외부의 시선이 내면화된다는 점이고, 그 외부의 시선이 자유롭고 독립적인 여성의 존재를 인정하면서도 그런 여성을 바라보는 성적인 시선의 환상에서는 벗어나지 못함으로써 종종 가부장제적·남성 중심적 시각과 겹쳐지는 경우가 있다는 점이다. 은희경 소설에서 '바라보는 나'의

---

13   신수정, 앞의 글, 206쪽.

시선에 포착된 경멸과 비난의 대상이 의외로 여성인 것은 이 때문이다.

『새의 선물』에서 '바라보는 나'의 냉소적·환멸적 시선이 닿아 있는 대상은 대책 없이 낭만적이고 순진한 스무 살 먹은 '나'의 이모다. 소설에서 '바라보는 나'의 냉정한 시선은 그러한 이모의 예정된 패배를 무표정하게 따라간다. 『마지막 춤은 나와 함께』에서 '바라보는 나'의 시선이 가장 가차없는 비난의 대상으로 선택한 대상 또한 여성이다. 한쪽에는 불륜녀에 불과한 자신을 멜로드라마의 여주인공으로 상상하는 '나'의 친구 윤선이 있다면, 다른 한쪽에는 여성학자로서의 정체성을 술자리에서 남자에게 술을 따르지 않는 행동을 통해서만 확인받고자 하는 소심한 이중인격자인 동료 교수 박지영이 있다. 특히 이 소설에서 박지영은 동료 교수와 혼외정사로 임신까지 했으면서도 '나'와 재임용을 두고 경쟁하는 과정에서 '나'를 문란한 여성으로 몰아 재임용에서 탈락시키기도 한다. 흥미롭게도 은희경 소설에서 페미니스트는 겉으로는 진보적인 척하지만 실상은 "소심하고 무신경해 보이는 표정 뒤에 뜻밖에도 속된 욕심과 이기심"(81쪽)을 감추고 있는 속물에 불과한 존재로 그려진다. 심지어 「먼지 속의 나비」에서 '성공한 여자들'은 "하나같이 여자에게만 부당한 사회에 대해 지나친 전투 복장이거나 아니면 반대로 여자로서의 의도적인 방심함을 은근히 노출하곤"(252쪽) 하는 존재로 손쉽게 정형화되기도 한다.

문제는 은희경 소설 속의 '바라보는 나'가 연민과 냉소, 공감과 조롱, 기대와 환멸, 긍정과 부정이 뒤섞인 복잡한 시선으로 관찰하고 감시하고 해석하는 대상이 대체로 가부장제적 성 역할에서 벗어난 여성이라는 사실이다. 그래서일까. 은희경 소설 속의 '바라보는 나'는 그 생물학적 성과는 별개로 대체로 남성적 위치와 목소리, 시선을 갖춘 존재로 인식된다. '바라보는 나'의 남성 젠더화는 남성 화자가 여성 인물을 관찰하고 서술하는 소설들에서 더 분명하게 나타난다.

「타인에게 말 걸기」와 「먼지 속의 나비」는 공통적으로 남성 서술자

'나'에 의해 스캔들의 주인공인 여성을 바라보면서 소문과는 다른 그녀들의 진심 혹은 진상을 타진해 보는 소설이다. 여기에 남성 초점 화자의 시선을 통해 성적으로 매력적인 소문 속 미망인의 실패담을 담담하면서도 냉정한 표정으로 서술하는 「짐작과는 다른 일들」도 포함시킬 수 있겠다. 이들 소설 속 남성 화자는 남자들의 수다 속에 자주 등장하는 여성들, 예컨대 '싹싹하고 예쁘지만 어딘지 모르게 질리는 타입'이거나 '감각과 실력을 갖췄지만 걸레라고 소문난 워킹 우먼', '한 번도 아니고 두 번이나 결혼에 실패한 여자' 등과 같이 이전에는 쉽게 보기 어려운 유형의 여성에 대해 가까이에서 서술할 뿐 아니라 심지어 그녀들의 삶에 연루되기도 한다. 이들은 대체로 지극히 건조하고 형식적인 인간관계를 맺고 타인의 삶에 개입하는 것을 꺼려하면서도 손쉽게 뒷담화 대상이 되고 마는 소문난 여자들에게 관심과 호기심을 갖기도 한다. 그러면서도 호감을 갖게 된 여성에 대한 세간의 편견과 고정관념을 완전히 떨쳐 버리지 못하는 "보통 남자"(263쪽)에 불과한 면도 있다. 그렇게 이들 소설에서 '나'는 원하건 원치 않건 간에 소문 속 여성들 가까이에서 그녀들의 은밀한 사생활을 엿보는 기회를 얻게 되고 다른 사람들에게 오해받고 있는 그녀들의 진심에 대해 이야기할 수 있는 전지적 서술자의 권위를 얻게 된다.

1990년대 은희경 단편소설에 자주 등장하는 낯선 유형의 여성 인물들은 대체로 남성 서술자의 목소리와 시선을 통과해서 서술되는 경우가 많다. 분명 은희경 소설 속 여성 인물들이 이전과는 다른 성적 규범과 논리 혹은 성적 표현을 갖춘 새로운 인물임에도 불구하고 충분히 낯설거나 새롭다는 인상을 주지 않는 것은 이 때문이다. 오히려 소설 속에서 그녀들의 낯섦은 남성들끼리의 술자리 농담이나 음담패설로 소비되면서 그녀들은 의외로 성적으로 대상화되는 경우가 많다. 물론 남성 서술자들은 어떤 면에서는 그녀들에게 공감하고 그와 동일시하기도 한다. 그러나 동감은 짧고 오해는 길다. 아니, 실은 진짜 문제는 오해 그 자체라기보다는 여성에 대한 오해가 서사 안에서 해소 가능한 것처럼 보인다는 점이다. 성적으로 자유분방해 보이는 여성들에 대한 오해는, 분명 다른 사람들이 흥미로워할 만한 새로운 이야기를 만들 수 있는 심리적 조건을 만들기도 한다. 그러나 소통 불가능성이 그 자체로 하나의 새로운 소통의 방식으로 받아들여지는 대신, 그러한 여성들에 대한 소통 혼란의 상황을 기존의 익숙하고 낡은 성의 규범과 문법으로 소통하려는 방식이야말로 오히려 여성 섹슈얼리티를 둘러싼 세간의 통념과 고정관념을 강화하는 결과를 낳을 수 있다.

　예컨대 「짐작과는 다른 일들」에서 능력 있고 섹시한 미망인의 재혼과 재이혼에 관한 이야기는, 사랑과 섹슈얼리티에 대한 새로운 공식 안에서 다뤄지기보다는 미망인에 관한 클리셰, 즉 억압된 성적 욕망을 제대로 통제하지 못해 결국 신세를 망친다는 과부에 관한 오랜 스토리텔링을 벗어나지 못한다. 한때 '그 남자'의 사랑의 대상이었던 '그 여자'는 이제 '재혼에 실패해서 애비가 다른 아들이 둘이나 딸린, 그래서 다단계 외판원으로 힘들게 생계를 꾸려 가는 여자'가 되어 남자들의 수다거리로 전락한다. 그리고 결말 부분에서 '그 여자'의 비참한 재혼 실패담은 '그 남자'의 시선을 통해 여성 섹슈얼리티의 통제 불가능성에 대한 남성들의 오랜 불안을 다룬 「나비의 꿈」(혹은 「나비와 과부」) 포스터와 겹쳐 놓음으로써 "여자는 잠정적 과부"(140쪽)라는 클리셰[14]를 반복하고 만다. 그에 더해 이 모든 이야기를 마치 자기와는 무관한 것처럼 무심하게 전달하는 '그 남자'의 냉담한 태도야말로 낡은 서사 속으로 빨려 들어간 '그 여자'의 성적 운명을

14　이 말은 '그 여자'의 남편이 술자리에서 즐겨 이야기했던 「나비와 과부」의 내용과 관련된다. 소설에서 그 내용은 다음과 같이 요약된다. "한 과부가 남편의 무덤에 부채질을 하고 있다. 무덤의 흙이 말라야 개가를 할 수 있기 때문이다. 그것을 본 [장자의] 아내는 분개한다. 그러나 장자가 죽자마자 그녀는 문상 온 후왕자에게 교태를 부린다. 금방 죽은 사람의 글을 파서 눈에 얹어야 낫는다는 후왕자의 병을 고치기 위해 장자의 관까지 뜯는다."(「짐작과는 다른 일들」, 140쪽)

그렇고 그런 통속극으로 만들어 버리고 만다. 그 때문일까. 이 소설에서 '그 여자'를 바라보는 '그 남자'의 시선은 마치 하루키 소설에 자주 등장하는 "의미나 목적을 가지고 무언가에 열중하고 있는 타인을 깔보는 태도에 존재하는 초월론적 자기의식"[15]을 연상시킨다. 은희경 소설 속 여성들이 겪고 있는 험난한 성적 모험이 결과적으로는 별 의미 없는 것으로 축소될 수밖에 없는 것은 바로 이 때문이다.

이때 더욱 문제가 되는 것은 이 '보여지는' 여성과 그 여성을 '바라보는' 남성이 서사 내적으로 갖는 위상의 비대칭성이다. 그리고 이러한 남녀 간의 비대칭성은 자연스럽게 우리 사회의 남녀 간 불균형 문제를 연상시킨다. 은희경 소설 속의 '바라보는 나'와 '보여지는 나' 사이에 남성/여성 사이의 성별 위계질서를 연상시키는 모종의 우열 관계가 작동한다는 인상을 주는 것은 그 때문이다. 이러한 성별 불균형은 남성 주체가 여성 대상을 관찰하고 서술하는 앞의 단편소설들에서 더 뚜렷하게 나타난다. 예컨대 「타인에게 말 걸기」에 나오는 다음 구절에서 '보여지는 나'로 분류되는 관찰 대상으로서의 여성이 '바라보는 나'로 설정된 남성 화자에 의해 어떻게 재현되는지를 보자.

보행 신호인데도 길을 건너지 않고 멍청하게 서 있는 것을 보면, 헐렁한 치마 위로 내놓아진 남방셔츠의 아래쪽 단추가 벌어져 나가 옷자락이 배꼽 근처까지 벌어져 있었는데 그런 옷매무새나 다리를 벌리고 서 있는 흐트러진 몸가짐이 영 무신경하고 둔해 보이는 여자였다. 지난밤 저 여자의 몸을 더듬었을 남자는 아마 절박함이나 따스함과는 전혀 관계없는, 이를테면 상대가 저 여자가 아니라도 무방한 그런 종류의 배설에 가까운 정사를 치렀

---

15   가라타니 고진, 조영일 옮김, 「무라카미 하루키의 풍경 ― 『1973년의 핀볼』」, 『역사와 반복』(도서출판b, 2008), 155쪽.

으리라는 짐작이 어렵지 않았다. 바람이 좀 부는 날씨라서 단추가 없는 여자의 남방셔츠가 자꾸 들쳐졌으므로 자기가 밟고 서 있는 휴지 조각만큼이나 구겨지고 지친 모습인 여자는 느리게 한쪽 손을 들어서 남방셔츠의 앞섶을 붙잡았다. 그러다 문득 여자는 자기의 손을 내려다보았다. 손가락에 허연 휴지가 말라붙어 있었다. 손톱으로 긁어 보려 했지만 지난밤 사랑 없는 남자의 정액으로 접착된 그 휴지는 쉽게 떨어지지 않았다. 여자는 손가락을 입으로 가져가더니 휴지가 붙은 손가락을 옥수수를 먹듯이 이빨로 긁어 대기 시작했다.(「타인에게 말 걸기」, 245쪽)

이 예문에서 '여자'는 '나'의 시선에 의해 시종일관 부정적으로 묘사된다. 횡단보도 앞에 "멍청하게 서 있는" 모습과 "흐트러진 몸가짐", 그리고 '손가락에 들러붙은 (남자의 정액이 묻은) 휴지를 이로 긁어 대는 여자의 모습'은 "휴지 조각"에 비유되기까지 한다. 이런 '여자'의 모습을 보면서 '나'는 지난밤 상대 남자가 '여자'에 대한 아무런 애정이나 호감 없이 "배설에 가까운 정사를 치렀으리라는 짐작"을 한다. 이른 아침 다소 헝클어진 모습으로 거리에 서 있는 여자를 보면서 "골목 어딘가의 여관에서 밤을 보내고 나온 모양"(244쪽)이라고 짐작하고 여자의 손가락에 말라붙은 휴지를 보면서 남자의 정액이 묻었을 것이라고 확신하는 '나'의 태도는 어떻게 해석해야 하나? '여자'가 밤새 일하다가 헝클어지고 지친 모습으로 잠시 밖으로 나왔다고 생각할 수는 없었나? 누군가와 섹스를 한 뒤 섹스의 흔적을 지우지 못한 채 새벽 거리로 나온 여성은 그저 '멍청하고' 부주의한 존재에 불과하다는 말인가? 그렇다면 이 '여자'는 『마지막 춤은 나와 함께』에서 문란한 사생활의 주인공으로 비난받으면서도 동시에 인습에 맞서 싸우는, 쿨하고 자유분방한 여주인공과 얼마나 다른가? 적어도 겉보기에는 그리 달라 보이지 않는다.

질문은 계속된다. 「먼지 속의 나비」에서 자유분방하고 능력 있는 여성들에게 으레 따라붙는 '걸레'라는 명명에 대해 서술자 '나'가 보이는 모호하고 이중적인 태도는 무슨 의미인가? 문제는 잘난 여자의 사생활(성생활)에 대한 음담패설적 관심과 그 뒷담화가 오직 성적으로 문란한가 그렇지 않은가에 집중되는 상투적 화법이다. 독자적이고 주체적이며 능력 있는 여성을 스캔들화해서 여성 비하적으로 소비하는 이러한 방식이야말로 여성혐오의 논리가 아닐까.

은희경 소설에서 이런 예는 더 있다. 「짐작과는 다른 일들」의 미망인 '그녀'(혹은 '그 여자')는 회사에서 만난 '그 남자'에게 프러포즈와 함께 키스를 받은 뒤 남자에게 한 번의 키스를 더 기대했지만 기대는 충족되지 못한 채 '남자'의 차에서 그냥 내리게 된다. 그리고 "집을 향해 발걸음을 옮기며 그녀는 속옷이 젖어 있다는 것을 알았다."(149쪽) 여기서 "속옷이 젖어 있다"라는 구절은 여성에게도 성적 욕망이 있다는 당연한 사실을 표현하는 것일까, 아니면 여성을 섹스화된 대상으로만 다루는 포르노적 서사물에서 성적 욕망에 달뜬 여성을 관습적으로 표현하는 말일까. 결국 이 소설에서 한때 수동적인 전업주부였던 '그 여자'는 남편의 죽음 이후 회사로 돌아가 성적 매력까지 얻게 되지만 두 번째 결혼의 실패 이후 남자들의 술자리 안주거리로 전락하고 만다. 그것은 바로 정숙하지 못한 미망인의 성적 운명에 관한 남성들의 농담이다.

이렇게 '보여지는 나'에 해당하는 은희경 소설 속 여성 인물들은 여성 섹슈얼리티를 둘러싼 상반된 시각과 평가 속에서 모호하게 표류한다. 그들은 분명 성적으로 개방적이지만 남성의 기분과 자존심을 우선적으로 배려하며, 사랑에 대해 "상관없다"(『새의 선물』, 387쪽)는 냉소적 태도로 일관하면서도 '아무래도 상관없는' 남자들의 평가에 연연해하기도 한다. 심지어 집적거리는 남자를 통해 여성으로서의 자존감을 회복하기도 한다. 은희경 소설에서 결혼 제도 바깥의 여성 섹슈얼리티는 일견 가부장제적 압력으로부터 자유로운 것처럼 보이지만, 동시에 가부장제적 편견과 압력이 가장 노골적이면서도 직접적으로 드러나는 영역처럼 보이기도 한다.

이 낙차와 간극을 통해 알 수 있는 것은, 은희경 소설이 발표되었던 1990년대가 여성 욕망과 성 해방 담론이 풍성하게 생산됐음에도 불구하고 여전히 남성 중심적이고 성폭력적인 문화가 우세했던 때이며, 여성의 성적 자유라는 이슈가 여전히 남성 주도적인 성 각본에 따라 보수적으로 전유되었던 때였다는 사실이다. '바라보는 나'의 시선 속에 가부장제적이고 남성 중심적인 응시가 교차하는 것은 이 때문일지도 모른다. 그럴 때 '바라보는 나'와 '보여지는 나' 사이의 불공평하고 불균형한 관계는 성애화되고 위계화된 남성/여성 간 젠더 체계로 손쉽게 전화(轉化)될지도 모른다. 섹슈얼리티가 여전히 남성의 욕망과 환상을 중심으로 구성되는 가부장제적 구조 안에서 여성을 성적 주체로 인정하는 문제는, 생각만큼 만만하지 않다.

4 냉소적 은폐술과 상상적 저항

분명 1990년대의 은희경 소설은 자아를 '바라보는 나'와 '보여지는 나'로 분리한 뒤 이 둘 사이의 간극을 통해 관습화된 여성성, 즉 낭만적 사랑, 순결 이데올로기, 정조, 다정한 배려심, 순진함, 소녀다움 등으로 요약되는 여성다움의 허구성을 폭로하고 가부장제적 성도덕률의 기만성을 조롱한다. 그러나 (여)성 해방과 욕망에 관한 담론이 거꾸로 여성에게 성적으로 자유롭고 적극적이어야 한다는 압력을 극대화함으로써 여성에 대한 새로운 성적 착취를 가능하게 했던 1990년대에, 실제 성 착취와 억압의 상황에서 고군분투하는 '보여지는 나'를 연민과 연대에 대한 의식 없이 냉소적 시선으로 '바라보는 나'는, 분명 도발적이기는 하지만 충분히 성찰적이지는 못한 듯하다. 이때 '바라보는 나'는 자아로부터의 분리를 통해 사후적으로 구성된 일종의 초월적 관념이자 관조적 응시의 상징에 불과할 뿐, 여성 자아의 현실 속에 그 존재감을 거의 드러내지 않는다.

그런 점에서 '바라보는 나'는 '나'에게서 분리된 또 다른 '나'라기보다는 자아 바깥에서 자아를 심문하고 비판하는 외부적 구성물에 가깝다. 이는 『마지막 춤은 나와 함께』의 다음 진술에서도 확인할 수 있다. "'바라보는 나'의 눈에는 나라는 자아가 제거되어 있다."(12쪽) '바라보는 나'는 자아를 구성한다는 점에서는 내부이지만, 자아의 한계를 지시한다는 점에서는 외부이다. 자아는 바로 이러한 '바라보는 나'라는 외부를 가짐으로써 '보여지는 나'로만 이루어진 여성적 삶의 루틴에서 모종의 한계를 발견할 수 있게 된다. 자아의 바깥에서 자아를 견인하고 지배하는 이 '바라보는 나'라는 서사적 장치야말로 은희경의 소설을 내면성과 진정성에 강박된 1990년대의 다른 여성문학들과는 다른 특별한 것으로 만들어 준 것이었다. 그러나 문제는 '바라보는 나'에 침윤된 고압적이고 권위적인 남성 중심적 시선이다. 게다가 그 시선에 포착된 '보여지는 나'는 분명 기존의 도덕률을 쿨하게 비껴가지만 여전히 남성의 욕망의 대상이 되고자 기꺼이 수동적 여성의 자리를 떠안기도 한다. 게다가 경험적 자아를 '진짜 나'가 아니라고 부정하는 서술 자아로 인해 여성의 실제 경험은 아무 의미도 없는 사건으로 무화되거나 남성들의 뒷담화 속에서 식민화되고 만다. 그럴 때에도 '바라보는 나'는 "행동은 인간이 하지만 삶은 운명이 결정한다."(235쪽)라는 식의 운명론자의 냉소로 바라볼 뿐 아무것도 하지 않는다.

이렇게 1990년대 은희경 소설 속의 여성 인물들은 한편으로는 당대 사회의 도덕주의적 성 관념을 가볍게 비껴가는 방식으로 가부장제적·남성 중심적 질서를 거부하면서도 다른 한편으로는 스스로를 남성의 욕망의 대상으로 만들고자 한다. 그런 점에서 이들을 히스테리적 주체라 불러도 좋을 것이다. 브루스 핑크에 따르면 "히스테리 환자는 성적 상대인 타자를 강조"하는데, "그녀는 타자의 욕망을 지배하기 위해 스스로 그 욕망의 대상이 된다."[16] 여기서 핵심은 주체의 욕망이 아닌, '타자의 욕망'이다. 즉 여성이 스스로를 타자의 대상이 되게 함으로써 타자를 욕망의 주체로, 자기를 욕망의 대상으로 전도시킨다는 것이다. 히스테리적 여성 인물이 다른 인물들, 특히 남성과의 관계 속에서만 자기 자신을 규정하는 것은 이 때문이다. 이미 지적한 것처럼 은희경 소설 속 여성 인물들은 분명 특별한 사랑의 대상을 선택하지 않은 채 '아무나'와 성관계 함으로써 남성 모두를 익명의 성기화(性器化)하는 도발적 매력의 소유자들이다. 그럼에도 불구하고 이들에게 중요한 것은 자기 욕망이 아니다. "나는 자신이 상대에게서 뭘 원하는지 생각해 본 적이 별로 없다. 상대가 원하는 것을 제공할 때의 긴장, 내가 얻는 것은 바로 그것"(『마지막 춤은 나와 함께』, 225쪽)이라는 소설적 전언을 통해서 새삼 확인할 수 있는 것은, 그녀들이 욕망의 주체가 아니라는 사실이다. "타자의 욕망을 통해 자신이 누군가를 확인받고 싶어 한다는"[17] 것이야말로 은희경 소설 속 여성 인물들의 욕망의 성격을 잘 말해 준다. 그녀들이 현실에 대해 반항적인 제스처를 취하면서도 결국 무기력한 체념에 빠지는 것도 바로 이러한 욕망의 우회로 때문이다.

경제적으로 자유롭고 독립적인 커리어 우먼이 왜 언제나 남성들과의 연애를 통해 자기 존재감을 확인받고자 하는 걸까. 이들은 왜 남자의 비위를 맞춰 가면서까지 그들의 욕망을 충족시키려고 애쓰는 걸까. 그래서 일까. 은희경 소설 속의 섹스는 여성의 욕망에서 촉발된 자발적·자율적 섹스라기보다는 '성적으로 자유로워야 한다'는 1990년대식 대의명분에 강박된 방어적·의무적 섹스인 것처럼 보인다. 분명 은희경 소설 속의 히

---

16   브루스 핑크, 맹정현 옮김, 『라캉과 정신의학』(민음사, 2002), 217쪽.

17   이것이 히스테리적 주체의 특징이다. 김석, 「히스테리에서 주인으로: 라캉 담론 이론으로 읽는 1990년대 시대정신」, 《한국학논집》 59호(계명대학교 한국학연구원, 2015), 186쪽.

스테리적 주체는 기존의 남성 중심적 가부장제 질서에 의문을 제기하고 부분적으로는 그러한 질서를 전복하고자 하는 혁명가의 역할을 맡고 있다. 그러나 그러한 혁명이 대타자의 욕망에 매달리는 수동적인 방식으로밖에 가능하지 않다면, 아무리 여성 (성) 혁명가가 기존의 도덕적 성 규범을 해체하려고 해도 그러한 시도는 한계를 가질 수밖에 없다. 결국 그러한 저항은 "상징적 현 상태를 재단언하며 심지어 그것의 작동을 위한 긍정적 조건으로서 이바지하는 거짓 위반"[18]에 불과한 것이 되고 만다. 라캉은 그것을 '상상적 저항'이라고 보았다.

18 김소연, 『실재의 죽음 — 코리안 뉴 웨이브 영화의 이행기적 성찰성에 관하여』(도서출판b, 2008), 100쪽. 히스테리적 주체의 저항이 상징적 질서의 구조를 단단하게 만드는 역설적 결과에 대한 분석은 이 책 4장의 분석을 전적으로 참고했다.

거울 속에서 아버지를 보다

다시 읽는 오정희

1   여성문학보다 낯선

　오정희는 작가 자신의 말처럼 '과작(寡作)의 작가'이지만, 그럼에도 한국 여성문학사에서 독보적인 위치를 차지하는 작가다. 한국 여성문학 연구의 주요 테마는 상당 부분 오정희의 작품에 대한 해석을 근간으로 형성되었다고 해도 과언이 아니다. 특히 현재 시점에서 과거 사건을 현재화하여 서술하는 기법, 서술자의 내면 독백을 전면에 배치함으로써 실제 사건과 환상의 구분을 모호하게 만드는 표현 방식, 감각적이면서도 모호한 비의적인 문체, 여성성에 대한 인식을 인간 존재의 근원적 불안 의식과 겹쳐 놓음으로써 자아와 세계에 대한 인식론적 확장을 꾀하는 작가 의식 등은 오정희 소설의 인장(印章)인 동시에 이후 1990년대 여성문학을 관통한 주제 의식과 방법론의 기원이기도 하다.

　그러나 고백건대, 나 자신을 포함한 '소위' 오정희 문학의 후예들에 의해 의식적이건 무의식적이건 간에 반복되고 재생산된 이런 해석의 지점들은 오늘날 독자들에게 오정희 소설에 대한 새로운 해석적 충동을 불러일으키지 못하는 듯하다. 예컨대 '여성적인', '시적인', '난해한', '비의적인' 등과 같은 공허하고 모호한 수식 어구들, '여성적 자아 탐색', '여성적 글쓰기', '여성적 광기', '뒤틀린 여성성과 모성성' 등으로 단순 요약되는 정형화된 여성주의적 해석은 이제 오정희 소설, 나아가 여성문학을 해석하는 하나의 클리셰가 되었다고 해도 과언이 아니다. 물론 이 모든 정형화된 해석의 책임은 오정희 소설에 있는 것이 아니다. 이는 오히려 오정희 문학에 대한, 그리고 여성문학에 대한 해석적 통념 및 고정관념의 재생산과 밀접한 관련이 있다.

그렇다면 오정희 소설에 대한 새로운 해석은 어떻게 가능한가? 아니, 가능하기는 한가? 300편이 넘는 석·박사 학위 논문과 그보다 더 많은 논문과 평론을 보다 보면, 오정희 문학은 이미 해석이 종료된 고요한 세계처럼 느껴진다. 그러나 모든 좋은 문학작품은 해석을 기다리는 고정된 실체라기보다는 언제나 현재의 맥락에서 끊임없이 수정되고 재창조되는 사건에 가깝다. 마찬가지로 모든 좋은 오정희 소설은 하나의 고정된 의미에 머물기보다 양피지 위의 글쓰기처럼, 수많은 해석의 가능성을 품은 들끓는 도가니에 가깝다.

그런 측면에서 오정희의 소설은 언제나 오해된 소설이고, 새로운 해석을 기다리는 새로운 소설이다. 우리가 지금, 오정희의 소설을 다시 읽어야 할 이유다.

2   어둠 속의 거울들

오정희의 등단작 「완구점 여인」(1968)의 첫 문장은 이렇다. "태양이 마지막 자기의 빛을 거둬들이는 시각이었다."[1] 오정희의 소설은 그렇게

---

1   오정희, 「완구점 여인」, 『저녁의 게임』(문학과지성사, 2020), 9쪽. 이하 작품 인용 시 쪽수만 표기

세계가 빛에서 어둠으로 변하는 순간 시작된다. 그리고 오정희가 쓴 최근작 소설 「얼굴」(1999)은 "빛과 어둠이 불투명하게 뒤섞여 가라앉는"(186쪽) 찰나에 느닷없이 끝난다. 오정희 소설의 처음과 끝을 장식하는 이 해 질 녘의 순간, 흔히 '개와 늑대 사이의 시간'[2]이라고 부르는 이 순간이야말로 오정희의 소설을 지배하는 시간이다. 이 시간은 다중적인 시간이다. 왜냐하면 그 찰나의 순간에 빛과 어둠, 삶과 죽음, 과거와 현재가 서로 교차하고 중첩되면서 소용돌이치기 때문이다. 오정희의 소설은 그 찰나에 사로잡힌 소설이다. 그래서일까. 오정희의 소설에서는 찰나가 무한히 확장되어 나갈 뿐, 시간이 흐르지 않는 것처럼 보인다. 과거의 그림자는 현재에 출몰하고 미래는 이미 선취되어 앞으로 나아가지 않는다. 「얼굴」의 도입부는, 바로 그러한 오정희 소설의 시간 의식을 잘 보여 준다. 다음을 보자.

얼마나 달렸을까. 하늘만 보고 달리다가 멈춰 섰을 때 그는 자신이 거대한 붉은 거울의 한가운데 있음을 알았다. (……) 그가 우두망찰해 있는 사이 얼레의 줄이 스르르 풀리고 연은 까마득한 점으로 시야에서 사라졌다. 그때 그는 얼음 밑의 얼굴을 보았다. 투명한 얼음 아래에서 검고 긴 머리칼을 올올이 푼 흰 얼굴이 그를 보고 있었다. 무엇인가 말하려는 듯, 어쩌면 자신이 만난 낯선 세계에 대한 끔찍한 공포로 얼어붙어 버린 듯 눈과 입이 한껏 둥그렇게 열려 있었다.(170~171쪽)

한다.

2 김화영은 오정희에 대한 동명의 비평에서 이미 오정희의 시간을 여기에서 저기로 움직여 가는 그 "불분명하고 모호하고 막연한 시간"인 개와 늑대 사이의 시간에 빗대고 있다. 김화영, 「개와 늑대 사이의 시간」, 우찬제 엮음, 『오정희 깊이 읽기』(문학과지성사, 2007) 참고.

「얼굴」의 주인공인 '그'는 현재 뇌혈관이 터진 후 사지가 마비된 채 "끝없이 깊고 거대한 심연"(184쪽)에 갇혀 목숨만 부지하고 있는 중이다. 그런 그가 꿈을 꾼다. 날아가는 연을 따라가다가 해 질 녘 얼어붙은 저수지가 있는 낯선 곳에 다다랐던 어린 시절의 한 장면이 꿈속에 떠오른다. 꿈에서 그는 자신이 "거대한 붉은 거울의 한가운데" 있다는 사실을 알게 되고 그곳에서 "끔찍한 공포로 얼어붙어 버린" 죽음의 얼굴을 목격한다. 이는 죽음이라는 미래가 과거에 도래하는 모습을 지금 현재 포착하고 있는 장면이다. 그런데 이때 '그'가 본 얼굴은 낯선 존재인가, 아니면 저수지 거울에 비친 미래의 자기 모습인가.

빛과 어둠, 삶과 죽음, 과거와 현재가 서로 교차하고 중첩되는 오정희 소설의 지배적인 시간이 그런 것처럼, 오정희의 많은 소설에서 일관되게 발견되는 것은 일종의 모순적인 것의 공존이다. 이를테면 삶에는 죽음이 깃들어 있고, 때로 '나'는 '나'에게 타인이며, 유한한 육체 안에 무한한 시간이 흐른다. 그리고 존재는 부재를 통해 스스로를 증거한다. 오정희 소설에서 이런 모순을 부각하는 장치로 자주 등장하는 것이 바로 거울 또는 거울 이미지(창, 저수지, 우물 등)다.[3] 「얼굴」의 이 장면에는 오정희 소설에서 다양한 방식으로 변주되는 특유의 모순의 존재론이 여지없이 투과되고 있다. 미래는 과거 속에 도래하고 미래의 죽음이 오늘의 삶 속으로 침입한다. 그리고 어김없이, 거울이 있다. 이 장면에서 미래의 죽음/'나'를 낯선 존재로서 마주치는 장소인 저수지는 다름 아닌 "거대한 붉은 거울"이다. 그리고 '그'가 쓰러지기 직전에 마지막으로 본 모습도 바로 세면대 거울에 비친 자기 얼굴이다.

오정희의 소설에서 이렇듯 거울은 스스로를 낯설게 하는 장치다. 거

---

3   오정희의 소설에 나타나는 다양한 거울 이미지와 그 의미에 대해 심도 있게 다루는 글로는 우찬제, 「거울의 심연」, 《문학과사회》 121호(문학과지성사, 2018)이 있다.

울 속에서 '나'는 스스로를 낯선 존재로 지각한다. 그리고 그것은 자신을 포함한 이 세계를 다르게 들여다보는 미학적 창이기도 하다. 특히 오정희 초기 소설에는 창 안에서 창 바깥의 풍경을 바라보는 장면이 자주 등장하는데, 이때 창 너머의 모습은 객관 세계라기보다는 차라리 주인공의 감춰진 욕망과 사상이 투사된 내면의 풍경에 가깝다고 볼 수 있다. 「유년의 뜰」에 등장하는 거울도 마찬가지다. "거울은 기울여 놓기에 따라 우리의 모습을 작게도 크게도 길게도 짧게도 자유자재로 바꾸어 비추었다."(225쪽) 「유년의 뜰」속 거울 앞에서 이루어지는 아이들의 연극놀이는 이 세계가 어떻게 무대 위에서 '거울'이라는 필터를 거쳐 상연되는지를 암시적으로 보여 준다.

「옛우물」의 우물도 그렇다. 이 소설에서 우물은 한편으로는 신성한 물이 퍼내진 최초의 장소이며 여성 포태(胞胎)의 근원지[4]로, 그리고 금빛잉어로 상징되는 여성적 변신과 상상력의 원천으로 해석되어 왔다. 그러나 우리는 그 우물에서 실제로 발견된 것이 무엇이었는가에 주목할 필요가 있다. 그것은 "녹슨 두레박과 두레박 건지는 갈쿠리, 삭아 버린 고무신 한 짝, 썩은 나무토막, 사금파리 따위들"(572~573쪽)처럼 하찮은 것들뿐이다. 우물의 실체는 적나라하게 드러나고 '금빛 잉어'는 존재하지도 않았다. 심지어 그 우물은 친구 정옥이가 빠져 죽은 곳이다. 죽음의 흔적과 비천함으로 가득한 이런 우물의 실체가 보여 주는 것은 다른 것이 아니다. 그것은 실제 여성의 삶이 하찮고 보잘것없으며 얼마나 쉽게 죽음으로 내몰릴 수 있는가를 은연중 암시한다. 소설의 결말에서 '나'가 기억해 낸 이야기 속에서 금빛 잉어란 결국 각시가 죽음으로써 만들어진 허구적 신화에 불과한 것이 아닌가. 그렇게 볼 때, 「옛우물」에서 그려지는 '우물'은 여성적 상상력의 비의적 원천이 아니라 오히려 거꾸로 비루한 여성적 현실,

---

4   김혜순, 「여성적 정체성을 가꾼다는 것」, 『오정희 깊이 읽기』, 223쪽.

그리고 어떻게든 그 현실을 넘어서려는 상상과 욕망을 불가능하게 만드는 관습적 질서와 제도의 강제를 절망적으로 비춰 보는 거울로 해석해야 할 것이다.

　문제는 지금까지 「옛우물」의 '우물-거울'이 대부분 그 안에 숨겨진 현실 비판적 의식을 소거한 채 여성적 내면세계에 대한 성찰로만 해석되어 왔다는 사실이다. 「동경(銅鏡)」에 등장하는 거울도 그 점에서는 마찬가지다. 아들을 잃은 노부부의 어느 한낮 풍경을 담아내는 이 소설에는 두 개의 거울이 등장한다. 하나는 박물관에 전시된 "죽은 사람들의 부장품"(209쪽) 중의 하나인 흐릿한 '구리거울'[銅鏡]이고, 다른 하나는 늙은 아내의 "구겼다 편 은박지처럼 빈틈없이 주름살 진 얼굴"(218쪽)을 적나라하게 비추는 선명한 거울이다. 이 소설에 등장하는 구리거울은 지금까지 일상의 이면에 감지되는 죽음을 통해 존재의 심연을 들여다보거나 삶과 공존하는 죽음을 포착함으로써 생에 대한 순환적 의식을 반영하는 매개체로 이해되었다. 그러나 실제로 「동경」에서 구리거울의 의미는 그런 차원을 넘어선다. 스무 살의 아들 영로를 땅에 묻은 뒤, 노부부에게 남은 것은 관성과 관습만으로 간신히 굴러가는 일상뿐이다. 그런 그들에게 구리거울은 "아주 오래전에 죽은 옛사람"이거나 "부패하기 시작한 시체"(209쪽)에 비유된다. 따라서 구리거울이란 아무것도 "반성하지 않는"(216쪽), 오직 '맥'으로 상징되는 토템이나 "신전의 기념품"(212쪽)에 기대어 생을 이어 가는, 그래서 더 이상 자기를 들여다보지 못하는 '살아 있는 죽음'[5]의 상태를 상징하는 것으로 보는 것이 옳을 것이다.

5　「동경」의 결말 부분에서 가수면 상태에 빠진 '그'의 모습이야말로 '살아 있는 죽음'의 현현이 아닌가. "그는 칠흑처럼 검은 머리를 하고 이제는 더 이상 말할 수 없는 무너진 입을 반쯤 벌린 채 누워 있다."(221쪽)

시대의 어둠을 경유해서만 비로소 내면의 심연에 이르게 된다. 바깥이 어두울수록 내면은 더욱 깊어진다. 「옛우물」이나 「동경」 속 거울 이미지는 어떤 점에서 이 세계의 어둠을 비추는 반사체이기도 한 것이다. 오정희 소설의 비극성은 막연하고 모호한 '삶의 불가해성'이 아니라, 세계의 변화 불가능성에 대한 깊은 절망과 좌절에서 비롯된 것이다. 그러니 작가의 말처럼 "궁극적인 문제는 내면성의 탐구가 아니"[6]다. 작가의 얘기를 좀 더 들어 보자.

> 작가란 언제나 자신의 시대와 환경을 위기로 인식하는 사람이고 의심하는 사람이다. (……) 글쓰기를 통해 우리 삶의 심연과 우리를 억압하고 훼손하는 것들의 정체를 드러내며 무심하고 무감각하게 지나치는 것들 앞에 발걸음을 멈추고 주위를 돌아보게 하여 우리가 얼마나 이상한 세계에 살고 있으며 행동하고 사고하는가를 일깨울 수 있을 뿐이다.[7]

이렇듯 오정희 소설에서 드러나는 황폐한 일상의 심연과 삶의 비극성은 현재에 드리워진 어둠과 고통의 그늘에서 촉발된 것이다. 오정희 소설에서 반복적으로 등장하는 거울은 그런 이 세계의 어둠을 비추어 보는 장치이며, 여성의 내면에 드리워진 가부장제적 억압과 폭력의 그늘을 되비추는 반사경이다. 이는 오정희의 소설이 여성의 자아 찾기나 여성적 내면 탐구의 서사로만 한정될 수 없음을 분명하게 보여 준다.

---

6   오정희·박혜경, 「안과 밖이 함께 어우러져 드러내 보이는 무늬」, 《문학과사회》 36호(문학과지성사, 1996), 1524쪽.

7   오정희, 「내 안에 드리운 전쟁의 그림자」, 『내 마음의 무늬』(황금부엉이, 2006), 196쪽.

3   아버지! 오, 죄 많은 아버지!

「유년의 뜰」, 「중국인 거리」, 「바람의 넋」으로 이어지는 '전쟁 3부작' 또한 마찬가지다. 물론 앞서 본 소설들과는 달리 이들 소설에 거울 이미지는 존재하지 않지만, 여기엔 또 다른 거울이 있다. 이 '전쟁 3부작'에서 서술되는 전쟁에 대한 기억은 그 자체로 여성적 욕망을 거세당한 채 출산하는 어머니 혹은 정숙한 아내 역할만을 수행해야 하는 현재의 여성적 삶을 비추는 원형적·기원적 거울의 의미를 갖는다. 특히 「바람의 넋」의 결말에는 예상치 못한 장면이 느닷없이 등장하는데, 그것은 전쟁 중 낯선 사내들이 집 안에 들어와 곡괭이로 어머니와 쌍둥이 여동생을 찍어 죽이는 모습이다. 소설의 중간중간 은수의 머릿속에 파편적으로만 떠올랐다 사라지곤 하던 이 장면의 실상은 소설의 결말에 이르러 확연하게 밝혀진다. 실제 있었던 일인지 아닌지도 불분명한 이 장면은 서사 속에 얼룩처럼 끼어든 일종의 원초적 외상 장면이다. 이는 분명 한편으로는 실제 은수가 겪었던 전쟁의 상흔이 깊이 숨어 있다가 떠오른 것이지만, 작가 오정희의 시선은 단순히 거기서 드러나는 전쟁의 역사적 상흔 자체에 머물러 있지는 않다. 작가는 오히려 그 원체험의 역사적 맥락을 치환하여 당대 여성이 처한 폭력적 현실 속에서 자기 존재의 기원을 탐색하는 형식으로 바꾸어 놓는다. 원초적 장면이 대개 그렇듯이, 은수의 기억 속에 떠오른 그 장면은 그녀의 현재 시점에서 사후적으로 재구성된 것일 확률이 높다. 즉 그것은 현재 여주인공 은수가 겪고 있는 남성적 폭력의 현실을 사후적으로 투사하고 재구성한 일종의 '만들어진 기원'으로 보아야 한다.

「바람의 넋」에서 분명하게 나타나는 것처럼, 오정희의 많은 소설은 현재의 여성을 압박하는 가부장제적 규범과 그로부터 비롯된 무력감과 좌절감의 역사적 맥락과 기원을 찾아가는 서사다. 오정희의 소설에서 '아버지'가 중요해지는 것은 바로 이 지점이다. 아버지는 무기력과 좌절을 불러일으키는 근원이다. 지금까지 오정희 소설에 대한 논의의 초점은 대부분 '어머니'에 집중되어 왔다. 등단작인 「완구점 여인」에서부터 「옛우물」에 이르기까지 오정희 소설에는 끊임없이 아이를 낳는 어머니가 반복해서 등장하는데, 어린 여자아이는 그런 어머니에 대한 거부 혹은 승인의 과정을 거쳐 여성적 내면과 정체성을 형성하게 된다. 그런 만큼 어머니의 형상과 모성성이라는 테마는 오정희 소설을 이해하기 위한 구심점 역할을 해 왔다. 그렇다면 아버지는? 오정희 소설에서 아버지는 어디에 있고 무엇을 했나?

> 아버지는 보이지 않았다. 마실이나 갔다 오게. 아이야 여자가 낳는 거지. 할머니가 손사래를 쳐서 내보냈다. 남자야 아이를 만드는 데나 소용 있는 거지 하는 뜻이었을 게다.(537쪽)

아버지는 보이지 않았고 아무 일도 하지 않았다. 오정희의 소설에서 부성(父性)은 이렇듯 언제나 불확실하게 부재한다. 「옛우물」의 부재하는 아버지처럼, 오정희 소설에서 아버지는 존재감이 거의 없는, 아니 오히려 존재하지 않을 때라야 비로소 그 존재감을 강렬하게 드러내는 부재하는 현존이라고 할 수 있다. 예를 들면 「유년의 뜰」에서 부재하는 아버지는 '나'의 상상 속에서 "연약한 넓적다리나 발목을 잡던 악력, 막연히 따스하고 부드러운 것, 보다 커다란 것, 땀으로 젖어 있는 등허리"(265쪽)로 미화되고 허구화된다. 그리고 부재중에도 "작은 폭군"(243쪽)인 오빠를 통해 폭력적인 가부장으로서의 자기 존재감을 과시한다. 모든 아버지는 힘이 세다. 전쟁에서 돌아온 아버지가 '나'의 기대와는 달리 '불구의 거렁뱅이 남자'에 불과하다고 해도, 그는 "늙고 말 없는 외눈박이 목수"(235쪽)처럼 바람난 딸을, '늙은 갈보'가 된 아내를, 마음만 먹으면 언제든지 처벌할 수 있다. 「유년의 뜰」의 결말 부분에서 '노랑눈이'가 아버지의 귀환 소식을 듣고 교장실에서 훔쳐 먹은 케이크를 토하는 것은 바로 그러한 아버지라는 이름에 대한 거부감과 두려움의 표현이다.

오정희 소설 속 여성 인물들은 이처럼 아버지에 대한 거부감을 가지고 있지만 아버지로부터 쉽게 벗어나지 못한다. 이 점은 아버지의 형상이 전면에 부각되는 「저녁의 게임」에서 좀 더 분명하게 드러난다. 「저녁의 게임」은 한 30대 비혼 여성의 평범하지만 섬뜩한 어느 하루를 건조하게 따라가는 소설이다. 소설의 화자인 '나'는 겉보기에 착하고 모범적인 딸이다. 그녀는 "위장을 반 넘게 잘라 낸"(61쪽) 중증 당뇨환자 아버지를 돌보고 있다. 아버지는 어떤가. 그는 비혼인 딸에게 기대어 살 수밖에 없는 가련하고 힘없는 늙은이에 불과하다. 그러나 늦은 밤 산책길에 나선 딸은 공사장 인부와 섹스를 한 뒤 일부러 돈을 요구한다. 그리고 집으로 돌아온 다음에는 식탁에 앉아 재수패를 떼고 있는 아버지의 눈을 피해 자위를 하면서 "입을 길게 벌리고 희미하게 웃"(81쪽)는다. 아버지도 마찬가지다. 그는 아픈 아이를 낳은 아내를 가차 없이 기도원에 보내 버리고 그곳에서 불쌍하게 죽은 아내를 "뙤년들보다 더 더러웠"으면서도 "워낙 사치하고 허영심 많았"(80쪽)던 여자로 매도한다. 그만큼 그는 매정하고 폭력적인 아버지다.

그러나 이 모든 진실은 아버지와 '나' 사이에 주고받는 뻔한 거짓말, 그리고 의례적으로 행해지는 뻔한 화투놀이 속으로 감춰진다. 소설의 제목인 '저녁의 게임'은 단순히 두 사람이 저녁마다 반복하는 화투놀이를 가리키는 것이 아니다. 그 게임은 아버지는 딸의 일탈을, 거꾸로 딸은 아버지의 죄를, 알면서도 묵인한 채 벌이는 일종의 가부장제 역할극이다. 그런 점에서 소설에서 아버지와 '나'의 모든 말과 행동은 그 자체로 미리 짜인 각본에 따라 "암전된 무대"(63쪽) 위에서 상연되는 속임수 놀이에 불과하다. 그렇게 "아버지와 나는 낡고 너덜너덜해진 각본으로 끊임없이 연극을 하고 있었다." 이 연극은 말 그대로 짜고 치는 고스톱이다. 그 연극은

"첫 끗발이 개 끗발", "첫술에 배부를까", "불빛이 흐리구나", "시력이 나빠지신 탓일 거예요" 등과 같은 아무 의미 없이 텅 빈, 하나 마나 한 말들과 의례적 행위들로 채워져 있다.(69쪽) 그래서 그 연극은 재미없다. 이 세계의 모든 낡은 서사가 그러하다. 평범하지만 지루한 가족극 안에서 제 역할을 제대로 수행하지 못하는 아픈 아이와 미친 엄마는 죽고, 아버지를 미워하는 무력한 아들은 가출한다. 무능하며 야비한 아버지는 딸을 착취하면서 끈질기게 살아간다. 실제적이건 상징적이건 말이다. 물론 '나'의 도발적인 밤 외출과 자위 행위는 분명 "가부장제에서 요구하는 규범적인 여성성을 훼손함으로써 가부장적 질서를 조소"[8]하는 측면이 있다. 그렇다고 과연 '나'가 아버지와의 "더러운 게임"(73쪽)을 그만둘 수 있을까? 그래서 아버지의 영향력에서 완전히 벗어날 수 있을까? 그것이 쉽지 않다는 것을 「저 언덕」(1989)은 보여 준다.

「저 언덕」은 「저녁의 게임」과 마찬가지로 아버지와 딸의 관계를 전면에 내세우면서도 그동안 오정희 소설에서 잘 드러나지 않았던 아버지라는 존재를 그의 삶의 이력과 심리 묘사를 통해 좀 더 선명하게 재현한다. 딸인 '원단'에게 아버지는 가족을 돌보지 않은 무능하고 허황한 노름꾼이다. 상이군인인 그는 보수 단체의 궐기대회에 동원되어 나라 사랑을 외치며 손가락을 잘라 혈서를 쓰는 '광기 어린 어릿광대'에 불과한 존재다. 문제는 그럼에도 아버지의 폭력적 권위는 철회되지 않는다는 것이다. 그 결과 어머니는 자살하고 아들은 아버지와 마찬가지로 "비열하고 저급한 인간"(150쪽)으로 살다가 어머니 무덤 앞에서 자살한다. 그리고 딸은 한때는 아버지와 세상에 대한 복수로 규범과 관습을 파괴하려고 노력했지만 결국 평범한 중학교 수학 교사와 결혼한 후 안락한 중산층 가정주부로 살

---

8   김경수, 「가부장제와 여성의 섹슈얼리티 — 오정희의 「저녁의 게임」론」, 《현대소설연구》 22(한국연대소설학회, 2004), 7쪽.

아가며 현실과 타협한다. 원단은 남들에게는 안온한 소시민적 삶으로 비판받을 수 있는 '반듯하고 단정한 삶'을 강박적으로 욕망한다. 원단의 그 강박적 욕망은 실은 무능하면서도 권위적인 아버지에 대한 "처참한 연민과 수치심, 배반감"(124쪽)에서 비롯된 것이다.

> "아버지와 저는 같은 뿌리에서 돋아난 두 개의 가지와 같아요. 근거 모를 허무 의식이 아버지를 무책임하고 충동적인 삶으로 몰아갔듯 저에게는 그렇게 지악스럽게 땅바닥을 기어가게끔 만들었어요. 아버지의 삶이 좀 더 달랐던들 저는 지금과는 달리, 세상을 보고 살아갈 수 있었겠지요. 아버지의 허황한 삶을 보아 왔기에 저는 손가락에 거머쥔 것 하나라도 놓칠까 봐, 빼앗길까 봐 전전긍긍하면서 자린고비가 되어 추하게, 보잘것없이 작고 천하게……."(160쪽)

"손가락에 거머쥔 것 하나라도 놓칠까 봐, 빼앗길까 봐 전전긍긍하며 자린고비가 되어 추하게, 보잘것없이 작고 천하게" 관습과 규범의 울타리 안에서의 삶을 선택할 수밖에 없는 딸의 자기방어적, 소시민적 생존 본능의 기원에는 아버지가 있었다. 어쩌면 원단의 이러한 논리가 누군가에게는 비겁한 자기변명처럼 느껴질지도 모르겠다. 그러나 누군가에게 여성해방과 사회혁명을 가로막는 강고한 가부장제의 울타리가, 애초부터 안정적인 삶을 꿈꿀 수 없었던 다른 누군가에게는 동경의 대상이 될 수도 있다. 삶은 양자택일의 방식만으로 전개되지 않으며 모든 언어는 "조지 오웰식의 이중사고적 속성을 지니고 있"어서 "행복은 불행으로, 희망은 절망으로, 자유는 억압으로 읽히"(87쪽)기도 하는 것이다.

소설 속 아버지도 마찬가지다. 그는 분명 천박하고 무능력한 "어두운 망령"(100쪽)에 불과한 존재이지만 그에게도 그럴 수밖에 없었던 사정은 있다. 「저 언덕」은 아버지를 초점화자로 해서 그가 애국 상이군인으로 궐

기대회에 동원되어 혈서를 쓰는 이유를 이렇게 설명한다.

> 목청껏 부르짖을 때 내부로부터 맹렬히 불타오르던 적개심, 손가락을
> 잘라 혈서를 쓸 때의 차가운 긴장감에 이어 온몸의 혈관이 만개한 꽃처럼
> 열락에 떠는 기이한 황홀감을, 비로소 내가, 여기 살아 있다는 느낌들을 설
> 명할 수 없는 것이 안타까웠다. 어쩌면 그것은 당최 설명할 수 없는 성질의
> 것인지도 몰랐다. 심연을 모르는 사람에게 그것을 건너뛰는 법, 그것으로
> 부터 달아나는 법에 대해, 그들이 딛고 있는 일상적이고 예사로운 삶의 켜
> 란 얼마나 위태롭게 얇은 것인지에 대해 말한다는 것은 무용한 노력이리
> 라.(134쪽)

아버지 역시 끔찍한 전쟁에서 간신히 살아남은 생존자로서 혼자만 살
아남았다는 죄의식과 허무 의식을 트라우마처럼 안고 살아갈 수밖에 없
는 피해자로 그려진다. 어쩌면 생사를 가르는 전장에서의 극단적 공포는
그에게 생의 감각을 마비시켜, 오직 고함을 지르고 피를 흘리고 술을 마
시고 도박을 하는 것과 같은 자극을 통해서만 살아 있음을 느낄 수 있게
했을 것이다. 물론 그렇다고 해서 아버지의 죄가 없어지지는 않는다. 그러
나 소설의 결말에 이르러 그는 비로소 언제나 끼고 다니던 검은 선글라스
를 자발적으로 벗어던짐으로써 자신의 몰락을 더 이상 감추지 않게 된다.
그리고 그런 다음에야 비로소 딸은 아버지가 벗어 놓은 선글라스를 끼고
"아버지의 눈이 되어 세상과 세월들을 바라"(166쪽)보려는 시도를 할 수
있게 된다.

그렇다면 이것은 섣부른 화해인가? 그렇지 않다. 왜냐하면 중요한 것
은 나약하고 비천한 실제의 아버지에게 씌워진 상상의 베일을 벗기는 일
이기 때문이다. 아버지의 진짜 죄는 비천하고 무능하다는 것이 아니라, 이
미 오래전에 몰락했음에도 불구하고 '새까만 선글라스'가 상징하는 폭력

적 권위와 위선으로 몰락조차 달콤한 실패담으로, 혹은 또 다른 성공담으로 윤색해 왔다는 것이다. 그렇게 이미 죽었지만 아직 죽은 줄 모르는 '검은 선글라스 아버지'로부터 흘러나온 상투적이고 도식적인 거짓 이야기들은, 여전히 우리의 삶을 끈질기게 지배한다. 오정희의 소설에 보이지 않게 숨어 있는 것은 그런 단일하고 상투적인 아버지 서사에 대한 문제 제기이며 그런 지배 서사를 벗어나 새로운 여성적 서사를 발명하려는 충동이다. 이러한 문제의식은 초창기 소설인 「번제(燔祭)」(1970)에서부터 시작된다.

4 아버지 마스터플롯을 넘어

「번제」는 정신병원으로 추측되는 곳에 감금된 한 여성의 임신 중절에 대한 죄의식과 이에 대한 속죄 의식을 그리는 소설이다. 이 소설에서 태아 살해는 '나'가 다시 어머니(의 자궁)에게 돌아가기 위한 제의적 절차처럼 치러진다. 그 때문에 이는 보통 아직 어머니와 분리되지 못한 유아기적 심리 상태에 있는 '나'의 퇴행적 심리 혹은 유아적 감수성의 표현으로 해석되어 왔다. 어찌 됐든 소설은 이 태아 살해에서 비롯된 '나'의 죄의식을 전면에 부각하고 있지만, 사실 이 소설의 강조점은 죄의식이 아니라 오히려 속죄 의식에 있다.

> 어머니의 생존 시에도 그러했지만 어머니가 타계한 후로 내 머릿속을 끈질기게 지배한 것은 구약의 몇몇 이야기였다. 특히 아브라함이 그의 아들 이삭을 그의 신에게 바치고자 아침 일찍 모리아로 간 이야기 (……) 그러나 나의 샤먼은 어느 이방의 신에게 제사하는가. 신은, 특히 유태의 종족신, 질투심이 많은 늙은 영감의 설화는 어머니와 나 사이에 개재하여 쉴 새 없이

번득이던 절망감으로 한 개의 알 이래의 일체의 생성을 비난하였다.(45쪽)

여기서 우리가 주목할 부분은 바로 "늙은 영감의 설화"에 등장하는 "한 개의 알"이다. 그 설화의 세계에서 가능한 이야기는 오직 그 "한 개의 알"에서 뻗어 나온 것뿐이다. 그렇다면 "내 속에 다른 하나의 알"은 어떻게 되는가. '한 개의 알'만이 허용된 세계에서 '나'가 품은 '다른 하나의 알'은 죽을 수밖에 없다. 결과적으로 '나'는 자신의 '다른' 알을 죽임으로써 늙은 영감의 알을 지키는 일에 복무하게 된다. 그렇게 볼 때 '나'가 태아를 살해하는 것은 (일반적인 해석처럼) 어머니 자궁으로 회귀하기 위한 것이 아니다. 오히려 거꾸로다. 즉 '나'가 어머니 자궁으로 회귀하게 되는 것은 태아 살해가 빚은 결과다. 즉 '나'가 하나의 '알'이 되어서 어머니 자궁으로 돌아가는 상상은 태어나지 못한 자신의 (이야기) 알에 대한 속죄 의식에서 비롯된 애도의 행위라고 볼 수 있다. 따라서 소설의 결말에서 자신을 찾아온 죽은 아이에게 젖을 먹이는 '나'의 행위는, 스스로 끊어 버린 자기 이야기의 탯줄을 다시 잇고자 하는 강한 욕망을 드러내는 상징적 행위다. 아버지(='이야기의 신(神)')에게 자신의 알(이야기)을 제물로 바치는 번제 행위를 통해 자기 이야기를 부정하고 삭제했던 '나'는, 그럼으로써 기어이 자신의 잃어버린 이야기를 회복하고자 한다. 그렇다면 '나'는 아버지/'이야기 신'에서 얼마나 멀어졌을까? 우리의 삶은 그런 이야기들에서 얼마나 자유로울까? 「구부러진 길 저쪽」(1999)은 그 일이 쉽지 않다는 것을 절망적으로 암시한다.

「구부러진 길 저쪽」에는 척박한 세계에서 자기 서사 없이, 오직 떠도는 이야기들에 의지해 살아가는 빈곤한 사람들로 가득하다. 인자, 은영, 현우가 그들인데, 소설은 이들 각자의 이야기를 따로따로 서술하면서 시작하다가 살인 사건이 일어난 도시인 '원천'에서 이들을 만나게 하면서 갑작스레 종결된다. 소설에서 '원천'은 이들 세 인물을 끌어당기는 서사적 원천(도시 이름이 '원천'인 것은 그래서 의미심장하다)이자 동력으로 기능한다. 여공이었던 인자는 자기를 버리고 달아난 사내를 찾아 그의 고향 원천으로 왔지만 끝내 미혼모로 딸 은영을 홀로 낳아 키우게 된다. 그런 인자의 비참한 삶을 견디게 해 준 것은 익숙하고 상투적인 허구적 상상이다. 자신을 버린 남자가 사실은 "대학생"이었다는 멜로드라마적 상상이 그것이다. 심지어 그 상상은 신화로까지 비약한다. 잠시 지상에 내려온 천상계적 존재와의 하룻밤 동침 후에 인간 여자가 "한갓 거품이거나 도롱뇽의 알이거나 보도 듣도 못한 이상한 동물 혹은 커다란 알"(505쪽)을 낳는다는 이야기 말이다. 임신한 여자 친구를 버리고 도망간 비열한 남자는 그렇게 이야기 속에서 미화되고 신화화된다.

그리고 인자의 딸 은영. 그녀는 골프장 캐디 일을 하다가 아버지뻘 되는 남자에게 성희롱을 당한 뒤 충동적으로 고향 원천으로 향하는데, 그럴 때 그녀가 떠올리는 것도 그녀의 엄마가 품었던 허구적 상상과 다르지 않다. 그녀를 사로잡는 것은 바로 "얼어붙은 국경에서 제 땅을 지키는 힘세고 사나운 사내, 아름다운 처자를 남겨 두고 북장에 수자리를 살러 갔던 사내들, 먼 아버지의 아버지의……"(489쪽) 이야기다. 이때 아버지는 현실에는 없지만 그렇기에 불멸의 자리를 얻게 된다.

또 다른 인물 현우 또한 마찬가지다. 보육원 출신으로 어렸을 적 파양된 현우에게 부재하는 아버지는 더욱 강렬하고 극적으로 각색된다. 현우가 우연히 보게 된 주간지 기사 속 이야기, 즉 원천에서 잃어버린 아들을 기다리는 노부부의 이야기에 매혹된 것도 그 때문이다. 그 순간 현우는 이야기 속 잃어버린 아들 '은식이'가 되어 갑자기 마술처럼 '눈물짓는, 늙어 버린 어머니', '낮게 깔리는 저녁 연기', '시골 아이들', '그들을 불러들이는 어머니의 목소리'를 직접 경험한 것처럼 생생하게 떠올린다. 그러나 곧 그는 "그것이 언젠가 오래전에 본 영화였음을 깨"(523쪽)닫는다. 현우가 자기 이야기라고 믿었던 주간지 기사는 흔하디흔한 뻔한 이야기에 불과했던 것이다. 자기 서사의 부재란 자기 존재의 부재에 다름 아니다. 현우가 지독한 두통과 허기에 시달리며 상투적인 이야기의 발원지인 원천을 헤매면서 스스로에게 던지는 질문이 "나는 도대체 어디에 있는 것일까. 이렇게 헤매고 다니는 나는 누구인가."(523쪽)인 것은 그 때문이다. 그렇게 늦은 밤 원천을 헤매던 현우는 이야기의 또 다른 주인공인 인자와 은영을 만나게 된다. 그리고 그들이 서로를 마주 보는 기이한 순간, 그들의 불행한 서사의 원천은 문득 자기의 정체를 드러낸다. 그것은 바로 원초적 아버지다.

문득 거역할 수 없는 힘으로 몸 일으키는 형체 없는 괴물, 이 도시, 갇힌 물의 꿈을 보았다. 어디선가 강물이 범람하는 소리가 들리는 것도 같았다. 그러나 거대한 댐으로 물을 가둔 이 도시에 넘쳐흐를 강물은 존재하지 않는다. 물에 갇힌 꿈이 있을 뿐. 아버지, 물 밑에 눈뜨고 누운 죄 많은 아버지의 겨드랑이와 사타구니에서 무성히 자라는 물풀들이 있을 뿐.(532쪽)

소설의 마지막에 돌발적으로 출현하는 이 이미지는 인물들을 구속하고 있던 낡은 이야기들이 어디에서 비롯되었는지를 결정적으로 발설한다. 원천이라는 도시가 "형체 없는 괴물"인 이유는 강물의 범람을 가로막음으로써 사람들에게 오직 "물에 갇힌 꿈"만을 허용하기 때문이다. 원천이라는 도시는 우리에게 갇힌 꿈(=이야기)만을 허용하는 강제와 속박의 (말 그대로) 원천인 것이다.

세상에 이야기는 넘쳐 나는 것 같지만 실상 우리에게 허용된 이야기는 제한적이다. 어머니(혹은 여성)를 교환함으로써 이루어지는 아버지와 아들의 갈등과 화해의 드라마들, 어머니의 불행을 되풀이하는 딸의 '여자의 일생' 서사, 아버지 없이 자식을 키우는 억척스럽고 장한 어머니 이야기, 아버지에게 버림받은 자식들의 업둥이와 사생아 서사 등. 이 모든 낡은 서사는 여전히 힘이 세다. 소설의 마지막 부분에 느닷없이 그 모습을 드러낸 이 "형체 없는 괴물"은 바로 이러한 오래된, 그러나 여전히 우리의 삶을 지배하는 상투적인 이야기의 진짜 원천이 어디에 있는 것인지를 보여 준다. 그 원천이란 바로 "물 밑에 눈뜨고 누운 죄 많은 아버지"다. 아버지의 죄가 많을수록 그 죄를 감추기 위해 요구되는 비밀과 거짓말은 더 많아진다. 이때 "아버지의 겨드랑이와 사타구니에서 무성히 자라는 물풀들"이란 다름 아닌 소설 속 인물들이 헤매는 도시를 뒤덮고 있는, 업둥이-사생아 서사로 대표되는 19세기식 오이디푸스 서사와 그로부터 뻗어 나간 수많은 방계 서사를 상징한다. 그리고 그 서사들은 모두 죄 많은 아버지의 죄를 감추기 위한 비밀과 거짓말의 서사인 것이다.

이 장면이 각별한 것은, 오정희의 여성 서사가 어떤 문제의식 속에서 나왔는지를 결정적으로 암시하고 있기 때문이다. 이야기는 현실에서 새로운 삶의 가능성을 상상하고 비전을 그려 볼 수 있는 중요한 수단이다. 그러나 오정희가 볼 때 이 세계는 죄 많은 아버지의 상투적이고 단선적인 마스터플롯에 뒤덮여 있다. 그런 점에서 오정희의 모든 소설은 단순히 여성이 주인공인 여성의 이야기라기보다는, 이 아버지 마스터플롯의 세계를 벗어나 스스로 다른 삶을 상상해 볼 수 있는 새로운 서사를 발명하려는 충동이 밀고 나가는 여성적 실천의 서사라고 할 수 있을 것이다.

3부

홀로 함께 있음, 도래할 시의 공동체

김혜순 시집 『피어라 돼지』에 기대어

1   공감도 의인화도 없이

존 쿠체의 장편소설 『엘리자베스 코스텔로』는 권위 있는 문학상을 수상한 엘리자베스 코스텔로라는 작가가 시상식에서 한 여러 연설들(실제로 이 연설문의 상당수는 쿠체 자신이 여러 시상식장에서 강연했던 내용이기도 하다.)을 소개한다. 그중에서 가장 논쟁적이면서도 우리를 혼란스럽게 하는 테마는 '동물' 혹은 '동물과 인간의 관계'에 관한 것이다. 주인공은 오직 인간의 생명에 봉사하기 위해 이루어진 가축 도살을, 죽음과 소멸을 위해서만 기획된 유대인 학살과 다르지 않다고 본다. 이 생각은 즉각적인 반발을 불러일으키는데, 예컨대 다음과 같은 지적이 그러하다.

> 인간은 신의 형상으로 만들어졌지만, 신은 인간의 형상을 하고 있지 않습니다. 유대인들이 가축 같은 취급을 받았다고 해서, 가축이 유대인들처럼 취급을 받는다고 말해서는 안 됩니다. 그러한 논리는 망자들의 기억을 모욕하는 것입니다. 그것은 수용소의 잔혹성을 저질스러운 방식으로 이용하는 것입니다.[1]

아퀴나스에 따르면, 인간과 동물 사이의 우정은 불가능하다고 합니다. 저는 그 말에 공감합니다. 우리가 화성인이나 박쥐와 친구가 될 수는 없습니다. 공통적인 것이 너무 없다는 단순한 이유 때문입니다. 분명히 동물들과의 공동체를 바랄 수는 있겠지만, 그것은 그들과 공동체 안에서 같이 사는 것과는 다릅니다. 그것은 인류의 타락 이전의 상태를 동경하는 것과 마찬가지인 것입니다.[2]

신→인간→동물 순으로 전달되는 위계적인 공감의 연대. 인간 이외의 다른 존재들과 공동체를 이루는 일의 불가능성. 그러나 엘리자베스 코스텔로는 그런 생각에 반대한다. 그렇게 사유하는 주체로서 인간의 존엄성을 당연한 것으로 생각하는 사람들에게, 과연 인간의 이성이 이 세계의 본질인지에 대해 그녀는 질문한다. 결국 공감이란 전적으로 주체와 관련된 것이지, 다른 존재(예컨대 동물)와는 아무런 관련도 없는 것이 아닌가? 우리가 아무리 다른 존재처럼 행동한다고 해도 과연 다른 존재로 존재한다는 것이 어떤 것인지를 알 수 있겠는가? 인간이라는 종 바깥의 존재에 대해, 인간의 생각과 마음이 미치지 못하는 영역에 대해 우리는 어떻게 말할 수 있는가?

엘리자베스 코스텔로는 해답을 궁리한다. 그녀는 생각하는 원숭이 혹은 원숭이처럼 꾸민 인간이라는 잡종적 존재로서의 레드 피터(카프카)에서부터 원숭이의 지적 능력을 알아보기 위해 일련의 실험을 했던 볼프강 쾰러, '박쥐가 되는 것은 어떤 걸까?'라는 질문으로 유명해진 토마스 나겔이라는 철학자, 섬세한 서정시인이었지만 동물을 오로지 다른 것을 대변

---

1   존 쿠체, 왕은철 옮김, 『엘리자베스 코스텔로』(동녘, 2005), 126쪽.

2   위의 책, 147쪽.

하는 존재로만 사유하는 의인화에서 벗어나지 못했던 릴케 등에 대해 이야기한다. 그러나 이런 이야기들은 아들 부부를 비롯해 그 강연을 듣는 사람들에게 비웃음을 살 만큼 다소 산만하면서도 모호하게 전개된다. 인간이라는 실존적 구심점을 벗어나, 즉 인간이라는 필터를 거치지 않은 채 인간 이외의 다른 존재에 대해 말하기란 얼마나 어려운가? 또 얼마나 불투명한가? 우리는 동물이라는 존재의 총체성을 얼마만큼 절실하게 느낄 수 있는가? 동물들과의 공동체는 가능한가? 가능하다면 어떻게?

불행하게도 엘리자베스 코스텔로로 분(扮)한 존 쿠체는 이러한 질문들에 대해 명확한 답변을 제시하지 못한다. 그에 따라 소설도 길을 잃는다. 그러나 처음부터 이 질문들에 대한 답은 불가능한 것이 아닌가? 동물이라는 타자에 대해 인간은 완전히 무지하다. "활강로 아래로 밀쳐져 처형자한테 넘어가게 되는 동물 옆에 나란히 서서 걸어가"(147쪽) 본다고 해서 동물의 마음을 알 수 있을까? 동물이 죽음을 이해하지 못하기 때문에 동물에게 죽음은 중요하지 않다는 말은 맞는가? 아니 옳은가? 소설 속 노작가는 끊임없이 동물이라는 타자의 어둠에 대해, 그 죽음에 대해 이런저런 방식으로 말하지만 어느 누구도 논리적으로 설득하지 못한다. 다만 그녀는 릴케에 반(反)하여 "이질적이고 다른 종류의 '세계 속의 존재'를 향해 나아"(128쪽)간 테드 휴스와 같은 시인들의 시를 읽을 것을 권유할 뿐이다.

나는 그에 더해 김혜순의 시를, 특별히 동물에게서 관념을 찾으려고도 하지 않고 동물을 통해 어떤 메시지를 전달하려고도 하지 않는, 그럼에도 불구하고 어쩔 수 없이 "동물과의 연대성의 기록"이라고 부를 수 있는 그녀의 시집 『피어라 돼지』를 읽기를 권한다.[3]

---

3   물론 테드 휴스와 김혜순의 시는 완전히 다르다. 이는 테드 휴스의 시에 대한 엘리자베스 코스텔로의 해석을 확인해 보면 알 수 있다. 존 쿠체, 앞의 책, 126~133쪽.

총 4부로 구성된 『피어라 돼지』 중 1부 「돼지라서 괜찮아」는 15편의 시로 이루어진 장시로, 자기 안에 있는 돼지를 버리기 위해 참석한 템플 스테이에서 돼지에 관한 명상을 이어 가다가 결국에는 자신이 돼지임을 발견하고 돼지와 함께 산문(山門)을 나서는 서사 구조로 이루어져 있다. 이 시들은 몇몇 평론가들이 지적한 것처럼 언뜻 보면 "구제역으로 인해 살처분된 돼지들에 관한 시"[4]로 읽히는데, 특히 "시퍼런 장정처럼 튼튼한 돼지 떼가 구덩이 속으로 던져진다."(「피어라 돼지」)와 같은 노골적인 구절 때문에 그렇다. 그러나 사실 『피어라 돼지』에는 돼지들에 대한 매질과 살해, 매장의 장면만이 적나라하게 표현되는 것은 아니다. 오히려 이렇게 돼지들이 살처분되는 과정은 독재적인 정권이 공작 정치를 위해 무고한 사람들을 고문하고 살해하는 모습과 겹쳐져 제시되는데, 그렇게 생매장되어 죽어 가는 돼지와 고문으로 죽어 가는 사람은 서로 구분되지 않음으로써 다르지 않은 존재가 된다. 이때 다르지 않다는 말은 당연히 돼지가 인간과 동일시된다는 의미는 아니다. 김혜순의 시에서 돼지는 인간의 어떤 특질을 대변하는 의인화된 대상도, 인간이라는 원관념을 표현하기 위해 끌어온 은유의 보조관념도 아니다.[5]

그러나 "수사학이 헌법인 나라", "은유 경찰이 그림자 수갑을 철컥 채우는 나라", "의인화(가) 등장인물의 사후 도로교통법"(「Y」)인 (시의) 나라에서 돼지가 어떠한 공감도, 시적 비유의 대상도 아닌 그 자체로 충만함과 육화됨의 존재로 받아들여지기란 쉽지 않다. 따라서 다음과 같은 질

---

4   권혁웅, 「단 한 편의 시」, 김혜순, 『피어라 돼지』 해설(문학과지성사, 2016), 222쪽.

5   특히 은유는 논리적으로 양립할 수 없는 두 요소를 유추를 통해 하나로 만드는데, 그 과정에서 하나의 특질을 제외하고는 대상이 가지고 있는 수없이 많은 잠재적 의미의 가능성들은 삭제된다. 은유화는 대상의 추상화, 일반화를 통해 새로운 의미를 생산한다는 점에서 의인화, 상징화와 유사한 메커니즘으로 작동된다고 할 수 있다.

문은 대상과의 동일화 과정을 거치지 않으면서, 나아가 대상에 대한 인간 의식의 식민화 과정을 제한적이나마 극복하면서 어떻게 대상에 육박해 들어갈 수 있을 것인가에 대한 시인의 질문이자 고민이다.

> 나의 뇌 속으로 나방 한 마리 날아듭니다
> 원시인이 그린 동굴벽화처럼 뇌 벽에 달라붙습니다
> 그렇다면 이것은 떠나간 이에 사로잡힌 뇌의 은유입니까?
>
> —「Y」 부분

과연 우리는 무언가가 뇌 벽에 들러붙어 파닥거리는 것과 같은 두통을 나방(과 같은 것)에 대한 비유 없이 이야기하는 것이 가능한가? 언어의 관념화와 추상화의 덫에 빠지지 않으면서, 상징화에 저항하면서 시 쓰기는 가능한가? 과연 우리는 공감도, 의인화도 없이 우리 자신과 같지 않은 것과 어떻게 만날 수 있는가? 시는 '나' 아닌 존재와 어떻게 함께 있을 수 있는가? 시와 공동체에 대한 질문은 여기서부터 시작된다.

2   '나'와 '당신' 사이에서, 돼지

다시 돼지로 돌아가 보자. 김혜순의 시집에서 돼지는 시도 때도 없이 도처에서 출몰한다. 우리에게 익숙한 정지용 시의 들판에도, 핑크플로이드의 하늘에도, "철근 콘크리트 사벽 황제 폐하!"로 둘러싸인 선방에도, "집집마다의 부엌"에도, 화창한 대낮은 물론 번개 치는 무서운 밤에도 나타난다. 맛있는 돼지, 더러운 돼지, 장기 농장 프로젝트 돼지, 먹는 돼지, 먹히는 돼지, 춤추는 돼지, 토하는 돼지, 매 맞는 돼지, 죽이는 돼지, 죽는 돼지, 부활한 돼지, 그리고 어떤 옷도 입지 않은 분홍 살 그 자체인 돼지.

각각의 상황에서 가지각색의 모습으로 분주하게 움직이는 돼지, 돼지, 돼지. "모두 이름이 같은 돼지".(「세상에서 제일 맛있는 당신」) 단수적이면서 복수적인 돼지. 알다가도 모를 돼지. 부르다가 내가 죽을 돼지. 김혜순 시에서 이 각각의 돼지는 모두 돼지다. 그것은 어떤 비유의 옷을 입지도, 특정 관념이나 사건에 수렴되지도 않고 어떤 종류의 승화조차 거부하는 적나라한 '포르노적 존재'로서 오직 바깥으로만 구성된 "육화된 영혼"이다.

불안 아니면 슬픔, 그래서 난 걸어가면서 그 주름 얼굴들에게 이름을 붙여 줬지
당신은 불안, 당신은 슬픔, 슬픔 다음 불안, 불안, 슬픔, 슬픔.

나의 내용물, 슬픔과 불안, 일평생 꿀꿀거리며 퍼먹은 것으로 만든 것
슬픔과 불안, 그 보리밭 사잇길로 뉘 부르는 소리 있어 돼지 한 마리 지나가네

그런데 돼지더러 마음속 돼지를 끌어내고 돼지우리를 청소하라 하다니
명상하다가 조는 돼지를 때려 주려고 죽봉을 든 스님이 지나간다

아무래도 돼지를 십자가에 못 박는 건 너무 자연스러워, 의미 없어
아무래도 돼지가 죽어서 돼지로 부활한다면 어느 돼지가 믿겠어?
아무래도 여긴 괜히 왔나 봐. 나한테 템플 스테이는 정말 안 어울려

있지, 조금 있다 고백할 건데 나 돼지거든 나 본래 돼지였거든
　　　　　　　　　　　　　　　　　　　—「돼지는 말한다」 부분

이 시에서 자신이 돼지라는 '나'의 고백이 의미하는 것은 두 가지다. 하

나는 '나'가 "일평생 꿀꿀거리며 퍼먹은 것"이 사실은 '당신'의 "불안과 슬픔"으로 만든 것이라는 사실의 확인이다. 이에 따르면 '나'는 나 자신이 아닌 것, 즉 '당신'이라는 바깥과의 실재적 접촉에 영향받고 그로부터 구성된 존재다. 다른 하나는 그렇게 '나'와 '당신'이 슬픔과 불안을 공유하는 순간 돼지가 출몰한다는 것이다.("그 보리밭 사잇길로 뉘 부르는 소리 있어 돼지 한 마리 지나가네") 이때 돼지는 모종의 실체적 존재라기보다 '나'와 '당신' 사이에서 부름을 받고 순간적으로 나타났다 사라지는 일회적 사건이나 상황에 가까운 어떤 것이다. 다시 말해서 돼지는 '나'라는 존재에 대한 사유를 촉발시키는 타자인 동시에 그 타자와 접촉함으로써 구성된 나이자, '나'와 '당신' 사이에서 출몰하는 어떤 세계의 이미지다. 따라서 "나 본래 돼지였거든"이라는 고백은 '나-돼지'가 '당신-돼지'를 만나 '세계-돼지'를 만들었다가 부수고 만들었다가 부수는 끝없는 과정을 반복할 수밖에 없는 존재임을 인정하는 것에 다름 아니다. 돼지를 중심으로 이루어지는 이 무정한 기계적 반복 운동은 우리 모두가 돼지라는 이 세계의 비밀인 동시에 「돼지라서 괜찮아」를 작동시키는 시적 방법론이기도 하다.

　　김혜순 시의 이 돼지-되기 메커니즘에서 중요한 것은 바로 '되기'가 가지는 변용성과 운동성이다. 「돼지라서 괜찮아」 초반에 "도무지 밖을 본 적 없는 돼지"였던 '나'는 참선과 면벽수행으로 상징되는 폐쇄적 세계 너머에 대한 시적 상상을 통해 말 그대로 '뒈지게' 되는 상황을 맞는다. 그런데 이를 계기로 '나'는 고통에 대한 감각을 새롭게 획득("몸 바깥이 아파요")할 뿐만 아니라 자신이 "타인의 고통을 먹고 사는 년"임을 자각하기에 이른다. 이렇듯 '돼지-뒈지-되지'의 변동성은 '돼지'를 우리에게 익숙한 어떤 세계나 사물에 대한 비유에 머물게 하지 않고 끊임없이 생성하고 소멸하는 세계의 운동성으로 나아가게 한다. 김혜순의 '돼지-되기'가 실체적 대상이 아닌 일회적 사건이나 상황과 긴밀하게 관련되는 것은 그 때문이다. 김혜순의 시 또한 그와 같다. 그것은 '춤'과 같은 것으로, "그 발걸음으로 쏟아지는 눈발들의 레이스를 짜"는 수행 불가능한 미션이자 "이 세상을 허리에 묶어서 끌고 가는 춤"처럼 예측 불가능한 지형도이기도 하다. 게다가 "그 춤을 다 추면 집은 녹고" "당신은 죽"(「춤이란 춤」)는다. 이러한 춤의 역동성, 일회성, 현장성, 소멸성, 반복성이야말로 김혜순 특유의 시 쓰기 방법이 아닌가? 그리하여 김혜순 시에서 이곳은 질서정연하고 안정된 매끄러운 이미지의 세계가 아니라 모든 것이 저며지고 끓어오르고 삼켜지고 토하면서 순환하는 혼돈과 고통의 세계가 된다. 김혜순의 시에서 그러한 세계를 대표하는 공간이 바로 부엌이다.

이 여름의 끝은 언제나 집집마다의 부엌!

여자들의 머리칼이 수세미처럼 흩어지고 아이들의 송곳니 아래서 살진 암소들이 누운 벌판이 뼈를 발리는 곳 이곳이 차마 꿈엔들 잊힐 리야 붉은 뺨은 얇게 저며져서 설탕이 끓는 침 속으로 떨어지고 포도송이처럼 심해의 눈알들이 햇볕 아래 익어 가는 곳 이곳이 차마 (⋯⋯)

엄마의 가슴이 아이스크림처럼 푹푹 떠 먹히고 실밥이 풀린 손들이 너덜너덜 국냄비 속으로 쏟아져 들어가는 곳 이곳이 차마 꿈엔들 잊힐 리야 서쪽 하늘을 숟가락으로 닥닥 긁어 먹는 달의 뼈를 고아 뽀얀 국물을 만들고 거기에 땅속 시신들의 육즙을 곁들여 마시는 곳 이곳이 차마 꿈엔들 잊힐 리야

결국 이 가을의 끝은 언제나 집집마다의 부엌!
—「키친 컨피덴셜」 부분

흔히 부엌은 삶의 온기, 그리움 등을 연상시키는 친밀감과 돌봄의 아

름다운 공간으로 인식된다. 그러나 실제로 부엌에서는 누군가의 생존을 위해 다른 누군가의 삶을 박탈하는 사건이 매일매일 일어난다. 왜냐하면 모든 생명체는 다른 생명을 먹음으로써만 자신의 생명을 유지할 수 있기 때문이다. 우리가 죽인 것들이 우리를 이룬다. '살진 암소들은 뼈를 발리고' '붉은 뺨은 저며지고' '눈알은 익어 가는' 곳, '엄마의 가슴과 손, 뼈는 물론 시즙조차 먹히는' 곳. '이곳'이야말로 '나'가 생존을 위해 '너'에게 열리고 '너'가 '나'로 부활하는 '되기'의 원리가 극단적으로 실현되는, 상상적이면서 실제적인 공간이다. 그러니 "결국 이 여름의 (가을의) 끝은 언제나 집집마다의 부엌!"인 것이다. 그런 점에서 "죽은 사람이 와서 죽인 사람을 갈"기고, 다시 "죽은 사람이 죽인 사람을 요리할 차례가"(「요리의 순서」) 오는 전도와 순환이 발생하는 부엌이야말로 쉴 새 없이 먹고 먹히는 생태계적 운동이 발생하는, 세계라는 기계장치의 축소판이라고 할 수 있다. 명백히 정지용의 「향수」를 패러디한 "이곳이 차마 꿈엔들 잊힐 리야"라는 구절이 일러 주듯, 이것은 '나'가 고상한 지성과 고귀한 영혼의 소유자가 아니라 다른 누군가를 착취하고 살육함으로써만 작동하는 불쌍한 해부학적 존재라는 사실을 고통과 공포 속에서 매 순간 깨달을 수밖에 없다는 통렬한 인식에 다름 아니다.

그러나 정지용의 「향수」에는 이러한 먹고 먹히는 세계의 폭력적 구조도, 끊임없는 반복 노동으로 먹고 싸는 세계를 떠받히고 있어야 하는 여성들의 고단한 일상도 없다. 아니 지워졌다. '그곳'은 그저 황소가 게으르게 울고 아버지는 계속 누워 있고 누이와 아내는 이삭 줍는 일만 반복하는 정지된, 갇힌 세계다. '나'의 관념과 이상이 투사된 곳, '너'의 울퉁불퉁함이 '나'에게로 와서 매끈매끈해지는 곳, "은빛 비행기"와 "거울 속처럼 깨끗한 침대"가 있는 "화면같이 청결한 세상"(「마릴린 먼로」)인 것이다. 그래서 '그곳'은 '이곳'이 될 수 없다. 왜냐하면 '영원히 쉴 최초이자 최후의 거처'라는 고향에 대한 관념이 삶과 죽음이 뒤엉킨 현실의 혼돈을 압도하기 때문이다. 그런 방식으로 현실은 역동성과 생동성을 상실한 채 귀환 불가능한 그리움의 장소인 '그곳'이 된다. 그리하여 정지용의 "그곳이 차마 꿈엔들 잊힐 리야"는 "저 푸른 해원을 향하여 흔드는 노스탤지어의 손수건"(「나의 어제는 윤회하려 가 버리고」)처럼 시의 아포리즘이 되어 영원한 시간의 굴레에 갇히고 만다. 균열도 바깥도 없는, 그래서 초월적이고 환원론적이며 나르시시즘적인 이 고정 채널이야말로 김혜순이 그토록 벗어나고 싶은 "거룩하신 로시인"(「엘피 공장에서 만나요」)의 말씀이 아니었을까? 이러한 계몽적 말씀의 메시지를 빼면 뭐가 남을까? 그런데 그 전에 '나'는 그러한 말씀으로부터 어떻게 달아날 수 있을까?

3 단수이면서 복수인, '혼자' 공동체

바로 '나'의 쪼개짐과 분할을 통해서다. 김혜순 시에서 이러한 자기 분할은 존재와 언어, 이 두 가지 차원에서 이루어진다. 우선 존재의 차원. 그전에 다시 '되기'의 방법론으로 돌아가 보자. 앞서 이야기한 것처럼 이 '되기'는 단순히 '나'가 '너'를 모방하거나 흉내 내는 방식으로 이루어지지 않는다. 그 대신 '되기'는 자신의 '내밀성'의 공간을 열어 스스로를 황폐하게 만듦으로써 비로소 '나'로 하여금 다른 삶 속으로 들어갈 수 있게 한다. 그것은 일종의 자기 붕괴다. 블랑쇼는 말한다. "인간 존재는 자신을 항상 미리 주어진 외재성으로, 여기저기 갈라진 실존으로 체험하게 된다. 그러면서 인간 존재는 과격하지만 은밀하고 조용한 끝없는 자신의 와해와 다르지 않은 자신의 구성 가운데 아마 실존하게 될 것이다."[6] 여기서 블랑쇼가

---

6   모리스 블랑쇼, 「밝힐 수 없는 공동체」, 모리스 블랑쇼·장뤽 낭시, 박준상 옮김, 『밝힐 수 없는 공동체/마주한 공동체』(문학과지성사, 2005), 18쪽.

말하는 '갈라진 실존'이란 바로 그러한 자기 와해와 붕괴의 구축 속에서
만 가능한 것이다. 그럴 때라야 비로소 '나'는 개별 존재로서의 독자성과
고유성을 벗어나 연속적이면서 대량 발생적인 단수적(그리고 복수적) 존
재가 된다.

> 마음의 물이 썩고 이명의 저수지가 터졌다
> 이후 파리의 눈으로 세상을 보게 되었다
> 풍경이 백만 개로 쪼개졌다
> (그리하여 나의 시는 조리개의 파열로 기록되었다)
> (······)
> 저 개도 그렇다
> 분침과 초침 사이
> 백만 개로 쪼개질 몸통
> 저 더러운
> 맛있는 개
> 모든 생물의 몸속엔 미래의 내가 쌀통 속의 쌀처럼 꿈틀거린다
> ─「파리로서」 부분

이 시는 한 존재가 어떻게 개체적 특이성을 상실하는지를, 그 결과 지
금까지의 지각 작용으로는 감각할 수 없었던 세계와 어떻게 마주하는지를
독특한 시적 상상을 통해 펼쳐 보인다.[7] 흥미로운 점은 이러한 '파리-되기'

---

7   세계와 부딪히면서 발생하는 '나'의 상실과 소멸, 그로 인한 '나'와 '당신'의 구분 불가능성, 그것
    이 만들어 내는 세계의 풍경에 대해서는 「물의 포옹」이 잘 보여 주고 있다. "강물 위 망루 한 켠
    에/ 여기서 세수하지 마라/ 눈썹 지워진다/ 얼굴 사라진다/ 물을 찍어 얼굴에 바르면 손목마저
    사라진다/ 나는 경고판을 세운다// 당신이 나인지 내가 당신인지/ 우리는 떠나지만 가지는 못하
    죠", 김혜순, 앞의 책, 100쪽.

가 '나'와 '파리' 사이의 일대일 대응 관계로 이루어지지 않는다는 점이다. '나'는 백만 개 혹은 그 이상으로 쪼개져 파리가 되므로 '나'는 한 마리 파리이기도 파리 무리이기도 하다. 인간만이 혹은 유사 인간(인간과의 친밀한 관계 속에서 인간 중심적 서사에 복무하는 존재들)만이 개별적 존재로 살아간다. 반면 이 파리와 저 파리, 이 돼지와 저 돼지는 구분되지 않은 채 단지 연속체로만, 무리로만 존재한다. 그리하여 '나'는 수천, 수만 개로 쪼개져 타자들에게 열림으로써 비로소 다양한 층위에서 대량으로 발생하는 사건들의 무한한 요구에 응답할 수 있게 된다. 김혜순의 시에서 "자유분방한 시적 변신과 에너지의 흐름"[8]을 읽을 수 있는 것은 이 때문이다.

바깥에서 '나'에게 도래하고 스며들어 '나'를 파괴하는 것. '나'가 더 이상 '나'일 수 없게 하는 것. 이 세계를 종횡무진 질주하는 명명 불가능한 파동, 발견 불가능한 입자 같은 것. '모든 생물의 몸속에 쌀통 속의 쌀처럼 꿈틀거리는 것. 선취된 죽음. "시작도 끝도 없"지만 "너를 바닥에서 일으켜 세우는" '그물'(「금」) 같은 것. 그 "그물코 하나에 나 하나/ 억만 개의 내가 무르익고 있다".(「파리로서」) 그러니 억만 개로 쪼개진 '나'는 '너'다. 그제서야 비로소 '나'는 '너'인 것이다. 그러나 이때 '나는 너다'는 결핍된 존재가 자아의 완전성을 위해 다른 존재를 필요로 하는, "영원히 생존할 자아를 위한 장기 농장 프로젝트"(「돼지가 돼지에게」)와 같은 주체의 자기동일성 프로그램과는 다르다. 김혜순의 시에서 오히려 '나'는 '너'라는 복수로 쪼개져 무수한 '너'가 된다. 또 그 역도 가능하다. 그리하여 "나는 당신의 슬픔, 당신의 눈물, 당신의 불안, 당신의 공포, 당신의 장애"인 동시에 "당신은 내 간, 당신은 내 콩팥, 당신은 내 심장, 당신은 내 눈알, 당신은 내 피부"(「돼지가 돼지에게」)이기도 한 것이다.

---

8   김소연·김영찬·백지연, 「문학 초점: 이 계절의 주목할 신간들」 김영찬의 발언 중에서. 《창작과비평》 172호(창비, 2016), 453쪽.

김혜순 시에 지배적으로 나타나는 이러한 자기 붕괴는 결국 세계 속에 거주하는 존재에 대한 사유를 촉발함으로써 '나' 바깥의 존재들과의 '함께 있음'에 대한 사유를 가능하게 한다. 그것은 오로지 '파리의 눈' 혹은 '천수천안'으로 만지고 보는, 연민도 공감도 개입되지 않는 사실주의의 세계다. 그 세계와의 만남으로 '나'는 '나'라는 경계 바깥으로 뻗어 있는 수족이 달린 '너'-육체라는 자각에 이른다. 그것은 마치 "얼굴 정중앙에 시체가 매달린 듯/ 죽음으로 숨을 들이쉬고 내쉬"는 "코끼리"(「분홍 코끼리 소녀」)이거나 '네모반듯하게 펼친 눈물에 세 개 네 개 매달려 있는 스펀지 같은 얼굴'(「유리 가면」)과 같은 것이다. 혹은 '당신의 왼팔과 나의 오른팔이 붙은 채 살아가고 있는 쌍둥이'(「쌍둥이 문어」) 같기도 하다. 그렇게 '나'는 '나' 바깥에서만 존재한다. '혼자' '함께 있음'으로. 그리고 그 순간, '공동체라는 타자'는 발생한다.

　　　시골 버스에 나 혼자
　　　가로수 신작로 위에 나 혼자
　　　산봉우리 우거진 바위 위에 나 혼자
　　　하늘 꼭대기에 나 혼자
　　　버스도 없는데 운전석에 나 혼자
　　　머리도 예쁘게 깎고 손톱도 정리하고 가방도 들고
　　　앞으로 지켜봐 주세요 그런데 나 혼자
　　　백미러에 나 혼자
　　　(⋯⋯)

　　　벌레의 심장에서 나는 소리
　　　신작로에 엎드린 똥개 한 마리 마음이 아플 때 나는 소리
　　　개미만 들을 수 있는 소리

듣고 가는데 나 혼자

바람에 날리는 모래 소리

가쁜 구름의 숨소리

보도에 흘린 피가 굳는 소리

(……)

—문 좀 열어 주세요, 아버지

사흘 동안이나 저는 죽어 있었어요

나의 명예를 지키기 위해서

—「혼자」 부분

이 시의 '혼자'는 '혼자'라는 단어가 환기하는 고립된 개별 주체가 결코 아니다. 오히려 "승객은 없는데 나 혼자"라는 구절에서 알 수 있듯이 '혼자'는 존재하긴 하지만 그 자체로는 지각되지 않는 세계의 일부다. "나 혼자"는 풍경 속에서 "혼자"다. 즉 "시골 버스", "가로수 신작로 위", "산봉우리 우거진 바위", "하늘 꼭대기", "백미러"와 함께 있는 "혼자"인 것이다. 해변이라는 풍경의 일부이지만 아무런 존재감이 없는 모래사장의 모래알처럼 말이다. 그럼에도 불구하고, 아니 그렇기 때문에 "나 혼자"는 보통 사람들은 듣기 어려운 "벌레의 심장에서 나는 소리", "가쁜 구름의 숨소리", "보도에 흘린 피가 굳는 소리" 등을 들을 수 있다. 그 소리들은 살아 있는 존재들이 내뱉는 숨소리일 뿐만 아니라 누군가가 뺨을 맞는 소리이기도 하다. 또 고통스럽게 죽어 가는 존재들의 마지막 가쁜 숨소리이거나 이미 죽은(앞으로 죽을) 존재가 썩어 가는 소리일 수도 있겠다.

그런데 '나 혼자'가 이토록 이 세계의 기미에 민감하게 반응하는 이유는 무엇인가? 이 시의 마지막 연에서 알 수 있듯이 '나'는 이미 '사흘 동안이나 죽어 있는' 존재이기 때문이다. 즉 우연히 찾아온 죽음을 통해 탈존

(脫存)된 '나'는 낯선 삶을 경험하고 새로운 사건으로 나아감으로써 아버지라는 동일자로부터 벗어날 수 있게 되는 것이다. 죽음, 완벽하게 부재하는 타자의 요청에 기꺼이 귀 기울이는 순간, 바로 그 순간이야말로 '명예'로운 시의 공동체가 만들어졌다가 부서지는 때가 아닌가?

4 죽음 그리고 리듬

그러한 명예로운 시의 붕괴/구축을 가능하게 하는 것은 바로 시의 언어다. 김혜순 시에서 언어는 존재와 마찬가지 방식으로 쪼개지기도 하고 겹쳐지기도 하는데, 그러한 언어의 해체와 반복을 통해 기존에 익숙하던 사물과 세계는 낯설어진다. 다시 '돼지'를 불러 보자. 「돼지라서 괜찮아」에서 돼지는 무수히 반복되는 '이름이 같은 돼지'이지만 각각 다른 사건과 상황 속에 출몰하면서 우리에게 익숙한 단어의 범주, 사물의 범주를 뛰어넘는다. 이 돼지는 맛있는, 더러운, 슬픈, 아픈, 불안한, 즐거운, 가벼운, 무거운, 성스러운, 세속적인 등등의 수식어를 한도 끝도 없이 달고 다니면서 하나의 의미로 고정되기를 단호히 거부한다. 이 돼지는 언제나 현실의 돼지를 초과한다. 가령 "엄마 돼지는 젖꼭지가 12개/ 그러나 살아남은 새끼는 13마리"(「Pink Pigs Fluid」)라는 구절에서 드러나는 것처럼 말이다. 당연한 얘기지만 언어는 현실과 일대일 대응하지 않는다. "말 거울(word-mirror)은 돌이킬 수 없을 만큼 부서져 버린 것"[9]이다. 그리하여 돼지는 '백만 개로 쪼개진 시선'을 통해 무수하게 쪼개짐으로써 우리의 일상적 생활 감각은 물론, 사전적·지시적 의미도 해체하고 급기야 "언어의 파동"이나 "음운의 미립자"(「국어사전 아스퍼거 고양이」)가 된다.

---

9   존 쿠체, 앞의 책, 30쪽.

팔다리가 축 늘어진 돼지, 꼬리를 가랑이 사이에 감추고 쿨럭거리는 돼지, 허공을 묶었는데 왜 이리 무거워 돼지, 겨드랑이에 손을 넣으면 뜨거운 구름 냄새가 나 돼지, 부드러운 도대체 돼지, 아늑한 이윽고 돼지, 일평생 나를 타고 놀아 돼지, 쥐가 새끼를 갉아먹어도 아늑한 돼지, 눈동자에 무엇을 껴입었니 돼지, 왜 돼지가 돼지인 줄 모르나 돼지, 사진은 아는데 거울은 아는데 너만 모르는 돼지, 한 번도 창문을 내다본 적 없는 돼지, 이빨 뽑힌 돼지, 탄식 돼지, 후회 돼지, 이빨 뽑히고 꼬리 잘린 다음 입안에 혼자 남은 외로운 혀 돼지, 그러나 입만 벌리면 돼지 돼지 소리가 나는 돼지, 고기 돼지

—「돼지는 돼지」 부분

여기에서 돼지는 우리에게 익숙한 모든 사물성과 의미성을 박탈당한 채 낯선 "단어 돼지"(「엘피 공장에서 만나요」)가 된다. 그리고 익숙한 의미 체계도 규범적인 문법 체계도 무시한 채 도처에서 출몰하며 다양한 상황을 만들어 낸다. 중요한 것은 그것이 돼지의 죽음과 관련된다는 점이다. 물론 이때의 죽음은 단순히 존재의 무화만을 의미하지 않는다. 그것은 오히려 모든 자명한 것들과의 결별을 통한 '단어 돼지'의 찢김, 열림, 붕괴를 의미한다. 그리하여 질서 정연한 의미의 세계를 해체하는 '품위 없고 더러운' 단어 돼지를 부정하는 "로시인"의 "안 돼지"(「엘피 공장에서 만나요」)조차 "질척거리는 돼지우리를 뱅뱅 도는 저 돼지들"의 흔들림 속에서 함께 음악 돼지가 된다. 김혜순 시의 리듬은 바로 그런 순간에 형성된다.

네 음악은 안 돼지
뒷걸음치며 입을 틀어막게 하는 음악은 안 돼지
배설물 위를 뒤뚱뒤뚱 돌아다니는 음악을 음악이라 할 수 있어? 안 돼지
더러워서 나를 화나게 하는 음악은 안 돼지

—「엘피 공장에서 만나요」 부분

돼지는 사라져도 돼지라는 말은 남는다. 그것이 무의미한 (것처럼 보이는) 후렴구에 불과하더라도 말이다. 그렇다면 '첼로'라는 말은 어떤가? 「사라진 첼로와 검은 잉크의 고요」에서 '나'는 이 세계의 폭력성을 견디지 못한 채 무너져 버린 존재를 '첼로'에 비유한다. 그런데 이 시에서 흥미로운 점은 '나'가 이 보조관념에 매혹되어 첼로라는 단어를 불멸의 유산으로 남기고 싶어 한다는 것이다. 그러나 시에서 언어의 불사(不死)란 불가능하면서도 우스꽝스러운 일이 아닌가? 그런 점에서 이 시의 마지막에 덧붙인 에필로그("첼로 없이 산다는 건 죽음 없이 시를 쓰는 시인과 같은 것, 라지 화이트 피그")야말로 그런 불멸의 언어에 대한 시인의 통렬한 거부가 아닌가? 돼지를 피그로 바꾸면 돼지의 물질성과 육체성이 사라진 것처럼 생각하는 영원히 죽지 않는 근엄한 "로시인"에 대한 유쾌한 반전이 아닌가?

이렇듯 김혜순 시에서 모든 언어는 "입자무한가속기"(「다음은 입자무한가속기로 만든 것입니다」) 속에 들어가 무수한 입자로 쪼개지거나 의미와 무의미 사이를 진자운동하면서 계속 변신한다. 그리고 이러한 언어의 분할과 운동을 거치면서 단어에 들러붙어 있던 모든 유의미한 의미들은 서서히 그 의미를 탈색시킨다. 그래서 종국에는 "벌거벗은 리듬 같은 것들", "연기로 만든 뼈대 같은 것들"[10]만이 남는다. 이 리듬과 뼈대야말로 단어의 바깥으로 나가 의미의 고정화와 식민화를 거부한 채 다른 단어와 '함께 있음'이 아닌가? 그것은 예컨대 언제나 시의 세계를 유전(流轉)하고 있지만 단 한 번도 우리에게 "진짜로는 도착해 본 적도 없는 아래아"와 같은 것이다. 몇 번이나 죽었지만 언제나 돌아오는 아래아, 시의 문을 닫아도 열어도 돌아오는 아래아, "밝음 속의 밝음" 속에서 태어났지만 "찝찔하고 뿌연 소금물 속 같은 아래아", 셀 수도 없이 많지만 모두 아래아인 아래

---

10   김혜순·조재룡, 「지금—여기, 시가 할 수 있었던 것들, 시가 해야만 했던 말들」 김혜순의 발언 중에서. 《문학동네》 87호(문학동네, 2016), 29쪽.

아(「was it a cat I saw?」). 시의 언어가 와해된 자리에서 태어난 이 아래아야말로 도래할 시의 공동체가 아닌가?

극장적 세계와 탈정념 주체의 탄생

박솔뫼 소설을 중심으로

1 사과와 오렌지, 또 다른 현실

2000년대 소설에 대한 흔한 평가 중 하나는 현실에 대한 관심이나 재현의 노력을 접고 자아의 폐쇄된 우주로 후퇴했다는 것이다. 실제로 2000년대 문학에서 현실은 개인의 실존적 불안이나 혼자만의 유희에 밀려 어떤 비극적 사태의 징후로만, 혹은 미묘한 진동이나 기미로만 포착됨으로써 정작 현실의 실재 그 자체는 바깥으로 빠져나가는 듯 보이기도 했다. 그러나 한국문학 속 현실이 방 한칸으로 축소되더라도, 그리고 그 안에서 주체가 점점 빈곤하고 왜소해지더라도, 이러한 현상은 '88만 원 세대'가 처한 숨 막히는 고립과 폐쇄의 현실을 그 나름의 방식으로 실감나게 재현한 것으로 해석할 수 있다.

분명한 것은 2000년대 문학이 어떤 측면에서 현실 재현의 위기를 겪은 것이 사실이지만, 그럼에도 고통스러운 현실은 언제나 그 소설들에서 가시적, 비가시적으로 전제되고 있었다는 점이다. 어쩌면 그 소설들의 무중력과 탈현실의 포즈야말로 무력한 주체의 강렬한 현실의식이 빚은 결과일지도 모른다.[1] 2000년대 문학에서 현실은 그렇게 소설 바깥으로 밀려

남으로써만 존재감을 발휘하는, 부재와 부정의 동력이었다고 할 수 있다. 현실을 삭제함으로써 존재하게 하는 이 역설의 방법론이야말로 2000년대 문학이 현실을 가까스로 사유하는 나름의 방식이었던 것이다.

그런데 이즈음 한국문학 속의 현실과 그 현실을 대면하는 주체의 태도는 그 직전 시대 문학 속의 그것에 견주어 볼 때 미묘한 형질변화를 보여주고 있는 듯하다. 관념으로 구성된 추상적 현실(김사과)이나 모든 것이 부서졌다가 재조립된 평행 현실(parareality)로서의 '고모리'(황정은)를 그 사례로 들어 볼 수도 있겠지만, 그중에서도 단연 이채로운 것은 박솔뫼의 소설에서 나타나는 현실과 그 재현 방식이다. 그리고 그것은 지금 이 시대 젊은 작가들의 세계감각을 짐작해 볼 수 있는 하나의 흥미롭고도 특이한 지표라고 할 수 있다. 그렇다면 그 현실은 어떤 현실인가?

그것은 우선 물속처럼 고요하고 느리면서도 단순한 현실이다. 그 세계는 마치 몇 개의 선으로 이루어진 것처럼 심플하다. 예컨대 그것은 호프집 아르바이터가 매일 깎아야 하는 사과와 오렌지로 이루어진 세계와 같다. 사과와 오렌지는 "가장 하기 싫고 별것도 아니고 웃기지도 않는 것들"(「차가운 혀」)이지만 그럼에도 그 하찮은 것들이야말로 박솔뫼 소설의 인물들을 지탱해 주는 유일한 현실의 '기둥'이다. 부분대상으로 축소된 세계. 이에 더하여 "모든 것이 느리고 늘어져 있고 고여 있"는, "천천히 어디로도 가지 않고 여기에 있기만"(「해만」) 하는 곳. '집 근처'처럼 익숙하지만 아직 가 본 적은 없는 곳. 늘 어딘가에 있는 곳. 그러나 낯선 곳. 아무 일도 일어나지 않지만 결국 무슨 일인가 일어나는 곳. 그럼에도 긴장과 갈등, 종결이 없는 곳. 재난과 재앙이 빈번하게 일어나지만 사소하고 일상적인 습관과 관계가 더 두드러진 곳. 그것이 박솔뫼 소설의 현실이다. 박솔뫼는 이렇듯 우리가 익히 아는 현실 공간을 소설 속으로 그대로 끌어오

1   김영찬, 「2000년대, 한국문학을 위한 비판적 단상」, 『비평극장의 유령들』(창비, 2006) 참조.

되, 그곳을 사건이 부재하는 추상적인 공간으로 탈색함으로써 완전히 낯선 곳으로 만든다. 익숙하지만 낯선 그곳에서 무감각, 무반응, 무지각의 인물들은 세계와 희미하게 연결되고 또 단절된 채, 아무런 지향점이나 목적도 없이 천천히 유영한다.[2]

박솔뫼 소설에 나타나는 이 덤덤하고 무미건조한 현실과 그 현실을 그대로 닮아 있는 주체의 모습은, 2000년대 문학이 지나간 자리에 어떤 주체, 어떤 문학이 등장하고 있는지를 흥미롭게 보여 준다. 이 글은 거기에서 출발해 박솔뫼 소설을 중심으로 이즈음 젊은 세대의 소설이 만들어 가는 의미있는 징후의 일편을 포착하기 위한 시도다.[3]

2   약도, 지도가 아닌

이미 몇몇 평론가들이 지적했듯이, 2000년대 이후 한국문학은 사회 전체가 공유하고 공감할 만한 메타 이야기(혹은 큰 이야기)를 생산하지 못하고 있다. 그때 전체의 큰 이야기는 다양한 이야기 중 하나로 혹은 '작은 이야기'로 유통된다.[4] 여기서 핵심은 이야기의 규모 차이가 아니다. 오히려 시야의 각도 차이에 가깝다. 전체적 조망하에 그려지는 이야기가 '큰

---

2   김형중은 "정념에 지배당하는 화자"의 "정념의 배출"이라는 측면에서 박솔뫼 소설의 특징을 일반화하는데,(김형중, 「'탈승화' 혹은 원한의 글쓰기」, 《문학과사회》 101호(문학과지성사, 2013), 377~381쪽) 실상은 정반대다. 박솔뫼 소설의 중심에 있는 것은 오히려 정념의 소거와 삭제라고 할 수 있고, 그것은 이 작가 특유의 현실인식과 세계감각에서 나오는 주체 태도다. 자세한 얘기는 뒤에서 상술한다.

3   이 글에서 주로 다루는 박솔뫼 소설은 다음과 같다. 「그럼 무얼 부르지」(자음과모음, 2014), 「너무의 극장」, 《문학과사회》 96호(문학과지성사, 2011), 「우리는 매일 오후에」, 《현대문학》 692호(현대문학, 2012), 「겨울의 눈빛」, 《창작과비평》 160호(창비, 2013). 이하 인용할 때는 작품 제목과 쪽수만 밝힌다.

이야기'라면 '작은 이야기'는 청사진이나 밑그림이 없어도 가능한, 자기 시야가 포착할 수 있는 범위에 한정되는 사사로운 이야기라고 할 수 있다. 한국문학은 2000년대를 통과하고서야 비로소 어떤 방식으로든 '큰 이야기'를 의식하지도 참조하지도 않는 '작은 이야기'를 생산하기 시작했다고 하겠다. 큰 틀에서 보면 박솔뫼 소설도 그런 '작은 이야기'들의 연장선상에 있다. 그러나 거기에는 작지 않은 차이와 변화가 있다. 지도와 약도만큼이나.

가령 2000년대 문학의 특징을 이야기할 때 자주 언급되는 은희경의 「지도중독」(2005)과 김중혁의 「에스키모, 여기가 끝이야」(2005)에는 공통적으로 '지도'가 등장한다. 은희경의 소설에서 '지도'가 삶의 방향성을 상실한 주인공이 역설적으로 집착하게 되는 지난 시절의 유물 정도로 해석된다면, 김중혁 소설에서 지도는 기억과 상상을 통해서만 읽을 수 있는 또 다른 세계의 일면이라고 볼 수 있다. 일견에 서로 다른 것처럼 보이는 이 두 개의 지도를 통해 짐작할 수 있는 것은, 2000년대 문학이 재현하고자 하는 현실이 실재 현실의 지형을 조금의 오차도 없이 정확하게 그려내는 문자 그대로의 지도(地圖)가 아니라 자신들만의 상상적 방법론으로 새롭게 구성한 '상상지도'에 가깝다는 점이다. 그러한 상상지도가 갖는 의미는 지구적 현실 전체를 조망할 필요가 없는, 좁은 내각(內角)만으로도 대응할 수 있는 주관적 세계의 가능성을 열어 놓는 것이다. 그런 점에서 2000년대 문학의 '지도'는 현실적으로 맞닥뜨린 좌표 상실의 고통에 대처하는 나름의 방식이자 그렇게 해서 발견하게 된 상상적 현실의 상징이라고 할 수 있다.

박솔뫼의 소설에서 흥미로운 지점은 그 '지도'가 '약도(略圖)'로 대체된다는 사실이다. 이 세계는 이제 지도가 아닌 약도로 재현된다. 어떻

---

4   아즈마 히로키, 장이지 옮김, 『게임적 리얼리즘의 탄생』(현실문화 2012), 11쪽.

게? 먼저 박솔뫼 소설 「해만」과 「해만의 지도」의 무대인 '해만'으로 들어가 보자. 해만은 어떤 곳인가? 일단 해만은 김승옥의 무진처럼 허구적으로 설정된 공간이다. 그러나 해만은 무진처럼 병리적이지도 2000년대 문학의 지도처럼 상상적이지도 않다. 해만은 오히려 어떠한 상상의 여지도 개입되기 어려운, 지독하게 현실적인 곳으로 그려지고 있다. 소설에 따르면, 해만은 남쪽에서 배로 5시간 걸려야 도착하는 섬으로 편의점과 카페가 있지만 남쪽의 다른 어촌마을과 크게 다를 것이 없는 곳이다. 또 관광지이긴 하지만 볼거리가 없어서 유명하지도 않고, 섬이라고는 해도 그 사실조차 실감하기 어려운 마치 '집 근처' 같은 곳이다. 그것은 오늘이 어제 같고 내일도 어제 같을, 특별한 사건 없이 고만고만한 생각과 감정과 관계가 두서없이 흐릿하게 이어지는 우리의 일상적 현실과 닮아 있다. 그런 점에서 해만은 상징화조차 불가능한, 서사 이전의 삶 그 자체라고 볼 수 있다. 이렇듯 "해만에는 아무런 특별한 것이 없는 게 맞는 것 같"(「해만」, 『그럼 무얼 부르지』, 82쪽)은데, 왜 '나'는 직장을 그만둔 뒤 해만으로 온 것일까. "뭔가를 보고 싶은 것도 푹 쉬고 싶은 것도 아니었"(75쪽)는데. 왜?

'나'는 "그저 앞으로의 시간에서 변하는 것이 없으리라는 것을"(75쪽) 확인하기 위해, 아무것도 깨닫지 않고 아무것도 발견하지 않기 위해 해만이라는 매우 현실적인 가상공간으로 이동한다. 말 그대로 장소만 옮겼을 뿐, 변화는 없다. '나'가 해만에서 만난 사람들 또한 모두 주거지인 수도를 떠나 해만에서 지내고 싶어한다. 그러나 그들이 왜 '수도'를 싫어하는지, 해만에서 지내는 일이 정말로 수도에서의 삶보다 만족스러운지는 알 수 없다. '술을 마시던 남자'가 해만에서 하는 일이라곤 그저 술을 마시는 일이며, 대학생은 늦게 일어나 라면을 먹거나 텔레비전을 보다 다시 잠이 들고, 또다시 일어나 텔레비전을 보며 웃다가 울다가 다시 잠드는 일이 전부이기 때문이다. 그 일들은 굳이 해만이 아니어도 가능하지 않을까. 결국 '나' 또한 달라진 것은 아무것도 없다. 그렇다면 왜 해만이어야 하는가?

  하지만 그 모든 것이 결국에는 천천히 멀어졌다. 나는 이곳에 있었고 다른 모두는 저편에 있었다. 결국 나는 이곳에 있기 위해, 모두를 저편으로 보내 버리기 위해 해만에 온 것이 아닌가 하는 생각이 들었다. 모두를 멀리 바라보기 위해 모든 것이 고여 있고 끝없이 아래로 가라앉기만 하는 이곳으로 온 것이 아닌가. 그걸 알아채는 데 한 달의 시간이 걸렸으나 그렇다고 달라지는 것은 없었다. 다만 내가 덮어 두고 지냈던 세계 쪽으로 걸어 들어가고 있을 뿐이었다. 그게 달라진 것이라고 한다면 달라진 것일지도 모르겠지만.(92~93쪽)

  해만은 '나'가 사람들과 '천천히' 멀어지기 위해 선택한 공간이다. '나'가 해만에 있는 동안 유일하게 달라진 것은 예전에 알던 사람들과 멀어지게 되었다는 것이다. 실제로 '나'는 해만에 오기 전에는 남자친구와 헤어지고 해만에 와서는 '여주'라는 친구와 멀어진다. 결국 '나'는 "모두를 멀리 바라보기 위해" 해만에 온 것이다. 그리하여 이제 '나'는 이곳에, 다른 모두는 저편에 있게 된다. 그리고 그 사이에 해만이 있다. 멀리 보이는 모든 것은 희미하다. 뚜렷했던 것은 희미해지고 복잡해 보였던 것은 단순해진다. 해만은 수도로 상징되는 중심성과 복잡성, 관계성에서 벗어나기 위해 '나'가 허구적으로 선택한 일종의 원시적(遠視的) 공간이다. 해만이 굳이 비현실적 상상 공간으로 설정될 필요가 없는 것은 그 때문이다. 그저 멀어지기만 하면 되는 것이다. 해만이 남쪽에서 배를 타고 다섯 시간이나 가야 도착할 수 있는 섬이어야 하는 것은 멀어졌다는 느낌, 딱 그만큼의 거리감을 확보해야 하기 때문이다. 그럴 때 현실은 조금도 변하지 않는다. 해만을 거친 '나'의 삶이 조금도 달라지지 않는 것은 그 때문이다.

다만 멀어진 만큼 세계가 조금 더 희미해지고 단순해질 뿐이다. 이제 "그 모든 것은 전혀 구체적이지도 생생하지도 않"은, "손에 잡히지 않는 이야기"(101쪽)가 된다.

해만은 이제 도처에서 발견된다. 그 결과 「해만의 지도」에서 해만은 이윽고 '나'가 저편으로 보내 버린 이 세계의 일부가 된다. 그것은 모두 해만이 하나의 구체적인 장소라기보다 '나'가 현실의 지도를 그리기 위해 선택한 원근법적 소실점이라는 사실을 생각해 보면 쉽게 이해된다. 그리하여 '나'가 마주하는, 해만을 포함한 모든 세계는 그런 소실점에서 흐릿하게 지각되는 어떤 것이 된다. 그것은 "지도라기보다는 약도에 가까워 보였다."(171쪽) 약도란 '간략하게 줄여 주요한 것만 대충 그린 지도'다. 「해만의 지도」에서 '나'는 해만에서 알게 된 우석과 함께 그들이 머물렀던 숙소를 중심으로 한 익숙한 장소들, 예컨대 시장과 슈퍼, 돔 형태의 교회, 인근의 작은 가게와 골목들로 이루어진 약도를 그린다. 그 약도에는 그들이 만났던 사람들, 그들의 일상적 경험들이 별표 등으로 표시되기도 한다. 즉 세계는 자신의 경험치 안에서만 인지되고 재현된다. 그리고 그만큼 간략해지고 단순해진다. 박솔뫼 소설에서 세계가 원근법적 소실점에서 바라본 "손바닥 안"(182쪽)의 무엇으로 제한되는 것은 그 때문이다. 그렇다고 해서 세계와 '나'가 가까운 것도 아니다. 손바닥은 다만 멀어져서 작아진 세계의 또 다른 이름이라고 할 수 있다.

그렇게 볼 때, 박솔뫼 소설의 인물들이 세계를 대하는 태도는 언뜻 대단히 관조적인 것처럼 보인다. 그러나 관조적 태도란 단순히 어떤 대상을 거리를 두고 바라보는 것에 그치지 않고 그 대상을 자기 마음에 비추어 보는 내면(성)의 작동과 결부된다. 그런데 박솔뫼 소설의 인물들은 바깥을 원거리에서 (보는 자기 자신조차 멀어지게 함으로써) 그저 바라보기만 하는 데서 그친다. 왜냐하면 그들에게 세계는 멀고 단순해서 '나'와의 의미 있는 관계를 형성하지 못하기 때문이다. 심지어 세계는 '나'의 내적 정체성 형성을 위한 유용한 참조 지점도 되지 못한다. 그렇다고 해서 '나'가 단순히 세계의 관찰자나 관객이 되는 것은 아니다. 분명 '나'는 "들여다보는 자"에 불과하지만 세계를 향한 모종의 관심을 완전히 거두어들이지도 않는다. '나'는 이 세계의 일부라는 자의식은 있지만 그렇다고 해서 이 세계가 '나'와 의미 있는 관계를 맺지는 않는다. 그렇게 세계와 '나'는 단절된 것도 단절되지 않은 것도 아닌 채, 모호한 줄다리기를 하는 듯하다. 마치 존재하지만 전혀 의식되지 않는 것처럼 말이다.

> 커다란 바람이 그대로 들어오고 바람이 들어오는 만큼 내가 가진 것들은 스르르 빠져나가 나는 천천히 사라져 가고 가벼워졌다. (……) 해만에서 우리는 문을 열고 인사를 하고 그러다 말이 없고 흔들흔들거리고 떠나고 돌아가고 그리고 생각한다. 그처럼 해만에서 내가 보았던 것은 천천히 모든 것이 멀어지고 사라지는 것이었다. 사라지고 나면 무엇이 남나요? 사라진 곳에 대고 묻는다. 결국 텅 비어 버린 자신이 강렬해질 뿐이지. 아, 정말 그렇지? 질문들도 빠져나간 텅 빈 곳에 대고 대답했다.(102~103쪽)

세계가 멀어지는 만큼 '나' 또한 가벼워진다. 세계가 간략해지는 만큼 '나' 또한 단순해진다. 이제 주체는 세계로부터 영향받지 않음으로써만 영향받는다. 세계는 부정과 부재의 참조 지점으로서만 존재 가능해진다. 그러나 참조할 대상도, 모방할 타자의 욕망도 없는 자아란 어떻게 가능한가? 어떻게 '나'를 둘러싼 세계는 '나'에게 아무런 정념도, 욕망도 불러일으키지 않을 수 있나? 박솔뫼 소설에서 '나'는 자신을 둘러싼 현실을 의식하지 않음으로써, 즉 이 세계를 타인은 있지만 타자의 욕망이 부재하는 어떤 것으로 만듦으로써만 현실 세계와 관계 맺는다. 우리는 이를 '해만답다'라고 말해도 좋을 것이다. 그리고 이 해만다움을 통해 '나'와 세계 사이에는 어떤 장애물이 설치된다. "모든 명확한 세계들이 내게서 장막을 치고 있었다."(「그럼 무얼 부르지」, 159쪽) 여기서 장막은 세계에 다가갈 수 없게 만드는 일종의 장애물이라고 할 수 있다. 이 장막이란 무엇인가? 중요한 것은, 박솔뫼 소설에서 세계는 그 장막으로 인해 하나의 극장이 된다는 사실이다. 세계의 '극장화(劇場化)'. 그렇다면 '나'는 극장이라는 세계 안에서 관객인가 배우인가?

3   극장적 세계와 오퍼레이터들

박솔뫼 소설에서 약도는 일상을 미니멀하게 축소시켜 존재에 가해지는 위협을 최소화하려는 방어책의 하나다. 그러나 삶은 일상만으로는 이루어지지 않는다. 세계에서 벌어지는 비일상적이고 무자비한 사건들도 분명 우리의 삶을 구성한다. 박솔뫼 소설의 흥미로운 점은 미디어를 통해 우리가 알고 있는 끔찍한 폭력적 사태들(1980년 5월 광주부터 후쿠시마 원전 사고까지)을 반복적이고 습관적인 일상적 삶 주변에 배치함으로써 현실 구성의 단선화를 피하고자 한다는 것이다. 그리고 이러한 세계사적 사건들은 작가 나름의 극장적 상상력을 통해 전달된다. 약도가 일상적 현실을 단순화하고 원격화하기 위한 도구라면, 극장은 거꾸로 전 지구적으로 벌어지는 온갖 유형의 세계사적 현실을 근거리에서 목격하기 위해 마련된 무대다. 박솔뫼가 동시대 젊은 작가들에 비해 현실 인식이 두드러지는 것처럼 보이는 '착시(錯視)'를 불러일으키는 것은 그 때문이다. 그런데 문제는 극장화된 세계 안에서 인물들이 차지하는 위치다. 우리의 예상과는 달리 그들은 관객의 위치에 있지 않다. 당연히 그들은 배우도 아니다. 그렇다면 그들은 누구인가?

그들은 오퍼레이터(operator)다. 오퍼레이터의 사전적 정의는 이렇다. '기계류의 조작에 종사하는 사람. 특히 전화 교환원, 무선 통신사, 컴퓨터 조작자 따위를 이른다.'「너무의 극장」은 극장적 세계에 대응하는 이 오퍼레이터들의 현실 인식과 태도를 잘 보여 주는 소설이다.「너무의 극장」에는 조명과 음향을 담당하는 두 명의 알바 오퍼레이터가 등장하는데, 그들의 일은 단순하다. 무대감독의 큐시트에 따라 '고작' 음악을 세 번 바꾸고 조명을 열네 번 바꾸기만 하면 된다. 그것은 전문가적 지식이 필요한 일도, 복잡한 기계 조작을 요구하는 일도 아니다. 게다가 그들은 분명 극장 안에 존재하지만 무대와 객석 어디에도 그들의 자리는 없다. 조정실이라고 부르는 보이지 않는 곳에서 그들은 효과음으로만 혹은 무대의 밝기 정도로만 자기 존재를 희미하게 증명할 수 있을 뿐이다. 관객이 무대를 정면으로 마주하거나 때로는 무대의 일부로 호출되기도 하는 것과는 달리, 오퍼레이터는 비가시적이다. 따라서 무대 위에서 어떤 일이 벌어지더라도 그들은 그것을 지켜볼 뿐 그 사태에 개입하지는 못한다. 설령 '몹시 너무한 일'이 벌어지더라도 말이다. 예컨대 다음과 같은 일들.

우리는 인간을 죽였고 남자와 여자를 늙은이와 아이를 죽였으며, 인간을 그리고 그들의 심장을 먹어 치웠다. 우리는 그들이 눈멀 때까지 구타를 했고 사람들의 얼굴을 무참히 가격했다.(155쪽)

'너무의 극장'에서 벌어지는 폭력적 유혈 사태는 그 역사적 맥락을 제거하면 "누군가는 때리고 누군가는 맞고 죽이는 사람이 있으면 죽는 사람"(「그럼 무얼 부르지」, 144쪽)도 있는 일련의 사태들, 예컨대 1980년 5월 광주나 아일랜드의 피의 일요일, 에스파냐의 게르니카 폭격 사건이나 칠레 피노체트 학살 사건, 혹은 타이베이 2·28 사건을 동시적으로 연상시킨다. 이 사건들은 분명 구체적인 역사적 맥락 속에서 일어난 것이지만, 오퍼레이터들의 상상 속에서 재구성된 '너무의 극장'에서 그것은 '누군가가 누군가를 죽고 죽이는 일'로 익명화, 추상화된다. 그렇게 볼 때 박솔뫼 소설에서 '극장'이란 "압도적 감각 부하를 걸어 오는 (급박한) 현장"[5]이라기보다는, 오히려 구체적 현장성이 소거된 보편적 추상화의 무대라고 할 수 있다. 이것은 이를테면 역사와 사회를 이야기하면서 그것과 멀어지는 방식, 혹은 현실에 대해 말하면서 동시에 말하지 않는 방식이다.

분명 박솔뫼 소설의 오퍼레이터는 전지구적으로 벌어지는 이 세계의 끔찍한 폭력적 사태가 자신의 삶을 육박해 온다는 사실을, 그런 세계사적 사건 사고가 자신의 삶과 어떤 식으로든 연관된다는 사실을 모르지 않는다. 그러나 그들은 사태의 "당사자는 아니며 또한 명확한 세계의 시민도"(「그럼 무얼 부르지」, 159쪽) 아니다. 따라서 그들은 그러한 사건의 중심에 다가가거나 진실을 파헤치려고 하지 않는다. 아니, 못한다. 왜냐하면 그들에게 이 세계라는 극장은 아무런 책임 있는 배역도 할당해 주지 않았기 때문이다. 아무런 사회적 지위나 위상도 부여받지 못한 존재가 어떻게 이 세계의 사태에 개입할 수 있겠는가? 아무리 그들이 간절히 원한다고 하더라도 말이다.

그렇다면 오퍼레이터는 이 부조리극을 어떻게 끝낼 수 있을까? "고작 오퍼레이터의 의지"(「너무의 극장」, 164쪽)로 이 무시무시한 연극을 끝낼 수 있을까? 그저 지시받은 음향과 조명 일을, "자신이 끝낼 수 있는 것을 끝내는 수밖에"(164쪽). 그리고 나서 그들에게 남은 일은 조정실을 빠져나가는 것이다. 그렇다면 조정실 바깥은 극장 안인가, 밖인가? 「너무의 극장」에서 그들이 달려 나간 곳이 어디인지는 명확하지 않다. 다만 그들은 "계속 빠르고도 빠르게 할 수 있는 가장 너무한 것을 향해. 동시에 가장 너무하지 않아서 너무 너무하지 않은 것을 향해. 달린다. 달려 나간다."(166쪽) 어떻게 '가장 너무한 것'과 '가장 너무하지 않은 것'을 향해,

---

5   김홍중, 「탈존주의의 극장 — 박솔뫼 소설의 문학사회학」, 《문학동네》 79호(문학동네, 2014), 91쪽.

즉 동시에 정반대의 방향으로 달려 나가는 것이 가능한 걸까? 혹 오퍼레이터란 두 세계 모두와 관련된 존재는 아닐까?

'너무'라는 모호하고 순진한 부사어를 통해서만 세계사적 사태를 설명할 수밖에 없는 이러한 현실 감각은 오퍼레이터로서의 정체성과 밀접하게 관련된다. 다시 한번 오퍼레이터에 관해 정리해 보자. 그들은 세계라는 극장 안에 존재하지만 거의 존재하지 않는 존재이자 어떤 사태들이 눈앞에 펼쳐지는 것을 목도하지만 그에 대해 어떤 의미 있는 영향력도 미칠 수 없는 존재다. 그렇다고 해서 그들을 극장 밖의 존재라고 단언할 수는 없다. 그들은 안의 존재이면서 동시에 바깥의 존재다. 그들에게 동시에 정반대의 세계를 향해 도주하는 이상한 모순이 가능한 것도 그 때문이다. 마찬가지 맥락에서 박솔뫼 소설의 극장은 세계사적 현실을 근거리에서 목격하기 위한 무대인 동시에, 그런 현실에 다가가지 못하게 가로막는 장막이라고 할 수 있다. 이때 극장이란 이 세계로부터 외면당한 존재가 어쩔 수 없이 세계와 대면했을 때, 그에 대응하기 위해 상상적으로 구성한 현실이다. 박솔뫼 소설에서 장막이 극장적 세계의 연장선상에서 사유되어야 하는 것은 이 때문이다.

> 아니다. 아니다. 다만 내 앞으로는 몇개의 장막이 쳐져 있고 나는 그 앞으로 직선으로 나아갈 수 없다는 것, 그것만은 확실하다는 이야기다. 나는 3년 정도의 시간은 하나로 볼 수 있으며 3년 전은 3년 후의 시선으로 볼 수 있으며 그러므로 나는 모든 시제를 지울 수 있으며 그렇게 볼 수 있는 시간들은 점점 늘어나지만 나의 시선은 김남주가 이야기한 "광주 1980년 5월 어느 날"에는 가닿지 않는다는 말인데 이건 좀 신기할 수도 있지만 실은 당연한 이야기다. 확실한 이야기이다. 어떤 같은 밤들이 자꾸만 포개지는 나의 시간 속에서도 말이다. 몇 번의 5월의 밤이 포개지는 나의 시간 속에서도 말이다.(「그럼 무얼 부르지」, 167쪽)

이 장막은 그들이 "그 앞으로 직선으로 나아갈 수 없"게 만드는 동시에, "어떤 같은 밤들이 자꾸만 포개지는 (나의) 시간 속"에 그들을 가둔다. 박솔뫼 소설의 인물들은 그렇게 현재라는 시간 속에 갇힌다. "3년 정도의 시간은 하나로 볼 수 있으며 3년 전은 3년 후의 시선으로 볼 수 있으며 그러므로 나는 모든 시제를 지울 수 있"다. 모든 시제를 지운다면 3년 전과 3년 후는 다르지 않을 것이다. 그럴 때 과거와 미래는 모두 현재로 수렴된다. 3년 뒤에 일어날, 아니 일어난 부산 원전 사고는 극장에서 상연되는 다큐멘터리로 지금 우리에게 전달된다.(「겨울의 눈빛」) 3년 전에 일어난, 아니 일어날 일본 원전 사고는 기념엽서 같은 것으로 박제화되어 영원히 현재화된다.(「우리는 매일 오후에」) 그리하여 3년 전이나 3년 후나 세계는 조금도 변하지 않는다. 그렇게 세계는 극장화되고, 시간은 현재화된다. 현재라는 시간에 갇힌 극장. 흥미로운 것은 '영원한 현재'라는 이 시간 감각이 박솔뫼 소설에 등장하는 인물들의 어떤 정체성과 모종의 연관 관계를 갖는다는 점이다. 그 정체성이란 바로 '알바적' 정체성이다.

4   탈정념 주체의 탄생

예컨대 오퍼레이터의 정체성 말이다. 이들은 언뜻 대단히 전문적인 직업인처럼 보이지만 사실은 아르바이터에 불과하다. 「너무의 극장」에서 '나'와 남자는 공연 두 시간 전에 급하게 불려 와 무대감독의 큐시트대로 간단한 기기 조작을 하기만 한다. 물론 소설 어디에도 이들이 알바라는 표현은 없지만, 이들이 극장에 전속된 상근자가 아니라는 것은 분명해 보인다. 따라서 오퍼레이터란 비정규직 근로자, 프리타, 혹은 아르바이터의 다른 명명 방식인 것이다. '나'와 남자가 무대 위에서 벌어지는 경악할 만한 사건에 관해 알 수 없고 개입할 수 없는 것은 그들의 이러한 극장 내 지위와 밀접하게 관련된다.

　그러나 박솔뫼 소설은 언뜻 이러한 비정규직의 비애라든가 허무 의식이라든가 하는 문제와는 거리가 있는 것처럼 보인다. 인물들은 그저 단순한 일상을 반복적으로, 희미하게 이어 가고 있을 뿐이다. 「해만」과 「해만의 지도」에서 '나'는 분명 직장을 다니지만 그러한 사실은 사실상 '나'라는 존재를 설명해 주는 어떠한 규정력도 갖지 못한다. '나'에게는 직업적, 사회적 정체성이 소거된 것처럼 보인다. 다른 소설들도 사정은 마찬가지다. 박솔뫼 소설 속 인물들은 대개 공적 영역에서 삶의 자리를 내어 주지 않기 때문에 사적인 공간으로 물러난 존재처럼 보인다. 그들은 '나만의 잠', '나만의 일', '나만의 청소'(「너무의 극장」, 151쪽)에만 관심을 갖고 있으며 실제로 소설 대부분은 그러한 '나만의 것'으로만 채워져 있다. 박솔뫼 소설에서 예상 외로 섹스 장면이 많이 등장하는 것도 이와 무관하지 않다. 한 존재에게서 공적인 삶의 내용(직업, 지위 등)을 박탈한다면 결국 남는 것은 사적인 일상과 자기의식 정도가 아닐까? 그럴 때 그나마 격렬한 감정의 교환과 소모가 일어나는 사건이란 고작 섹스 정도가 아닐까? 물론 박솔뫼 소설에서는 그조차도 지극히 습관화된 일상의 일부로 다뤄지고 있지만 말이다.

　박솔뫼 소설 중에서 알바적 정체성이 가장 직접적으로 드러난 소설은 「차가운 혀」다. 소설 속 '나'는 바에서 아르바이트를 한다. '나'가 만나는 사람은 '누나'라고 부르는 여자친구와 바의 주인남자인 '사장'뿐이다. 그리고 '나'가 하는 일은 청소, 서빙, 안주, 설거지 같은, 바에서 아르바이터가 할 수 있는 모든 일이다. 그럴 때 '나'를 구성하는 현실이란 누나와 사장이거나 바에서 '나'가 하는 일뿐이다. 특히 사과와 오렌지를 깎는 일.

　　그 모든 것을 사과와 오렌지 들을 깎으며 깨달았다. 나와 사과와 오렌지는 삼각형을 이룬다. 사람들에게는 기둥이 필요한데 내게는 그것이 사과와 오렌지인 것이다. (……) 이것이 없다면 저것을 가져와야 한다. 하나의 세계가 흔들리면 그 흔들리는 세계와 상관없이 자신을 지켜 줄 또 다른 세계가 있어야 했다. (……) 나는 서 있고 오른손에는 칼을 왼손에는 오렌지를 든다. 무엇을 들든 아름다운 삼각형이다. 하나가 빠지면 어느 순간 이 세계는 무너질 것이다. 그래서 나는 빈손이 될 수 없다.(10~11쪽)

소설 속 '나'는 사과와 오렌지로만 이루어진 앙상한 현실에 둘러싸인 존재다. 혹은 누나와 사장으로만 이루어지거나. 이 앙상한 세계에도 관계의 삼각형은 존재한다. 예컨대 '나-사과-오렌지' 혹은 '나-누나-사장'. 이러한 삼각형에서 언뜻 연상되는 것은 르네 지라르의 욕망의 삼각형이다. 대상을 직접 욕망하기보다 타자(중개자)의 욕망을 모방하는 욕망의 간접화, 또 그에 의해 사후적으로 생산되는 대상에 대한 욕망. 지라르의 해명처럼 그것이 근대 주체의 욕망의 공식이라면, 작가는 자기 세대의 감각에 따라 이 욕망의 공식을 해체하고 그것의 새로운 버전을 창조한다. 무엇보다 박솔뫼 소설의 삼각형에서, 타인의 욕망에 의해 촉발되는 주체의 욕망 따위는 존재하지 않는다. 「차가운 혀」에서 서술자에 의해 그려진 '나-누나-사장'의 삼각형을 보라. '나'는 아무것도 욕망하지 않는다. 그래서 '나'보다 사회적, 경제적, 계층적 지위가 높은 것이 분명해 보이는 사장은 결코 '나'에게 부러움의 대상이 되지 못한다. 심지어 누나가 부러워했던 그의 런던 체류 경험조차 '나'에게는 어떤 내적 동요, 예컨대 시기나 질투 혹은 좌절감 같은 감정도 불러일으키지 못한다. "나는 그 사실에 대해 두려워하는 것일까. 아무 생각도 나지 않는다. 본 것이 없으니 그리는 것도 없다. 아는 것이 없으니 무서운 것이 없다."(36쪽) 「차가운 혀」에서 그려지고 있는 삼각형은 욕망의 운동과는 무관한, 차라리 "흔들리는 세계에서" '나'를 지켜 줄 최소한의 삶의 조건에 불과하다. 그것마저 사라졌을 때 '나'에게 남겨진 것은 '빈손'과 "희고 끝없는 커다란 세계"(33쪽)뿐이다.

"어떤 새로운 세계가 생겨난 것은 아니었다."(31쪽)

> 누나는 사과 같고 오렌지 같고 사슴 같고 토끼 같다. 누나는 내가 보는 것을 평생 보지 못할 것이다. 그것은 나 역시 마찬가지이다. 나는 사장이 본 것을 보지 못해 우는 누나가 보는 것을 평생 보지 못할 것이다. 사장은, 사장도 같다. 이것으로 우리 셋은 똑같다. 우리는 누군가의 삼각형이 되지 못하지만 우리 셋은 같다. 이것으로 우리 셋은 똑같다.(37쪽)

'나'의 욕망의 대상은 누구인가? 누나인가, 사장인가? 둘 다 아니다. 누나는 사과나 오렌지 혹은 사슴이나 토끼처럼 흔하거나 대체 가능한 대상에 불과하다. 사장은 '나'에게 앎의 대상조차 되지 않는다. 게다가 돈, 명예, 사회적 지위, 명성 같은 것들은 '나'에게는 관심의 대상이 되지도 않는다. 그러니 '나'에게 욕망의 중개자 따위가 존재할 리가 없다. 그나마 "사과와 오렌지보다 강력하고 복잡"(14쪽)한 누나가 있지만, 그런 누나조차 결국 '나'에게는 사과나 오렌지 같은 존재가 되고 만다. 그런 측면에서 우리는 박솔뫼 소설 속의 삼각형을 '무욕망/탈정념의 삼각형'이라 불러도 좋을 것이다. 그것은 갈등과 긴장이 없는 무정념의 관계이자, '나'의 무지에 기반한 경험론적 불가지(不可知)의 세계다. 알지 못하므로 욕망하지 않고, 욕망하지 않으니 갈등이 없다.

사정은 다른 소설에서도 마찬가지다.[6] 박솔뫼 소설의 인물들에게는 특이하게도 포기나 좌절, 실패에 대한 감각이 없는데, 이는 타인과의 의미 있는 관계가 부재하기 때문이다.[7] 무언가 하고 싶다는 욕망도, 해야 한다

---

6 관계의 파탄과 긴장의 종결 이후 그 "어떤 것도 바라지 않게 된" 『을』의 젊은 여행자들을 보라. 박솔뫼, 『을』(자음과모음 2010), 195쪽.

7 김홍중은 박솔뫼의 소설에서 "무기력(포기, 좌절, 비관)에 대한 긍정으로 특징지어지는 삶의 태

는 의지도 없다. 그렇다면 그들은 아무런 사회적 관계도 맺지 못한 채 '자기만의 일'에 골몰하는 데 정말 만족하는 것일까? 답답한 현실이 개인에게 부과하는 억압으로부터 자유로운 것일까? 아무런 고통도 없는 것일까? 설령 고통이 있다 해도 소설 속에서 그것은 무형태로 나타난다. 유의미한 참조 지점으로서의 세계라는 거울이 없기 때문에, '나'는 자기가 겪는 현실적 고통조차 상징화, 의미화할 수 없는 것은 아닐까? 정념이 없으면 고통도 없다. 어쩌면 무정념의 주체란 고통에 무감각해지기 위한 나름의 방어책일지도 모른다. 그리고 이는 그들의 금욕적인 태도와도 관련된다. 공적 사회 속에서 자신을 의미 있는 존재로 경험하지 못하는 존재는 가치를 사회적으로 인증받지 못한다. 금욕은 그렇게 자기 존재의 의미를 스스로 증명해야 하는 세대가 발견한 자기 정당화의 한 방식일지도 모른다. 그래서 그들은 사회적 관습 대신 일상적 습관을 추구한다, 성실하게. 박솔뫼의 소설에서 습관과 반복이 중요한 모티프로 작용하는 것은 이 때문이다. 그러니 거기에는 끝(end)은 있어도 종결(closure)은 없다. 종결이란 세계에 대한 해석이자 어떤 질문에 대한 해답이다. 그래서 종결은 어쩔 수 없이 자아의 통제에서 벗어난 객관적 영역의 문제를 끌어들일 수밖에 없다. 그러나 박솔뫼 소설의 인물들은 소설이 마칠 때까지 현재의 주관적 상태에서 결코 벗어나지 않는다. 이렇게. "입을 다문 채로 나는 그 모든 것을 반복할 것이며 그렇게 오래도록 살아남을 것이라고 어디에서 잠을 자든 그렇게 속삭였다."(「겨울의 눈빛」, 152쪽)

오늘도, 내일도, 모레도, 글피도, 그리고 그다음 날도, 또 그다음 날도, 영원히 변하는 것은 없으니 '나'가 할 수 있는 것은 그저 밥을 먹거나, 잠

도"를 포착하고 그것을 최후의 세대가 "새로운 환경에 적응하기 위해 고안해 낸 하나의 사상"으로 보고 있는데(김홍중, 위의 글, 100쪽) 박솔뫼의 소설은 그 포기, 좌절, 비관을 '긍정'한다기보다 오히려 그에 '무감각'하다고 보는 편이 작품의 실상에 좀 더 근접한 이해일 것이다.

을 자거나, 산책을 하는 것뿐이라는 것, 그 모두를 반복하는 것뿐이라는 박솔뫼 소설의 전언은 예언 없는 세대의 저주다. '영원한 현재'라는 시간 감각이란 그렇게 세계의 변화 불가능성을 전제할 때만 가능하다. 아르바이터로서의 불안정한 삶이 지속되면 지속될수록 그들의 청춘도 그렇게 유예된다. 현재라는 시간 속에 갇힌다. 그리하여 좌절도, 패배도, 실패도 유예된다. 그러니 분노나 불안도 없다.

이것이 박솔뫼의 소설이다. 그리고 더 나아가면 이것이 젊은 세대의 문학 주체가 보여 주는 현실 감각이자 삶에 대한 방법론적 태도다. 박솔뫼 소설을 구성하는 극장적 세계와 탈정념적 주체는 그 구체적인 양상은 다르지만 이즈음 젊은 작가들이 보여 주는 '틀'의 상상력, 운명론적 태도, 세계와의 대결은커녕 갈등도 없는, 차라리 세계 자체를 삭제해 버리는 문학적 경향과 의미심장한 접점을 형성하고 있는 것으로 보인다. 이를 두고 우리는 무엇을 더 얘기할 수 있을까? 이것은 과거의 문학과 스스로를 차별화하는 새로운 감수성의 배치인가, 아니면 현실에 억눌린 존재의 무반응을 가시화하는 것인가? 그에 대한 답변은 아직은 이른 것 같다. 박솔뫼의 소설은, 그리고 그와 세대를 같이하는 젊은 작가들의 소설은 이제 막 자기 자신을, 자기 문학적 세계를 증명해 보이기 시작하는 단계에 있기 때문이다. 그럼에도 박솔뫼의 소설이 특별히 흥미로운 것은, 자기 세대의 다른 작가들의 소설에 비해 그들 세대가 처한 상황에 이토록 자각적이고 예민하다는 것, 그리고 가능성이 차단된, 예언이 불가능한 세대의 현실 감각과 세계 인식을 나름의 방법론적 모색을 통해 담담하게 그려 보여 주고 있다는 점이다. 그런 측면에서 박솔뫼는 2010년대 젊은 세대 소설의 특성을 예각화해 보여 주는, 전형적이면서도 예외적인 작가라고 할 수 있을 것이다.

황정은 소설의 환상과 리얼

『百의 그림자』와 『야만적인 앨리스씨』를 중심으로

1 환상과 현실의 변증법

2000년대 이후 한국 소설의 장에서 황정은은 가장 주목할 만한 작가 중 하나다. 그리고 황정은 소설의 의미와 성격을 근저에서 결정하는 핵심적인 자질이 다름 아닌 '환상성'이라는 점도 잘 알려진 사실이다. 그런데 우리의 관점에서 흥미로운 것은, 황정은의 소설에 나타나는 그 환상성의 성격과 기능이다. 중요한 것은 그 환상성이 단순한 탈현실/비현실의 차원에 머무는 것이 아니라 거꾸로 소설의 현실성(reality)을 더욱 강화하고 나아가 새로운 차원으로 재구조화하는 기능을 하고 있다는 점이다. 이는 황정은의 소설이, 점점 탈현실의 성격이 짙어져 가는 한국 소설에서 환상성과 리얼리티, 그리고 그 둘의 관계의 역학 등을 새로운 차원에서 숙고해 볼 수 있는 의미 있는 텍스트가 될 수 있음을 시사한다.

겉으로 전혀 상반된 것으로 보이는 '환상성'과 '현실성'이라는 이 두 자질은, 황정은의 초기 소설에서부터 서로가 서로를 보충하고 견인하면서 밀접하게 결합되어 있었다. 무엇보다 황정은 소설의 환상적인 성격은 등장인물이 처해 있는 현실 사회적 맥락 속에서 생산되고 결정된다. 그런 측면에서만 보더라도 황정은 소설에서 환상성과 현실성은 대립적이기보다는 상보적(相補的)이다.

예컨대 첫 번째 소설집인 『일곱시 삼십이분 코끼리열차』(문학동네, 2014)에 실린 변신담과 유령 이야기에서 그 점은 뚜렷하게 나타난다. 단편 「문」에서 아버지가 할 말을 잃었을 때나 혹은 창피해서 입이 있어도 말을 못할 때 모자로 변하는 상황은 그대로 아버지가 처한 무력한 가장으로서의 위상을 대변한다. 백수인 기조 씨가 오뚝이로 변하는 「오뚝이와 지빠귀」의 상황 또한 이와 크게 다르지 않다. 황정은 초기 단편소설에서 간혹 등장하는 이러한 변신담은 부조리한 시대적 상황과 그로부터 비롯된 존재의 불안을 드러내기 위한 환상적 장치로 활용되었다. 황정은 소설에 출몰하는 유령 또한 마찬가지다. 이들 유령 또한 사물화된 인간들과 마찬가지로 독자들에게 두려움과 낯섦의 대상이기보다는 안타까움과 연민의 대상으로 받아들여지는데, 그 이유는 이들이 대개 노숙자, 부랑자, 혹은 버림받은 아이들과 같이 사회적으로 이미 죽은 변두리의 타자들이기 때문이다. 그런 점에서 황정은 소설에서 '유령'이라는 비현실적 존재는 역설적으로 사회적 맥락 속에서만 해석 가능한 현실적인 존재로 이해된다.

이미 많은 논자들이 지적한 것처럼[1] 환상성은 이제 더 이상 현실이 아

---

1   한국문학에서의 환상성에 관한 연구는 1990년대 후반부터 지금까지 이어져 오고 있다. 사실 환상은 비현실적인 망상이나 공상에서부터 동화나 SF 등에서 흔히 나타나는 초자연적인 현상, 유령이나 좀비와 같은 기이한 존재들에 이르기까지 의미의 스펙트럼이 상당히 넓기 때문에, 환상에 관한 어떤 방식의 논의이든지 간에 환상이나 환상성, 혹은 환상문학에 대한 설명은 그 자체로 불분명하고 불확실할 수밖에 없다. 지금까지 환상문학과 관련된 논의는 크게 두 가지 방향으로 전개되었다. 첫 번째는 '환상문학이란 무엇인가?'라는 질문에 대답하는 방식으로 이루어졌는데, 그것은 대개 환상문학이라는 장르의 성격 규명과 관련된 것이었다. 두 번째는 '왜 환상문학인가?'라는 질문에 대답하는 방식으로, 그것은 대개 환상성을 문학의 역설이자 본질로 이해하려는 시도라고 할 수 있다. 이를 위해 많은 논자들은 대개 토도로프의 환상문학론과 프로이트의 정신분석학을 방법론으로 활용해 왔다. 그중에서도 로즈메리 잭슨의 『환상성』은 이러한 방법론에 근거해서 환상을 현실의 대립적인 항목으로 설정하는 대신, 현실에 인접한 혹은 현실에 내재한 것

닌 초자연적인 세계의 창조와 관련된 것으로만 머물지 않는다. 오히려 환상은 기존의 세계를 낯선 것으로 재구성하거나 다른 것으로 전도시킴으로써, 당연한 사실로 간주되었던 세계를 새롭게 발견하고 인지할 수 있게 한다. 환상이 현실과의 상관관계 속에서 해명되어야 하는 것은 그 때문이다. 특히 2000년대 이후 한국문학에서 비일상적 환상성은 소설의 일상적이고 현실적인 상황 속에 아무렇지 않게 끼어 들어가 있는, 존재의 불가피한 조건으로 설정되어 있기도 하다. 게다가 그러한 환상적 상황의 설정에도 불구하고 텍스트 내부에서 현실의 구조들은 결코 해체되지 않는다. 이러한 현상을 우리는 토도로프를 따라 '보편화된 환상'[2]이라고 할 수 있을 것이다. 이것이 의미하는 것은 크게 두 가지다. 하나는 초자연적이고 기이한 상황이 조금도 어색하지 않을 정도로 한국 사회의 현실이 이미 환상적으로 해체되고 붕괴된 것으로 받아들여지고 있다는 점이고, 다른 하나는 그렇기 때문에 이제 환상적인 것의 성격은 실제적인 것과의 관계 속에서만 명확하게 해명될 수 있다는 점이다. 로즈메리 잭슨에 따르면, 환상은 실재적인 것을 뒤집고 재결합하지만 그것으로부터 도피하지는 않는다. 그것은 실재적인 것에 기생하거나 공생하는 관계 속에서 존재한다.[3]

으로 해석함으로써 환상에 관한 좀 더 다원적이고 심층적인 논의를 가능케 했다. 로즈메리 잭슨, 서강여성문학연구회 옮김, 『환상성 — 전복의 문학』(문학동네, 2001).

2   토도로프는 이 책의 마지막 장에서 카프카의 「변신」에 대한 자신의 해석과 사르트르의 분석을 토대로 20세기 환상문학을 기이한 것이 당연한 것으로 여겨지는 '보편화된 환상'의 세계로 규정한다. 그는 더 나아가 문학을 "언어적인 것과 초언어적인 것, 현실과 비현실이니 하는 이율배반을 한 몸에 인수하는 것"으로 규정함으로써 환상이야말로 문학 그 자체에 내재된 속성이나 문학의 역설적인 존재 방식임을 인정한다. 츠베탕 토도로프, 이기우 옮김, 『환상문학 서설』(한국문화사, 1996), 301쪽.

3   로즈메리 잭슨, 앞의 책, 33쪽.

환상성이 이처럼 현실과 대화적인 관계를 맺고 있는 것이라 할 때, 황정은의 소설은 이를 가장 극적으로 보여 주는 의미 있는 사례다. 특히 장편소설 『百의 그림자』(민음사, 2010)와 『야만적인 앨리스씨』(문학동네, 2013)는 각각 비실재적 실재와 비현실적 현실 공간의 설정이라는 환상 장치를 통해 소설 속 인물들의 삶을 실재적으로 근거 짓고 그들의 존재성을 리얼하게 재현함으로써 현실성을 극대화한다. 이를 통해 황정은은 지금까지와는 다른 방식으로 환상과 현실 간 관계의 역학을 새롭게 재조정하고 있을 뿐만 아니라 그것을 경유한 새로운 차원의 리얼리티를 제시한다. 이때 환상은 현실을 더 잘 이해하는 '낯선' 통로이자 자기 존재를 증명하는 새로운 방법론으로 제시된다. 이 글은 그런 시각에서 황정은의 장편소설을 중심으로 '환상의 현실성'과 '현실의 환상성'이 어떻게 긴밀하게 상호 연동하면서 작동되는지를 살펴봄으로써 한국문학에서 환상이 현실 비판적인 문학의 미학적 자원으로 활용되는 경로를 밝힐 것이다.

2　불행한 세계의 그림자'들'과 어떤 윤리

우선 『百의 그림자』부터 살펴본다. 황정은의 『百의 그림자』는 그림자로 시작해서 어둠으로 끝나는 소설이자, 숲에서 길을 잃으면서 시작했다가 섬에서 길을 잃으면서 끝나는 소설이다. 그리고 그 사이에 철거를 앞둔 전자상가에서 '그림자처럼' 살아가는 사람들이 있다. 이 소설의 환상성은 바로 '그림자와 같은 존재'라는 비유적 표현이 단지 비유에 머물지 않고 현실 자체가 되는 상황을 통해 획득된다. 이 소설의 등장인물(대개는 철거를 앞둔 전자상가에 속한 사람들)은 모두 공통적으로 "그림자가 일어서는" 경험을 하는데, 제목 '백(百)의 그림자'가 암시하듯이 이 소설의 중심 서사는 이렇게 '그림자가 일어선' 사람들의 온갖 불행한 이력과 사연을 소개하는 방식으로 전개된다.

그런데 사람에게서 그림자가 분리되는 초자연적인 환상 장치를 제외하면 이 소설은 언뜻 우리 사회의 고통과 부조리를 고발하는 평범한 리얼리즘 소설처럼 보인다. 소설 속 인물들은 불우한 사람들 대개가 그렇듯이 '필연적으로' 빚을 지고 있으며 자신의 삶이 언제 붕괴될지도 모른다는 실존적 불안에 시달리고 있다. 그들은 너무 가난해서 "박스와 넝마 몇 가지"를 서로 가지려고 싸워야 하는 사람들이다. 혹은 아내와 자식들을 미국으로 보내 놓고 그 뒷바라지에 허덕이는 가난한 기러기 아빠도 있다. 그들은 심지어 타워크레인의 추에 깔려 죽기도 하며, 이사 비용이 없어 철거와 함께 사라지기도 한다. 그들 모두는 삶의 중심에서 밀려 나간 주변부적 존재들이며, 중심 서사에서 철거된 서사 바깥의 존재들이다. 그들의 불행이 전형적으로 느껴지는 것은 이 때문이다.

그럴 때마다, 그림자는 솟아오른다. 이때 각각의 그림자'들'은 언뜻 서로 달라 보이지 않지만, 마치 고통의 객관적 상관물이라도 되는 것처럼 각 개인의 고통의 정도에 따라 그 모습도 크기도, 그리고 행동도 각각 다르다. "종이 귀를 접은 것처럼 바닥에서 솟구친 채로 팔락이고 있는"[4] 그림자, "가늘고 홀쭉한 그림자"(109쪽), "어딘가에서 절반 넘게 뜯긴"(86쪽) 그림자, "창문으로 올라가는 그림자"(43쪽), "밥 먹는 식구들 틈에 앉아 있"(44쪽)는 그림자, 사람의 등에 "달라붙어 있는"(68쪽) 그림자, 희미한 그림자, "짙은 빛깔을 띠"(68쪽)는 그림자, "등 쪽으로 빈틈없이 붙어서 꼼짝도 할 수 없"(134쪽)게 하는 그림자 등등. 『百의 그림자』에는 이렇듯 다양한 그림자들이 존재한다. 어떤 그림자는 목숨을 앗아갈 정도로 위협적이기도 하지만 어떤 그림자는 아슬아슬하게 견딜 만하기도 하다. 그림자는 손으로 만져지기도 하고,[5] 커지거나 작아지기도 한다. 입으로 들락날

---

4   황정은, 『百의 그림자』(민음사, 2010), 71쪽. 이하 소설 인용 시 쪽수만 밝힌다.

락하기도 하고 사람의 말을 흉내 내거나 사람에게 자기 말을 흉내 내도록 하기도 한다. 흥미로운 점은 이제는 쇠락한 전자상가의 한 귀퉁이에서 엇비슷하게 불행해 보였던 이들은, 저마다 다른 그림자로 인해 자기 존재의 고유성을, 서로 조금씩 다른 불행의 서사를 말할 수 있게 된다는 것이다. 그렇게 "딱히 인상적이랄 것이 없는"(10쪽) 비슷비슷하게 불행한 사연을 가진 존재감 없는 인물들은, 그림자가 일어서는 경험을 통해서야 비로소 '있는 그대로의 독자성'[6]을 갖춘 존재로 거듭나게 된다. 그리고 바로 그 순간 평범한 불행은 비범해진다.

> 언제고 밀어 버려야 할 구역인데, 누군가의 생계나 생활계, 라고 말하면 생각할 것이 너무 많아지니까, 슬럼, 이라고 간단하게 정리해 버리는 것이 아닐까.
>
> 그런 걸까요.
>
> 슬럼, 하고.
>
> 슬럼.
>
> 슬럼.
>
> 슬럼.
>
> 이상하죠.
>
> 이상하기도 하고.
>
> 조금 무섭기도 하고, 라고 말해 두고서 한동안 말하지 않았다.(115쪽)

---

5 무재 씨는 자신에게서 솟기 시작한 그림자를 만져 보지만 그 어떤 실체감도 느끼지 못한다. 분명한 것은 소설 속 그림자는 만져지는 대상이라는 점, 즉 나와 분리된 어떤 것으로서의 존재감을 확보한 대상이라는 점이다. "만져 보았다. 종잇장처럼 얇고 맥없을 거라고 생각했으나 막상 만져 보니 그렇지도 않았다. 그렇다고 어떤 느낌이라고 딱 말할 수 있는가 하면 그도 아닌 게 애매했다. 만지고 또 만져도 애매했다."(133쪽)

6 한기욱, 「문학의 새로움과 소설의 정치성」, 《창작과비평》 149호(창비, 2010), 401쪽.

위의 예문에서 흥미로운 것은 '슬럼'이라는 단어를 반복하면서 만들어지는 어떤 효과다. 이때 반복은 언어의 무신경한 폭력성을 해체하는, 동일성의 사유에 대한 저항으로 의미화할 수도 있을 것이다.[7] 그것은 개별적 존재의 개성(individuality)을 무화한 채 특정 계층이나 특정 공간을 중심으로 손쉽게 일반화하는 재현 방식의 폭력성에 대한 비판이며 반성이다. 그런데 사실 이 소설에서 그보다 더 주목해야 하는 것은 그러한 동일한 언어의 반복이 만들어 내는 어떤 구체적이고도 긍정적인 마술적 효과다. 예컨대 여기서 우리는 '슬럼'이라는 단어가 은교 씨와 무재 씨 사이를 오가는 동안에 낯설어지고 또 미묘하게 달라지면서 분화되고 있음을 눈여겨 볼 필요가 있다. 그 과정에서 "도시에서, 가난한 사람들이 사는 구역"(113쪽)이라는 뜻으로 일방적으로 정의되던 '슬럼'은, '이곳' 전자상가에서 난로를 팔던 아버지와 어린 무재 씨의 추억이 깃든 정겨운 곳으로, "누군가의 생계"가 꾸려지던 삶의 터전으로, 그리고 은교 씨와 무재 씨의 선량한 사랑이 시작되거나 오무사의 "오래되어서 귀한 것들"이 숨어 있는 장소 등으로 변화한다. 그럴 때 '슬럼'은 슬럼의 사전적 의미를 빠져나가 저마다의 사연이 깃든 각각의 삶의 공간으로 분화하게 된다. 그리하여 '슬럼'은 '슬럼은 슬럼이지만 도무지 슬럼은 아닌 슬럼'[8]이 된다. 각자가

---

7   신형철, 「『백의 그림자』에 부치는 다섯 개의 주석」, 『百의 그림자』 해설, 182~183쪽.

8   말을 주고받으면서 말에 내포된 미묘한 뉘앙스의 차이들을 발견하게 되는 경우는 소설 초반 '가마'라는 단어의 반복을 통해서도 제시된다. 조금 길지만 인용해 본다. "가마는 가마지만 도무지 가마는 아닌 가마인가요./ 무슨 말이에요?/ 해 보세요, 가마./ 가마./ 가마./ 가마./ 이상하네요./ 가마./ 가마, 라고 말할수록 이 가마가 그 가마가 아닌 것 같은데요./ 그렇죠. 가마./ 가마./ 가마가 말이죠, 라고 무재 씨가 말했다./ 전부 다르게 생겼대요./ 언젠가 책에서 봤는데 사람마다 다르게 생겼대요./ 그렇요?/ 그런데도 그걸 전부 가마, 라고 부르니까, 편리하기는 해도, 가마의 처지로 보자면 상당한 폭력인 거죠./ 가마의 처지요?/ 가마의 처지로 보자면요, 뭐야, 저 '가마'라는 녀석은 애초에 나오는 닮은 구석도 없는데, 하고. 그러니까 자꾸 말할수록 들켜서 이상해지는 게 아닐까요."(37~38쪽)

저마다의 '가마'를 주장하듯이, '슬럼' 또한 그렇게 각자가 저마다의 '슬럼'을 주장할 수 있는 길이 열리게 되는 것이다.

이러한 황정은식의 반복 어법은, 똑같은 말의 동일한 반복을 통해 역설적으로 동일성의 굴레에서 벗어나 개별적 차이를 확보하고 강조하는 효과를 불러온다. '그림자'의 경우도 그렇다. 비록 가난하고 불행하다고 할지라도 저마다의 삶은 있다. 소설 속 그림자는 다양한 형태로 반복 제시됨으로써, '슬럼'이라는 말로 뭉뚱그려서 손쉽게 유형화될 수도 있는 철거 위기에 처한 전자상가 사람들에게 낱낱의 저마다의 삶을 돌려주는 역할을 한다. 달리 말하면 그것은 "'불행의 평범화'에 맞서서 '불행의 단독성'을 지켜 내"[9]는 일이라고 할 수도 있을 것이다. 그런 점에서 『百의 그림자』의 윤리적 감각은 일차적으로 이러한 '백인(百人)의 백 개의 그림자'를 통해 낱낱의 불행담을 기록하고자 하는 작가적 의지에서 비롯된다. 그리고 그 그림자가 '백 개의 그림자'라는 데서 알 수 있듯이, 작가가 보여 주는 그 불행들은 단순히 개인의 차원에만 한정되지 않고 세계 전체의 불행을 환기시키기도 하는 것이다.

그렇다면 각각의 그림자'들'은 어떻게 세계의 어둠과 만나는가? 아니, 그 이전에 먼저 그림자는 무엇인가?[10] 이 질문에 답변하기 위해서는 우선 이 소설 전체를 통틀어 가장 고통스럽고 불행한 그림자의 사연에 귀를 기울여 봐야 한다. 그 그림자는 바로 유곤 씨 어머니의 그림자다.

---

9   신형철, 앞의 글, 179쪽.

10   사실 『백의 그림자』에 대한 기존의 모든 논의는 이 '그림자'와 관련된 현상을 지적하긴 해도 정작 이 '그림자'가 무엇인가에 대한 설득력 있는 해석을 제공하지는 못한다. 그러나 이 작품의 해석에서 실상 가장 중요한 것은 기존에 일종의 해석의 공백으로 남아 있던 이 '그림자'의 정체와 그것의 의미론적 효과다.

나는 마루에서 어머니와 그녀의 그림자를 바라보고 있었습니다. 그림자는 이때쯤 검디검게 휘어져서 어머니의 몸을 빈틈없이 덮고 있었는데 어머니는 그걸 모르거나 상관없다는 듯 그림자를 내버려 둔 채로 이따금 입을 벌려서 미미, 하고 가가, 하며 그림자의 말을 따라갑니다. 나는 그 입도 보았습니다. 더없이 무기력한 입, 그림자에게 압도당하고 만 입, 그림자가 들락거려 혀가 검게 물드는 것을 모르고 조그맣게 벌어졌다 닫히곤 하는 그녀의 입을 보고 있었습니다.(70~71쪽)

유곤 씨의 아버지가 30미터 높이에서 떨어진 타워크레인의 추에 압사당한 뒤 어머니는 그 충격으로 그림자를 업게 된다. "죽음이 너무도 확실했기 때문에 세 시간이나 추를 그대로 내버려 두"(66쪽)어 더 이상 '인간'이라고 부르기 어려운, "돼지 한 마리"(67쪽)로 전락한 아버지의 처참하게 짓이겨진 죽음은, 그렇게 소설 속에서 가장 공포스럽고 어두운 그림자로 현현한다. 그것은 죽음의 상황에서조차 인간적 존엄을 지킬 수 없는 존재의 비참 그 자체다. 그리고 그것은 죽음보다 더한 죽음, 즉 찌들고 비틀리고 짓밟힌 삶에 다름 아니다. 그리하여 유곤 씨 어머니는 그림자에게 완전히 '압도당하고 만다'. 그녀의 고통에서 비롯된 그림자는 이제 그녀에게 고통보다 끔찍한 완전한 체념과 무기력을 되돌려줌으로써 급기야는 그녀의 말하는 입조차 박탈한다. 그럴 때 그림자는 "입을 먹는 입"[11]이 된다.

---

11 유곤 씨 어머니의 그림자가 일어선 사연을 다룬 이 장의 소제목은 "입을 먹는 입"이다. 이 장에는 유곤 씨 어머니를 삼키는 그림자 입 외에 또 다른 입이 등장하는데, 바로 쥐며느리라는 벌레의 입이다. 그것은 유곤 씨가 쥐며느리를 무서워하는 이유이기도 하다. 왜냐하면 그에게 "입이 있다는 것은 틀림없이 무언가를 깨문다는 의미"(65쪽)이기 때문이다. 이 제목은 작가 자신이 용산 참사와 철거민 문제를 직접 취재하여 르포 형식으로 쓴 에세이의 제목이기도 하다. 이 글에서 작가는 사람의 몸 중에서 얼굴, 얼굴 중에서도 입이야말로 결코 때려서는 안 될 곳이라고 보는데, 왜냐하면 입은 사람이 최소한의 생존을 위해 먹고 말할 수 있게 하는 신체기관이기 때문이다. 황정은, 「입을 먹는 입」, 《문학동네》 61호(문학동네, 2009) 참조.

유곤 씨 어머니의 그림자에 관한 이야기가 소설 속 '그림자'의 정체에 관해 알려 주는 사실은 두 가지다. 첫 번째, 그림자는 소설 속 인물들이 처한 비참한 사회적 조건에서 생겨난다. 그림자는 "이빨 달린 것에 붙은 놈"(33쪽)이라는 여씨 아저씨의 말에서도 알 수 있듯이, 그것은 바깥의 상황과 관련된 외부적 존재다. 소설 속 인물들이 처한 저마다의 상황에 따라 그림자의 모습과 농도가 달라지는 것은 그 때문이다. 두 번째, 그림자는 사람으로부터 솟아난 내부적인 존재다. 무재 씨 아버지가 자기와 똑같은 모습을 발견한 뒤 "귀신 같은 모습"(20쪽)으로 죽게 된 상황과 여씨 아저씨의 그림자가 다른 가족들에게는 보이지 않고 아저씨 눈에만 보이는 현상에서 알 수 있는 것은, 그림자가 단지 주체에게만 접근이 허용된 특권적인 사적 대상이며, 주체와 합체된 자기 존재라는 사실이다. 그럴 때 그림자는 "신체에 대한 명백한 유비, 신체의 비물질적 분신들, 그리고 영혼을 재현하는 최고의 수단이 된다."[12] 그림자는 여전히 자아의 분신인 것이다.[13] 그렇다면 소설 속 그림자에 관해 이렇게 정리해 볼 수 있겠다. 그림자는 자기 발생적인 것이면서 저 바깥으로부터 밀려 들어온 것이다. 그림자는 존재와 무가, 이미지와 실체가 뒤섞인 어떤 것이며, 공포의 대상인 동시에 연민의 대상이기도 하다. 그것은 '나'이면서 '너'다.

사실 이 소설의 표층적인 서사 층위에서, 그림자가 왜 일어나는지에

---

12 Mladen Dolar, ""I Shall Be With You on Your Wedding-Night": Lacan and the Uncanny," *Rendering the Real* Vol.58(The MIT Press, 1991), p. 12.

13 프로이트에 따르면 분신이란 한 인물의 정신적 움직임이 다른 인물에게로 즉각적으로 전이되는 과정에서 나타나는 자아의 분할, 구분, 교체를 말한다. 분신 모티프는 두 가지 차원에서 전개되는데, 그 하나가 원초적 나르시시즘의 영역인 자아에 대한 무한한 사랑에 뿌리 내리고 있다면, 다른 하나는 '윤리 의식'이라는 이름으로 인식되는 자아의 정신적 검열과 관련된다. 이 두 가지 차원의 분신 모티프는 겉보기에는 매우 다른 양상으로 나타나지만 결국에는 자아에서 발원한다는 점에서 크게 다르지 않다. 이에 관한 좀 더 상세한 논의는 지그문트 프로이트, 정장진 옮김, 「두려운 낯설음」, 『예술, 문학, 정신분석』(열린책들, 2003), 424~427쪽 참고.

대한 답은 끝내 주어지지 않는다. 그런 일은 소설 속에서 자주 일어나고 인물들도 일상적인 사건으로 받아들이고 있지만, 그럼에도 불구하고 그림자가 무엇인지에 대해서는 말하지 않는다. 그렇다면 그림자가 무엇인지, 왜 솟아나는지에 대해 '일면적으로' 판단하는 것은 어쩌면 옳지 않은 일이 아닐까? 왜냐하면 엘렌 식수가 말한 것처럼, 명시적으로 주어지지 않은 것(Unheimlich)을 명확한 것(Heimlich)으로 판단하는 일이야말로 존재에 대한 이데올로기적 폭력일 수 있기 때문이다.[14] 즉 백 개의 그림자란 '가마'나 '슬럼'처럼 하나의 보편 논리에 의해 동일시되거나 간단하게 정리되기 어려운 낱낱의 존재들이기 때문이다. 그런 점에서 『百의 그림자』를 구성하는 에피소드의 파편화된 나열 방식이나 구조적 미결정성은 한마디로 정의하기 어려운 그림자의 존재 방식과 상동적 관계에 있다. 그러니 그림자는 가장 내밀한 내부가 외부와 접속함으로써 만들어진 어떤 것이며, 그 때문에 세계의 어둠과 접속할 수 있게 된 어떤 것이라는 사실만 지적해 두자. 그런 맥락에서 무재 씨의 그림자가 세계의 어둠과 만나는 소설의 결말은 '그림자-되기'의 윤리성을 좀 더 심층적인 차원에서 증명해 준다.

묵묵히 생각에 잠긴 무재 씨의 뒤꿈치로부터 짙은 빛깔로 늘어진 그림자가 주변의 것들과는 다른 기색으로 곧장 벌판을 향해 뻗어 있었다. 불빛의 가장자리에서 벌판의 어둠이 그림자를 빨아들이고, 그림자가 어둠에 이어져, 어디까지가 그림자이고 어디부터가 어둠인지 알아볼 수 없었다. 마치 섬 전체가 무재 씨의 그림자인 듯했다. (……) 여기는 어쩌면 입일지도

---

14 Hélène Cixous, Robert Dennome (trans.) "Fiction and Its Phantoms: A Reading of Freud's Das Unheimliche," *New Literary History*, Vol. 7, No. 3(The Johns Hopkins University Press 1976), pp.525~548.

모르겠다는 생각이 들었다. 어둠의 입. 언제고 그가 입을 다물면 무재 씨고 뭐고 불빛과 더불어 합, 하고 사라질 듯했다.(166쪽)

따뜻한 조갯국을 먹으러 섬에 갔다가 길을 잃은 은교 씨와 무재 씨는 문자 그대로 '어둠 한복판'에 머물게 된다. 그곳은 "어두운 밤치고는 별이 보이지 않고, 달이 왼쪽으로 탁하고 붉고도 조그맣게 이지러져 있"(165쪽)는, "어둡고 적막"(163쪽)한 곳이다. 그리고 그 순간, 무재 씨의 그림자는 불빛 한 점 보이지 않는 섬의 깊은 어둠과 만난다. 이때 그림자와 어둠은 서로를 구분하지 못할 정도로 서로에게 침윤된다. 그리고 무재 씨의 그림자와 섬의 어둠은 겹쳐지고 이어진다. 바로 이 대목에서, 그림자와 세계는 서로의 어둠과 고통을 비추는 거울상 관계에 있음이 드러난다. 비록 그림자는 자기파괴적이고 자학적인 방식을 통해서만 현실의 부당함을 고발하지만, 또 바로 그러한 방식을 통해 비로소 이 세계의 어둠이 드러난다. 그림자는 세계의 어둠 때문에 일어서게 되지만, 그렇게 일어선 그림자에 의해 세계의 어둠은 또 더더욱 강렬하게 인식된다.

불행한 그림자는 그렇게 이 세계의 불행을 증거한다. 백 개의 그림자는 이 세계의 어둠을 백 가지 방식으로 보여 주는 것이다. 『百의 그림자』에서 '그림자'의 윤리적 감각이 개인의 차원에만 머물지 않고 보편의 차원으로까지 확산되는 것은 바로 그 지점이다. 그것은 "어둠의 입"으로 들어갔을 때 어둠이 됨으로써 이 세계의 어둠을 더욱 짙게 드러내는 방식이며, 죽음의 세계에서 스스로를 "귀신"이라고 부르는 방식이다. 여기서 중요한 것은 그들이 그들 스스로 어둠의 세계로 걸어 들어간다는 사실이다. 즉 그들 스스로 어둠 자체가 되어 어둠을 드러내기로 한다는 것, 그것이 이 소설의 독자적인 윤리 감각이다. 그렇게 볼 때 소설 결말 부분에서 은교 씨와 무재 씨가 함께 부르는 노래는 죽음과 어둠을 쫓기 위한 '축귀가'(逐鬼歌)가 아니고, 어떤 연인들의 공동체를 환기하는 '아름다운 사랑의 노래'[15]도 아니다. 오히려 그들이 부르는 노래는 자발적으로 "이 밤에, 또 다른 귀신을 만나"(168쪽)기 위한, 스스로 귀신이 되어 귀신을 부르는, 일종의 '초혼가'(招魂歌)라고 할 수 있다.

3 심연 구조와 역동하는 리얼리티

앞서 살펴본 것처럼 황정은의 『百의 그림자』는 그림자라는 초현실적인 장치를 일상적이고 현실적인 서사 공간 안에 위치 지음으로써 독자에게 그림자의 존재를 현실의 일부로 받아들일 수 있게 한다. 심지어 그림자는 소설 속 인물들의 삶 속에 통합되어 그들의 존재성을 결정짓는 역할을 하기도 한다. 황정은의 소설에 등장하는 그림자를 단순히 초자연적인 현상으로 간주하거나 현실 세계 바깥으로 배제해 버릴 수 없는 것은 이 때문이다. 오히려 그림자는 여러 형태로 반복, 변주되면서 다른 어떤 현실적인 장치보다 더 이 세계의 현실과 진실에 근접할 수 있게 한다.

반면 황정은의 또 다른 장편 『야만적인 앨리스씨』는 지극히 현실적인 공간을 배경으로 하면서도 끊임없이 그 현실성을 탈색시키는 서술 기법을 통해 현실성과 환상성이 겹치고 충돌하는 허구적 공간을 만들어 내고 있다. 이 소설에서 벌어지는 사건들, 예컨대 가정폭력에 시달리다가 급기야 부모에게 맞아 죽는 아이의 이야기라든가 더 많은 재개발 보상금을 받기 위해 엉터리 집을 짓는 어른들 얘기는 충격적인 사건이기는 해도 우리가 일상적으로 접하는 신문의 사회면이나 경제면에서 읽던 기사 내용과 크게 다르지 않다. 그럼에도 불구하고 이 소설은 비현실적이고 낯선 이야기처럼 읽힌다. 왜 그런가? 그것은 두 가지 서술 방식 때문이다. 반복과

---

15 신형철, 앞의 글, 188~191쪽 참조.

패러디가 바로 그것인데, 이 둘은 서로 충돌하고 겹쳐지기도 하면서 소설을 한층 복잡한 패러디적 반복 구조 속으로 밀어 넣는다.

『야만적인 앨리스씨』를 관통하는 이야기는 아이들을 잡아먹는 어른들에 관한 것이다. "고모리라는 지명의 유래는 그대도 알다시피 무덤이다."[16]라는 문장에서 확인할 수 있는 것처럼, 소년 앨리시어가 살던 고모리는 '무덤' 그 자체다.[17] 소설의 중심 배경인 고모리라는 무덤의 이미지는 소설 속에서 실재적으로, 그리고 비유적으로 거듭 반복된다. 마치 원형적 서사나 원초적 장면처럼 소설 초반에 소개되는 고모리 무덤에 관한 "떠도는 이야기"(9쪽)도 마찬가지다. 그 이야기는 소설 속에서 여러 형태로 변주되면서 반복된다. 그 떠도는 이야기의 대강은 이렇다.

옛날 옛적에 굶주리던 마을 사람들이 아기 셋을 먹었다. 아기를 삶은 뒤 가슴과 엉덩이와 다리를 잘라 나누어 먹었다. 배를 채워 아사를 면한 주민들은 무덤에 관해서는 영문을 모르는 것으로 해 두었다. 비참한 뼈들을 숨긴 봉분은 그대로 방치되어 있다가 잡초들 틈으로 사라졌다.(9쪽)

이 대목에서 중요한 것은 두 가지다. 첫째, "굶주리던 마을 사람들이 아기 셋을 먹었다."라는 첫 번째 문장. 이 문장은 그 자체로 소설 전체 플

---

16 황정은, 『야만적인 앨리스씨』(문학동네, 2014), 8쪽. 이하 소설 인용 시 쪽수만 밝힌다.

17 '고모리'라는 지명은 실제로 경기도 포천군 소흘읍에 있는 것으로, 이야기에 따르면 효부 고씨 할머니의 묘앞이라고 해서 묘앞, 고뫼앞, 고모동이라고 했다고 한다.(「디지털포천문화대전」, http://pocheon.grandculture.net/Contents?local=pocheon&dataType=01&contents_id=GC05000305) 물론 작가가 이 실제 지명을 염두에 두고 소설 속 고모리를 구성했는지는 정확히 알 수 없다. 다만 흥미로운 점은 실제 고모리라는 지명이 '효부'의 무덤을 가리키는 데 반해, 소설 속 고모리는 어른에게 잡아먹힌 아이들의 무덤에서 기원했다는 점이다. 이 지명에서부터 이미, 미담은 악담으로, 도덕은 부도덕으로 반전된다.

롯의 구조와 내용을 함축한다. 사실 이 소설의 이야기 전체는 이 문장에서부터 뻗어 나간다. 아이들의 유기와 학살, 그리고 식인에 관한 이야기는 소설 속 이야기에 등장하는 '복숭아술로 유명한 작은 마을'에서 벌어진 아동 살인 사건[18]을 통해서 두 번, 어머니의 매질을 피해 달아나다가 무덤과도 같은 모래 더미에 파묻혀 죽게 되는 앨리시어의 동생을 통해 한 번, 총 세 번 반복된다. 즉 그 이야기는 앨리시어 어머니가 앨리시어에게 들려주는 이야기로 처음 등장하고(①), 이어 앨리시어는 똑같은 이야기를 그의 동생에게 들려주며(②), 결국 그 이야기는 앨리시어의 동생이 현실에서 실제로 겪는 사건으로 그대로 실연(實演)된다(③).

이렇게 아이들의 죽음에 대한 이야기는 『야만적인 앨리스씨』에서 세 번에 걸쳐 반복 서술된다. 그러한 반복을 거치며 애초 허구적이고 비현실적이었던 식인에 관한 이야기는 현실성과 구체성을 얻어 가면서 실제로 벌어지는 아동 폭력 사건으로 변전된다. 즉 앨리시어 어머니에서 앨리시어로, 다시 앨리시어에서 앨리시어 동생에게로 전달된(혹은 구전된) 끔찍한 아동 살해에 관한 허구적 이야기는 앨리시어 동생의 죽음을 통해 구체적 사건으로 현실화되는 것이다. 이때 흥미로운 점은 거듭 반복되는 이야기 속에서 앨리시어의 주체 위치가 계속 변화한다는 것이다. 첫 번째 이야기에 등장하는 앨리시어가 아이들을 죽여서 몸통만 따로 보관해 온 살인자 쿠키맨 역할을 맡고 있다면, 두 번째 이야기에서 앨리시어는 좁은

---

18 이 이야기의 대강의 내용은 다음과 같다. 복숭아술로 유명한 마을에서 축제가 벌어지던 날, 시체의 일부가 발견되어 축제는 중단되고 수색이 벌어진다. 결국 살인범이 잡히는데, 그는 몸집이 크고 피부가 흰 '쿠키맨'이다. 쿠키맨은 사람들에 둘러싸여 아이들을 죽인 장소로 가게 되는데, 거기서 몸통만 따로 봉해 물속에 담아 둔 자루를 끌어내서 그 속에 담긴 어떤 몸을 꺼낸다. 그 몸은 앨리시어가 죽지 않았으면 했던 몸으로, 앨리시어는 그 몸의 이름을 불러 보려고 입을 벌리지만 그 순간 혀가 사라지고 입이 닫혀 버린다. 앨리시어는 경찰에게 몸의 길이를 잴 것을 요구받고 이렇게 외친다. "머리부터 꼬리뼈까지 삼십오 센티미터!" 이 이야기는 소설에서 그대로 두 번 반복된다.(83~85쪽과 113~114쪽)

방에 감금된 많은 아이들 중에 한 명의 아이로 등장한다. 즉 앨리시어는 소설 속 이야기 속에서 극단적으로 상반된 두 가지 역할, 즉 가해자와 피해자 혹은 사디스트와 마조히스트 역할을 번갈아 수행하고 있는 것이다. 이것은 단지 이야기를 전달하는 서술 주체의 변화(어머니에서 앨리시어로) 때문인 것일까?

여기서 주목할 점은 현실에서는 폭력의 희생자인 앨리시어가 어머니가 들려주는 이야기 속에서는 폭력의 주체(가해자)로 등장한다는 사실이다. 문제는 이러한 역전이 허구적인 이야기 속 설정에만 그치지 않는다는 점이다. 폭력의 주체와 객체는 실상은 서로 분리되어 있는 완전히 별개의 존재가 아니다. 왜냐하면 폭력에 노출된 주체는 대개 그 순간 심리적, 감정적, 성적, 신체적으로 폭력에 침윤되어 그 폭력을 그 자신의 것으로 내면화하기 십상이기 때문이다. 따라서 폭력에 많이 노출된 폭력의 희생자일수록 오히려 폭력을 행사하는 폭력 주체가 될 가능성이 크다. 앨리시어의 어머니가 자기 아버지의 지속적인 폭력과 어머니의 무관심에 의해 "포스트 씨발년"(43쪽)이 된 것처럼, 그리고 그렇게 씨발년이 된 어머니의 학대로 인해 앨리시어가 자기가 지닌 "씨발을 다 동원해 씨발 워리어"(43쪽)가 되는 것처럼, 폭력의 희생자는 자신이 처한 폭력의 위험에 대처하기 위한 방편으로 폭력의 주체가 되기도 한다. 그런 점에서 폭력 주체와 폭력 객체를 구별하기는 어렵다. 특히 일정한 폭력적 질서에 의해 구조화된 '씨발의 세계'(고모리)에서 폭력을 행사하는 주체는 이미 그러한 세계의 폭력성에 물든 존재, 즉 폭력의 희생자라고 할 수도 있다. 따라서 두 번 반복되는 이야기 속에서 앨리시어가 차지하는 주체 위치가 유동적이라는 사실은 이러한 폭력의 순환성을 암시한다.

그리고 무엇보다도 이 장면은 루쉰의 「광인일기」에서 다루는 식인 풍습을 연상시킨다. 특히 자기 아이를 때리면서 "늙은 놈! 네놈을 몇 번이고 깨물어야 분이 풀릴 것이다!"[19]라고 말하는 「광인일기」 속 어머니의 모습은, 『야만적인 앨리스씨』에서 앨리시어가 "씨발년"이라고 부르는 그의 어머니가 그와 그의 동생에게 반복적으로 가하는 가학적 폭력을 통해 똑같이 재연된다. 그런 점에서 『야만적인 앨리스씨』를 관통하는, 의미론적으로 '식인'을 연상시키는 일련의 사건들은 작가가 의도했건 그렇지 않건 간에 「광인일기」의 패러디라고 할 수 있다.[20] 그러나 「광인일기」의 '식인'이 과도기 중국의 현실에 대한 비유나 알레고리로 해석되는 데 반해, 『야만적인 앨리스씨』에서 이 식인 모티프는 구체적이고 현실적인 맥락 속에 배치됨으로써 비유적이거나 알레고리적으로만 해석되는 것을 완강히 거부한다.

앞의 인용문에서 주목해야 하는 두 번째 문장. 그것은 "배를 채워 아사를 면한 주민들은 무덤에 관해서는 영문을 모르는 것으로 해 두었다."라는 문장이다. 이 역시 '떠도는 이야기'의 한 대목이지만, 이 소설에서 그것은 실제로 벌어지는 현실적인 사건들 속에서 거듭 변주된다. 매일 어머니의 폭력에 시달리던 앨리시어는 어느 날 어머니가 자신보다 키가 작다는 사실을 알게 되고, 그때부터 "한 번에 그녀를 이길 수 있는 방법, 그리고 지속적으로, 계속적으로 이길 수 있는 방법"(99쪽)을 고민하기 시작한다. 그가 고민 끝에 시도한 첫 번째 방법은 바로 구청에 가서 어머니의 폭력

---

19 루쉰, 정석원 옮김, 『아큐정전·광인일기』(문예출판사, 2001), 105쪽.

20 「광인일기」의 결말 부분에서는 중국 사회의 식인성(식인 풍습)에 경악하고 분노하던 광인인 '나'가 사실은 자신 또한 이러한 끔찍한 현실의 일부를 구성하고 있는 존재라는 자기비판적 통찰에 이르게 되는데, 이러한 광인의 자기반성적 비판은 앨리시어가 '씨발년'으로 대표되는 이 세계의 폭력성을 저도 모르는 사이에 답습하고 있음을 비판하는 소설 속 앨리시어의 자기 반영적 성찰과 상관적이다. "무려 4천 년 동안이나 늘 사람을 잡아먹던 곳. 나 역시 이곳에서 오랜 세월 동안 함께해 왔다는 사실을 오늘에야 알게 되었다. 큰형님께서 집안일을 도맡아 하시면서 공교롭게 누이동생이 죽었다. 형님이 나 몰래 누이동생의 살점을 밥이나 반찬에 섞어 나에게 먹였는지도 모를 일이다. 나도 모르는 사이에 누이동생의 살점을 먹지 않았다고 단정할 수 있겠는가? 이제 내 차례가 되고 말았다……."(루쉰, 위의 책, 122쪽)

을 고발하는 것이다. 그러나 구청 직원들은 가정폭력을 담당하는 '가정복지과'가 임시 청사로 이전했다는 핑계로 아이들의 호소를 외면한다. 그리고 아이들이 두 번째로 찾아간 임시 청사에서 만난 직원들 또한 가정복지과가 행정 업무만을 담당한다는 핑계로 아이들을 다시 상담센터로 보낸다. 그렇게 해서 세 번째로 찾아간 상담센터에서 상담사는 아이들의 고통과는 무관한, 가족에 대한 상투적 고정관념에 근거한 빤한 지침만을 제시한다. 그것은 가족에 대한 이해와 사랑이다. 예컨대 다음과 같이 말이다.

> 우리 학생은 가족에 관해 부정적인 생각을 하고 있을 테지만, 만사의 근원은 가족인 거예요. 가족이 붕괴되면 사회가 붕괴되고 사회가 붕괴되면 나라가 아주 망조가 드는 거거든. 그래서 우리 센터의 활동 목적이 붕괴된 가족을 복구해 보자…… 물론 쉽지는 않은 일이지만 아주 불가능한 일도 아니에요. 우리 학생보다 더한 케이스였지만 결국 조금씩, 이겨 내는 사람들도 있어요. 그렇게 되려면, 부모님과 학생, 혹은 아버님과 어머님, 양방 간의 끈질긴 대화를 통해서 우리가…… 서로의 상처를 이해하려는 노력과 인내심이 필요한 거거든요.(108쪽)

'붕괴된 가족은 복구되어야 한다.'라는 상담사의 주장은 가족에 대한 상투적인 관념이나 가족주의 이데올로기에 근거한 진단과 처방에 불과한 것이다. 그러한 주장은 "만사의 근원은 가족", "끈질긴 대화", "서로의 상처를 이해하려는 노력과 인내심" 등의 상투적인 문장들로 반복된다. 매 맞는 아이들의 호소를 합법적으로 외면하는 구청 직원과 상담사의 태도는, 어머니의 폭력에 무방비 상태로 노출된 앨리시어와 동생을 외면하는 아버지와 마을 사람들의 태도와 정확히 일치한다. 그들은 안다. "알기 때문에 모르고 싶어 하고 모르고 싶기 때문에 결국은 모른다."(40쪽) 마치 고모리에 대한 떠도는 이야기 속에서 아이들을 잡아먹은 마을 사람들이 그 사실을 '모르는 것'으로 해 버리듯이, 실제 고모리의 어른들 또한 마찬 가지다. 그들은 "몰랐다…… (……) 알았는데 남의 집 사정이라 개입할 수 없었"(155쪽)던 것이다.

흥미로운 것은 고모리의 상징 질서가 바로 그러한 '무지'와 '무관심'을 통해 구축된다는 점이다. 그것은 마치 원시 부족사회에서 아버지를 잡아 먹은 아들들이 그 사실을 '모르는 것'으로 해 버림으로써 가부장제적 질 서를 구축하고(아버지 토템이라는 상징물을 통해) 문명화를 가능하게 했다 는 프로이트의 문명화 시나리오를 연상시킨다.[21] 물론 『야만적인 앨리스 씨』에서 이러한 문명화 과정은 프로이트가 서술했던 것과는 완전히 다른, 전도된 방식으로 이루어진다. 왜냐하면 여기서 잡아먹히는 것은 아버지 가 아닌 아이들이며, 폭력을 행사하는 주체도 아버지가 아닌 어머니이기 때문이다. 이 소설에 등장하는 마을의 어른들은 그렇게 아이들을 잡아먹 고 그 사실을 은폐함으로써 간신히 마을의 질서를 유지한다.

문제는 그러한 마을의 질서가 매우 허약하고 불안정한 것이라는 사실 이다. 왜냐하면 그것은 "비참한 뼈들을 숨긴 봉분"(9쪽)을 모른 척하고 은 폐함으로써만 유지될 수 있는, 즉 영아 살해의 죄의식을 통해서만 성립 가능한 그런 질서이기 때문이다. 소설에서 그려지는 폭력은 그러한 불안 의 한가운데서 자라 나오는 것이다. 그리고 그것을 은폐해야 하기 때문에 폭력은 더욱 가혹해질 수밖에 없다. 이때 야만적 폭력성은 앨리시어의 어 머니가 아이들에게 가하는 매질에만 국한되지 않는다. 오히려 매 맞는 아 이의 고통을 알면서도 외면한 마을 사람들(공무원들이나 이웃 주민들)이야 말로 어떤 점에서는 진정한 폭력의 주체라고 할 수 있는데, 왜냐하면 이 들의 무관심과 외면은 이 세계의 폭력이 작동되는 근본적인 동력이기 때

---

21   이에 대해서는 지그문트 프로이트, 이윤기 옮김, 「토템과 타부」, 『종교의 기원』(열린책들, 1997), 203~430쪽 참고.

문이다. 그런 점에서 이들의 폭력은 앨리시어의 어머니가 행사하는 물리적이고 직접적인 폭력보다 더 체계적이면서도 합법적으로 행사되는 구조적 폭력이라고 할 수 있다. 『야만적인 앨리스씨』에서 가장 가혹한 폭력의 주체로 등장하는 앨리시어의 어머니가 (앞서 지적한 것처럼) 어린 시절 아버지의 폭력과 어머니의 무관심에 의해 만들어진 존재라는 사실은, 구조적 폭력과 물리적 폭력의 상관관계를 암시해 준다. 고모리에서 폭력은 그렇게 반복, 교차, 순환하면서 작동된다.

지금까지 살펴본 것처럼 소설 초반에 비현실적으로 제시된 '떠도는 이야기'는 서사 전개 과정에서 '이야기 속 이야기'의 형태로 반복, 변주되면서 점점 구체적인 현실로, 사실로 탈바꿈한다. 그런 점에서 『야만적인 앨리스씨』는 소설 속에 더 작은 이야기를 상감(象嵌)하는, 즉 극중극, 이야기 속의 이야기를 복제하는 심연 구조(mise en abyme)의 형식으로 이루어져 있다고 볼 수 있다. 실제로 이 소설은 다양한 방식으로 텍스트 전체 혹은 텍스트의 일부분을 반복, 반영, 반사하는 복제된 작은 거울-텍스트들(mirror-text)로 이루어져 있다.[22] 소설 초반에 제시된 '떠도는 이야기'가 폭력의 발생과 순환에 관한 『야만적인 앨리스씨』라는 전체 텍스트를 압축적으로 반영하는 이야기라면, 앨리시어가 동생에게 들려주는 두 개의 베드 타임 스토리는 자신들이 처한 현실을 부분적으로 반복하는 거울 텍스트라고 할 수 있다.

이 소설에 삽입된 그 두 개의 거울 텍스트의 내용은 다음과 같다. 우선 여우가 인간 청년과 결혼해 인간으로 살지만 시집 식구들에게 계속 '씨발' 소리를 듣다가 결국에는 다시 여우가 되어 인간을 잡아먹고 "온 집안

22　거울 텍스트란 전체 이야기의 모티프와 주제를 똑같이 변형된 형태로 반복하면서 전체 이야기의 안에서 그것을 반사하는 이야기를 가리킨다. 심연 구조와 거울 텍스트에 대해서는 김영찬, 『근대의 불안과 모더니즘』(소명출판, 2006), 173~186쪽 참고.

을 완전 씨발 상태로 만들어 버리고 씨발 사라져 버렸다는 이야기"(35쪽)
가 있다. 이 이야기는 소설에서 앨리시어의 어머니가 '씨발년'이 된 과정
을 거울처럼 반사한다. 그 다음으로, '네꼬'에 사는 '얌'들이 화폐처럼 주
고받는 조개 때문에 모두 죽고 결국 네꼬마저 뒤집히게 된다는, 네꼬와
얌들의 멸망에 관한 이야기가 있다. 이 이야기는 자본주의적 종말에 관한
소박한 우화로, 더 많은 보상금을 타내려는 욕심 때문에 서로가 서로에게
야만적인 늑대가 되고 마는 고모리 사람들의 비극을 그 자체로 반사하고
암시한다.

그리고 『야만적인 앨리스씨』가 갖는 이러한 자기반영적 성격은 소설
전체에서 반복되는 이야기 속 이야기의 형태로만 나타나지 않는다. 그것
은 이미지의 차원에서도 관철된다. 한편으로 고모리라는 지명, 아이들의
무덤, 모래언덕 등으로 이어지면서 반복되는 커다랗고 둥근 '무덤'의 이
미지가 그렇고, 다른 한편으로 앨리시어의 "가늘고 노란 목"(12쪽)과 앨리
시어 아버지에 의해 사육되는 누런 개, "누런 두개골"(115쪽)을 드러내며
들판 위에서 썩어 가는 개, '샛노란 은행나무'(14쪽), 고모리를 떠도는 악
취 나는 '노란색 비'(38쪽), 그러한 악취 속에서 누런 개를 잡아먹는 누런
어른들로 연상 작용을 일으키며 미끄러져 가는 '누런 빛'의 이미지[23]가 또
그렇다. 그 이미지들은 서로가 서로를 반사하고 반복하면서 이 소설의 심
연 구조를 묘사 차원에서 재연한다.

23 『야만적인 앨리스씨』를 지배하는 누런 빛은 '고모리'라고 하는 비현실적 현실 세계를 지배하는
    폭력과 야만의 색깔이라고 할 수 있다. 다음 예문은 시종일관 소설 속 현실을 지배하는 이러한
    누런빛의 이미지를 잘 보여 준다. "비는 어떨까. 비에서도 악취가 날까. 하수처리장의 깊은 저수
    조에서 증발해 구름으로 모였다가 고모리를 향해 낙하하는 비는 더러운 냄새를 풍길 것이다. 그
    건 말하자면, 노란색일 것이다. 비는 노랄 것이다. 노란 냄새를 풍기며 말이다. 노란 비를 담뿍 맞
    은 몸도 노랄 것이다. 노래라. 노래라. 노란 인간이 만들어 낸 인간은 어떨까. 노랄까. 개처럼 노
    랗고 개 새끼처럼 노랄까."(38~39쪽)

이렇듯 『야만적인 앨리스씨』에서 심연 구조는 일차적으로는 자기 스스로를 들여다보며 반성하는 자기 지시적 양식으로 작동한다. 그리고 어떤 점에서 이러한 자기반영적인 심연 구조는 역설적이게도 이 세계에 만연한 폭력의 악무한을 강조하는 황정은 소설의 내용을 응집력 있게 드러내는 데 효과적으로 작용한다. 심연 구조가 단순히 "텍스트의 미학적 폐쇄주의의 강화 전략"의 일환에 그치지 않고 데리다의 지적처럼 "무한한 이중 작용을 통하여 차이와 이타성을 수용하는 열린 장치"[24]로 기능할 수 있는 가능성을 지닌다면, 황정은의 『야만적인 앨리스씨』는 그러한 심연 구조의 역동적이고 정치적인 가능성을 정확하게 활용한 작품이라고 할 수 있다.

4 환상과 현실의 정치학

문학의 환상적 성격은 사회적 맥락 속에서 생산되고 결정된다. 그 때문에 환상은 문학작품 속에서 사회적 한계를 환기하는 역할을 하기도 한다. 황정은의 장편소설 『百의 그림자』와 『야만적인 앨리스씨』는 존재론적, 구조적 차원에서 그러한 환상성이 극대화되면서 새로운 차원의 리얼리티를 획득하고 있는 작품이다. 이 소설들 속에서 환상은 지극히 현실적인 공간의 불가결한 일부로 나타나거나, 비현실적인 이야기의 반복 서술을 통해 현실성을 해체하기도 한다.

『百의 그림자』에서 '일어서는 그림자'라는 환상적·비현실적 이미지는 그 자체로 이 현실 세계의 불행과 어둠을 함축하는 객관적 상관물이

---

24   허정아, 「후기구조주의적 관점에서 본 영화의 자기 반조성」, 《예술문화연구》 8호(서울대학교 예술문화연구소, 1998), 206쪽.

다. 그것은 비현실을 통해 현실에 개입함으로써 이 세계의 리얼리티를 클로즈업해 보여 주는 미학적 효과를 발휘한다.『百의 그림자』에서 '그림자'는 모든 소외되고 박탈당한 주변부적 존재들이 겪는 불행을 함축하는 병리적 이미지인 동시에, 이 세계의 모든 불행과 고통이 수렴되는 어둠의 고정점이기도 하다. 그리고『百의 그림자』의 그러한 환상 사용법에서 나타나는 것은, 자기의 어둠을 외면하지 않음으로써 그 자체로 세계의 어둠을 증거하는 정치적·윤리적 감각이다. 그리고 황정은의 소설이 보여 주는 것은, 그러한 감각이 미학적 실험과 효과적으로 결합하고 있다는 점이다.『百의 그림자』에서 시종 관철되는 언어의 형식에 대한 탐구와 동어반복의 정치적 가치에 대한 실험이 그 한 사례라고 할 수 있다.

그리고 그러한 형식적 실험은『야만적인 앨리스씨』에 이르러 더욱 급진화된다. 앞에서 보았듯이『야만적인 앨리스씨』의 심연 구조는 동일한 구조와 내용, 이미지를 반복하면서도 역설적으로 텍스트의 고정된 형태와 의미를 해체하고 있을 뿐만 아니라, 단층적인 텍스트를 다층적인 구조로 재구성함으로써 텍스트의 다양성을 활성화한다. 그리고 바로 그 순간 텍스트는 서로를 복사하고 반복하면서도 미묘하게 어긋난, 낯익으면서도 낯선 현실을 만들어 낸다. '고모리'처럼 말이다. 소설 속 '고모리'가 지극히 현실적이고 익숙한 공간임에도 불구하고 서사가 진행되고 이야기가 반복될수록 점점 낯설고 기괴한 비현실적 공간으로 변모하는 것은, 이 소설이 지닌 바로 이러한 서사적 역동성 때문이다. 그처럼 이야기 속 이야기, 또 그 이야기 속의 또 다른 이야기들로 반복되는『야만적인 앨리스씨』의 중층적 심연화 과정에서, 우리에게 익숙해질 대로 익숙해진 사건들은 더 이상 익숙할 수 없는 끔찍하고 낯선 비극적인 이야기가 된다.

그리고 그 어둠과 비극의 한가운데로 걸어 들어가야 한다는 것, '나' 스스로 어둠이 됨으로써 이 세계의 어둠을 증언해야 한다는 것, 그것이 이 작가가『百의 그림자』와『야만적인 앨리스씨』의 독특한 환상 사용법과 흥미로운 형식 실험을 통해 이야기하는 것이다. 그리고 그 과정에서 한국문학의 리얼리티는 새로운 차원을 얻는다. 그것이 우리가 황정은의 소설들에서 엿볼 수 있는 환상의 정치학이며, 한국 소설의 새로운 미학적·정치적 가능성이다.

변신하는 주체와 심리적 현실로서의 환상

한강의 『채식주의자』 다시 읽기

1   환상, 지독히 현실적인

한강의 『채식주의자』(2007)는 서로 느슨하게 연결돼 있지만 일관된 주제선을 따라 전개되는 세 편의 이야기 「채식주의자」, 「몽고반점」, 「나무불꽃」으로 이루어진 연작소설이다. 이 소설은 제목 그대로 육식을 거부하고 채식을 선택한 '영혜'라는 여성의 단계별 변화 과정을 따라간다. 그런데 작가는 몇 가지 서사적 전략을 통해 영혜의 변신과 관련한 일련의 정보를 제한하고 왜곡함으로써 서사가 종결될 때까지 영혜의 생각과 감정을 불투명하고 애매모호한 것으로 남겨 놓는다. 그 때문에 "세상에서 가장 평범한 여자"였던 영혜가 어떻게 채식주의자에서 근친상간 금기를 깬 패륜녀로, 급기야 스스로를 '나무'라고 상상하는 정신병자로 변화하는지 어느 누구도 명확하게 이해하지 못한다. 그렇게 영혜는 소설이 끝난 뒤에도 영원한 수수께끼가 된다.

『채식주의자』에서 이러한 주체의 변신은 가부장제 이데올로기가 지배적인 사회에서 여성이 겪는 다양한 폭력적 상황과 결합되면서 병리성을 띠게 된다. 그런데 흥미롭게도 이러한 병리성은 한강 소설 특유의 환

259

상적 질감을 만들어 낸다. 물론 『채식주의자』는 환상문학 장르의 문법을 따르거나 환상적 토픽을 전면에 내세우는 전형적인 환상문학의 범주에 포함되는 소설은 아니다. 하지만 소설의 서사가 진행될수록 점차 해독 불가능한 암호가 되는 영혜의 병리적 정체성이 익숙하고 안전한 현실 세계를 낯설고 불안한 것으로 만들면서 현실과 환상의 경계를 교란한다. 그리고 이러한 병리적 환상성은 한국 사회의 구조와 가치 체계가 만들어 온 '정상/비정상'의 기준을 근본적인 차원에서 심문하고 뒤흔든다. 『채식주의자』의 환상성은 그렇게 병리화된 현실을 보다 잘 이해하고 비판하는 문학적 통로이자 새로운 현실의 가능성을 상상할 수 있게 하는 정치적 상상력의 토대로 작동한다.

이 글은 지극히 현실적인 환상문학으로 한강의 『채식주의자』를 다시 읽는다. 이는 이 소설의 의미를 새로운 시각에서 확장하는 동시에 한국문학의 지형 안에서 환상문학의 또 다른 가능성을 사유하는 작업이 될 것이다.

2 심리적 현실과 주체 위치의 변이

한강의 『채식주의자』 연작은 주인공 영혜의 변신 욕망과 그 욕망의 변화 과정을 다루고 있다. 그러나 '채식주의자→식물적 육체→나무'로 이어지는 영혜의 탈인간 프로젝트는 소설 안에서 결코 도달할 수 없는 불가능한 미션으로 남는다. 왜냐하면 이 소설에서 변신의 욕망은 아무런 환상적 장치의 매개도 없이, 지극히 현실적인 조건과 상황 속에서 움직이기 때문이다. 따라서 영혜의 '식물-되기'가 결국 거식과 죽음으로 귀결되는 것은 어쩌면 너무 당연한 일일지도 모른다. 그처럼 『채식주의자』 연작에서 우리는 환상문학에서 발견할 법한 어떠한 탈현실의 포즈도, 유령과 같은 비실재적 존재도, 혹은 불확정적이고 비결정적인 서사 문법도 찾아보기 어렵다.

그런데도 『채식주의자』 연작이 '환상성'을 텍스트의 중심 구조로 하여 직조된 환상문학이라고 볼 수 있는 이유는 두 가지다. 첫 번째는 이 소설이 초점을 맞추는 것이 현실적인 것과 환상적인 것 간의 긴장 관계와 역학 구조를 통해 형성된 환상적 무대장치로서의 '심리적 현실(psychical reality)'이라는 사실 때문이다. '심리적 현실'은 프로이트가 신경증 환자가 환상 속에서 트라우마의 장면을 허구적으로 창조한다는 사실을 발견하면서 사용한 개념이다. 심리적 현실은 물리적 현실과 무의식적 소망의 중간쯤에 존재하는 현실로, 실제적 현실과의 긴밀한 관련성을 바탕으로 한다. 그것은 허구적인 것이지만 현실에서 실제적인 효과를 발휘한다. 그럴 때 환상은 현실의 대립 개념이 아니라 오히려 현실과의 관계 속에서 구성될 뿐만 아니라 '현실-환각'이라는 대립의 틀을 넘어선 제3의 범주가 된다.[1] 심리적 현실로서의 환상 개념은 『채식주의자』의 환상문학적 성격을 설명하는 데 매우 유효한데, 이는 이 연작소설의 모태가 되는 전작 「내 여자의 열매」와 비교할 때 좀 더 분명해진다.

한강의 단편 「내 여자의 열매」의 주인공 '그녀'는 여러 면에서 『채식주의자』의 주인공 영혜를 연상시킨다. 그러나 '그녀'는 영혜와 달리 완전하게 식물로 변신하고 그녀의 남편 또한 그녀의 변신을 반기며 식물이 된 그녀를 화분에 심는다. '그녀'의 나무로의 변신이 완전히 실현된 것이다. 「내 여자의 열매」에서 그러한 변신은 답답한 도시의 일상적 삶에 속박당한 한 개인의 내적 절망과 좌절이 식물-되기라는 "비현실적이고 낭만적

---

1   심리적 현실과 환상적 위상에 대해서는 Jean Laplanche & Jean-Bertrand Puntalis, "Fanatasx and the Origins of Sexuality," Victor Burgin, James Donald & Cora Kaplan (eds.), *Formations of Fantasy*(London and New York: Methuen, 1986), pp.5~34 참조.

인 몽상"[2]의 방식으로 재현된다. 그런 점에서 이 소설은 식물-되기라는 환상적 충동에서 출발해서 비인간적 존재로의 변신에 성공하는 것을 그리는 환상소설이라고 볼 수 있다. 그런데 이 지점에서 주목해야 하는 것은 나무로 변신한 「내 여자의 열매」의 '그녀'와, 나무가 되고 싶지만 끝내 나무가 될 수 없는 『채식주의자』의 주인공 영혜의 차이다. 다음을 보자. 각각 「내 여자의 열매」와 『채식주의자』의 한 대목이다.

아내는 베란다의 쇠창살을 향하여 무릎을 꿇은 채 두 팔을 만세 부르듯 치켜올리고 있었다. 그녀의 몸은 진초록색이었다. 푸르스름하던 얼굴은 상록활엽수의 잎처럼 반들반들했다. 시래기 같던 머리카락에는 싱그러운 들풀 줄기의 윤기가 흘렀다. (……) 아내는 고통스러운 몸짓으로 낭창낭창한 허리를 좌우로 흔들었다. 새파란 입술 속에서 퇴화한 혀가 수초처럼 흔들렸다. 이빨은 이미 흔적도 남아 있지 않았다. (……) 그것을 아내의 가슴에 끼얹는 순간, 그녀의 몸이 거대한 식물의 잎사귀처럼 파들거리며 살아났다. 다시 한번 물을 받아 와 아내의 머리에 끼얹었다. 춤추듯이 아내의 머리카락이 솟구쳐 올랐다. 아내의 번득이는 초록빛 몸이 내 물세례 속에서 청신하게 피어나는 것을 보며 나는 체머리를 떨었다. 내 아내가 저만큼 아름다웠던 적은 없었다.[3]

저 껍데기 같은 육체 너머, 영혜의 영혼은 어떤 시공간 안으로 들어가 있는 걸까. 그녀는 꼿꼿하게 물구나무서 있던 영혜의 모습을 떠올린다. 영혜는 그곳이 콘크리트 바닥이 아니라 숲 어디쯤이라고 생각했을까. 영혜의 몸에서 검질긴 줄기가 돋고 흰 뿌리가 손에서 뻗어 나와 검은 흙을 움켜쥐

2   한강, 「내 여자의 열매」, 『내 여자의 열매』(창작과비평사, 2000), 225쪽.

3   위의 책, 234쪽.

었을까. 다리는 허공으로, 손은 땅속의 핵으로 뻗어 나갔을까. 팽팽히 늘어난 허리가 온 힘으로 그 양쪽의 힘을 버텼을까. 하늘에서 빛이 내려와 영혜의 몸을 통과해 내려갈 때, 땅에서 솟아나온 물은 거꾸로 헤엄쳐 올라와 영혜의 살에서 꽃으로 피어났을까. 영혜가 거꾸로 서서 온몸을 활짝 펼쳤을 때, 그애의 영혼에서는 그런 일들이 일어나고 있었을까.[4]

「내 여자의 열매」는 남편인 '나'의 시점으로 아내인 '그녀'의 변화를 따라가면서 전개된다. 소설 초반 '나'는 아내의 육체적, 심리적 변화에 다소 심드렁한 태도를 보이다가 점차 "막막한 염오감"(230쪽)을 느낀다. '나'는 아내의 변화에 전혀 공감하지 못한다. 그런 점에서 「내 여자의 열매」의 '나'는 『채식주의자』에서 영혜의 남편인 '나'와 다르지 않다. 그러나 『채식주의자』의 '나'가 끝내 아내를 '모르는 여자'로 단정 지음으로써 아내와의 교감에 실패하는 데 반해, 「내 여자의 열매」에서 남편인 '나'는 아내의 변신을 긍정적으로 받아들일 뿐만 아니라 변신한 아내를 정성껏 가꾸고 돌보기까지 한다. 심지어 아내가 잎사귀를 모두 떨구고 맺은 열매를 정성껏 다른 화분에 심는다. 어떻게 이런 극적인 반전이 가능한가? 나무가 된 아내는 더 이상 우울해하지도 현실에 적응하지 못한 채 눈물을 흘릴 필요도 없기 때문이다. 즉 환상적 비약을 통해 아내는 '나'와 같은 주체가 아니라 완벽한 사물이 되었기 때문에 '나'는 아내와 대등한 인간관계를 맺을 때 요구되는 타협과 협상을 할 필요도, 그로 인한 피로감을 느낄 필요도 없는 것이다. 그럴 때 '나'가 도저히 이해할 수 없던 '그녀'의 어린아이다운 예민함과 "낡은 우울질의 피가 흐르는 깡마른 몸뚱이"(228쪽)는 이제 더 이상 '나'의 소박한 행복을 방해하는 장애물이 되지 않을 뿐만 아니라 오히려 '나'가 돌보아야 할 연민의 대상이 된다. 그렇게 「내 여자

---

4 한강, 『채식주의자』(창작과비평사, 2007), 206쪽. 이후 소설 인용 시 쪽수만 표기한다.

의 열매」에서 '나'와 '그녀' 사이의 긴장과 갈등은 '그녀'의 초현실적인 변신에 의해 더 이상 진행되지 않은 채 봉합된다.

　반면에 『채식주의자』에서 이러한 변신의 욕망은 결국 좌절되고 만다. (두 번째 예문에서 볼 수 있는 것처럼) 영혜의 '나무-되기'는 "움켜쥐었을까", "뻗어 나갔을까", "버텼을까", "피어났을까" 같은 부정적인 의문형 종결을 통해 실현 불가능한 것으로 암시된다. 다만 그것은 영혜의 마음속 문제일 뿐인 것이다. "영혜가 거꾸로 서서 온몸을 활짝 펼쳤을 때, 그애의 영혼에서는 그런 일들이 일어나고 있었을까."라는 문장에서 알 수 있듯이 영혜의 '나무-되기'는 영혜의 '영혼'에서만 가능할지도 모르는 모호한 사건으로 남는다. 그럼에도 불구하고 이 불가능한 변신 욕망은 영혜의 현실과 주변 인물들의 현실 사이에서 주체 위치를 고정시키지 않고 끊임없이 진자운동 한다. 그리하여 영혜를 둘러싼 소설적 상황은 분명 지극히 현실적인 것임에도 해독 불가능한 영혜의 심리적 현실과 결합하면서 소설 안에 '틈새 공간'을 형성하게 한다.

　이 연작소설은 바로 이러한 현실성과 환상성의 상호 보충적 관계를 통해 현실과의 긴장 관계를 유지하고 그럼으로써 지금까지 우리에게 익숙한 현실을 낯선 시각에서 새롭게 인식하게 한다. 즉 영혜가 결코 나무가 될 수 없다는 현실적 제한은 영혜와 그녀를 둘러싼 현실 세계와의 갈등을 더욱 첨예한 것으로 드러냄으로써 익숙하고 당연한 것으로 받아들여졌던 현실 질서의 부조리함과 모순을 폭로한다. 바로 그 순간 이 세계는 기괴하고 낯선 곳으로 탈바꿈한다. 그런 점에서 이 소설의 진정한 변신은 영혜의 '나무-되기'가 아닌 모든 정상적인 것의 비정상적인 것 되기라고 할 수 있다. 분명 서사의 표층에서 독자를 강렬하게 사로잡고 이야기를 끌고 가는 것은 영혜의 변신 충동이지만 실상 그러한 변신 충동의 극단에서 우리가 만나게 되는 것은 이 세계의 비현실성과 비정상성인 것이다. 이를 강화하는 것은 영혜의 '나무-되기'라는 탈인간화, 탈주체화 과정에서 드러나는 병리적 요소다.

연작의 첫 번째 소설인 「채식주의자」에서 영혜는 어린 시절 아버지에게 맞아 죽은 개에 대한 기억과 그 개를 먹은 기억에서 비롯된 트라우마를 육식에 대한 거부와 엄격한 채식을 통해 사후적으로 드러낸다. 그러나 이 채식에 대한 집착이 그녀를 이해 못하는 남편과 폭력적인 아버지에 의해 거부된 후 영혜는 심리적·현실적으로 반사회적 일탈을 시도한다. 「몽고반점」에서 형부와의 정사 혹은 예술적 퍼포먼스는 영혜가 점차 현실 사회에서 이해받기 어려운 낯설고 이질적인 존재로 변모하게 되었음을 암시한다. 그 결과 「나무 불꽃」에 이르러 영혜는 스스로를 식물(나무)이라고 착각하는 정신병자가 되어 정신병원에 감금된다. 이러한 영혜의 탈인간화, 탈주체화 과정 그 자체는 환상적 성격을 갖는다. 왜냐하면 변신 과정에서 영혜는 점점 현실에서는 해독 불가능한 타자가 되어 주변 인물들, 특히 언니인 인혜로 하여금 현실을 불가해한 낯선 것으로 인식하게 하기 때문이다. 즉 영혜의 변신은 환상적 요소가 조금도 첨가되지 않은 지극히 현실적인 상황에서 이루어지기 때문에 애초에 실패가 전제된 것이긴 하지만, 그 과정에서 영혜를 바라보는 주변 인물들의 현실에 대한 인식은 혼란을 겪게 된다.

영혜를 바라보고 영혜에 관해 이야기하는 각각의 서술자들, 즉 남편, 형부, 언니는 (극단적) 채식주의자 영혜, 금기 위반자 영혜, 정신병자 영혜를 통해 이 세계의 낯설고 이질적인 면을 새롭게 인식하게 된다. 물론 이들은 모두 자신에게 익숙했던 원래의 세계로 돌아갈 것이지만, 그럼에도 불구하고 이들의 삶에 드리운 영혜의 잔상은 이들이 결코 이전과 같은 평범한 삶을 되풀이할 수 없게 되었음을 암시한다.[5] 그런 점에서 영혜는 이

---

5 물론 「채식주의자」 속 남편은 소설의 결말 부분에서 토플리스로 병원 화단에 앉아 있는 영혜를 보고 "나는 저 여자를 모른다."라며 영혜의 존재 자체를 부인한다. 「몽고반점」의 형부인 '그' 또

세계의 정상성을 심문하는 현실의 극단이자 자아를 비춰 보는 이질적인 타자라는 거울이다. 이때 영혜는 그 자체로 이 세계라는 수수께끼이자 자아의 암호가 된다. 우리가 특히 연작의 마지막 편인 「나무 불꽃」에 주목해야 하는 이유는 바로 이러한 영혜의 성격이 언니인 인혜와의 쌍생아적 관계를 통해 잘 드러나기 때문이다. 앞의 두 소설에서 영혜는 남편인 '나'와 형부인 '그'에 의해 관습적이거나 예술적인 프레임에 갇히는 데 반해, 「나무 불꽃」에서 영혜는 이러한 기존의 사유 틀이나 관습, 규범에서 벗어나 거꾸로 이러한 것들로 구성된 현실을 심문하는 역할을 한다. 어떻게 그것이 가능해지는가? 그것은 바로 인혜의 '영혜-되기'를 통해서다.

3 타자-되기의 (불)가능성과 무너지기 쉬운 경계성

「채식주의자」에서 '채식'은 자기 바깥의 존재들과의 관계 맺기에 대한 고민과도 이어진다. 고통스럽게 죽어 가는 저 생명들을 어찌할 것인가? 이는 나의 생명을 위해 죽어 가는 타자의 고통에 대한 연민이나 공감과는 다르다. 왜냐하면 연민이나 공감은 자기의 입장에서 타자의 고통과 일정한 거리를 취해야만 가능한 자기중심적인 정서일 수밖에 없기 때문이다. 그렇다면 우리는 어떻게 타자의 고통에 가닿을 수 있는가? 나아가 우리는 어떻게 우리 바깥의 존재와 교감할 수 있는가? 그것은 우리가 타자적 존재가 됨으로써만 가능한, 불가능한 미션이 아닐까?

한 소설 초반 영혜를 예술적 영감의 대상이자 자신의 예술적 한계를 뛰어넘을 계기로 간주하지만, 실상 '그'는 '몽고반점'으로 상징되는 "꽃 같은 그녀의 육체"에 매혹되어 자신의 욕망을 투사할 뿐 끝까지 영혜를 이해하지 못한다. 그럼에도 불구하고 영혜는 각각의 소설에서 남편에게는 정상성의 기준을, 형부에게는 예술성의 한계를 심문하는 낯선 존재로 작용한다.

소설은 이런 물음을 안고 영혜의 '식물-되기'의 상상력을 향해 뻗어 간다. 식물이 된다는 것은 '자기'를 버리고 자기 스스로 아예 타자가 되어 버림을 의미한다. 한강을 비롯한 많은 작가들에게 식물 되기의 상상력은 동물성으로 대변되는 인간 중심적 가치에 대한 문명론적 비판을 위해 자주 동원됐다. 전작 「내 여자의 열매」에서의 환상적 변신담 또한 마찬가지다. 『채식주의자』에서 이러한 행복한 변신은 불가능하다. 오히려 영혜는 채식을 강요하는 가족 앞에서 괴성을 지르며 칼로 자기 손목을 긋는다. 그녀는 점점 이해할 수 없는 존재, 즉 말 그대로 타자가 된다.

연작의 두 번째 소설인 「몽고반점」에서 형부인 '그'의 예술적·성적 충동을 불러일으킨 영혜의 몽고반점은 그런 점에서 타자적 존재로서의 표식(혹은 낙인)이다. 영혜의 몸에 뚜렷하게 남아 있는 몽고반점은 "태고의 것, 진화 전의 것, 혹은 광합성의 흔적 같은 것"으로 그려진다. 이는 그녀가 인간 이전으로 퇴화하기 시작했을 뿐만 아니라 점차 현실 사회에서 이해받기 어려운 낯설고 이질적인 존재로 변모하기 시작했음을 암시한다. 예술적 퍼포먼스를 표방한 영혜와 형부('그')의 정사는 결국 영혜가 규범적·도덕적 가치 체계로부터 완전히 일탈하게 되었음을 분명히 한다. 그리하여 연작의 세 번째 소설 「나무 불꽃」에 이르러 영혜는 스스로를 식물(나무)이라고 착각하는 정신병자가 되어 정신병원에 감금된다. 이제 영혜는 "경계 저편으로 넘어간" 영원한 타자가 된다. 타자의 고통에 괴로워하다가 급기야 그 고통에 전이되어 존재 변이에 이른 영혜는 결국 인간계에서 완전히 추방된다. 그렇다면 우리는 어떻게 영혜(와 같은 존재)를 이해할 수 있는가? 혹시 그것은 불가능한 일이 아닐까?

어쩌면 그럴지도 모르겠다. 「나무 불꽃」에서 영혜의 언니 인혜는 나무가 되기 위해 모든 음식을 거부하고 죽음을 향해 달음박질치는 동생의 고통 앞에서 캄캄한 절망을 느낀다. 그럼에도 모든 가족이 "이상하고 무서운" 미친 영혜의 곁을 떠날 때 인혜만은 끝까지 옆에 남아 그녀를 돌본다.

영혜가 자기 남편과 예술이라는 이름으로 "상식과 이해의 용량을 뛰어넘는" 짓을 했지만 인혜는 결코 "영혜를 버릴 수 없었다." 오히려 인혜는 수수께끼 같은 영혜의 마음의 심연을 들여다보고 언어화되지 못한 그녀의 외침에 귀 기울이려고 노력한다. 「나무 불꽃」에서 영혜는 앞선 두 작품에서보다 더 이해할 수 없는 정신병자가 된다. 그럼에도 그녀의 불가해한 내면이 좀 더 설득력 있게 제시되는 듯한 인상을 주는 이유는 바로 정상과 비정상, 삶과 죽음의 경계에서 갈등하는 인혜 때문이다.

> 그후 그녀가 보낸 사 개월여의 시간을 어떻게 설명할 수 있을까. 하혈은 이 주쯤 더 계속되다가 상처가 아물며 멈췄다. 그러나 그녀는 여전히 자신의 몸에 상처가 뚫려 있다고 느꼈다. 마치 몸뚱이보다 크게 벌어진 상처여서, 그 캄캄한 구멍 속으로 온몸이 빨려 들어가고 있는 것 같았다. (……) 봄날 오후의 국철 승강장에 서서 죽음이 몇 달 뒤로 다가와 있다고 느꼈을 때, 몸에서 끝없이 새어나오는 선혈이 그것을 증거한다고 믿었을 때 그녀는 이미 깨달았다. 자신이 오래전부터 죽어 있었다는 것을. 그녀의 고단한 삶이 연극이나 유령 같은 것에 지나지 않았다는 것을. 그녀의 곁에 나란히 선 죽음의 얼굴은 마치 오래전에 잃었다가 돌아온 혈육처럼 낯익었다.(198~201쪽)

「몽고반점」의 결말 부분에서 예술적 활동이라는 이름으로 이루어진 동생과 남편 간의 성관계를 목격한 인혜는 "영혜도, 당신도 치료가 필요하"(146쪽)다는 판단하에 남편은 감옥으로 동생은 정신병동으로 보낸다. 그런 점에서 인혜는 표면적으로는 비정상적인 존재를 감시하고 비정상인의 낙인을 찍는 간수이자 분석가라고 할 수 있다. 그러나 「나무 불꽃」에서 인혜는 간신히 지탱해 온 평범하고 정상적인 삶의 영역이 붕괴되는 경험을 하면서 그동안 가부장제 이데올로기가 요구하는 착한 딸과 아내, 어머니 역할이 봉합해 온 자기 안의 구멍을 새삼 발견하게 된다. 인혜 또한 아버지의 폭력에 길들여져 왔으며, 그런 관성으로 삶의 고통과 치욕마저 지우며 견뎌 왔던 것이다. 그녀는 분명 "언제까지나" 성실한 생활인으로 살아갈 것이지만, 때론 자기 "몸뚱이보다 크게 벌어진 상처"의 "구멍 속으로 온몸이 빨려 들어가고 있는 것 같"은 강렬한 죽음 충동에 사로잡히기도 한다. 그리고 그 과정에서 인혜는 일시적이나마 영혜에 빙의 혹은 감염된다. 인혜가 숲에서 나무의 포즈를 취하고 있는 영혜의 모습을 실제 본 것처럼 기억하거나, 갑자기 "이 모든 것은 무의미하다"(200쪽)는 의식에 사로잡혀 충동적으로 자살하기 위해 뒷산을 오르는 것은 모두 영혜라는 타자적 존재를 이해하려는 안타까운 노력의 과정에서 일어난 사건이다. 이렇듯 인혜는 영혜-되기를 통해 한편으로는 영혜의 고통에 일시적이나마 공명하지만 다른 한편으로는 자기 존재의 와해 가능성에 대해 불안해한다. 그런 점에서 인혜는 경계적 존재라고 할 수 있다.

『채식주의자』에서 경계적 존재로서의 인혜의 위치는 두 가지 측면에서 중요하다. 첫째는 인혜는 독자들에게 결코 이해되기 어려운 해독 불가능한 타자적 존재인 영혜를 이해하기 위한 매개자다. 이 소설의 주인공 영혜는 사실상 서술 주체이기보다는 서술의 대상이다. 물론 「채식주의자」에서 영혜의 목소리는 이탤릭체로 서술된 꿈 이야기를 통해 전달되지만, 그것만으로는 영혜의 변신 욕망을 충분히 설명하기 어렵다. 게다가 소설이 전개될수록 영혜는 자기 목소리가 거세된 예술적 오브제 혹은 인간의 언어를 상실한 정신병적 존재로 변신하기 때문에 서사가 끝날 때까지 해석 불가능한 타자로 남는다. 인혜는 이러한 영혜에 부분적으로 공감하는 존재이기 때문에 독자들은 바로 인혜를 통해 영혜라는 타자에 접근할 수 있게 되는 것이다. 둘째로 현실과 비현실, 정상성과 비정상성, 삶 충동과 죽음 충동 사이에 존재하는 인혜의 위치성은 현실이 우리의 생각만큼 그렇게 자명하거나 투명하지 않다는 것을 암묵적으로 보여 준다. 소설에서 인혜는 규범적이고 관습적인 일상을 성실하게 수행하는 존재로 그려지는데, 그렇기 때문에 인혜가 느끼는 삶의 불안감과 경계 저편에 대한 매혹은 일상적 삶이 그렇게 굳건하지 않음을 역설적으로 보여 준다. 물론 인혜가 영혜가 되지는 않겠지만, 영혜와 교감하는 인혜를 통해 이 소설은 현실에 대한 우리의 감각을 뒤흔든다.

4 맺으며

한강의 『채식주의자』는 가부장제적 질서 속에서 구성된 주체가 주체 형성 과정에서 억압된 탈현실적 욕망을 이데올로기적 한계 안에서 금기의 문제와 맞닥뜨리게 함으로써 심리적 현실로 요약되는 환상의 무대를 연출한다. 그 과정에서 환상은 개인에게 금지된 욕망을 주체의 변이를 통해 변형된 형태로 드러나게 한다. 소설 속 영혜의 일련의 변신('채식주의자―식물적 육체―나무')은 당대의 문화적 질서 속에서 배제된 어떤 것을 향한 욕망의 표현이자 견고한 규범적 질서에 대한 저항의 의미를 갖는다. 그러나 그러한 영혜의 변신은 현실적 제약, 즉 채식을 배제하는 가부장제적인 육식 공동체, 여성을 예술적 대상으로 도구화하는 예술가, 그리고 한 존재의 삶과 죽음을 전적으로 지배하고자 하는 의료 체계 등등에 의해 실현 불가능해질 뿐 아니라, 저항의 의미조차 무색해진다. 왜냐하면 결국 영혜는 정신병자가 되어 자기만의 망상 체계에 갇힘으로써 그녀의 나무-되기의 욕망은 현실 질서 속에서 아무런 의미도 형성하지 못하게 되었기 때문이다. 그럼에도 불구하고 『채식주의자』는 인혜라는 경계적 존재를 통해 현실 초월적인 영혜의 욕망과 견고한 현실적 질서 사이에 틈새 공간을 만들어 낸다. 한강 특유의 '현실적인' 환상문학을 만들어 내는 것은 바로 그 경계 지대가 갖는 문학적 환기력이다.

4부

여성 작가 생존기

나혜석, 김일엽, 김명순의 삶과 문학

1 여성 작가, 모델이 되다

1930년 5월 《삼천리》 6호에는 "내 소설과 모델소설"이라는 제목으로 이광수, 염상섭, 현진건, 이익상, 최서해, 이렇게 다섯 작가가 자기 소설에서 모델은 무엇이며 모델소설이란 무엇인지 등에 관해 쓴 글들이 실려 있다. 당대 내로라하는 남성 작가들을 모아 잡지 특집으로 꾸릴 만큼 '모델소설'은 식민지 시대 조선 문단에서 중요한 창작 방법론이었다. 그런데도 그 당시 작가들에게 모델소설은 소설답지 못한 소설 혹은 손쉽게 쓴 소설로만 치부되었다. 왜냐하면 '실제 인물이나 사건을 테마로 한 모델소설'을 쓴다는 것은 작가의 창조력이나 상상력 부족을 의미하는 것으로 받아들여졌기 때문이다. '모델소설' 특집에 실린 다섯 작가의 글 모두가 모델소설에 대해 부정적이었다는 사실은 모델소설에 대한 당시 문단의 평가가 어떠했는지 짐작하게 한다.

모델소설에 대한 문단 내 부정적 평가에도 불구하고 식민지 조선 문단에서 모델소설은 작가 혹은 작품 속 실제 인물을 둘러싼 스캔들과 결합하면서 세간의 이목을 집중시키는 대중적 이슈로 자리 잡았다. 지금까지도 회자되는 김동인의 단편소설 「발가락이 닮았다」를 둘러싼 소위 '발가락 사건'은 모델소설에 대한 작가들의 거부 의식과는 무관하게 모델소설이 그 자체로 문단 안팎에서 얼마나 큰 화제성을 갖는 이슈였으며 관심의 대상이었는지를 보여 준다. 그런데 그중에서도 신여성으로 각광받던 근대 초창기 여성 활동가들의 연애, 결혼, 이혼을 둘러싼 (사실을 가장한) 소문은 각종 치정 사건, 정사 사건에 대한 가십성 기사(예컨대 윤심덕과 김우진의 현해탄 정사 사건)와 결합해서 신여성을 대상으로 한 모델소설을 대량 생산하게 했다. 특히 1세대 여성 작가로 분류되는 나혜석, 김일엽(김원주), 김명순에 대한 모델소설은 그들이 작가로 활발하게 활동하던 1920년대 초반부터 문단에서 종적을 감춘 해방 이후까지 꾸준히 창작되었다. 그 과정에서 창작의 주체였던 이들 여성 작가는 소문 속에서 창조력을 거세당한 채 남성 작가에 의해 창작의 대상으로 재현되다가 '욕망에 달뜬 사치와 허영 덩어리'라는, 신여성을 대표하는 고정된 이미지로 박제되고 만다. 이들 1세대 여성 작가들 ─ 나혜석, 김일엽, 김명순 ─ 은 분명 이광수, 염상섭, 김동인 등과 비슷한 시기에 활발하게 작품 활동을 이어 갔음에도 불구하고 당대는 물론 지금까지도 "작품 없는 벙어리 작가"[1] 취급을 받으며 한국문학사에서 배제되고 삭제되었다. 1940년 1월 《문장》에서 조선 문단의 생존 작가 리스트를 정리한 「조선문예가총람」에서 이들 세 여성 작가들만 누락되어 있다는 사실은, 이들에 대한 문학사적 삭제와 배제 작업이 어떻게 이루어졌는지를 상징적으로 보여 준다. 이후 백철, 조연현, 김우종, 김윤식 등이 쓴 한국문학사에서 이들 1세대 여성 작가들은 이름만 언급될 뿐 이들의 작품에 대한 논의는 철저히 부정되었다. 지금까지도 이들 세 여성 작가는 창작의 주체가 아닌 대상으로 타자화되었으며 스캔들의 주인공으로만 인구에 회자되어 왔다.

---

1   홍구, 「1933년의 여류작가의 군상」, 《삼천리》, 1933. 2.

그렇다면 이들은 정말로 '작품 없는 벙어리 작가'였나? 당연히, 아니다. 김명순은 1917년《청춘》의 '현상문예공모'(지금의 신춘문예)에 단편소설 「의심의 소녀」가 가작으로 당선되면서, 나혜석은 1918년《여자계》에 단편소설 「경희」를 발표하면서, 김일엽은 1920년《신여자》에 단편소설 「계시」를 발표하면서 작가로서의 경력을 시작한다. 물론 나혜석은 화가로, 김일엽은《신여자》발간인으로 더 유명했지만 당시 조선 문단에서 이들이 차지했던 자리는 결코 작지 않았다. 게다가 김명순은 동인지《창조》의 발기인으로 이름을 올리고 창작집『생명의 과실』과『애인의 선물』등을 발간했으며, 특히 다층적이면서 복잡다단한 내면 심리 묘사에 탁월한 작가였다. 하지만 김명순은 자기 문학에 대한 제대로 된 평가 한 번 받지 못한 채, 남성 작가들의 모델소설에서 (성적·도덕적으로) 타락한 신여성의 전형으로 반복적으로 그려졌다.

스캔들에 의해 성적 타락과 무질서, 부도덕, 사치스러움의 대명사로 지탄받았던 신여성은 그렇게 남성 작가들의 소설 속에서 한번 더 소문이라는 장치를 통해 허구화되고 서사화됨으로써 돈과 예술 혹은 돈과 사랑 사이에서 인간적으로 갈등하지만 결국에는 주체할 수 없는 끼와 허영심으로 인해 돈과 사회적 지위를 선택하는 속물로 정형화되기에 이른다. 매번 '국내 최초'의 타이틀을 달면서 새로운 풍속과 전위(前衛)로, 여성 해방의 상징으로 등장했던 신여성은 이제 "생각없이 참스럽지 못하고 허영에 들고 놀고먹으려고 하는, 떠받들어 주기만 바라고 사치하려고 하는 모든 병폐가 있는 사람"[2]으로 전락하고 만다. 그럼에도 1세대 여성 작가는 신여성에 대한 가부장 사회의 욕망과 불안이 빚어낸 왜곡된 여성 이미지에 저항하는 문자 그대로의 신여성(新女性)을 제안하고 그 자신이 그러한 신여성이 되고자 했다.

---

2   팔봉선인, 「소위 신여성 내음새」,《신여성》, 1924. 8., 22쪽.

2 신여성 거부하기와 신여성 드러내기

나혜석의 첫 번째 소설이자 최고작으로 평가받는 「경희」(《여자계》 2호, 1918. 3.)는 여러 측면에서 기념비적인 작품이다. 한국문학사에서 여성의 이름을 제목으로 한 첫 소설이라는 점, 신여성에 대한 부정적인 담론에 저항한다는 점, 그동안 남성 작가의 작품에서는 다뤄지지 않았던 안방, 부엌, 뒷마루 등의 여성 공간을 소설의 전면에 배치한다는 점, 안락한 가부장제적 삶과 불안정하지만 선구적인 개인주의적 삶 사이에서 갈등하는 자아의 내적 독백을 통해 신여성의 내면을 생생하게 그려 냈다는 점에서 그러하다. 그중에서도 가장 먼저 주목할 점은 '경희'라는 신여성(New Women)을 통해 신여성을 둘러싼 당대의 통념과 고정관념에 저항하고 새로운 신여성상을 제시하고자 하는 작가 자신의 계몽적 욕망이다.

이 계몽적 욕망은 소설의 전개 과정을 따라 크게 두 가지 차원에서 발현된다. 전반부에서 경희는 자신의 집을 찾아온 손님, 즉 서문안 사돈 마님(여동생의 시어머니), 떡장수, 수남 엄마 등과의 만남을 통해 신여성에 대한 왜곡된 정보 — 사치스럽고 방탕하며 게으르고 집안일에 서툰 — 을 바로잡고 불필요한 험담을 차단한다. 이를 가능케 한 것은 바로 경희의 탁월한 가사 노동 능력이다. 경희의 가사 노동이 탁월한 이유는 그것이 여학생의 가사 노동이어서라기보다는 그 노동이 학교 수업과 결합된 것이기 때문이다. 예컨대 경희는 다락을 청소할 때조차 기계적, 관습적, 일상적 방식을 벗어나 학교에서 배운 가정학과 위생학, 도화와 음악을 결합하여 자각적, 자율적, 전문적 경지에 이른다.

그러나 이번 소제 방법은 다르다. 건조적(建造的)이고 응용적이다. 가정학에서 배운 질서, 위생학에서 배운 정리, 또 도화(圖畵) 시간에 배운 색과 색의 조화, 음악 시간에 배운 장단의 음률을 이용하여 지금까지의 위치를 완전히 뜯어고치게 된다. (……) 경희는 컴컴한 속에서 제 몸이 이리저리 운동하게 되는 것이 여간 재밌게 생각되지 않았다. 일부러 빗자루를 놓고 쥐똥을 집어 냄새도 맡아 보았다. 그리고 경희가 종일 일하는 것은 어떤 보수를 바라서가 아니다. 다만 제가 저 할 일을 하는 것밖에 아무것도 없다. 이렇게 경희의 일동일정(一動一靜)의 내막에는 자각이 생기고 의식적으로 되는 동시에 외형으로 활동할 일은 때로 많아진다.[3]

이때 다락 청소는 단순히 먼지를 쓸고 닦는 일에만 그치는 것이 아니라, 경희 자신의 내면을 변화시켜 더 나은 인간이 되려는 노력에 가까운 것이 된다. 다락 청소만이 아니다. 풀을 쑬 때조차 하녀인 시월이는 "아이고 이년의 팔자"라고 하면서 고된 노동에 힘겨워하는 데 반해, 경희는 풀 끓는 소리와 밀짚 타는 소리에서 관현악 연주를, 아궁이의 불빛에서는 피아노 음률을 떠올리면서 즐거워한다. 경희에게 가사 노동이란 자기를 발견하고 이 세계를 이해하기 위한 지적 여정의 일환이자 자기 규율적 전략인 것이다. 경희의 새로움은 바로 여기에 있다. 경희의 가사 노동은 한편으로는 악의적인 소문에 의해 왜곡된 신여성 이미지를 불식시킨다는 점에서 구여성을 설득할 뿐만 아니라, 다른 한편으로는 제도 교육과 결합해 구여성의 것과는 질적으로 다른 지적이고 자각적인 활동으로 탈바꿈됨으로써 신여성을 설득하기도 한다. 이렇듯 경희는 자기 스스로 모든 면에서 완벽한 슈퍼우먼이 됨으로써 신여성에 대한 세간의 부정적인 인식을 불식시키고 모두가 긍정할 만한 새로운 신여성상을 제시할 수 있게 된다. 그 결과 서문안 사돈 마님은 자신이 여학생에 대해 잘못 알았다는 것을 인정한 뒤 "손녀딸들을 내일부터 학교에 보내야겠다"고 다짐하고 "날

---

3   나혜석, 「경희」, 나혜석·김일엽·김명순, 심진경 엮음, 『경희, 순애 그리고 탄실이』(교보문고, 2018), 35쪽. 이 글에서 작품의 인용은 모두 이 책에서 한다.

마다 사방으로 쏘다니며 평균 한마디씩 들어 온 여학생의 험담을" 당연하게 해 왔던 떡장수도 경희 앞에서는 더 이상 험담을 하지 못하게 된다. 소설에서 경희는 이를 "큰 교육"의 결과로 받아들인다.

그러나 이 계몽의 효과는 정략결혼을 강요하는 가부장 아버지의 요구에 부딪혀 심각한 내적 갈등을 야기한다. 그것은 '탄탄대로와 꼬부라진 길'로 대변되는 두 가지 삶의 방식 사이의 갈등이자 기성세대인 아버지와 신세대인 딸 사이의 세대적·젠더적 갈등이기도 하다. 안락한 부르주아로 살 것이냐, 아니면 천대받는 가난한 독신 여성으로 살 것이냐. 결국 격렬한 내적 갈등과 방황 끝에 경희는 비로소 자신은 "보리밥이라도 제 노력으로" 먹는 사람이 되기 위해 부단한 자기계발과 발견의 노력을 기울여야 한다는 사실을 깨닫게 된다. 소설에서 그러한 깨달음은 "늘어난 몸, 커진 눈"과 같은 육체적 팽창에 비유되는데, 이는 자기 계몽의 결과이자 효과라고 할 수 있다. 소설에서 이러한 자기 계몽과 자기 다짐은 내적 독백의 차원에만 머무른 채 구체적인 현실의 변화를 보여 주는 데에 이르지는 못한다. 그럼에도 불구하고 이 자기 독백적 계몽의 서사는 신여성의 내밀한 마음의 소요(騷擾)를 펼쳐 보인 뒤 자기희생적인 고난의 길을 선택하는 마음의 과정을 보여 줌으로써 전반부에서 제시한 슈퍼우먼 신여성이 아닌, 좀 더 중층적이고 복합적인 신여성 대항 담론을 만드는 데 일조한다.

나혜석의 「경희」가 여학생인 경희의 자각적이고 미학적인 가사 노동과 자기 독백적 내면 서사를 통해 기존의 신여성 담론에 저항하면서 새로운 신여성의 롤 모델을 제시하고자 했다면, 김일엽의 「어느 소녀의 사(死)」는 부잣집 남성에게 여학생 첩으로 팔릴 위기에 처한 '조명숙'의 자살을 통해 여학생의 성적 타락이 세간의 짐작과는 달리 신여성의 정조 문제가 아니라 딸을 소유물로 착각하는 봉건적 가부장에 의해 자행되고 있음을 고발한다.

돈에 눈이 먼 아버지에 의해 부잣집 첩으로 팔려 간 두 언니가 결국에는 "한 동물의 완롱물(玩弄物)인 창녀"로 전락하는 것을 옆에서 지켜본 명숙은, 결국 자신도 그와 같은 운명을 피할 수 없음을 직감하고 자살한다. 소설에서 명숙은 자살 직전에 두 통의 유서를 작성해서 한 통은 부모에게, 다른 한 통은 기자에게 보낸다. 부모에게 보낸 유서에서 명숙은 자신에게 "남의 정실이 되게 못 하시고 구태여 노예나 다름없는 민○○의 부실(副室, 첩)이 되라고 강제"하는 부모의 잘못을 지적한 뒤 회개할 것을 요구한다. 그런데 흥미로운 것은 바로 기자에게 보낸 두 번째 유서다. 그녀는 왜 기자에게 유서 형식의 편지를 보냈나? 여기서 우리가 주목할 점은 명숙이 자기의 죽음을 혼인을 둘러싼 부모 자식 간의 갈등에서 빚어진 가정 내적이고 사적인 차원의 문제만이 아닌, 사회적 차원에서 제기되어야 할 공적인 질문이라는 사실을 명확하게 인식하고 있다는 사실이다. 다음은 두 번째 유서 내용의 일부다.

가만히 이를 미뤄서 생각하오니 아마도 저와 같은 운명을 가진 여자가 자고로 많을까 하나이다. 그러하오나 이것을 누가 말하는 사람이 없어서 이 사회에 드러나지 아니한 것이오니 바라건대 여러 선생님께서는 이러한 사회 이면에 숨어 있는 비참한 사실을 세세히 조사하여 공평한 필법으로 지상(紙上)에 기재하여 주옵소서. 저는 제 입으로는 저를 이 지경 만드시는 부모의 말은 차마 할 수 없사오나 다만 세상에 이러한 원통한 처지에 있으면서 능히 말을 못 하여 한 몸을 그르치는 여러 불쌍한 미가(未嫁) 여자를 위하여 이 몸을 대신 희생하오나이다. 불쌍히 생각하여 주옵소서.[4]

명숙이 기자에게 유서를 보낸 이유는 분명하다. 그것은 바로 여학생이 세간에 알려진 것처럼 사치와 낭비를 일삼는 '허영녀'가 아님을 밝히

4   앞의 책, 118쪽.

기 위해서다. 딸의 정조를 팔아서 생계를 유지하려는 부모와 여학생을 첩으로 얻어 자신의 능력을 과시하려는 속물적인 남성이야말로 여학생을 첩이 되게 하는 존재들이다. 매매혼과 축첩을 당연시하는 가부장제적 남성들이야말로 여학생을 타락시키는 주범이었던 것이다. 하지만 이런 사실은 "누가 말하는 사람이 없어서 이 사회에 드러나지" 않은 채, 오히려 이 모든 잘못은 신여성 탓으로 돌려진다. 그 당시 신문이나 잡지, 소설 속에서 신여성은 '열 손가락에 반지를 끼듯 여러 남자를 차례로 만나다가 아버지가 누군지도 모르는 아이를 임신한 채 결혼'(염상섭, 「제야」)할 정도로 부도덕하고 정조 관념이 없는 존재로만 재현되었다. 이렇게 재현된 신여성 이미지는 그 자체로 하나의 사실로 굳어져 근대화의 부정적 측면을 대표하는 기호로 압축되어 왔다. 소설 속 명숙의 죽음은 바로 이러한 신여성 이미지의 부정적 일반화에 저항하기 위한 최후의 수단으로 제시된다. 주인공 명숙이 유서의 마지막 부분에 스스로를 "희생녀"로 명명한 것은 구여성만이 아니라 교육받은 신여성조차 부모의 강제 매매혼에 의해 희생될 수 있다는 사실을 강조하기 위해서다. 자살을 통해서만 자기 결백이 가능한 존재라는 점에서 신여성은 비록 개화한 선구자였음에도 여성이라는 젠더적 한계를 극복하지 못한, 봉건적 가부장제 사회의 희생양에 불과했던 것이다.

그런데 아이러니하게도 1세대 여성 작가, 특히 나혜석과 김일엽의 소설 속 신여성이 근대 교육의 수혜자이면서도 부분적으로 전근대적인 존재로 그려지는 이유 또한 이와 무관하지 않다. 앞서 살펴본 것처럼, 나혜석의 「경희」에서 서문안 사돈 마님, 떡장수, 수남이 어머니의 말과 생각을 통해 드러나는 신여성의 부정적인 모습은 대체로 그녀들이 가사 노동을 제대로 수행하지 못한다는 사실에 집중되었다. 따라서 전업주부보다 탁월한 경희의 가사 노동 능력이야말로 구여성의 의식 속에 자리 잡은 신여성의 부정적인 모습(집안 살림에 서툰 게으른 여성이라는 이미지)을 상쇄

할 수 있는 거의 유일한 자질에 다름 아니다. 물론 경희의 가사 노동은 근대 교육과 결합된, 구여성의 가사 노동과는 다른 것으로 그려지고 있다. 그러나 경희의 '신여성다움', 예컨대 경제적 활동 가능성조차 바느질과 같은 전통적인 여성 역할과 연관되어 제시된다는 점에서, 소설 속 신여성은 기존의 가부장제적 규범을 크게 벗어나지 않은 존재로 인식될 가능성이 크다.

김일엽의 「어느 소녀의 사(死)」 또한 마찬가지다. 이 소설 속 신여성 혹은 여학생을 둘러싼 소문의 주 내용은 부잣집의 첩살이도 마다하지 않는 '여학생의 성적·도덕적 타락'이다. 그런 점에서 볼 때 주인공 명숙의 극단적인 정조 관념은 바로 이러한 신여성에 대한 부정적인 담론을 불식시키기 위한 대증요법적 처방전이라고 볼 수 있다. 지금은 거의 왕래가 없지만 단지 어린 시절 정혼자라는 이유로 갑성이를 유일한 "미래의 지아비"로 생각하고 심지어 자살로써 자신의 정조를 지키고자 하는 등, 소설 속 명숙의 태도는 겉보기에는 전형적인 구여성의 모습에 다름 아니다. 문제는 이렇듯 전통적인 관습과 의식에 구속된 구여성을 연기해야만 비로소 여학생 경희와 명숙이 간신히 기존의 신여성에 대한 악평과 비난에서 벗어날 수 있다는 점이다.

변화하는 시대상을 체현하는 선구자로 등장했던 신여성은 점차 새로움에 대한 호기심을 충족시키는 스펙터클한 볼거리로 소비되거나 급격한 사회적 변화가 불러일으키는 불안감을 해소하기 위한 욕받이로 전락하게 된다. 즉 근대 초창기에 사회 개조와 변혁의 선구자라는 역할을 부여받았던 신여성은 어느덧 그러한 가치와 의미를 상실한 채 당시의 온갖 사회적 악덕과 부도덕이 집결되는 비유적, 실제적 장소가 되고 만 것이다. 그런 맥락에서 나혜석과 김일엽 소설에서 드러나는 신여성에 대한 양가적 태도(부분적으로 거부하면서 동시에 부분적으로 승인하는)는 신여성을 불륜녀이자 패륜녀로 몰아세우는 당시 상황에서, 진정한 신여성으로서 자기 존재를 인정받기 위한 어쩔 수 없는 선택이었을 것으로 본다. 그러나 결과적으로 1세대 여성 작가들의 이러한 노력은 실패로 끝나고 만다. 그들이 거센 역풍(backlash)을 맞고 문단 밖으로 쓸쓸히 퇴장한 뒤에도 그들에 대한 문학적 타자화는 계속되었으며, 심지어 그러한 작업은 일종의 문학적 방법론이자 규범으로 평가받으면서 지속되었다.

3 착취되는 여성 육체와 각성하는 '빨간 몸'

많은 경우 여성과 여성 육체를 다루는 남성 작가의 방식은 그 당시의 성적 고정관념이나 성 이데올로기에 지배받아 왔으며, 그 결과 문학적 욕망이라는 이름하에 여성(의 성적 육체)에 대한 지배적·폭력적·속물적 욕망을 가감 없이 드러내기도 했다. 남성 작가들이 여성 육체에 부여해 왔던 문학적 의미가 새롭고 혁신적이기보다는 통속적이고 일상적인 차원에만 머물렀던 것은 그 때문이다. 그리고 이러한 문학적 작업은 정확히 현실의 여성을 삭제, 배제한 채 사회 문화적으로 관습화된 여성 이미지를 반복, 재생산하는 데 그치고 만다.

한국 근대문학 초창기에 이러한 여성 육체의 문학적 재현이 가장 빈번하게 상투적으로 일어난 곳은 바로 1세대 여성 작가를 모델로 한 일련의 모델소설이다. 가까이에서 동료 문인으로 활동했던 여성 작가들에 관한 소문을 근거로 만들어진 일련의 여성 모델소설은, 스캔들의 주인공인 여성 작가들을 실재하는 존재라기보다는 허구적인 이야기의 주인공으로 만들었다. 그 과정에서 아이러니하게도 이들에 관한 스캔들은 사실처럼 인구에 회자되었고 모델의 주인공인 나혜석, 김일엽, 김명순을 신여성의 전형으로 만들었다. 그렇다면 한국 근대소설은 모델소설을 통해 어떤 '여성'을 만들었나? 김동인이 쓴 「김연실전」(1939)의 한 대목을 보자.

연실이는 선생이 요구하는 것이 무엇인지를 순간에 직각하였다. 끄는 대로 끌리었다. 그날 당한 일이 연실이에게는 정신상으로는 아무런 충동도 주지 못하였다. 그것은 연실이가 막연히 아는바, 사내와 여인이 하는 노릇으로, 선생은 사내요 자기는 여인이니 당하게 되면 당하는 것이 당연한 일 쯤으로 여겼다. 그때 연실이가 좀 발버둥이를 치며 반항을 한 것은 오로지, 육체적으로 고통을 느끼기 때문이었다. 이런 고통을 받으면서 그 노릇을 하는 것이 여인의 의무라 하는 점이 괴로웠다.[5]

김동인의 「김연실전」 연작은 김명순을 모델로 하여 그녀의 불우한 성장 과정과 불행한 결말을 신여성 일반의 공통적인 운명인 것처럼 왜곡해서 쓴 소설이다. 위의 구절은 열다섯 살이 된 '연실'이 동경 유학을 위해 일본어를 배우다가 일본어 선생에게 강간당하는 장면이다. 그러나 놀랍게도 연실은 어떤 충격도 받지 않을 뿐 아니라 강간을 "사내와 여인이 하는 노릇" 정도로 가볍게 치부한다. 소설 내내 연실은 자신이 처한 불행한 상황에 대한 어떠한 고민도, 아무런 내적 갈등도 하지 않는다. 그녀는 단지 외부에서 오는 자극에만 반응하는 '파블로프의 개'일 뿐이다. 소설에서 김연실을 설명하기 위해 가장 많이 동원되는 표현은 '아무런 감흥을 느낄 수 없었다.'라는 것이다. 김동인의 인형 조종술이 극단적으로 드러난 이 연작소설에서 여성 인물은 이렇듯 어떤 공감이나 이해가 불가능한 타자 혹은 비인격적 사물로 재현될 뿐이다. 그럴 때 김연실은 개별성과 고유성을 상실한 채, 해소되지 못한 남성 욕망이 부당하게 담기는 텅 빈 그릇이나 스크린에 불과한 존재로만 다뤄진다.[6]

---

5   김동인, 「김연실전」(《문장》, 1939. 3.), 『김연실전 외』, 김동인전집 4권(동아일보사, 1988), 26쪽.

6   김동인의 「김연실전」에 대한 분석은 심진경, 「여성문학의 탄생, 그 원초적 장면」, 『문학을 부수는 문학』, 권보드래 외, 오혜진 기획(민음사, 2018), 56쪽을 참고.

김동인의 소설 속 김연실은 그 당시에 '못된 걸'('모던 걸'을 조롱하는 언어유희적 표현)로 낙인찍힌 전형적인 신여성, 즉 일찍이 순결을 잃어 정조 관념이 없고 남성 편력이 심한 여성이다. 이렇듯 '신여성'이라는 단어는 오직 성 경험의 유무에 따라 가치 평가된 개념이었다. 그렇다면 김연실은 어떻게 '못된 걸'이 되었나? 이를 알기 위해서는 우선 김연실의 모델이었던 김명순(김명순의 호는 '탄실'로 '연실'은 '탄실'을 비꼬아서 만든 이름이다.)이 그 당시 잡지와 신문 등에서 어떻게 보도되어 왔는가를 살펴보아야 한다. 김명순에 대한 악의적 비평의 대명사격인 김기진의 「김명순 씨에 대한 공개장」은 '성적으로 문란한 신여성'의 이미지를 만들어 낸 대표적인 글이다. 다음 예문은 그 글의 일부다.

다시 요령만 따라 간단히 말하면 그는 평안도 사람의 기질(썩 잘 이해하지는 못하나마)인 굳고도 자가 방호하는 성질이 많은 천성에 여성 특유의 애상주의를 가미하고 그 위에다 연애문학서 류의 뻥키칠을 더덕더덕 붙여 놓고 어부 자식이라는 환경으로 말미암아 조금은 꾸부정하게 휘어져 가지고 처녀 때에 강제로 남성에게 정벌을 받았다는 이유가 있기 때문에 더한층 히스테리가 되어서 문학 중독으로 말미암아 방분하여졌다는 것이다. 그리고 이것들 제 요소를 층층으로 쌓아 놓은 그 중간을 꿰뚫고 흐르는 것이 외가의 어머니 편의 불순한 부정한 혈액이다. 이 혈액이 때로 잠자고 때로 굽이치며 흐름에 따라 그 동정(動靜)이 일관되지 못한다. 그리하여 이 動, 靜이, 그의 시에, 소설에, 또한 그의 인격에 나타난다.[7]

여기서 김명순을 설명하는 키워드는 세 가지다. 첩의 딸, 강간 피해자, 부정한 혈액이 그것이다. 여기서 가장 핵심적인 키워드는 바로 김명순이

7   김기진, 「김명순 씨에 대한 공개장」, 《신여성》, 1924. 11., 47쪽.

강간당한 여성이라는 것이다. 강간 피해의 경험은 김명순 작가의 출신 성분("외가의 어머니 편의 불순한 부정한 혈액")을 사후적으로 규정하는 기원이 되기도, 그녀의 문학을 판단하는("분 냄새 나는 시", "저급한 취미와 현실 긍정의 욕정주의와 조선제 데카당스") 근거가 되기도 한다. 그럴 때 '강간 피해 경험=처녀성 상실=성적 문란함'이라는 도식이 형성되고 이는 곧바로 김명순 문학의 해석 기준으로 작동한다. 1915년 7월 30일 《매일신보》에 「동경에 유학하는 여학생의 은적(隱迹)」이라는 제목으로 김명순이 그 당시 일본육군사관학교 출신 보병 소위인 이응준에게 강간당했던 일이 기사화되고 이후 수많은 신여성 모델소설과 가십성 기사, 문단회고록(사실상 여성 작가 뒷담화)을 거치면서,[8] 그녀는 데이트 강간 피해자임에도 남성 편력이 심하고 돈 많은 남자들에게 경제적 후원을 받으며 살아가는 사치와 허영의 '못된 걸'로 낙인찍힌다. 김명순이 나혜석, 김일엽과 달리 처음부터 결혼 제도에서 배제될 수밖에 없었던 것은 이 때문이다.

이렇듯 그 당시 남성 작가들이 여성에 대한 성폭력을 폭력이 아닌 '성'에 강조점을 두어 여성의 성적 육체에 대한 호기심과 거부감을 중심으로 해석하고 서사화했다면, 1세대 여성 작가들은 여성에 대한 성폭력을 여성에게 가해지는 다양한 '폭력'의 하나로 인지하고 그러한 폭력이 얼마

---

8   김명순을 모델로 한 모델소설에는 염상섭의 「제야」, 김동인의 「김연실전」, 전영택의 「김탄실과 그 아들」 등이 있고, 가십성 기사로는 「김명순 씨에 대한 공개장」(《신여성》, 1924. 11.), 「세 번 실연한 유전의 여류시인 김명순」(《삼천리》, 1935. 9.), 「여류문인의 연애비화」(《조선문단》, 1935. 4.) 등이 있다. 문단 회고록 형태로 김명순을 이야깃거리로 소환한 글에는 전영택의 「내가 아는 김명순」(《현대문학》, 1963. 2.), 이명온의 「김명순 편」 『흘러간 여인상』(인간사, 1963), 임종국·박노준의 「김명순편」, 흘러간 성좌 3』(국제문화사, 1966), 김동인의 「문단 30년의 발자취」 『한국문단의 역사와 측면사』(국학자료원, 1996), 임종국의 「비정한 방관의 이야기」(《한국문학》, 1976. 12.) 등이 있다. 이후에도 김명순은 언제나 성적 육체의 굴레에서 벗어나지 못한 채 타락한 신여성 혹은 가련한 신여성을 대표하는 인물로 회자된다. 그 과정에서 그녀의 문학작품이 배제된 것은 어쩌면 너무 당연한 일인지도 모른다.

만큼 심각한 문제를 야기할 수 있는지를 폭로한다. 김일엽의 「순애의 죽음」은 이중의 서술 구조를 통해 데이트 성폭력의 심각성을 폭로하는 소설이다. "S 언니— 순애는 그만 자살하였답니다."라는 문장으로 시작하는 이 소설의 서술 방향은 비교적 뚜렷하다. 그것은 바로 순애의 자살 원인을 밝히겠다는 것이다. 그 결과 '나'는 순애가 사실상 데이트 강간 가해자인 K에게 살해되었음을 밝혀낸다. "그만 흉악한 K에게 여지없이 으깨어지고 생명까지 잃어버리고 말았나이다."라는 소설의 마지막 문장은 순애의 죽음이 명백한 타살임을 분명히 한다. 다만 「순애의 죽음」은 성폭력 피해의 심각성을 폭로하기 위해 지나치게 피해 여성의 순결을 강조함으로써 결과적으로 '폭력적인 가해 남성/가련한 피해 여성'이라는 도식적인 이분법을 반복하고 만다. 그럼에도 불구하고 이 소설은 피해 여성의 진술을 통해 성폭력이 여성의 삶을 어떻게 파괴하는지를 극적으로 폭로한다는 점에서 주목할 만하다.

나혜석의 「원한」은 표면적으로는 구여성인 이소저의 비극적인 인생 유전(人生流轉)을 통해 조혼, 축첩, 과부 재가 금지 등과 같은 전근대적인 관습법이 여성의 삶을 얼마나 폭력적으로 구속해 왔는가를 고발한다. 특히 과부가 된 이소저는 소설에서 "임자 없는 물건"으로 명명되는데, 이는 여성을 독립적인 존재가 아니라 누군가에게 예속된 소유물로 취급하는 인식이다. 기혼과 미혼, 결혼 제도의 안과 밖의 경계에 위치해 있는 과부라는 정체성은, 전근대적인 가부장제 사회에서 여성이 얼마나 손쉬운 점령 대상이자 사물화된 교환 대상이 될 수밖에 없는지를 상징적으로 보여준다. 결국 이소저는 시아버지의 친구인 '박 참판'에게 강간당하고 그의 세 번째 첩이 된다. 그러나 그의 성적 가치가 모두 소진된 뒤, 이소저는 큰 마누라의 몸종 노릇을 하다가 지독한 학대를 견디지 못해 가출하고 만다. 그렇게 부잣집 무남독녀 '이소저'가 남의 집 더부살이 신세인 '이 씨'가 되는 소설의 결말은, 자기 운명을 남성에게 타율적으로 의탁한 구여성의 비극적 몰락을 드라마틱하게 보여 준다.

　　양반의 집 가문을 흐렸다는 이 씨는 과연 용납할 곳이 없었다. 원통하게
도 첩의 누명을 썼으나 손마디가 굵어졌을 뿐이요, 알뜰히도 빨간 몸뿐이
었다. 아직도 삼십이 못 된 여자가 길을 헤매며 흑흑 느껴 울었다. 이 씨는
(중략) 일 전 이 전의 이익을 바라고 추운 날 더운 날 무릅쓰고 "싸구려, 싸
구려" 외치고 다닌다. 오늘도 왕복 육십 리 장에를 걸어갔다 와서 식은 밥
한 술 얻어먹고 윗목 냉골에서 쓰린 잠이 곤하게 들었다. "아이고 아이고,
다리야, 다리야…… 으흥…… 그놈."[9]

　　결국 이 씨에게 남은 것은 "빨간 몸"뿐이다. "빨간 몸"은 '적빈(赤貧)'이
라는 단어에서 짐작할 수 있듯이 일차적으로는 '이 씨'의 지독하게 가난
한 현실, 혹은 수치심만을 불러일으키는 '이 씨'의 훼손된 육체를 상징한
다. 그러나 부잣집 딸, 부잣집 며느리, 부잣집 첩 등으로 명명되는 남성 의
존적 삶의 끝에 '이 씨'에게 남은 이 "빨간 몸"은 어쩌면 어느 누구에게도
얽매이지 않게 된 여성이 획득한 유일한 자산이 아닐까? 게다가 "빨간 몸"
은 나혜석의 「회생한 손녀에게」에서 아픈 손녀를 회생시킨 "깍두기 고추
장"을 연상시키기도 한다. 그렇다면 "추운 날 더운 날"을 가리지 않고 자
기 힘으로 일해서 먹는 "식은 밥 한 술"이야말로 나혜석의 「경희」에서 경
희가 도달하고자 한 어떤 경지, 즉 "보리밥이라도 제 노력으로 제 밥을 제
가 먹는 것"의 또 다른 판본으로 볼 수 있지 않을까? 물론 이러한 "빨간
몸"은 '이 씨'의 노력과 의도로 획득된 것은 아니다. 그럼에도 이 "빨간 몸"
은 여성을 성적·육체적 존재로만 상상하던 근대 초창기 한국문학에서 여
성의 성적·경제적 자립의 가능성을 네거티브한 방식으로나마 암시한다

9　　나혜석, 「원한」, 앞의 책, 75~76쪽.

는 점에서 의미 있는 문학적 성과라고 할 수 있다. 각성은 이제 시작이다.

4 일곱 개의 얼굴, 일곱 개의 글쓰기

나혜석의 후기작 「현숙」(1937)은 초기작 「경희」(1918)와 마찬가지로 여주인공의 이름을 전면에 내세운 소설이지만, 두 작품 사이의 시간적 거리만큼이나 두 여주인공의 서사적 포지션과 성격은 완전히 다르다. 「경희」가 선량함과 성실함, 부르주아적 여유를 갖춘 '경희'의 자아 찾기에 중점을 둔 소설이라면, 「현숙」은 한편으로는 예술가를 이해하고 후원하는 예술적 감수성의 소유자이면서도 끽다점 운영을 모색하기 위해 여러 남자와 이면 관계를 맺는 팜므파탈적 존재이기도 한 '현숙'의 복잡한 마음과 몸의 행로를 따라가는 소설이다. 자기 각성을 통해 세계에 대한 새로운 이해에 도달하고자 했던 여학생 '경희'는 20여 년 가까운 세월이 지난 뒤 더 이상 그러한 소박하고 유아기적인 현실 이해가 받아들여지지 않는다는 것을 깨닫게 된다. 카페 여급이자 모델인 '현숙'은 그러한 뼈아픈 현실 인식 속에서 등장한다.

그녀는 여성의 성적 육체가 어떻게 자본과 교환되는지를 분명하게 알고 있지만, 그렇다고 해서 순정으로 요약되는 삶의 진정성을 무시하지도 않는다. 현숙이 여러 남자와 모종의 계약 관계를 맺었다는 사실을 뒤늦게 알게 된 화가 K, 그런 K의 비신사적 태도에 분노하는 노시인, 현숙에게 청년다운 순정을 바치는 화가 L. 이들은 모두 사랑의 낭만성과 관계의 영속성을 믿는(체 하는) 순진한 이상주의자의 얼굴을 갖고 있다. 그러나 현숙은 이미 "연애의 입구는 회계로부터 시작되는 것이 좋다"는 냉혹한 현실 인식의 소유자이기 때문에 순진함을 연기하지 않는다. 그러나 순정(純情)과 회계(會計) 사이에서 현실을 조율하면서도 기어이 현숙은 소설 결말에 이르러 가난하지만 순정한 청년인 화가 L과의 연애를 시작한다. 물론 그들의 관계는 "반년 후 새로운 계약"을 통해 지속 유무를 결정할 수 있다는 이면 계약이 첨부되기는 하지만 말이다. 그렇다면 현숙과 L의 연애는 순정한 것인가, 아니면 불순한 것인가? 순진한 것인가, 아니면 이해타산적인 것인가? 순정한 연애에 대한 비판적 거리를 확보하면서도 삶에 대한 진정성을 상실하지 않은 신여성. 이제 현숙에 이르러서야 우리는 비로소 타락한 여성의 기호도, 도식적인 자아 각성의 화신도 아닌, 남성의 욕망의 대상이면서도 자기 주도적 욕망의 주체인 새로운 신여성상을 만나게 된다.

무어라 한마디로 규정짓기 어려운 이러한 신여성의 다면적인 모습은 그 양상을 달리하여 이미 김명순의 「칠면조」(1921)에서도 발견된다. 「칠면조」는 제목에서 알 수 있듯이, 다양한 얼굴을 가진 인간의 복잡한 내면을 다룬 소설이다. 문제는 그 복잡한 내면이라는 것이 실상은 사람들 사이에서 벌어지는 미세한 갈등과 감정 변화를 지나치게 예민한 주인공 '순일'이 포착하면서 발생한다는 것이다. 대부분의 독자들(그 당시의 남성 작가와 남성 평론가를 포함한)은 '순일'의 상충하는 두 가지 혹은 세 가지 감정 사이의 갈등과 그로 인해 신경쇠약에 이르게 되는 히스테릭한 심리를 잘 이해하지 못한다. 왜 그럴까?

「칠면조」는 '순일'이 '니나 슐츠 선생'에게 보내는 편지 형식으로 이루어져 있는데, 주된 내용은 동경에서 여학교를 졸업한 순일이 일본 K부에 있는 전문학교 TS에 입학하기 위한 여정 및 가입학(假入學) 이후 겪게 된 경제적·심리적 고통에 관한 것이다. 겉보기에 심리적 갈등의 주된 원인은 경제적 어려움이다. 가입학 상태이기는 하지만 본국에서 월사금은커녕 생활비마저 보내지 않는 상태에서도 순일은 학업에 대한 과장된 욕망에 사로잡혀 자신이 처한 현실을 직시하지 못한다. 그러나 소설에서 순일을 괴롭히는 것은 이러한 경제적 어려움보다는 주변 사람들과 관계 맺기의 어려움이다. 표면적으로 순일은 모르는 사람에게도 쉽게 마음을 여는 사교적인 인물인 것처럼 보이지만 실상 그녀는 자기 마음을 솔직하게 표현하는 것을 어려워할 뿐만 아니라 지나치게 남을 의식해서 불필요한 오해를 사기도 한다. 예컨대 평소 존경해 왔던 H 선생에게 갑자기 신경질적인 태도를 보이거나 자신을 도와주기 위해 애쓰는 박 씨에 대해서는 까닭 없이 미운 마음을 갖기도 한다. 그러다가 평소에 아무런 관심이 없었던 D에게 갑자기 적극적인 태도를 보이기도 한다. 도대체 왜 그럴까?

'내 자신아 얼마나 울었느냐, 얼마나 알았느냐, 또 얼마나 힘써 싸웠느냐, 얼마나 상처를 받았느냐, 네 몸이 홀홀 다 벗고 나서는 날 누가 너에게 더럽다는 말을 하랴?' 하고 자애의 맘을 일으키며 뜨거운 눈물 섞어 낯을 씻고 방으로 들어와서 분을 발랐더니 옆에서 Y 여사가 "분도 많이도 바른다." 하면서 자기도 두 손바닥에 분물을 따르더니 박박 기―다란 얼굴에다 문지릅디다.[10]

H 선생에게 했던 돌발적인 행동을 내내 후회하던 순일은 갑자기 M여사와 Y여사는 물론 Y청년조차 자신을 꺼리고 비난하는 듯한 인상을 받는다. 그러다가 문득 순일은 이 모든 왜곡된 심리의 원인이 무엇인지를 깨닫게 된다. 그것은 바로 자신을 비난하는 사람들과 그들로 인해 상처받은 자신의 마음이었던 것이다. 소설에서 그러한 피해 의식의 원인이 되는 사건이 무엇인지는 분명하게 밝히지 않는다. 그러나 다만 "네 몸이 홀홀 다 벗고 나서는 날, 누가 너에게 더럽다는 말을 하랴?"라는 구절을 통해 그 사건이 다름 아닌 김명순 자신이 겪은 성폭력 사건이라는 사실을 짐작할 수 있다. 그 사건을 둘러싸고 만들어진 온갖 가십과 스캔들은 작가 김

10   김명순, 「칠면조」, 앞의 책, 197쪽.

명순을 허구와 실제가 구분되기 어려운 어떤 문학적 현실 속에 던져 놓은 것은 아닐까? 그래서 어떤 표정을 지을지 몰라 난감했던 것은 아닐까? 그렇다면 김명순의 일곱 가지 얼굴은 성폭력 피해자라는 굴레에 갇힌 채 자기의 진짜 얼굴을 찾으려는 작가 나름의 고투가 빚어낸 찢긴 주체의 모습은 아닐까?

그러나 김명순은 결코 자신의 성폭력 피해 경험을 직접 다루지 못한다. 김명순의 많은 자전적 소설이 미완인 것은 그 때문이다. 「칠면조」는 물론, 자전소설이라는 타이틀을 내건 「탄실이와 주영이」(1924)도 그렇다. 제목의 '탄실이'가 김명순의 실제적 자아라면 1924년 《매일신보》에 번역 연재된 나카니시 이노스케(中西 伊之助)의 『너희들의 등 뒤에서』의 주인공 '주영이'는 김명순의 허구적 자아라고 할 수 있다. 『너희들의 등 뒤에서』의 주인공 권주영은 하숙집 주인의 동료인 기병 소위의 유혹에 빠져 정조를 유린당한 뒤에 남성에 대한 복수심으로 창녀적 삶을 이어 가는 인물이다. 세간에는 이 '주영이'가 탄실 김명순을 모델로 했다는 소문이 자자했는데, 「탄실이와 주영이」는 이러한 소문에 맞서서 자신의 목소리로 그 사건의 진실을 밝히고자 하는 작가의 의도에서 출발한다. 그러나 "그것은 탄실이가 열여덟 살 나던 봄이었다."로 시작되는 신문 연재본 마지막 회에서 작가는 끝내 '그것'에 대해 말하지 못한다. 피해자의 언어는 더 나아가지 못한다. 어쩌면 침묵이야말로 성폭력 피해자의 고통에 대한 가장 강력한 표현일지도 모른다. 그러므로 김명순의 일곱 가지 얼굴과 일곱 가지 이야기는 바로 이 침묵할 수 없는 침묵을 중심으로 융기하고 발화된 것으로 보아야 한다.

지금까지 한국문학사에서 1세대 여성작가들의 다양한 얼굴과 목소리는 이들의 사생활에 관한 떠도는 이야기 속에서 제대로 발견되고 평가받지 못한 채 지워졌다. 수다가 길어질수록 침묵도 길어진다. 어쩌면 한국문학은 근대 초기부터 어느 한 성(性)의 수다와 다른 한 성의 침묵 속에서 기우뚝하게 이어져 왔는지도 모른다. 이 문학적 불균형을 바로잡기 위해 수다와 침묵의 젠더 관계를 전복하는 것도 하나의 방법이겠지만, 그보다 먼저 우리가 해야 할 일은 그들의 침묵 속에서 발화되지 못한 목소리에 귀를 기울이고 그들의 다양한 문학적 얼굴을 들여다보는 것이다. 그럴 때라야 비로소 새롭고 풍성한 한국문학의 시작은 가능해질는지도 모른다.

꽃은 지더라도 또 새로운 봄이 올 터이지

나혜석과의 가상 인터뷰

나혜석(1896~1948): 화가이자 문필가. 1896년 경기도 수원에서 부유한 관료의 딸로 태어나 경성 진명여학교에서 공부한 뒤, 1913년 18세의 나이로 일본 도쿄에 있는 4년제 사립여자미술학교 서양화부에 입학, 1918년 졸업한다. 귀국 후 1919년 3·1운동 시위 관련자로 검거되어 5개월간 수감 생활을 한다. 25세 되던 1920년에 김우영과 결혼하고 1921년 여성 화가로는 "조선 최초"로 전시회를 연다. 1927년 6월 구미 여행을 떠나 1929년 3월에 귀국한다. 구미 여행 시 있었던 최린과의 연애 사건으로 1930년 이혼한 뒤, 공식적으로는 1938년까지 글을 쓰고 그림을 그리다가 1948년에 원효로 시립 자제원(지금의 용산경찰서 자리)에서 무연고 행려병자로 사망한다. 대표작으로는 소설 「경희」, 「현숙」, 「어머니와 딸」 등과 에세이 「모된 감상기」, 「이혼고백장」, 「신생활에 들며」 등이 있다.

심진경(이하 심): 안녕하세요. 저는 문학평론가 심진경입니다. 나혜석 선생님과의 인터뷰를 어떻게 시작해야 할지 천만번은 고민한 것 같아요. 당신이 쓴 소설과 수필, 시, 평론, 희곡, 여행기, 고백록 등을 읽으면 읽을수록, 당신에 관해 쓴 연구서와 회고록, 심지어 소설 등을 읽으면 읽을수록 당신은 점점 더 풀기 어려운 수수께끼, 빠져나오기 힘든 미로, 대답하기 어려운 질문 같아요. 당신은 시대를 앞서간 선각자, 전위적인 여성 지식인, 혹은 바람피우다 이혼 당한 신여성 등등으로 불립니다. 단도직입적으로 묻겠습니다. 당신은 누구인가요?

나혜석(이하 나): 글쎄요. 저는 누구일까요? 하하. 저는 "18세 때부터 20년간을 두고 어지간히 남의 입에 오르내렸습니다. 즉 우등 1등 졸업 사건, M과 연애 사건, 그와 사별 후 발광 사건, 다시 K와 연애 사건, 결혼 사건, 외교관 부인으로서의 활약 사건, 황옥 사건,[1] 구미 만유 사건, 이혼 사건, 이혼고백서 발표 사건, 고소 사건, 이렇게 별별 것을 다 겪었습니다."(「신생활에 들면서」, 1935) 이 모든 사건은 세간의 뉴스거리이자 진기한 구경거리였습니다. 그래서 지금까지 많은 여성들이 그래 왔듯이, 저는 저 자신이면서 저 자신이 아닙니다. 단편소설 「경희」를 읽은 사람들은 저를 계급적 우월감에 사로잡혀 관용을 베푸는 부르주아적 자유주의자로, 저의 이혼 사건과 위자료 청구 소송 사건을 아는 사람들은 저를 성 해방론자 혹은 급진적 여성주의자로, 제가 3·1운동 시위 관련자로 검거, 수감된 적이 있고 일제 고위 관리가 되어 전향한 남편과는 달리 끝까지 친일을 거부했다는 얘기를 듣고는 저를 민족주의자라고 말하기도 합니다. 아니면 열 살 연상의 부유하고 사회적 지위가 높은 남자와 결혼한 저를 겉으로는 남녀평등을 외치는 페미니스트 행세를 하지만 실제로는 이해관계에 따라 움직이는 속물적 신여성이라고 욕하기도 합니다. 언젠가 염상섭

---

1   이 사건은 1923년 의열단이 상해에서 제작한 폭탄을 국내로 들여오다가 발각된 '황옥 경부 폭탄 사건'을 가리킨다. 이 사건으로 나혜석, 김우영 부부도 조사를 받았다. 당시 사건 당사자로 체포되어 실형을 살았던 유석현의 회고에 따르면, 나혜석 부부가 자신들이 숨겨 온 폭탄 가방을 그들의 집에 숨겨 두도록 하는 등 위험을 무릅쓰고 독립운동을 도왔다고 한다.

씨가 그랬다는군요. 내가 "타산적이요, 실질적"인 여자라고요. 한편으론 수원 나부잣집 넷째 딸로 태어나 온갖 호사를 누리다가 이혼 이후에 전락에 전락을 거듭하다 급기야 무연고 행려병자로 죽은 저를 보고는 이상과 현실의 괴리를 극복하지 못한 실패한 혁명가라고들 얘기합니다. 과연 저는 누구일까요?

심: 얘기를 들어 보니 선생님은 어느 하나의 범주로 귀속되기 어려운 다양한 얼굴을 가진 존재인 것 같아요. 그런데 역사적으로 이름을 알린 유명한 여성들은 대체로 악평과 호평을 동시에 받아 왔죠. 특히 일제 강점기에 '신여성'이라는 존재는 식민지 남성 지식인들의 근대에 대한 욕망과 결핍을 투사하는 허구적 대상에 가까운 것 같아요. 아니면 근대 대중 매체가 제공하는 새로운 볼거리로 소비되는 이미지이거나요. 그래서인지 지금까지 신여성은 사유와 행위의 주체로 다뤄지기보다는 남성 지식인의 자아 이상(ego ideal)이 투사되는 텅 빈 스크린, 아니면 아무 의미와도 결합할 수 있는 떠도는 기표에 불과한 존재로만 해석된 것 같아요. 철저히 수동적인 존재로 말이죠. 이번 인터뷰를 통해 나혜석 선생님의 목소리가 더 잘 들리기를 바랍니다.

나: 글쎄요. 저는 이미 세상에 던져진 텍스트이자 떠도는 목소리에 불과한 걸요.

심: 그래도 나혜석이라는 이름은 이미 특정한 한 개인의 범주를 넘어선 것 같아요. 선생님은 매 순간 자신이 처한 주변부적 위치에서 자신의 성공과 실패, 욕망, 순응과 거부, 자기변명과 반성 등을 솔직하게 기록해 왔습니다. 그래서일까요? 선생님이 남긴 글들은 어떤 일관된 신념 체계나 관념, 사고 틀에 맞춰 배열된 논리적 기록물이라기보다는 다소 혼란스

럽고 분열적인, 때로는 갈등하는 말들의 각축장 같아요. 선생님의 글쓰기야말로 선생님을 일개 불륜녀나 이혼녀가 아닌, 그 시대를 표상하는 신여성으로 만들어 준 중요한 수단이었다고 봅니다. 결국 오늘날 해석의 여지를 다투는 분석의 대상이 되는 것은 선생님의 굴곡진 삶이 아니라, 그러한 삶을 기록한 결과물이거든요. 프로이트가 분석의 대상으로 삼은 것이 무의식적인 꿈 자체가 아니라 깨고 난 뒤에 남긴 의식적 기록물인 것처럼 말이죠. 사회적으로 주목받는 신여성이 이혼 이후에 자신의 결혼부터 이혼까지의 과정을 낱낱이 기록한 「이혼고백장」(1934)이 중요한 것은 그 때문입니다.

그런데 선생님은 왜 이혼한 지 4년이나 지나서 군이 사회적·도덕적 비난을 감수하면서까지 「이혼고백장」을 쓰셨나요? 제가 보기에 선생님의 사회 경제적 몰락은 거기서부터 시작된 것 같은데요? 사람들의 비난을 자초했다는 느낌입니다. 그래서 어떤 연구자는 「이혼고백장」에 대해 "자신의 과오에 대한 반성은 찾아볼 수 없고 김우영에 대한 원망과 혼외정사에 대한 자기변명만이 전면화되어 있다."(송명희)라고 비판하기도 합니다. 선생님은 왜, 군이 「이혼고백장」을 발표하셨나요?

나: 아마 많은 사람들이 그 글을 읽으면 저라는 사람이 대단히 이율배반적이고 모순적이라는 생각이 들 겁니다. 예전에 「모 된 감상기」(1923)에서 저는 '자식은 모체의 살점을 떼어 가는 악마'라고 했었지요. 그런데 「이혼고백장」에서는 아이들 때문에 이혼하지 못하겠다고 썼어요. 사람들은 그런 저를 보면서 자기 편한 대로 떠든다고 생각할지도 모르겠습니다. 그러나 사실 제가 「모 된 감상기」에서 한 그 말은 여성들이 실제로 겪을 수밖에 없는 구체적인 임신과 출산, 육아 과정을 솔직하게 쓰는 과정에서 나온 것입니다. 그래서 저도 제 말에 대해 "제일 무책임한 말이었고 제일 유치한 말이었고 제일 거슬리는 말이었다."라고 고백한 것입니다.

그러나 동시에 그 말은 "제일 정직한 말이었고, 제일 용감한 말"이었습니다.(「백결생에게 답함」, 1923) 제가 「모 된 감상기」를 통해 말하고 싶었던 것은 모성애가 경험적이고 체험적인 것이지 생물학적 본능은 아니라는 것입니다. 그런 맥락에서 저는 "'솟는 정'이라는 것은 순결성 즉 자연성이 아니요, 단련성이라 할 수 있다."라고 썼지요. 그런데도 사람들은 제가 한 다른 말들은 무시하고, 또 그런 말이 나오게 된 맥락도 지우고 오직 자극적으로 그 말만을 반복하면서 저를 비정한 어미로 만들었습니다. 제 글을 비판한 '백결생'도 마찬가집니다. 그 사람이 1923년에 쓴 「관념의 남루를 벗은 비애 — 나혜석 여사의 「모 된 감상기」를 보고」라는 글을 보셨나요? 거기서 그자는 저와 같은 신여성을 자유만 요구할 뿐 책임은 거부하는 이기적인 존재로 미리 규정한 뒤 저를 여성으로서의 책임과 의무, 즉 임신과 출산을 회피하는 파렴치범으로 비난하더군요. 정말 어이가 없었어요.

심: 음, 저는 「이혼고백장」에 대해 질문을 드렸는데⋯⋯. 근데 그 '백결생'이라는 사람의 주장이 요즘 젊은 여성들에 대해 의무는 다하지 않고 권리만 주장하는 이기적인 '김치녀'라고 비난하는 내용과 비슷하네요. 아무튼 다시 「이혼고백장」으로 돌아가 보죠. 선생님께서는 최린과의 불륜이 분명 "자기가 자기를 속이고 마는 것인 줄"을 이미 알고 있었다고 하시면서도 혼외 관계에 대해 "중심 되는 본부(本夫)나 본처(本妻)를 어찌 않는 범위 내의 행동은 죄도 아니요, 실수도 아니라 가장 진보된 사람에게 마땅히 있어야 할 감정"이라고 주장하셨어요. 거기다가 다음 해에 쓰신 글에서는 이런 유명한 말씀도 하시죠. "정조는 도덕도 법률도 아무것도 아니요, 오직 취미다." 그런데 그런 주장들에 대해 어떤 사람들은 파렴치한 불륜녀의 몰지각한 자기변명이라고 비난하고, 다른 사람들은 성적 주체로서 여성의 성적 자율권에 대한 요구라고 옹호합니다. 사실 지금의 관점에서 보면 남성과 여성에 대해 다르게 적용되는 이중적인 성규범이 당연시되는

상황에서 선생님의 정조론은 일면 고개가 끄덕여지는 면이 있어요. 그 시절에 간통죄는 여자에게만 적용되었고 여전히 남성의 축첩이 관습적으로 허용되기도 했죠. 그러나 다른 한편으론 그런 사회제도적인 문제와는 별개로 최린과의 혼외 관계는 분명 부부간 신의를 저버린 것이기도 합니다. 선생님은 세간의 이런 상반된 평가에 대해 어떻게 생각하세요?

나: 저는 분명히 「이혼고백장」 서두 부분에 제 잘못을 인정하고 기꺼이 "세상의 조소, 질책을 감수"할 것을 각오했습니다. 그런데도 사람들은 저에게 "죄 있는 계집이 뻔뻔하게" 이혼의 책임을 지지 않으려고 변명만 늘어놓는다고 생각하더군요. 그러나 저를 '죄 있는 계집'으로 만든 건 여자에게만 정조를 요구하는 이 사회가 아닐까요? 물론 저에게도 잘못은 있지만 저와 이혼하기 전부터 기생 애인과 살림을 차린 남편이나 저의 불륜 상대였던 기혼자 최린에게는 아무런 죄를 묻지 않으면서 오직 저만 여자라는 이유로 사회적으로, 도덕적으로 죗값을 요구하는 게 너무 화가 났습니다. 저는 이혼해 주지 않으면 간통죄로 고소하겠다는 남편의 협박으로 결국 이혼하고 말았지만, 그래도 제가 지금까지 이룬 예술적 성취가 있고 사회적 인맥이 있으니 어떻게든 살아갈 수 있다고 생각했어요. 그러나 가부장제라는 울타리 바깥에서의 삶은 너무 냉혹했습니다. 그 당시 여자는 아무리 뛰어난 능력이 있어도 자립할 수 없는 구조적 한계가 있었어요. 저는 경제적 자립을 위한 여러 노력들을 했지만 불륜녀라는 딱지 때문에 이런 노력은 번번이 좌절될 수밖에 없었어요. 1933년에는 '여자미술학사'를 차려서 미술 개인 지도와 초상화 작업을 계획했지만 타락한 신여성으로 낙인찍힌 저에게 딸들을 보내려는 부모들은 별로 없었습니다. 결국 그 사업도 망하고 말았죠.

심: 선생님 얘기를 들어 보니 당시에 신여성이란 존재가 화려한 겉모

습에 비해 얼마나 제도적, 물적 토대가 박약한 불안정한 존재였는지 알 것 같아요. 입센의『인형의 집』을 다시 쓴 채만식의『인형의 집을 나와서』에서도 집을 나온 노라는 비참한 최후를 맞게 되죠. 가부장제적 토대 위에서만 여성의 사회 문화적, 예술적 성취를 인정해 줄 수 있다는 거죠. 선생님은 경제적 자립을 추구했지만 당시의 가부장제적 자본주의 구조가 그것을 불가능하게 만든 것 같아요. 그런 식의 구조적 성차별은 제도적, 법적 차원에서의 성평등이 이루어진 오늘날 더욱 견고하고 끈질기게 작동하는 것 같아요.

그런데 선생님에 대한 사회적, 도덕적 비난의 주된 이유는, 사실 선생님이 최린을 상대로 '정조유린위자료청구소송'을 했기 때문이 아닐까요? 소송 자체는 겉보기에 상당히 도발적이고 능동적인 것 같지요. 그런데 실상 고소장의 내용을 들여다보면 선생님은 여성의 성적 자율권을 주장하는 당당한 신여성이라기보다 권력을 가진 남자의 유혹과 협박에 굴복해서 정조를 유린당한 나약한 피해자의 모습에 불과하거든요. 선생님은「이혼고백장」에서는 최린을 능동적으로 '사랑'한 주체였음을 고백하면서 왜 이 고소장에는 자신을 정조를 유린당한, 요즘 말로 하면 무력한 성폭력 피해자로 호소하고 계신가요? 이전에 선생님은 여성에게만 강요된다는 이유로 '정조'를 비판하셨는데 여기서는 보수적인 정조 담론에 기대서 선생님의 피해를 보상받으려고 하는 것 같거든요.

나: 저도 그런 비난에 대해 잘 알고 있어요. 저라고 왜 그렇게 하고 싶었겠어요. 그 당시 정조유린위자료청구소송은 주로 남편에게 버림받고 궁지에 몰린 여성들이 생존을 위해 제기했던 소송입니다. 그러니 저 같은 불륜녀가 불륜의 상대방에게 정조 유린 운운하며 청구 소송을 했으니 되먹지 못한 년이라며 난리가 났죠. 근데 지금도 그렇지만 여성은 스스로를 희생자로 만드는 담론에 기대지 않으면 피해 사실을 호소조차 할 수 없어

요. 여성들이 활용할 수 있는 문화적, 언어적 자원이 많지 않았던 거죠. 남편은 재산 분할은커녕 제대로 된 위자료도 지급하지 않았고 최린 씨는 경제적 어려움을 호소하는 저의 얘기를 귓등으로도 듣지 않았어요. 사회는 저에게 경제적으로 자립할 기회조차 주지 않았어요. 그런 상황에서 제가 경제적 이익을 도모하기 위해 주장할 수 있는 언어는 정조뿐이었습니다. 물론 결과적으로 그 때문에 저는 성적으로 문란한 속물 신여성이 되어 지금까지 사람들의 이야깃거리가 되고 말았죠.

심: 그래도 지금은 선생님의 글과 그림에 대한 재평가가 많이 이루어져 새로운 해석과 이해가 나오고 있습니다. 동시대에 활동한 김명순, 김일엽 선생님에 비하면 선생님은 신여성의 전형으로 많이 얘기되는 것 같아요. 선생님 이름을 딴 학회도 있고 수원에는 '나혜석 거리'도 있어요. 선생님의 일대기를 다룬 여러 권의 전기와 장편소설들도 있습니다. 다큐멘터리도 있고요. 이만하면 그 당시의 억울하고 답답했던 마음이 좀 풀리셨을 것 같은데……

나: 감사한 일이죠. 그렇다고 저를 너무 과대평가하거나 과잉 해석하지는 말아 주셨으면 해요. 저에 대한 찬사는 언제나 그만큼의 비난을 불러왔거든요. 소설 「경희」나 대화록 「부처 간의 문답」(1923)를 보셔서 알겠지만 저는 사람들의 생각만큼 그렇게 급진적이거나 과격하지는 않아요. 오히려 저는 지나치게 주변 사람들의 시선을 의식해서 흔히 상식이라는 말로 포장된 여성에 대한 고정관념을 크게 벗어나지 못했던 것 같아요. 그래서 그림 그리고 글 쓰는 일을 하면서도 집안일도 완벽하게 해야 하고 아내와 어머니 노릇도 잘 해내야 한다는 강박관념이 있었어요. 요즘 말로 하면 슈퍼우먼 콤플렉스라고 할까요? 아무튼 구여성의 미덕을 갖춘 신여성이 바로 저였던 것 같아요. 그 당시에 저는 모두에게 사랑받고 아

300

무에게도 비난받지 않으려고 애썼던 것 같습니다. 그러나 그런 노력이 사실은 저에게 부과된 가부장제적 역할과 의무를 성실하게 수행한 것에 불과하다는 것을 저는 이혼 후에야 깨닫게 되었어요. 그러니 이혼 후의 저의 삶은 오롯이 저를 찾기 위한 과정이었던 것 같아요. 그게 과격하게 느껴졌다면 그것은 그런 저의 변화를, 더 나아가 여성의 변화를 수용하지 못했던 당시 사회의 전근대성과 폐쇄성 때문이 아닐까요? 아까 왜 이혼한 지 4년이 지나서야 「이혼고백장」을 썼는지 물으셨죠? 저에게 「이혼고백장」은 단순한 자기변명이나 고백이 아니에요. 그 글은 그저 이혼 전후의 상황만을 담고 있지 않습니다. 이혼하기까지의 저의 혼란스러운 삶과 이혼 이후 새로운 존재로 거듭나려는 의지를 담고 있습니다. 저의 패배는 곧 사회의 패배였습니다. 그 사회의 의식의 후진성, 사유의 경박함, 약자에게 혹독한 찌질함이 더 큰 문제였다고 봅니다. 제가 후반부의 '조선 사회의 인심'이라는 장에서 도덕과 법률을 동원해 여성에게 정조를 강요하는 조선 사회를 비판한 것은 그 때문이었습니다.

심: 그렇다면 「이혼고백장」은 새로운 여성 주체의 탄생을 선언하는 '마니페스토'라고 볼 수도 있겠네요. 선생님께서는 1933년에 발표한 「화가로 어머니로」라는 글에서, 구미 만유를 통해 "나는 어린애가 되고, 처녀가 되고, 사람이 되고, 예술가가 되고자 한 것이다."라고 쓰셨지요. 그 뜻을 이제야 이해할 수 있을 것 같아요. 그러나 누구의 어머니도 아내도, 딸도 아닌, 한 사람의 예술가이자 여성으로 그렇게 살고자 했던 선생님의 소박한 꿈은 끝내 그 시대에는 결실을 맺지 못하고 좌절되고 말았습니다. 선생님의 패배는 선생님 한 사람만의 패배가 아니라 그 사회의 패배였다는 말씀이 너무 가슴 아프게 와닿네요.

나: "꽃은 지더라도 또 새로운 봄이 올 터이지. 그것이 기다리는 불가

사의(不可思議)가 아니라고 누가 말을 할까. 그날을 기다린다. 그날을 기다린다."(「독신 여성의 정조론」, 1935) 이제 제가 기다리던 새로운 봄이 왔나요?

심: 글쎄요……. 지금은 새로운 봄인가요? 저는 그저 선생님 말씀처럼 불가사의가 더 이상 불가사의가 아니게 되었으면 하는 바람입니다. 선생님의 작품들에 대해 더 많은 얘기 나누고 싶었는데…… 나중에 기회가 되면 또 만나 뵙기를 바랍니다.

어둠 속으로 걸어 들어가기

강경애 소설을 읽는다는 것은

1   헐벗은 여성들, 기괴한 육체들

강경애(1906~1943)는 1931년부터 1938년까지 비교적 짧은 기간 동안 작품 활동을 한 작가다. 그럼에도 그는 일제 강점기에 활동한 작가들 중에서 단연 독보적이면서도 특이한 존재감을 드러낸다. 강경애의 장편소설 『인간 문제』는 1930년대 식민지 조선이 직면한 농촌 문제, 노동 문제, 계급 문제, 여성 문제 등의 사회적 모순들이 상호작용하면서 총체적 '인간 문제'를 이루는 과정을 역동적으로 그려 내 이기영의 『고향』과 함께 대표적인 사회주의 리얼리즘 소설로 평가받는다. 그리고 「소금」, 「지하촌」 등과 같은 후기 중단편소설들은 하층계급 여성의 삶을 억압하는 성 모순, 가부장제 모순, 계급 모순, 민족 모순 등을 복합적이면서도 중층적으로 그리고 있다. 이 소설들은 기존 담론의 틀로는 포착하기 어려운 하위 주체들의 격렬하면서도 모순적인 현실을 날것 그대로 드러냄으로써 우리를 낯선 세계로 이끈다. 이런 강경애의 소설은 유산자와 무산자 간의 갈등과 대립을 중심으로 구축된 전형적인 계급문학도, 남성과 여성 간의 성 대결로 이루어진 전형적인 여성문학도 아니다. 그것은 그런 규범적인 틀로부터 벗어나면서 기존의 익숙한 상징화 방식과 전형성의 논리에 수렴되지 않는 '강경애'라는 단독성의 세계를 구축한다.

이렇듯 강경애 문학의 실재는 단선적인 해석과 평가를 경계한다. 이를 더 잘 이해하기 위해서는 강경애의 인생 이력 중 다음의 몇 가지에 주목할 필요가 있다. 강경애는 1906년 황해도 송화에서 가난한 농부의 딸로 태어나 다섯 살에 아버지를 여의고 개가한 어머니를 따라 황해도 장연으로 이주해 어린 시절을 보낸다. 끼니를 잇기 어려울 정도의 빈곤한 삶과 불안정한 가족 관계는 강경애가 동시대 다른 여성 작가들과는 달리 조선 하층민들의 절대적 빈곤과 고통스러운 삶에 주목한 이유를 짐작하게 한다. 작가 자신이 이들처럼 가난하고 소외된 삶을 살았던 것이다. 작가는 어려운 처지에도 불구하고 숭의여학교(동맹휴학 사건으로 퇴학당한다.)를 거쳐 동덕여학교에 편입하여 열정적으로 공부하고, 이후 무산 아동을 위한 '홍풍야학교'를 개설하거나 근우회 활동에 가담하는 등 좌익 여성운동가로서, 그리고 작가로서의 꿈을 키워 나간다.

본격적인 작가로서의 활동은 1931년에 용정 동흥중학교 수학교사였던 장하일과 결혼한 뒤 간도 지방으로 이주한 직후부터 시작되었다. 강경애의 작품 활동이 간도에서 본격적으로 이루어졌다는 것은 매우 중요하다. 간도는 일본의 식민지 농업 정책 때문에 땅을 빼앗긴 사람들이 최후의 희망을 안고 이주해 간 곳이다. 한편 간도는 조선 본토에서보다 항일무장 독립운동과 반일자치운동이 더 활발하게 전개됐던 곳이고 그만큼 공산주의자 소탕을 빙자한 학살이 무차별적으로 이루어진 곳이었다. 마적단과 자위단의 이주민 착취가 일상화된 곳이기도 했다. 그렇게 식민지 조선의 모순이 가장 첨예하게 폭로되었던 간도야말로 식민지인이자 이주민으로서 겪는 이중의 민족 차별, 소작인으로서 겪는 계층 차별, 여성으로서 겪는 성차별이 첩첩이 얽혀 있는 공간이었다. 이는 강경애 소설이 동시대 다른 여성 작가들의 작품과 다를 수밖에 없었던 또 다른 이유이기도 하다.

강경애는 통상 한국 여성문학사 1세대에 해당하는 김명순, 김원주(김일엽), 나혜석에 이어 박화성, 백신애, 최정희, 장덕조, 모윤숙, 노천명 등 1930년대 여성 작가들과 함께 2세대 여성 작가로 분류된다. 그러나 실제로 강경애는 1930년대의 이른바 '여류 문단'에 속하지는 않았다. 서울 중앙 문단과 동떨어진 변방의 간도에 거주하고 있었다는 점, 그래서 다른 여성 작가들과의 친분과 교류가 유지될 수 없었다는 점, 그리고 그들과 출신 성분이 달랐다는 점 등이 강경애를 그들과는 다른 특이한 여성 작가로 존재하게 한 조건이었다. 그것은 또 다른 한편 강경애가 한국 여성문학사에서 예외적인 고립된 섬처럼 다루어져 온 이유이기도 했다. 물론 강경애는 한편으로 여성 빈곤 문제를 다룬 백신애, 하층계급의 노동운동을 다룬 박화성과 함께 묶여 이야기되기도 한다. 그럼에도 강경애의 소설에서 여성, 빈곤, 노동 등의 문제가 그려지는 방식은 그들의 소설과는 확연히 다르다. 분명하게 구별되는 것은 강경애 소설에서 재현된 하층계급 여성의 성격이다. 그들은 긍정과 부정이라는 익숙한 이분법적 잣대로 재단되거나 해석되기 어려운 모호하고 낯선 존재다. 강경애 소설 속 그 헐벗은 여성들의 의식 수준은 평균적인 기대에 훨씬 미치지 못한다. 그들은 오직 자신들의 기괴하고 외설적인 육체적 경험만으로 끔찍한 현실을 폭로한다. 이를 통해 이 여성들은 우리에게 여성문학이란 무엇인가에 대한 질문을 불러일으킨다.

2 여성, 낯설고도 기이한

강경애 문학을 설명하는 키워드는 '계급'과 '여성' 두 가지다. 1931년 1월에 단편소설 「파금」을 《조선일보》에 투고하면서 본격적인 작품 활동을 시작한 강경애는, 첫 소설에서부터 계급적 각성과 투쟁 의식을 전면에 내세우면서 경향 작가로서의 면모를 뚜렷이 드러냈다. 강경애는 '근우회' 장연지부에 가입하는 등 정치적 활동을 하기는 했으나 카프(KAPF) 회원은 아니었으며, 특히 간도 이주 후에는 조선 문단과 일정한 거리를 두었기 때문에 1930년대 프로 문단에서 제기된 예술운동의 볼셰비키화에 동조하면서도 조선 문단의 영향에서 어느 정도는 벗어날 수 있었다. 강경애의 소설이 한편으로는 '전형적인 사회주의 리얼리즘 소설'로 평가받으면서도 프로문학이 흔히 빠지곤 했던 관념적 도식성의 위험을 피해 갈 수 있었던 것은 이 때문이다. 그렇다면 여성문학의 관점에서 강경애 소설은 어떤가? 이를 '전형적인 여성성의 소설'이라고 볼 수 있을까?

강경애 소설에 대한 여성주의적 해석은 여성문학 연구가 본격적으로 이루어지던 1990년대부터 시작되었다. 특히 강경애 소설 중에서 하층계급 여성들의 비참상을 다룬 『인간 문제』, 「소금」, 「지하촌」 등은 여성 문제가 가부장제 및 식민주의 등과 같은 사회문제와 결합하는 모습을 통해 여성 문제를 좀 더 복합적이면서도 다층적으로 다루었다는 평가를 받는다. 그러나 강경애 소설은 '여성 인식의 결여'라는 비판을 받기도 하는데, 여성 인물들이 대체로 남성 의존적이거나 기존의 가부장제적 질서가 할당한 어머니와 아내라는 가정 내적 여성 역할에 순종하는 경향을 보인다는 것이 그 이유다. 이 작품집에 실린 소설 속 여성 인물들만 보더라도 이 주장은 어느 정도 타당한 것처럼 보인다.

예컨대 「소금」(1937)의 인물 '봉염 어머니'는 전형적으로 봉건적 가부장제 질서에 종속된 여성이다. 그녀는 비싼 소금값 때문에 남편에게 매번 싱거운 음식을 줄 수밖에 없는 자신을 '자격 없는 아내'라고 탓할 정도로 남편 뒷바라지와 가사 노동을 당연한 여성의 일이라고 생각하며, 중국인 지주 '팡둥'에게 정조를 뺏긴 다음 원치 않는 아이를 임신하고도 그에게 대항하지 못한다. 오히려 그녀는 강간당해 낳은 아이에게조차 "전신을 통하여 짜르르 흐르는 모성애"를 느낀다. 이 과장된 생물학적 모성애는 아편 중독자인 남편에 의해 청인에게 팔려 간 아내가 젖먹이 아이를 보기 위해 울타리를 넘어 탈출하다가 비참하게 죽어 가는 이야기를 다룬 「마약」(1936)에서도 반복된다. 그런가 하면 「지하촌」(1936)의 인물 '칠성 어머니'는 "남편을 잃은 뒤 그나마 저 병신 아들을 하늘같이 중히 의지해 살아"갈 정도로 아들에게 의존적이다. 「어둠」(1937)의 인물 '영실'은 또 어떤가? 그녀 또한 의지하고 믿었던 오빠의 죽음과 한때 이념적 동지였다가 전향한 의사 애인의 배신으로 급기야 미쳐 버리고 만다. 이렇게 볼 때 강경애 소설 속 여성 인물들은 겉보기에 가부장제적 의식에 사로잡힌 수동적이고 남성 의존적인 인물들로 읽힌다. 그런 맥락에서 몇몇 논자들은 작가가 남성을 중심으로 한 계급주의적 논리에 치중했기 때문에 여성주의적 자각과 성찰에 도달하지 못했으며 따라서 강경애 소설을 '페미니즘적 독법'으로 읽는 데에는 한계가 있다고 주장하기도 한다.

그러나 그 자체로 올바른 페미니즘적 여성 인물이란 어떻게 가능한가? '여성'이란 고정불변의 절대적 개념이 아니며 탈역사화되고 탈맥락화된 진공 상태도 아니다. 그리고 무엇보다도 여성은 '하나'가 아니다. 물론 간혹 하나의 사회 이슈를 중심으로 단일한 여성 정체성의 정치학이 요구될 때도 있지만, 대부분의 경우 여성들은 자신이 처한 계급적, 민족적, 인종적, 지역적 조건에 따라 복합적으로 구성되기 때문에 각자의 자리에서 서로 다른 운동의 목표와 지향성을 가질 수밖에 없다. 중산층 지식인 여성에게 가사 노동과 양육의 여성 젠더화, 그리고 모성 이데올로기는 여성의 사회 진출과 남녀평등을 가로막는 성차별의 문제로 받아들여질 수 있지만, 애초부터 안정적인 가정을 꾸리는 것이 불가능한 하층계급 여성들에게 가사 노동과 양육은 실현 불가능한 꿈이 될 수도 있다. 미국의 흑인 페미니스트이자 사회운동가인 벨 훅스는 사적 영역에서의 노동 가치를 둘러싼 페미니즘적 논란은 백인 중산층 여성들만을 대상으로 했다는 점에서 한계가 있다고 비판한다. 그러면서 인종차별에 저항하는 흑인들의 투쟁 과정에서 가정은 거꾸로 "흑인들의 인간적 존엄을 지킬 수 있는 장소"로 해석된다고 주장한다. 그리하여 흑인 여성들에게 가정은 여성들에 대한 가부장제적 억압과 지배가 이루어지는 공간이라기보다는 오히려 백인들의 약탈과 침략으로부터 지켜 내야 할 '저항과 해방의 투쟁 장소'로 재의미화될 수 있다는 것이다.

그렇다면 강경애의 소설 속에서 그려지는 가정이나 모성의 의미 또한 이와 방불한 것이 아닐까? 마적단, 자위단, 공산당 들 간의 정치적 이해관계와 충돌 속에서 목숨을 부지하기조차 어려운 불안정한 빈곤 계층 이주 여성에게 가정과 모성은 흔히 말하듯 여성 억압의 이데올로기 장치로만 작용했다고 할 수는 없다. 오히려 생존이 불분명한 상황에서 그들에게 가족 중심의 삶은 필수적이었을지도 모른다. 따라서 강경애 소설에서 가정은 생존을 위해 요구되는 최소한의 거점이었을 수도 있다. 그리고 모성성은 그런 가정과 아이들을 지키기 위한 여성들의 힘겨운 고투의 표현에 더 가깝다.

강경애 소설 속 여성 인물은 성적, 민족적, 계급적 착취와 억압에 시달리면서도 자신이 처한 모순적 현실을 총체적 시각에서 해석할 인식 수준에 도달하지 못한, 그래서 자기 언어로 자신에 대해 말할 수 없는 '하위 주체 여성'(서발턴)이라고 할 수 있다. 하위 주체 여성은 말할 수 없기 때문에 이들의 경험은 의식화되거나 상징화된 언어로 완전히 복원되기 어렵다. 이들이 정치적 저항의 주체가 되기 어려운 것은 이 때문이다. 그래서 일까? 강경애 소설의 여성 인물들은 대체로 가사 노동과 원초적 모성성에 속박된, 구시대적 사고방식을 지닌 '구여성'으로 형상화되어 있다. 그러나 강경애 소설에서 이러한 구여성의 형상화야말로 식민지 현실 속에서 하위 주체 여성이 처한 현실을 적나라하게 드러낼 수 있게 한다. 그렇다고 이들을 단순히 구여성으로만 규정하기도 어렵다. 오히려 강경애 소설에 등장하는 성적, 모성적 여성 육체는 계급제도, 가부장제, 제국주의와 식민주의, 심지어 봉건주의 등과 같은 이데올로기의 여러 모순이 중층적으로 각인되는 지극히 현실적인 문학적 장소가 된다.

강경애 소설의 여성 인물들이 지배와 저항, 순응과 거부, 타자와 주체 등과 같은 이분법적 도식을 중심으로 형상화된 인물 유형에 포섭되기 어려운 것은 이 때문이다. 이러한 탈정형화된 여성 인물의 독창성과 개성은 김동인의 「감자」 속 '복녀'나 김유정의 몇몇 소설에 등장하는 들병이와 비교해 보면 더욱 분명해진다. 이들 남성 작가들의 소설 또한 식민지 시기 일제의 수탈과 착취로 빈곤해진 농촌의 현실을 폭로하기 위해 빈곤 여성이 성적으로 착취되는 방식에 주목한다. 그러나 이들은 빈곤 여성의 육체를 곧장 매춘화하고 나아가 이들을 성적으로 문란한 여성으로 혹은 불쌍한 여성으로 낙인찍으면서 우리에게 익숙한 '성녀/창녀'의 이분화된 여성 이미지나 가련한 피해자 이미지를 반복한다. 김동인과 김유정 소설 속 여성들이야말로 빈곤을 손쉽게 여성화하는 전략으로, 이는 결국 거꾸로 여성 인물을 빈곤화하고 서사를 형해화(形骸化)하는 결과로 이어진다. 그에 반해 강경애 소설 속 여성 인물들은 분명 남성 의존적이라는 점에서 가부장제적이지만 그러한 논리로만 재단하기 어려운, 우리의 현실 이해를 압박하고 초월하는 육체의 경험과 감각을 통해 익숙하면서도 낯선 기이한(uncanny) 존재가 된다.

3 벌어진 상처 속으로

작품집 『소금』[1]에 실린 중단편소설은 모두 1936~1937년 사이에 발표된 것으로 미완작인 「검둥이」(1938)를 제외하면 강경애의 작품 활동 막

---

1   강경애, 심진경 엮고 옮김, 『소금』(민음사, 2019).

바지에 놓여 있다. 이들 작품은 공통적으로 출구가 막힌 어둠과 죽음의 세계, 인물들을 극도로 비참한 상황으로 몰아넣는 가난, 그리고 이 세계의 비루함과 고통을 아로새긴 비루한 육체들로 이루어졌다. 특히 온갖 질병과 장애, 부패, 오염, 그리고 죽음으로 뒤범벅된 비참한 육체들이 나뒹구는 「지하촌」은 "한국어가 감당할 수 있는 가장 대담하고도 엄청난 모험을 처음으로 시도한, 그리고 과연 소설이 이 지경에 이르러도 좋은가를 묻지 않을 수 없는 벼랑까지 몰고 간"(김윤식) 소설로 평가받는다. 이 소설이 기존 소설의 표현 형식과 소설적 관습을 깨뜨린 새로운 시도라는 사실은 분명해 보인다. 그러나 다른 한편으로는 「지하촌」을 포함한 강경애 후기 소설들은, 행위와 사유의 주체로서의 인간이 실종되고 처참한 상황만을 부각하는 경향소설적 세계관을 드러낸다거나 현실의 부정성에 압도당하는 자연주의적 경향을 강하게 보여 준다는 비판을 받기도 한다.

어찌 됐든 분명한 것은 강경애 소설에 재현되고 있는 하위 주체 여성은 프롤레타리아 계급문학의 노동자로도, 여성해방문학의 각성한 여성 주체로도 설명하기 어려운 모호하고 불투명한 존재들이라는 점이다. 이들은 재현의 가능성과 불가능성 사이에서, 식민 담론과 저항 담론 사이에서, 미끄러지고 흔들리면서 조금씩 나아간다. 주류 역사의 기록물에 등재되지 못한, 익숙한 상징화와 의미화의 틈새로 빠져나가는, 오직 적나라하게 전시되는 비루한 육체만을 통해 스스로를 증거하는 이들 하위 주체 여성들이야말로 어떠한 언어적 매개도 관념화의 장치도 없이, 마치 카프카의 「시골 의사」 속 '벌어진 검은 상처'처럼 격렬하게 우리를 압도하며 육박한다. 특히 강경애 소설 속 여성의 출산 장면은 모성에 대한 신화나 관념의 여과 장치 없이 여성 육체가 놓인 절박한 상황을 가장 직설적으로 적나라하게 보여 준다. 「소금」에서 팡둥의 아이를 낳은 직후 극심한 허기에 시달리던 봉염 어머니가 헛간에 저장된 차가운 파를 씹어 먹는 다음 장면은 메타포가 불가능한 여성 육체의 물질성을 잘 보여 주는 예다.

아직도 헛간은 컴컴하다. 컴컴한 저편 구석으로 약간씩 보이는 파뿌리! 그는 어제 저녁에 주인 여편네가 오늘 장에 내다 팔 파를 헛간으로 옮겨 쌓던 생각을 하며 '옳다! 아무 게라도 좀 먹으면 정신이 들겠지.' 하고 얼른 몸을 솟구어 파뿌리를 뽑았다. 그러나 주인이 나오는 듯하여 그는 몇 번이나 뽑은 파를 입에 대다가도 감추곤 하였다. 마침내 그는 파를 입속에 넣었다. 그리고 우쩍 씹었다. 그때 이가 시금하며 딱 맞질린다. 그래서 그는 얼굴을 찡그리며 입을 쩍 벌린 채 한참이나 벌리고 있었다.

　　침이 턱밑으로 흘러내릴 때에야 그는 얼른 손으로 침을 몰아넣으며 이 침이라도 목구멍으로 삼켜야 그가 살 것 같았다. 그는 다시 파를 입에 넣고 이번에는 씹지는 않고 혀끝으로 우물우물하여 목으로 넘겼다. 넘어가는 파는 왜 그리도 차며 뻣뻣한지, 그의 목구멍은 찢어지는 듯 눈물이 쑥 삐어졌다.

　　차고 뻣뻣한 파를 씹어 삼키려고 애쓰는 위의 장면은 일차적으로는 출산 직후의 극심한 허기를 모면해 보려는 봉염 어머니의 안타까운 노력으로 해석된다. 그러나 단지 그것뿐일까? 적어도 나에게 이러한 봉염 어머니의 굶주림 상태는 해석을 위한 객관적 거리 두기가 애초에 불가능한, 이해의 범주를 초과한 예외적 사건으로 다가왔다. 그럴 때 봉염 어머니의 육체는 비참한 현실에 대한 비유가 아닌, 현실 그 자체가 된다. 여기서 부각되는 것은 여성 육체의 기이한 물질성과 즉물성이다. 예측 불가능한 형태로 모종의 유물론적 지형도를 그려 가는 이 여성 육체야말로 우리가 원하지 않아도 어쩔 수 없이 들여다볼 수밖에 없는 어떤 모호한 세계. 예컨대 「지하촌」에서 칠성 어머니의 아랫도리에 매달려 악취와 염증, 통증을 일으키는 '종기' 혹은 '늘어진 살덩어리'는 독자에게 일말의 관조적 거리조차 허용하지 않는, 그래서 고통을 불러일으키는 참담한 육체의 상황 그 자체에 다름 아니다. 어떤 해석의 프레임도 거부하는 강경애 특유의 이 육체적 재현 방식이 가진 독창성은 남성 작가의 작품에서 여성 육체가 다뤄지는 방법과 비교할 때 더욱 분명해진다.

많은 경우 남성 작가의 작품에서 여성 육체는 현실을 비판적으로 해석하고 이해하기 위한 매개체로 다뤄진다. 예컨대 1920년대 초반부터 등장하기 시작한 농촌 성애 소설들에서 궁핍한 농촌의 현실은 대체로 매춘녀로 전락한 여성의 성적 육체를 통해 폭로된다. 몇몇 남성 작가들의 성장소설이나 역사소설에 등장하는 여성 육체도 마찬가지다. 식민지, 해방, 전쟁으로 이어지는 격동의 근현대사와 그로 인한 민족의 수난은 대체로 성적, 도덕적으로 타락하거나 짓밟히는 여성 육체에 대한 재현을 통해 서사화된다. 그럴 때 여성 육체는 부조리하고 모순적인 세계를 재현하기 위한 문학적 도구에 불과한 것이 된다. 여성 육체와 섹슈얼리티가 손쉽게 매춘화되고 신화화되는 현실에서 이러한 방식은 여성을 제한된 이미지 감옥안에 가두는 결과를 낳는다. 문란하거나 순진하거나, 더럽거나 깨끗하거나, 타락하거나 순결하거나 등등. 그에 반해 강경애 소설 속 여성들의 비루한 육체는 여성에 관한 고정관념이나 통념 그리고 지배적인 해석의 틀에 포섭되지 않은 채, 이 세계의 비루함과 고통에 조응하는 방식으로 재현된다. 강경애 소설에서 비참한 세계와 비참한 육체는 그렇게 서로 깊이 침윤되고 연루되어 서사 바깥으로까지 이어진다. 현실은 그렇게 벌거벗은 육체의 옷을 입는다.

문학작품 속 현실이 현실 그 자체는 아니다. 매개되지 않은 현실은 없다. 그럼에도 불구하고 그렇게 보이는 현실이란 사실상 작가가 고안한 고도의 문학적 전략에 다름 아니다. 왜냐하면 아무리 쓰고 있던 모든 베일을 벗어 놓은 것처럼 보이는 문학작품의 세계-육체조차 실체적 현실을 있는 그대로 전달할 수는 없기 때문이다. 언어가 실체를 그대로 재현할 수 있다는 믿음은 더 이상 받아들여지지 않는다. 그리고 문학작품은 언어로 지은 집이라는 점에서 문학적 현실이란 언제나 매개된 현실이다. 결국

문학적 현실은 세계에 대한 작가의 해석과 판단을 거쳐 구축될 수밖에 없는 것이다. 그런 점에서 강경애 소설 속 참혹한 육체적 현실에 대한 비재현적 재현이야말로 실체적 현실 그 자체라기보다는, 결국 작가가 전달하고자 하는 세계에 대한 어떤 견해를 드러내는 하나의 방법론이라고 볼 수 있다. 그렇다면 강경애가 이 벌거벗은 문학적 세계를 통해 말하고자 하는 것은 무엇인가? 그것은 이 세계가 우리가 마주하기 두려울 정도로 참담하고 고통스럽다는 것, 그럼에도 불구하고 우리는 그 세계에 연루된 존재라는 것, 그러니 외면하지 말고 그 세계를 들여다보라는 것이 아닐까? 그렇다면 이제 강경애 소설 속 비루한 인물들의 고통은 더 이상 그들만의 것은 아니다. 강경애 소설을 읽기가 고통스러운 것은 그 때문이다. 그럼에도 불구하고 스스로 그 고통 속으로 걸어 들어가 비루한 세계의 일부가 된다는 것, 어쩌면 그것이야말로 강경애의 소설이 우리에게 요청하는 새로운 윤리 감각이 아닐까?

5부

아직은 모른다

권여선의 『아직 멀었다는 말』과 강영숙의 『부림지구 벙커X』

1 너의 목소리가 들려

권여선의 소설집 『아직 멀었다는 말』(문학동네, 2020)과 강영숙의 장편소설 『부림지구 벙커X』(창비, 2020)는 단편과 장편이라는 장르의 차이만큼이나 그 내용과 주제 면에서 확연히 다르다. 우선 권여선의 이번 소설집에 실린 단편들은 인간에 대한 초미세적·해부학적 탐구와 냉소적 자기 성찰이 뒤섞여 있다는 점에서 이전 소설과 마찬가지로 작가 특유의 '인간학' 연작으로 읽을 수 있다. 물론 권여선의 소설에서 이러한 인간 탐구는 대개 좌절과 이해 불가로 끝나는데, 흥미로운 점은 그런 암담한 전망이야말로 오히려 독자들에게는 최선의 인간 이해로 읽힌다는 사실이다. 특히 작가는 자신에게 무슨 일이 벌어지고 있는지를 자각하지 못하고 사유하지 못하는 하위 계층 여성을 주인공으로 한 소설(「손톱」, 「친구」)을 통해 그동안 '접근 불가능한 공백'으로 간주되어 침묵하거나 몇 가지 틀에 박힌 이미지로만 재현되었던 타자적 존재가 스스로 발화하도록 만든다.

강영숙의 장편소설 『부림지구 벙커X』 또한 그동안 한국문학에서 듣기 어려웠던 다양한 인물들의 목소리를 아무런 필터링 없이 날것 그대로 들려준다. 물론『부림지구 벙커X』는 일차적으로 재난이 더 이상 우리 삶의 변수가 아닌 항수가 되어 버린 비참한 현실, 그럼에도 불구하고 재난을 회피하는 대신 내면화함으로써 새로운 주체로 거듭나는 과정을 따라가는 '재난 서사'의 형식을 취한다. 그러나 이 소설에서 흥미로운 것은 재난 이후 더 이상 안정적이고 신뢰할 만한 집단이나 지배 담론이 불가능해진 상황에서 재난 이전에는 발언권을 갖지 못했던 인물들의 구구한 자기 경험담이 구멍 뚫린 지배 서사의 빈 공백을 메우고 있다는 점이다. 그래서일까? 서사의 파편은 중심 서사로 수렴되지 못한 채 소설 곳곳에 흩어져 있고 벙커 생존자들의 이야기는 에피소드적 사건으로만 소비되기도 한다. 이러한 무의도적, 무목적적 구성은 작가의 의도인가, 아니면 이질성을 긍정하는 새로운 문학적 미덕인가?

어찌 됐든 분명한 건 새로 출간된 권여선과 강영숙의 소설이 공히 그동안 한국문학에서 저자(author)로서의 권위(authority)를 갖지 못했던 인물, 자기 언어가 아닌 오직 육체(의 흔적)만으로 스스로를 증거해야 했던 인물, 지배 이데올로기에 종속되어 자기 사유가 불가능한 인물, 그래서 재현의 대상만이 될 뿐 발화의 주체가 된 적이 없는 인물들에 주목하고 있다는 점이다. 그런데 이미 문학적 권위를 갖는 저자는 어떻게 이들을 대리하지 않고 그들 스스로 말하게 할 수 있을까? 독자들은 지적으로나 정치 경제적으로 아무런 권위도 없는, 그래서 우리를 대변할 수 없(다고 생각하)는 이들의 목소리를 어떻게 받아들일까? 그들의 이야기는 과연 들을 만한 가치가 있을까? 이러한 문학적 시도는 더 다양한 문학 주체와 문학 언어를 발굴하는 일이 될 수 있을까? 이러한 질문들을 안고 본격적으로 두 작가의 작품 안으로 들어가 본다.

2 삶의 기쁨과 슬픔

권여선 단편집의 첫 번째 소설 「모르는 영역」은 일차적으로는 세대 간 갈등을 담담하면서도 세련되게 풀고 있는 소설로 읽힌다. 명덕은 골프를 치러 교외에 나왔다가 딸 다영이 근처 여주에 있다는 사실을 알고 충동적으로 여주에 가서 다영을 만난다. 그러나 전처의 죽음 이후 소원해진 딸과의 서먹한 만남은 반복되는 오해와 착각으로 더욱 어색해진다. '그'는 누군가와 통화하면서 커피를 주문하는 "저런 젊은이들"(14쪽)을 이해하지 못하는 '소위 꼰대'였고, 다리가 아파 신발 한 짝만 신는 사람도 있을 수 있다는 생각을 하지 못해 젊은 애들에게 놀림 받는 "늙은 어릿광대"(20쪽)였다. 그뿐만이 아니다. '그'가 남을 배려한다고 했던 행동들은 다영과 그의 친구들에게는 사려 깊지 못한 태도로 오해를 사기도 한다. 결국 명덕은 끝까지 딸과 제대로 된 대화를 하지 못한 채 "심봉사가 된 기분으로"(45쪽) 딸과 헤어진다. 그러나 어찌 딸뿐이랴. 그는 끝내 죽은 전처가 어떤 감정 상태인지 잘 알지 못했으며, 딸의 친구들은 물론 또래의 젊은이들조차 거의 이해하지 못한다. 그들은 어쩌면 "유에프오" 같은, 아니 "유에프오보다 더" "모르는 영역"(25쪽)인지도 모른다.

소설에서 반복적으로 등장하는 '낮달'은 이렇듯 안다고 생각했지만 사실은 '모르는 영역'을 빗대 이미지화한다. '낮'과 '달'이 결합한 '낮달'은 언뜻 "개화와 와장창"(38쪽)처럼 서로 어울리지 않는 조합으로 느껴진다. 그러나 '낮달'은 '해와 달' 사이의 반의어적 관계를 느슨하게 풀고 적대적으로 그어진 둘 사이의 경계를 모호하게 흐리는 역할을 한다는 점에서 서로 '모르는 영역'이 일시적으로 겹쳐지면서 안다고 착각하는 순간이기도 하다. 그것은 "무언가 자신의 내부에서 엄청난 것이 살짝 벌어졌다 다물"(28쪽)어지는 찰나이자 이해할 수는 없어도 받아들일 수는 있는 어떤 상태이기도 하다. 그런 점에서 '낮달'은 안다고 생각했지만 여전히 모르는 영역이거나, 표상되었지만 '제대로' 재현되지 않은 어떤 세계를 떠올리게 한다. 권여선의 이번 작품집은 바로 이 '낮달'의 세계와 마주친 존재의 곤혹감과 그 세계의 재현에 대한 작가적 고민을 다루고 있다. 특히 「손톱」이 그러하다.

「손톱」은 자신에게 닥친 불행을 지적으로나 감정적으로 감당하지 못하는 무력한 여성이 어떻게 자기와 세계 사이의 인지 부조화적 관계를 해소(못)하는지를 다루는 소설이다. 서울 외곽에 있는 쇼핑센터 판매원으로 일하는 소희는 '자기주장이 없고 무난하고 무색무취'해서 "무의미하고 무가치하고 무존재하다는 것도 재주라면 재주"(57쪽)라는 평가를 받는다. 그녀에게 삶이란 그저 반복되는 불행의 대물림에 불과하며 그러한 경험 영역 안에서 그녀는 겨우 자신과 세계를 이해하는 '앵무새적 존재'에 불과하다. 이렇듯 소희는 "누군가의 손아귀에 꾹 쥐어진 모양으로"(52쪽) 틀지어져 누군가를 모방해야만 간신히 주체가 되는 인물이다. 매장에서는 고객의 말을 따라하고, 방 두 개짜리 집에서 고양이를 키우며 살고 싶은 엄마와 언니의 욕망을 모방하고, "남자가 돼서 진짜 맨날 왜 그러나 몰라"(56쪽)라는 진수 씨에 대한 매니저의 불만을 되풀이한다. 심지어 그녀의 극단적인 절약과 저축에 대한 열정조차 돈은 "한 푼 두 푼 차근차근"(68쪽) 모으는 거라는 언니의 말을 행동으로 모방하는 것이다.

그녀는 "진짜 생각이 없"(70쪽)는 걸까? 어쩌면 그런지도 모른다. 소희는 엄마가 그랬던 것처럼 자신에게 빚만 떠넘기고 도망간 언니를 이해하지 못한다. 누구보다 열심히 일해도 왜 빚은 갚기 어려운지, 왜 6000원짜리 매운맛 짬뽕을 사 먹을 때조차 주저하게 되는지 모른다. 한 달 월급 170만 원으로 어떻게 살아야 할지 간신히 계산했는데 그 계산에 포함되지 않는 지출이 생기면(예컨대 "엄지손톱의 혹" 치료비) 왜 "불안해지고 신경이 곤두"서는지, 왜 자기 안에서 "뭔가 또 퍽 터질 것만 같"은지, 왜 화가 나는지, 왜 슬픈지 이해하지 못한다.(72쪽) 그래서 소희는 이렇게 외친다.

"내가 어쨌다고? 내가 뭘, 뭘, 뭘? 뭘? 뭘? 뭘?"(73쪽) 자기를 불행하게 만든 이 세계를 이해하지 못한 채 문제의 원인을 자기 탓으로 돌리는 이러한 태도야말로 무력한 약자의 자기방어적인 논리다. 왜 그렇지 않겠는가? 경제적, 지적, 정서적 자원이 거의 없는 가정환경, 최소한의 실패조차 허용되지 않는 빈약한 삶의 인프라, 다른 삶의 가능성을 상상조차 할 수 없는 억눌린 마음, 가정을 이루고 유지하는 일조차 사치인 그런 삶의 환경 속에서 소희가 자기 목소리를 내지 못하는 것은, 어쩌면 너무 당연한 일이 아닐까? 불행은 그렇게 소희를 자기 언어와 사유가 부재한, 특권도 자의식도 없는, 오직 육체에 남은 흉측한 흔적을 통해서만 자기 존재를 증명할 수 있는 '텅 빈' 타자로 만든다. 그런데 우리가 아는 소희는 이게 전부인가?

우리는 보통 재현의 영역에서 타자를 완전히 알 수 있다고 자신하거나 아니면 거꾸로 타자를 재현 불가능의 영역으로 남겨 놓는 무책임을 범한다. 그러나 소희를 그리는 권여선의 시선은 이 두 가지 위험을 모두 비껴간다. 예를 들면 다음과 같다.

> 대학병원 응급실에서 처치를 받고 집으로 돌아가던 길이었다. 그날 소희는 찌르는 듯 따스한 빛, 강물이며 건물이며 만물이 스스로 빛나게 하는 빛, 무자비하면서도 공평하고 무심하면서 전능한 빛을 보았다. 눈이 부셔 눈물이 고였지. 열차가 다시 어두운 터널 속으로 들어갔을 때에야 눈에서 눈물이 떨어졌다. 엄지손톱 절반 가까이를 부러뜨리고서야 맛볼 수 있었던 한낮의 햇빛은 그토록 짧고 강렬했다.(53쪽)

어둠의 심연에서 빛은 더욱 찬란하다. 자신의 지독한 고통 따위는 아랑곳하지 않은 채 무심하게 모든 것을 비추는 한낮의 강렬한 햇빛을 보면서 소희는 희미하게나마 자신이 위로받음을 직감한다. 그러나 소설 결말에 이르기까지 소희는 그 직감을 '의미'로 전환시키지 못하고 그저 그 순간을 "슬프면서 좋은 거"(53쪽)로 막연히 표현하는 데 그친다. 어쩌면 소희에게는 그것이 전부일지도 모른다. 그럼에도 불구하고 중요한 것은 작가가 어둠과 빛이 교차하던 "짧고 강렬"한 그 순간을 포착하고 빈곤하지만 정확한 소희만의 언어로 표현하고 있다는 사실이다. 관조도 연민도 없이, 삶에 대한 그럴듯한 경구나 비유도 없이 자기 삶의 기쁨과 슬픔이 공존하는 순간을 직시함으로써 소희는 그렇게 소박하지만, 내적 존재가 된다. 그리고 이제 그 순간은 소희 안에 다른 존재와는 다른, 자기만의 어떤 차이의 흔적("슬프면서 좋은 거")을 남겨 두게 될 것이다. 그러니 어느 누가 소희를 그렇고 그런 사람이라고, 그래서 빤하다고 말할 수 있겠는가? 어떤 대상을 안다는 것은 모른다는 사실을 함축함으로써만 성립된다. 그러니 우리는 소희를 아직은 모른다. 이렇게 작가는 소희를 손쉬운 인식 틀로 환원하지 않으면서도 그녀 내면의 어떤 것을 표현하는 일을 포기하지 않음으로써 그녀를 자기 나름으로 삶의 기쁨과 슬픔을 느끼는 단독자로 만든다. 타자를 대하는 작가의 이런 태도야말로 윤리적인 것이 아닐까?

3 '폐기물'이라도 괜찮아

강영숙의 장편소설 『부림지구 벙커X』의 첫 문장인 "나는 벙커에서 살고 있다."는 '벙커'가 단순히 임시 피난처가 아니라 이 소설을 이루는 세계 자체이자 주인공 '나'를 비롯한 벙커 생존자의 존재 양식임을 분명하게 보여 준다. 특히 지진 '빅 원' 이후 1년이 지난 현재 시점에서 주인공 '나'가 과거와 현재를 종횡무진 가로지르며 만들어 내는 서사의 조각들, 벙커 생존자들이 간헐적으로 토해 내는 파편적 생존기는, 비유적이건 실제적이건 간에 소설 곳곳에 편재하는 파편 이미지와 결합되면서 소설을 '무너져 부서진 것' 그 자체로 만들고 있다. 물론 벙커는 일차적으로는 벼랑 끝까지 몰린 사람들을 위한 최후의 장소를 의미하며, 소설에 자주 등장하는 생존 키트, 마스크, 소독제, 대피소, 생체 인식 칩, 방역복을 입은 사람들, 출입 금지 팻말, 눈처럼 내리는 미세 먼지 등은 이 소설이 재난 소설임을 상기시킨다. 그러나 작가는 이를 자기만의 문학적 스타일로 변신시킴으로써 파편화, 고립, 임시 거주, 정체를 숨기는 변장술, 농담과 수다 등으로 이루어진 '벙커적 삶'을 재난 이후의 새로운 삶의 방식이자 정체성으로 제안한다. 그런 점에서 『부림지구 벙커X』는 강영숙의 수다한 재난 서사의 연장선상에 있으면서도 그것들과는 다른 새로운 차이를 만들어 내는 소설이라고 할 수 있다.

대피소의 어느 여자가 말했듯이 소설 속 끔찍한 재난의 상황은 결코 '상상이 아니다'. 머리 없이 몸통만 남은 닭이 피를 흘리며 지나가는 모습, 썩은 내장이 흘러나온 채 달달 떠는 강아지, 온몸으로 재해를 앓는 고양이, 건물의 부서진 잔해와 죽은 시체들이 나뒹구는 거리, 지천에 널린 쓰레기들, 몸에 들러붙어 떨어지지 않는 악취, 살기 위해 벌레도 먹는 사람들, 존엄 키트에 의지해 간신히 살아가는 전혀 존엄하지 않은 사람들, 재해 그 자체가 되어 버린 사람들. 이렇게 소설은 온통 끔찍한 재난의 흔적과 후유증으로 채워져 있다. 그런 점에서 이 소설은 분명 재난 서사라고 할 수 있다. 그러나 작가는 우리에게 익숙한 재난 영화들에서처럼 모든 것을 집어삼키는 자연재해의 가공할 만한 위력을 스펙터클하게 전시하거나 재난에 대처하는 인간 군상을 통해 한국 사회 특유의 현실을 비판적으로 표상한다거나 하는 방식을 취하지는 않는다. 물론 소설에서 재난이 각 개인에게 남긴 비극과 고통, 그리고 재난 이후의 참혹한 붕괴 현장이 세세하면서도 적나라하게 묘사되고 있긴 하지만, 이 모든 비참과 황폐는 예외적이기보다는 일상적으로, 집단적이기보다는 개별적으로 다뤄진다.

그래서일까? 『부림지구 벙커X』는 재난 이후의 세계를 상상하는 대개의 '포스트 아포칼립스 서사'에 도드라진 파국, 절멸, 묵시와 같은 총체적 붕괴 이미지가 전면화되진 않는다. 그보다 작가는 생존자 개개인에게 드리워진 공포와 불안, 비참과 절망에 좀 더 주목한다. 특히 "지진 피해 지역에 사는, 오염된 지역에 사는, 오염된 물과 오염된 흙처럼 오염된 사람들"(238~239쪽)은 그들 자체가 바이러스를 옮기는 감염원이자 자기 증명이 불가능한 존재들로 인식되면서 보호받아야 할 재난 피해자가 아니라 기피와 거부의 대상이 된다. 그 과정에서 자연적 폭력은 사회적 폭력이 된다. 물론 재난 이전이라고 해서 이들의 삶이 더 나았다고 말하기는 어렵다. 그들은 이미 오래전부터 "부서지기 쉬운 것들에 불과"(35쪽)했기 때문이다. 최소한의 표면적만을 차지한 채 생존 키트를 방불케 하는 최소한의 생활용품으로 최소한의 삶을 유지하는 '벙커 인간'은 재난 이전에도 있었던 것이다. '나'를 비롯한 벙커 인간의 자기 성찰과 새로운 주체의 선언은 바로 여기서부터 시작된다.

아무 데서나, 아무 때나 자주 만났던 노숙자들은 다 어디로 갔는지, 주위에는 아무도 없었다. 하지만 이상하게도 점차 마음이 편해졌다. 내 몸은 지금 부서지고 있구나, 우리는 모두 부서지기 쉬운 것들에 불과하구나, 아무리 기다려도 날 구해 줄 사람은 오지 않겠구나, 아주 천천히 깨달았다.(53쪽)

'나'는 재난 때문에 하찮아진 게 아니라 원래부터 하찮은 존재에 불과했다는 것, 자신을 구원할 사람은 오직 자기뿐이라는 것, 그러니 일단은 하찮은 자신을 받아들여야 한다는 것을 깨닫는 순간, 우리가 예측하지 못했던 정체성의 서사는 시작된다. '나'뿐만이 아니다. "지진 경험 이야기하기 대회"(148쪽)라는 장치를 통해 구체적으로 서술되는 벙커 인간들의 사연은 지진 경험 이야기로 시작하지만 결국에는 "폐기물과 같"(234쪽)

던 구구한 개별 서사로 이어진다. 그 사연의 주인공들을 잠깐 소개해 보자. 평생 가난한 공장 직공으로 살다가 실종된 최 기자의 어머니, 재난에 중독된 재해 현장 전문 기자 정수, 동남아 여성에게 폭력을 휘둘렀던 화물 트럭 기사, 이상한 사람들이 모여드는 부림타운 무도장에서 자기처럼 찌질한 사람들과 일한 경험을 이야기한 장미라, 부림지구 제철 단지의 숙련 용접공이었던 아버지의 자살을 지금도 이해하지 못하는 '나', 트럭을 몰고 폐기물을 운반하던 대장, 폐쇄된 제철 단지에 미술관을 만들려고 출장 오던 길에 죽은 아들을 잊지 못해 부림지구로 온 늙은 부부. 이들이 풀어놓은 사연에는 저마다의 '구리고' 기구한 삶이 담겨 있다. 문제는 이 이야기들이 재난뿐인 삶이 전부인, 익숙한 불행과 익숙한 고통을 반복해 온 사람들이 겪었음직한 빤한 경험담에 불과한 것처럼 보인다는 것이다. 그렇다면 무엇이 이 상투적인 고생담을 다르게 읽게 만드는가? 그것은 바로 이 그렇고 그런 이야기의 주인공들이 익숙한 결말을 거부하고 자발적으로 거부된 곳에서의 거부된 삶을 시작했기 때문이다.

늘 웅덩이에 뺨이 처박혔고 웅덩이에 지배당했다. 아버지가 그렇게 죽지 않았다면, 엄마가 암으로 죽지 않았다면, 지진이 나지 않았다면 괜찮았을까. 그러나 어디, 죽지 않고 사라지지 않고 끝까지 남는 게 있기는 한가. 나는 이곳 부림지구에서 켜켜이 썩어 갈 것이다.(267쪽)

벙커X의 사람들은 죽은 '여자 노인'의 장례를 치르기 위해 모두 방목지로 나갔다가 방역복을 입은 사람들에게 붙잡혀 N시로의 이주를 강요받는다. 그러나 쓰러진 '남자 노인'과 재해 전문 기자인 정수를 제외한 나머지 사람들은 모두 부림지구에서의 난민적 삶을 선택한다. 이 마지막 선택은 언뜻 잘 납득되지 않는다. 왜 그들은 N시에서의 좀 더 깨끗하고 안락한 삶의 가능성을 포기하는가? 왜 그들은 자발적으로 오염 지역의 오염 물질이 되기를 자처하는가? 왜냐하면 그들은 오염되고 망가진 상태가 아니라면 애초에 자신들이 존재하지 않았을 것임을 잘 알기 때문이다. 그것은 질병, 노화, 장애, 열등과 같은 '소위' 비정상성의 속성을 자기 정체성의 일부로 적극적으로 사유하는 일이기도 하다.

재난의 흔적과 오염 물질을 완전히 없앤 삶은 과연 더 풍요롭고 행복한 삶인가? 이들에 대한 보호를 자처하는 방역 당국의 조치야말로 어쩌면 오염 지구 출신이라는 출신 성분만으로 그들의 삶 전체를 판단하고 해석함으로써 그들만의 개별적 이야기와 구체적 삶을 삭제하는 폭력이 될 수도 있을 것이다. 스스로 오염 물질이 되기를 선택하는 벙커X 사람들의 선택은 자신을 불쌍하고 더러운 보호 대상이 아닌, 남들이 보지 못하는 비가시화된 세계 경험을 이야기하는 새로운 발화의 주체로 선언하는 일이기도 하다. 그리고 그것은 또한 자신의 경험과 언어와 존재가 주류 집단에 의해 손쉽게 재단되고 간파되는 일에 대한 거부이기도 함을 마지막으로 덧붙일 수 있을 것이다.

어떤 고독사(孤獨史)

구병모의 『파과』 읽기

1 기대와는 다른

언뜻 평범해 보이지만 사실은 현란한 액션과 위장술에 능통한 냉혹한 킬러, 모든 인간적 삶의 요소들을 제거함으로써 살인-기계로 거듭나는 그 킬러의 과거 이력, 그(혹은 그녀)가 속한 비밀스러운 조직의 방역 사업, 아버지를 죽인 바로 그 킬러에 대한 복수심과 이를 위해 킬러가 된 아들, 그러나 아들의 복수심이 사실은 킬러에 대한 사랑의 또 다른 표현이었다는 아이러니, 이 사실을 모르는 킬러, 마지막 혈투에서 킬러의 손에 죽고 마는 아들과 그 아들의 은밀한 고백, 뒤늦게 (무의식적으로) 그의 존재를 깨닫게 되는 킬러. 그들만의 첩혈쌍웅 스토리.

구병모의 장편소설 『파과』(자음과모음, 2013)의 대강이다. 감정을 배제한 냉정한 하이보일드 문체가 여기에 더해진다. 이를 보면, 이 소설은 분명 범죄소설 문법에 충실한 장르 소설이다. 일례로 평범한 중산층 노인으로 위장한 킬러가 번잡한 지하철 안에서 목표물을 정확히 제거하고 유유히 달아나는 소설 서장의 극적인 장면을 보자. 그것은 독자들에게 표준화된 삶과 단조로운 일상에서 벗어나 서사적 전율과 쾌감을 전해 준다는 점에서 이 소설의 장르적 성격을 뚜렷하게 드러낸다. 소설의 마지막을 장식하는 킬러와 복수심에 불타는, 살해당한 자의 아들의 대결 장면은 어떤가. 잡초에 둘러싸인 폐건물에서 펼쳐지는 총격 장면들. 특히 "그녀가 몸을 피하면서 벗어 던진 점퍼가 날아가 그의 시야를 가리고, 곧바로 그녀가 쏜 탄환이 점퍼를 뚫고 나가 그의 머리에 박힌다"나, "그녀가 넘어지는 척하면서 그의 하복부에 꽂은 칼을 거의 간 부위까지 올려 긋고"와 같은 잔인하고 끔찍한 장면들을 보라. 그것은 우리가 대중적인 범죄 서사에서 흔히 보던 익숙한 장면이 아닌가. 작가는 「작가의 말」에서 이 소설 『파과』가 "아드레날린의 폭발적인 분비를 유발하는 킬러 미스터리 서스펜스"가 아님을 분명히 못 박고 있지만, 그럼에도 불구하고 이 소설을 지탱하는 기본 얼개는 방역업자로 불리는 킬러들의 냉혹한 세계와 그 세계를 구성하는 익숙한 에피소드들이다.

그러나 물론, 이것이 전부는 아니다. 일단 65세의 '늙은' '여성'이라는 주인공 '조각'의 나이/성 정체성과 지나치게 쭈글쭈글한 것으로 묘사되는 그녀의 얼굴은 독자들이 기대할 법한 모종의 서사적 쾌감을 반감시킨다. 한때 전설이었던 무정하고 냉혹한 살인기계는 이제 자신이 키우는 개를 언제 어디서 데려왔는지조차 기억하지 못하는, 추위에 "관절이 붙은 자리마다 삐걱거리는 소리"를 들어야만 하는 힘 빠진 '늙다리'에 불과한 존재다. 소설은 바로 이 지점, 독자들의 서사적 쾌감에 대한 기대를 한풀 꺾은 곳에서 시작된다.

그런데 다른 한편 65세 '할머니 킬러'라는 독특한 캐릭터는 오히려 범죄 서사의 전형성을 비틀면서 다른 차원에서 이 소설에 대한 서사적 기대감을 높이는 자극적인 요소가 되기도 한다. 그것은 겉보기에는 살인이나 범죄와는 아무 관련도 없을 것처럼 보이는 할머니가 사실은 업계에서 한때 전설로 통하던 냉혹한 킬러라는 점과 관련된다. 그러나 '할머니 킬러'라는 자극적인 설정에 대한 기대는 또 한 번 좌절된다. 왜냐하면 그 할머니 킬러(그녀의 이름은 '조각'이다)는 우리의 기대만큼 그렇게 냉혹하지 않기 때문이다. 버려진 늙은 개를 데려다 키우고 폐지 수집하는 노인의 넘어진 리어카를 끌어 주며 정신 나간 길거리 노인의 신세 한탄에 귀 기울여 주는 '조각'의 모습은 의외로 너무나 인간적이다. 그렇다면 『파과』는 삶의 희로애락에 무감각한, 냉정하고 고독한 킬러가 인생의 황혼기에 비로소 동정과 연민 같은 인간적인 감정을 발견하게 되는, 따뜻한 휴머니즘적 가치를 옹호하는 소설인가?

나이에 비해 지나치게 주름진 얼굴과 지나치게 탄탄한 근육질의 몸이라는 주인공 '조각'의 비대칭적 육체처럼, 소설 『파과』는 상투적인 장르 서사의 외피를 두르고 있으면서도 그에 대한 독자들의 기대를 배반하는 불규칙한 서사 운동을 통해 우리의 기대와는 다른, 낯선 경계 지점으로 우리를 데려간다. 그러니 아직 『파과』에 대해 무어라고 단정하기는 이르다. 조금 더 지켜보자.

2 破果? 破瓜!

『파과』라는 소설 제목은 언뜻 오정희의 「옛우물」에 등장하는 '파과기의 소녀'라는 말을 떠오르게 한다. '파과(破瓜)'란 여자 나이 16세를 이르는 말로 막 초경을 시작한 사춘기 여자아이를 뜻한다. 그러나 이 소설의 주인공은 65세의 늙은 여자다. 그러니 아마도 이 소설에서 '파과'는 '破果'(깨어지거나 떨어뜨리거나 하여 흠집이 있는 과일)를 이르는 것일 터이다. 그것은 소설에서 '조각'이 종종 과일에 비유되곤 하는 상황에서도 암시된다. 젊은 시절의 '조각'이 "내던져도 멍들지 않는 사과 같은" 여자였다면, 이제 '조각'은 "거의 뭉크러져 죽이 되기 직전의 갈색의, 원래는 복숭아였을 것으로 추측되는 물건"과도 같은 존재에 불과하다.

달콤하고 상쾌하며 부드러운 시절을 잊은 그 갈색 덩어리를 버리기 위해 그녀는 음식물쓰레기 봉지를 펼친다. 최고의 시절에 누군가의 입속을 가득 채웠어야 할, 그러지 못한, 지금은 시큼한 시취를 풍기는 덩어리에 손을 뻗는다. 집어 올리자마자 그것은 그녀의 손안에서 그대로 부서져 흘러내린다. 채소 칸 벽에 붙어 있던 걸 떼어 내느라 살짝 악력을 높였더니 그렇다. 어쩔 수 없이 그녀는 부서진 '조각'들을 하나하나 건져 봉지에 담고, 그러고도 벽에 단단히 들러붙은 살점들을 떼어 내기 위해 손톱으로 긁는다. 그것들은 냉장고 안에 핀 성에꽃에 미련이라도 남은 듯 붙어서 잘 떨어지지 않는다. 그녀는 문득 콧속을 파고드는 시지근한 냄새를 맡으며 눈물을 흘린다. 얼마쯤 지나 그녀 어깨가 흔들리고 신음이 새어나오자 무용이 다가와 낮은 목소리로 웅얼거리듯 짖기 시작한다.(222쪽)

소설에서 가장 인상적인 묘사다. 썩어 문드러져 본래의 형태(둥글다)와 맛(달다)을 잃고 냉장고 야채 칸 벽에 들러붙어 "시큼한 시취"를 뿜어내는, 한때 복숭아로 불렸던 물컹한 덩어리. '조각'은 그것을 손톱으로 긁으며 울고 있다. 이로써 짐작건대, 그 물컹한 갈색 덩어리는 '조각'의 노쇠한 육체의 객관적 상관물이다. 이로써 제목 '파과'가 '破果'를 뜻한다는 사실은 매우 분명해진다. 소설 전반에 걸쳐 '조각'의 노화(老化)는 중요한 화제로 반복적으로 다뤄진다. 잦은 손 떨림, 발차기 한 번에도 시큰거리는 무릎, "허리가 꺾일 만큼의 통증", "푸석하고 건조하며 구불거리는 잿빛 머리카락", 깜박깜박하는 기억력. 특히 광택 없이 거무죽죽한 '조각'의 손톱은 그녀 육체의 "지속적인 상실과 마모"를 단적으로 보여 준다. '조각(爪角)'이라는 이름에서 알 수 있듯이, 그녀에게 살굿빛의 단단한 손톱은 한 치의 실수도 허용하지 않는 완벽한 킬러의 완벽한 육체를 상징한다. 그러나 "한때 손톱으로 불렸던 여자"의 손톱은 더 이상 기를 수도 없을 만큼 손상되고 마모되어 '손톱'으로서의 역할이나 기능을 잃었다. 그녀가 킬러로서의 자격을 상실했음을 의미한다. 너무 오래되고 낡아 제 기능을 못 하는 낡은 300리터짜리 소형 냉장고는 또 어떤가. "소음도 견딜 만하고" 아직까지는 괜찮다는 '조각'의 말에 에이에스 기사는 이렇게 응답한다. "부품도 단종되고, 이제 그만 좀 버리세요. 이거 더 이상 못 버틴다니까." 그 말은 '조각'에 의해 다음과 같이 요약 정리된다. "고장, 단종, 교체". '조각'의 육체가 처한 운명은 바로 이러한 냉장고의 운명과 같은 것이다.

소설은 존재의 위기 상황에 맞닥뜨린 고장난 살인기계가 고장난 자신을 돌아본다는 설정에서 출발한다. 일반적인 범죄소설이 킬러의 전성기를 주된 이야깃거리로 삼으면서 직진한다면, 『파과』는 전성기가 지난 뒤의 퇴행과 후퇴를 문제 삼는다. 이 소설이 범죄 서사의 장르적 구성을 취하면서도 작가 특유의 주제 의식을 새겨 넣는 것은 장르적 관습의 미세한 일탈을 통해서다. '조각'은 살인기계로서의 효용 가치가 마모되고 나서야 비로소 자기 삶을 들여다보며 자기 존재에 관한 질문을 던지기 시작한다. 마치 기계가 작동을 멈춘 다음에야 비로소 거기에 기계가 있었다는 사실을 뒤늦게 깨닫는 것처럼, '조각'은 육체의 작동이 어긋난 순간 기계적으로 움직이기를 멈추고 인간으로서 느끼고 생각하기 시작한다.

그런데 그 이전, '조각'은 무엇이었던가? 어린 '조각'을 거두어 킬러로 키운 '류'의 갑작스러운 죽음으로 방역 일을 그만두려는 '조각'에게, 의뢰인 장관은 이렇게 말한다.

한번 구축된 조직은 이미 더 큰 질서 안에 포섭이 되어 버리고, 그다음부터는 그 질서가 조직을 움직이는 것일세. 기계의 부품이 모두 빠지고 더 이상 대체할 게 없어지기 전까지는 말일세. 물론 대체품은 끊임없이 양산되지만, 자네가 머리로 있기 힘들다면 팔다리가 되어 줬으면 하네.(254쪽)

'조각'은 조직을 움직이는 기계 부품의 하나이자 "훌륭하게 부속이 조합된 기계"이며, 그 자체로 완벽한 자동 살인기계다. 지난 40년간 '조각'의 명성을 가능하게 한 것은 바로 그 비인간화된 기계적 존재로서의 정체성이다. 그것은 모든 인간적 감정의 유대와 혈연에 대한 애착마저도 끊어 버린, 철저한 고립과 소외를 통해서만 가능한 것이었다. "오히려 그 본능이나 인간한테 공감하는 능력이 떨어졌기에 생존해 올 수 있었던 거나 다름없다."(186쪽) 따라서 기계로서 성능이 떨어지는 순간 방역업자로서 '조각'의 정체성은 물론 삶 전반에 대한 근본적인 질문이 제기되지 않을 수 없게 된다. 자기 존재가 썩어서 그 형태조차 알 수 없게 된 복숭아에 불과하다는 깨달음이 '조각'에게 단순히 노후한 육체에 대한 슬픈 자각에 그치지 않고 존재의 근원을 뒤흔드는 인식적 충격이 되는 것은 그 때문이다. '조각'의 노화는 "보지 않았다면 알지 못했을 어떤 심장의 소용돌이들"(304쪽)과 같은 감각적 삶에 대한 깨달음이자 15살 이후로 멈춘 '인간'으로서의 삶에 대한 새로운 성찰의 계기로 작용한다.

바로 이 지점에서 소설의 제목 '破果'는 '破瓜'의 의미로 전환된다. 예전에는 아무런 의미도 발견할 수 없었던 소소한 일상적 감정과 감각들을 경험하며 '조각'은 새삼 존재의 변화를 겪는다. 마치 파과기의 소녀가 육체적·정신적 변화를 겪으면서 삶의 다음 단계로 나아가는 것처럼, '조각' 또한 자기 육체와 마음의 변화를 통해 새로운 존재로 거듭난다. 따라서 '조각'이 늙은 개를 데려다 키우고 폐지 수집하는 노인의 리어카를 정리해 주며, 딸을 잃은 의뢰인의 눈에서 슬픔과 공허를 발견하는 것은 단지 그녀의 노화와 쇠잔의 표지가 아니다. 오히려 그것은 지금까지 경험해 본 적 없는, 아니 설령 경험했더라도 자기 존재에는 아무런 영향력도 미칠 수 없었던, "사소한 희로애락을 등에 업고 해소하는 일상"(177쪽)에 대한 경험이자 "살과 뼈에 대한 새삼스러운 이해"(177쪽)에서 비롯된 것이다. 그것은 일차적으로는 살인기계로서 자기 존재에 대한 부정을 함축하지만 다른 한편으로는 인간 여자로서의 정체성에 대한 새로운 발견을 의미한다. 자기 존재의 진실성에 대한 뒤늦은 '조각'의 자각은 바로 이런 방식을 거쳐 이루어진다. '破果'를 통해 '破瓜'에 도달하는 이 역설. 이것이야말로 이 소설을 작동시키는 핵심 원리다.

3   기이한 로맨스 혹은 뒤늦은 애도

『파과』에 등장하는 '조각'의 기이한 로맨스는 이런 맥락 속에서 이해할 수 있다. 그런데 '조각'이 사랑하는 그 남자, '강 박사'는 누구인가? 소설 속에서 그는 '조각'의 방역 역사상 처음으로 발생한 판단 착오와 함께 등장한다. '조각'은 50대 남자인 도급 택시 브로커를 제거하는 과정에서 치명적인 실수(그녀는 비탈 아래로 굴러 떨어진 차 밖으로 빠져나온 한쪽 팔을 보고 상대가 형체를 알아볼 수 없을 정도가 됐을 것이라고 착각한다.)를 하는 바람에 치명상을 입는다. 결국 상대를 제거하는 데 성공하기는 하지만 "그 일은 40여 년을 이어 온 방역의 개인사에서 치명적인 오점이었다."(78쪽) '강 박사'는 방역 과정에서 상처를 입게 된 '조각'을 우연히 발견해 치료해 주고 그녀의 정체가 킬러임을 알고 나서도 짐짓 눈감아 준다. 처음에 그녀는 '강 박사'의, "의사로서 할 수밖에 없었던 일을 했을 뿐이라는 심상함과 무관심"(87쪽)에 매료된다. '강 박사'의 뒷조사를 하던 그녀는 그의 부모와 딸의 단란한 한때를 지켜보며 "한 달 전 3번 진료실을 나서며 느꼈던 감각에 대해"(100쪽) 떠올린다. 그녀는 곧 그에 관한 마음이 단순한 호감이나 연민이 아님을 깨닫는다. 그것은 바로 사랑이다.

굳이 먹어 보지 않아도 입안에 도는 감미, 아리도록 달콤하며 질척거리는 넥타의 냄새야말로 심장에 가둔 비밀의 본질이다. 우듬지 끝자락에 잘 띄지 않으나 어느새 새로 돋아난 속잎 같은 마음이.(102쪽)

"심장에 가둔 비밀의 본질"이, "새로 돋아난 속잎 같은 마음"이, 사랑이 아니라면 대체 무엇이겠는가. '조각'은 그렇게 "강 박사를 향한 모종의 열망"(209쪽)을 품는다. 그런데 사랑이라니. 이 사랑이 기이한 것은 단지 '투우'의 말처럼 "그 형아가 서른여섯이고 당신이 예순다섯이라서"(219쪽)가 아니다. 오히려 그 사랑이 뜬금없이, '조각' 자신도 알지 못하는 사이에, 서사적 개연성 없이 갑자기 떠올랐기 때문이다. 이것은 뜬금없는 사랑이다. 그런데 소설에 등장하는 뜬금없는 사랑은 강 박사를 향한 '조각'의 사랑만이 아니다. '조각'을 향한 '투우'의 사랑 또한 마찬가지다. 너무 늦은 '조각'의 러브 스토리는 '조각'을 향한 '투우'의 마음에서 거꾸로, 너무 이른 러브 스토리로 반복되어 나타난다.

'투우'는 누구인가. 그는 '조각'과 같은 조직에 소속된 촉망받는 30대 젊은 킬러다. 그에게 '조각'은 아버지를 죽인 살인마이자 복수의 대상이다. 그러나 '투우'는 아버지를 죽인 여자에게 복수하겠다는 "삼류 무협지 풍의 전개"(126쪽)를 꿈꾼 일도 없으며, 킬러로서의 삶도 "어쩌다 보니의 총합"(127쪽)일 뿐이라고 생각한다. 그럼에도 불구하고 '투우'는 오랜 노력 끝에 '조각'이 아버지를 죽인 킬러라는 사실을 확인하고 그녀의 삶 속으로 서서히 개입해 들어간다. 그런데 사실 '조각'을 향한 투우의 마음은 기이하게도, 사랑에 가깝다. 이 기이한 사랑은 왜곡된 복수심인가? 아니면 '조각'이 임시 도우미 시절 어린 그에게 베푼 사소한 친절에 대한 과장된 반응인가? 아니면 어린 시절 언제나 부재했던 어머니의 대리적 보충물에 대한 고착된 유아기적 심리인가? 그 기원이 무엇이건 간에 분명한 것은, 투우의 마음속에서 일어나는 '조각'을 향한 혼란스러운 감정(복수와 질투와 애착이 뒤섞인 감정)이 사랑이라는 사실이다. 그런데 흥미로운 것은, 이 기이하고도 비극적인 사랑의 첫 시작이 '조각'과의 가족적 친밀함의 기억과 관련되어 있다는 사실이다. 20여 년 전 '투우'의 아버지를 죽이기 위해 그의 집에 위장 도우미로 들어온 '조각'을 그는 이렇게 기억한다.

소년은 바쁘고 잘나가는 어머니보다도 약을 섬세하게 갈아 온 그녀의 얼굴을 꽤 오랜 시간 올려다보곤 했으며, 항상 매끈하게 세팅되어 번쩍거리는 어머니의 행사용 머리와는 다른 일상의 부드럽고 찰랑거리는 머리카락에 때론 손을 뻗어 보고 싶은 순진한 충동마저 들곤 했기에, 어떤 충격을 받았든 그녀의 외양을 잊을 리 없었다.(111쪽)

'조각'의 '부드럽고 찰랑거리는 머리카락'은 이제 "푸석하고 건조하며 구불거리는 잿빛 머리카락"이 되었다. 그런데 투우의 원초적 환상 속에서, '조각'은 아무런 가식이나 허위도 없이 맨얼굴의 온기를 보여 준 어머니와도 '같은' 존재로 기억된다. '조각'을 향한 '투우'의 사랑이 성숙한 남성의 그것이라기보다 유아기에 고착된 나르시시즘적인 것에 가까운 것은 이 때문이다. 그런데 이러한 가족애적 환상은 '투우'에게만 있는 것이 아니다. '강 박사'를 향한 '조각'의 사랑을 채색하는 것도 대부분 이러한 가족애적 환상이다.

나름의 아픔이 있지만 정신적 사회적으로 양지바른 곳의 사람들, 이끼류 같은 건 돋아날 드팀새도 없이 확고부동한 햇발 아래 뿌리내린 사람들을 응시하는 지금이 좋다. 오래도록 바라보는 것만으로 그것을 소유할 수 있다면. 언감생심이며 단 한순간이라도 그 장면에 속한 인간이 된 듯한 감각을 누릴 수 있다면.(208~209쪽)

'강 박사' 가족의 단란한 한때를 '응시하는' '조각'의 모습은 흡사 드 라세 가족을 몰래 훔쳐보는 『프랑켄슈타인』의 괴물을 떠올리게 한다. 『프랑켄슈타인』에서 창조자 프랑켄슈타인에게 내팽개쳐진 괴물이 드 라세 가족의 온화하고 우호적인 삶을 통해 인간의 언어를 습득하고 인간적인 정서들, 예컨대 사랑과 연민, 화목과 우애 등을 배움으로써 괴물에서 인간으로 거듭나게 되는 것처럼, '조각'도 그러했다. 그녀는 "갓 쪄 낸 떡처럼 따뜻하고 말랑한"(209쪽) '강 박사' 가정의 모습을 보게 된 후 스스로를 무감각한 살인기계가 아닌 감각적 경험을 통해 자기 존재를 확인하는 인간으로 인식하게 된다. 그런 다음에야 '조각'은 비로소 약물 중독으로 죽은 딸 때문에 찾아온 의뢰인의 짙은 선글라스 너머에서 "슬픔의 심연"을 들여다볼 수 있게 될 뿐 아니라, 가족을 "불의의 방식으로 잃었을 때 한 사람의 정신이 어느 정도의 손상을 입는지"(176쪽)에 대해 깊이 공감한다. 그리고 그 공감의 끝에서 '조각'은 비로소 유일한 혈육이었던 아이를 낳자마자 해외 입양 브로커의 손에 넘겼던 일을, 종종 들여다보고 만지작거렸던 아기 사진을 아무 죄의식이나 슬픔, 또는 그리움조차 느끼지 못한 채 태워 버렸던 일을 떠올린다. 이것은 우연일까?

　사실 '조각'에게 가족은 부재하는 것과 마찬가지다. 낳아 준 부모는 많은 자식을 부양할 능력이 없어 어린 '조각'을 먼 친척 집에 식모로 더부살이하러 보낸 이후 종적도 없이 사라졌고, '류'와 지내던 시절 또한 따뜻하고 친밀한 가족의 모습과는 거리가 멀었다. 게다가 '류'의 죽음 이후 '조각'은 어느 누구와 아무런 감정적 유대도, 혈연적 애착도, 상실의 아픔도 나누지 않은 채 고독한 기계적 삶을 이어 왔다. '희로애락을 나눌' 가족, 특히 자신의 배를 빌려 태어난 유일한 핏줄조차 잃었던 '조각'이었지만 그 상실된 대상에 대한 애도는 그녀의 것이 아니었다. 애도란 사랑하는 대상의 상실을 받아들이고 대상에게 쏟았던 사랑을 다른 곳으로 돌려 상실의 아픔을 극복하는 자기 치유의 과정이다. 그러나 자신의 감정과 욕망을 모르는 무감각한 기계로서 '조각'에게 애도 작업은 애초에 수행 불가능한 것이었는지도 모른다. 자아는 대상의 상실과 그 상실에 대한 승인을 통해 비로소 스스로를 새롭게 변화시킬 계기를 발견할 수 있다. '조각'에게 있어 떠나보낸 아이에 대한 애도의 지연은 어떠한 삶의 변화도 쉽게 받아들이지 못하는 미성숙과 관련된 것이었다. 이 소설은 그 '조각'의 뒤늦은 애도에 대한 이야기다. '강 박사'를 향한 사랑이나 그의 가족에 대한 따뜻한 응시는 '조각' 자신이 상실한 가족에 대한 뒤늦은 애도 작업에 다름 아니다. 그녀는 애도한다. 그렇다면 이 뒤늦은 애도가 끝난 다음에는?

4 가족 없는 나라에서

'조각'과 '투우'의 마지막 복수혈전의 끝, 승산 없는 싸움에서 '조각'은 살아남는다. 뒤늦은 애도 작업을 마친 이후에도 '조각'은 여전히 혼자다. 소설은 마지막 대결 이후 '강 박사'와 그의 가족이 어떻게 되었는지에 대해 어떤 정보도 주지 않는다. 그들은 갑자기 서사 밖으로 사라진다. 심지어 외로운 '조각'의 삶에 "최소한의 목가적 정서"를 가져다주던 늙은 개 무용조차 죽는다. '조각'에게 인간적인 감정과 애착을 느끼게 하던 모든 존재들은 그렇게 우리의 예상을 깨고 한꺼번에 사라진다. 심지어 '조각'은 더 이상 조직의 일원으로 활동하지도 않는다. '조각'은 모든 공식적·비공식적 관계가 단절된 채 철저히 혼자가 된 것이다. '조각'의 뒤늦은, 인간으로서의 자기 발견과 성장도 그녀를 고독한 단자의 세계 밖으로, 친밀한 가족의 품으로 데려가지는 못하는 것일까? 그러나 결말 부분에서 '조각'이 그동안 망설이던 네일 아트를, 그것도 남아 있는 한쪽 팔에만 받았다는 사실은 '조각'이 이전과는 분명 달라졌음을 암시한다. 소설의 결말에서 우리가 확인할 수 있는 것은 '조각'이 말 그대로 평범한 인정 많은 할머니가 되었다는 것이다. 그럼에도 변하지 않은 것이 하나 있다. 그녀는 애도를 끝마친 후, 그 과정에서 한때 슬며시 품어 보기도 했던 가족애적 환상과 냉정하게 작별한다. 그녀는 변하지 않았다. 그녀는 여전히 여기저기서 자기를 호명하는 '어머니'라는 관습적인 부름에 이렇게 답한다. "나는 그쪽 어머니가 아니에요."

구병모 소설에 일관된 주제 의식 중 하나는 바로 가족주의에 대한 비판적 자의식이다. 소설의 주인공들은 대개 가족으로부터 떨어져 나와 혼자가 되고 그런 상태에 만족한다. 가족적 가치란 대개 중산층의 허위의식을 과장되게 드러내기 위해 필요할 뿐, 소설 속에서 그러한 가치는 대개 의심받는다. 『파과』 또한 예외는 아니다. 다음 구절을 보자.

> 아이들이 한 무더기로 뒤엉켜 자는 일곱 평 집 안에서 부모는 대체 그 짓을 어디서 어떻게 하고 막내까지 뽑은 건지 알 수 없는 노릇이었던 데다, 누구나 그렇게 아이를 낳고 살아야만 하는 줄로 알고 이유 불문 아이란 아들이 나올 때까지 — 그 아들을 어디다 써먹을 건지는 나중에 생각하고 — 계속해서 낳는 게 당연한 줄로 알고, 그러다 집안이 더 심하게 기울어져서 당장 손 붙잡고 굶어 죽게 생겼으면 비로소 새끼들 가운데 누군가 제일 덜떨어지거나 얼굴이 못났거나 많이 처먹어 대는 녀석을 골라 희생양으로 다른 데다 보내 버리면 그만인 줄 아는, 근대화가 덜 된 무식쟁이들이 돼지 말고 다른 것으로는 도저히 생각되지 않았다.(142~143쪽)

자기가 살던 곳을 '돼지우리'로, 그곳에서 감당하지도 못할 아이들을 끊임없이 "싸질러 놓은 친부모의 행위"를 "새끼를 까는 돼지 같았다."라고 생각하는 '조각'의 독백은 끝없이 이어진다. 이는 마치 저주의 주술을 읊조리는 듯하다. 소설에서 가족에 대한 '조각'의 억눌린 분노는 종종 이런 식으로 끊임없이 이어지는 저주의 내적 독백을 통해 표출된다. 가정의 안락함과 평온함, 친절과 배려 등과 같은 휴머니즘적 보편 가치를 향한 '조각'의 서늘한 조롱과 냉소는 돼지우리의 새끼 돼지로 살아야만 했던 어린 시절의 경험에서 기원한다. 이후 옮겨 간 당숙과 당숙모의 집은 분명 판자촌 돼지우리와는 달랐으나 중산층 가정의 전형적인 이기적 가족주의를 여과 없이 드러내 보였다는 점에서 여전히 부정적이다. 오히려 '조각'은 사소한 오해로 그 집에서 쫓겨난 뒤 만났던 '류'와 그의 아내 '조', 그리고 돌잡이 아이와 함께했던 짧은 시간을 더 가족적인 것으로 기억한다. 그러나 이들 유사 가족은 모두 차례로 살해당한다. 그 와중에도 혼자 살아남은 '조각'은 이제 소설의 결말에 이르러서야 진정으로 혼자가 된다. 왜냐하면 그녀는 뒤늦은 애도에 성공함으로써 비로소 죄의식처럼 붙잡고 있던 가족에 대한 마지막 끈마저 놓아 버리고 완전히 자유로워졌기 때문이다.

소설은 오직 이 순간, 즉 모든 가족적 존재들이 사라지는 순간을 향해 달려온 것처럼 보인다. 그리하여 비로소 '조각'은 어떠한 죄책감이나 의무감도 없는, 그리고 상실의 고통이나 슬픔도 없는 나라에서 홀로 행복하다. 그것은 지금까지 '조각'이 머물렀던 살인기계의 무감각한 세계와는 다르다. 왜냐하면 기계적 존재란 결국 전체 조직의 부속품으로서 자기 존재를 증명해야 하는, 여전히 연루된 존재이기 때문이다. '조각'의 끈질긴 생존은 어쩌면 바로 모든 공식적·비공식적 관계에서 벗어난 이 순간을 위한 것이었는지도 모른다. 소설의 인상적인 마지막 구절은 이렇다. "지금이야말로 주어진 모든 상실을 살아야 할 때. 그래서 아직은 류, 당신에게 갈 시간이 오지 않은 모양이야."(333쪽) 우리는 이를 단지 노화와 소멸에 대한 서글프지만 인간적인 깨달음으로 해석해서는 안 된다. 오히려 그것은 상실마저 상실한 '조각'의 무중력 고립에 대한 예찬에 가깝다.

『파과』가 살인기계의 인간화 프로젝트를 다룬 휴머니즘적 범죄소설로 읽혀서는 안 되는 것은 이 때문이다. 이 소설은 냉소와 동정, 기계와 인간, 살인과 생존을 왕복하는 긴 우회로를 거쳐 비로소 도달하게 된 '반가족주의 선언문'이다.

권여선과 함께 레가토를

거두절미식 인터뷰

"후일담이 어때서?"

여기 한 여자가 있다. 그녀의 이름은 오정연, 1979년 대학 입학, 한 학기 만에 휴학, 낙향, 이듬해 1980년 광주에서 돌연 실종. 그녀는 왜 갑자기 휴학했을까? 고향집에는 왜 갔을까? 광주에서 무슨 일이 있었던 걸까? 그녀는 아직 살아 있을까? 오정연의 실종을 둘러싼 이 질문들은 30년 넘는 세월이 흐른 뒤에야 비로소 소설의 안팎에서 던져진다. 그런데 도대체 오정연은 누구인가? 권여선의 새 장편소설 『레가토』(창비, 2012)는 갑자기 우리에게 던져진 질문을 통해 현재와 단절된 과거의 한때를 소환해 그 시절의 이야기가 지금까지 아무도 모르게 계속되고 있었으며 끊임없이 현재의 삶을 직조해 왔음을 보여 준다. 소설 제목이 '레가토'인 것은 그 때문이다. 레가토(legato)란 둘 이상의 음을 부드럽게 이어 연주하는 주법의 기호다. 작가는 말한다.

이 소설은 현재와 과거가 교차되는 방식으로 전개되는데, 그러다 보니 두 시간대가 구성상 단절적으로 배치될 수밖에 없었어요. 그러나 사실 시간이 그렇게 뚝뚝 끊어질 수는 없는 것이죠. 제가 소설 제목을 '레가토'로 한 이유도, 비록 현재와 과거 사이에 30년 이라는 짧지 않은 세월이 가로놓여 있지만, 그걸 스타카토식으로 끊어서 읽지 말고 레가토식으로 이어서 읽었으면 하는 바람 때문입니다. 그러나 또 시간이 이어진다고 해서, 그게 계속 하나의 음만 내어서도 안되고, 어떤 한 음이 지속되는 와중에 다른 음이 새롭게 끼어들고, 그래서 음들이, 시간들이 겹쳐지는 효과가 생기기를 바라고 이 소설을 썼죠.

사실 나는 처음에 이 소설의 제목을 자꾸 '레트로(retro)'로 착각했다. '레가토'라는 말이 낯설어서 잘못 기억하기도 했거니와, 소설이 현재의 시점에서 과거를 회고하고 소급하는 후일담 형식을 취하고 있었기 때문이다. 그러나 이 소설은 기존의 후일담 소설과는 무언가 다르다. 무엇보다 기존 후일담 소설에서 흔히 발견되는 '빛나는 과거/타락한 현재' 같은 도식이나 과거에 대한 노스탤지어의 시선이 존재하지 않는다. 후일담 소설의 외양을 하고 있지만 기존의 관습을 따르기보다 독특한 권여선식 후일담의 문법을 창조해 내고 있다. 실종된 오정연의 행방을 찾는 데 소설의 초점이 맞춰지는 것에서도 알 수 있듯이, 이 소설이 크게 보아 과거에 잃어버린 무언가를 찾아가는 탐색담의 형태를 띠고 있는 것도 그 일례다. 그래서 나는 작가에게 『레가토』가 후일담 형식을 배반하는 후일담 소설인 것 같다고 이야기했다. 그랬더니 작가의 말인즉 꼭 그런 것은 아니란다.

그래도 저는 이 소설이 후일담의 틀에 맞는 면이 많다고 생각해요. 언젠가부터 우리는 후일담 소설을 폄하하고 폐기하고 더 이상 유효하지 않은 양식이라고 생각해왔는데, 저는 그게 항상 불만이었어요. 물론 예전에 쏟아져 나온 후일담 소설이 모두 바람직했다고는 생각하지 않아요. 하지만 소설이라는 장르 자체가 과거와 현재 사이에서 왔다 갔다 하는 건데, 유독 1980년대를 다룬 후일담만 후진 형식인 것처럼 취급하고, 이미 다 마모되어 더이상 생산적으로 기능할 수 없는 양식이라는 암묵적인 판정을 내려버린 거죠. 그런 판정에 대한 제 나름의 불만이, 그렇다면 나는 어떻게 쓸 수 있는가 하는 근본적인 고민과 연결됐죠. 그리고 제가 아니더라도 누군가가 제대로 된 후일담을 써 줬으면 좋겠다는 생각도 있었고요. 어느 시대의 얘기를 쓰든, 자신이 쓰기 전에 이미 양식화된 스타일은 있기 마련입니다. 그 스타일을 지나치게 답습하고 고착화시키지만 않는다면, 다시 말해 다양하게 변주하고 진화시킨다면, 언제든 새로운 형식이 나타날 수 있다고 생각해요. 저도 이 소설을 쓰면서 후일담의 틀이나 형식에 대해 고민했습니다. 물론 그 고민의 결과가 유효한지는 앞으로 따져봐야겠죠. 차이가 있다고 무조건 좋은 건 아니니까요. 저는 이 소설을 후일담이라고 부르든 아니든 상관없어요. 어떤 변주를 했건 『레가토』는 후일담이긴 하거든요.

'후일담이 어때서?'라는 작가의 이 도도한(?) 태도는 '후일담적'이라고 부를 법한, 그간 작가가 써 온 소설의 어떤 특성을 연상시킨다. 권여선 소설에서 사건은 대개 회고적 시선으로 사후에 기억되고 구성된다. 그래서 권여선 소설의 인물들은 뒤늦은 사랑, 뒤늦은 실연, 뒤늦은 후회, 뒤늦은 분노를 한다. 과거의 사건이나 관계, 그로부터 발생하는 감정은 언제나 오랜 시간이 흐른 뒤 사후적으로 (다시) 경험되고 이해된다. 그리고 이때 과거는 언제나 현재의 강박이자 죄의식의 근원으로 작용한다.『레가토』에서도 마찬가지다. 오정연이라는 과거는 전통연구회(전연) 회장인 박인하와 79학번 동기들(준환, 진태, 재현 등)에게 모종의 죄의식을 불러일으킨다. 이들은 모두 알고도 죄를 짓거나 모르면서 죄지은 사람들이다.

죄의식, 타인에 대한 절절한 공감

그런데 흥미로운 것은 이들의 죄의식이 달콤한 체념이나 자기연민과 결합함으로써 왜곡된 자기보호 장치로 전락하는 병리적 성격은 아니라는 점이다. 아이러니하게도 이들의 죄와 그에 대한 민감한 자의식은 그들이 죄를 깨달은 이후에 더이상 죄짓지 않고 살게 하는 (혹은 살고 싶어하는) 최소한의 윤리적 버팀목이 되고 있다. 나아가 그러한 죄의식은 그들에게 역사적 성찰과 반성의 계기가 되기도 한다. 모든 시절의 청춘이 그러하듯 그들 또한 조국과 민중이라는 대의명분과 시대의 부름에 응해 투쟁했지만, 어쩌면 그 순수성과 맹목성 때문에 바로 옆의 누군가가 겪었을 고통과 슬픔은 모르고 지나쳤을 수도 있다는 아픈 자책과 상처를 안고 살아간다. 소설에서 실종된 오정연을 찾는 일련의 과정은 투쟁의 와중에 혹여나 잘못한 것은 무엇이며 잃어버린 것은 무엇인지, 그리고 그러한 실수와 상실이 우리에게 어떤 후유증을 남겼는지 그 진실을 아프게 직시하는 과정이다. 정연의 숨겨진 사연을 찾아가다 문득 자기 죄를 깨닫게 되는 진태의 다음과 같은 고백이 우리의 마음을 저리게 하는 것은 그 때문이다. 좀 길지만 인용한다.

그들은 수태한 그녀의 몸에서 탐식과 게으름을 읽었고, 새끼를 감싸는 예민한 정신에서 비굴과 타협을 보았다. 그들은 그녀가 휴학했다는 소식을 들었을 때 어느 면에선 마음이 홀가분하기까지 했다. (……) 나 죽고 싶다 진태야…… 그의 기억 속에서 정연은 아직도 여름 땡볕에 검게 탄 주근깨박이 얼굴로 울고 있었다. 육즙처럼 붉은 기름이 흘러내리는 장떡을 베어먹고, 냄비에 가라앉은 꽁치 살점을 숟가락으로 퍼올리고, 닭날개 세 토막을 깨끗이 발라먹고 있었다. 그들이 그 시절 그녀와 나눈 것은 무엇이었나. 그들은 저마다 무엇이 그토록 다급하고 분주해 그녀의 변화를 살피지 못했는가. 왜 임신한 그녀가 마지막 닭날개 한조각도 다 먹고 가지 못하도록 매섭게 다그쳤는가. 통닭집에서 미안하다는 말을 하고 떠날 때 그녀의 눈빛에 담긴 비애와 슬픔을 왜 일제히 외면했는가. 왜 그들은 그토록 메마르고 무지한 정신으로, 왜 그렇게 근본적인 단절의 포즈를 고수했나. 왜 그렇게 동화될 수 없는 것들에 대한 동경을 품었으며 왜 그렇게 자신들의 무효성을 앞당기기 위해 날뛰었는가. 그녀의 조각배가 죽음의 해협을 지날 때 그들의 배는 어디쯤 항해하고 있었나. 모든 시대의 청춘들과 마찬가지로 그 역시 어디선건 제 운명을 읽어 내고야 말겠다는 광적인 과잉에 사로잡힌 영혼으로 한 시절을 살아냈을 따름인데, 신진태, 그를 구성하는 기억의 허구는 무엇인가. 이게 바로 자신이 그토록 두려워하던 판도라의 상자였나.

(391~392쪽)

자기의 과거에서 죄를 발견하는 영혼이야말로 가장 순결한 영혼이죠. 오히려 아무 죄가 없다고 우기는 둔감한 인간들이, 죄란 죄는 모조리 다 짓고 다니면서 자기합리화에만 능한 무리죠. 모든 인간관계에는 언제나 피해와 가해의 입장이 있기 마련인데, 피해자는 무조건 불쌍하고 가해자는 무조건 나쁘다는 식의 이분법은 아무 의미가 없어요. 피해자가 상처를 통해 자기추동의 힘을 얻을 수도 있고, 또 가해자가 누군가에게 상처를 주었다는 사실 때문에 자기파괴적 죄의식에 시달릴 수도 있죠. 어떤 나쁜 짓을 해도 그 나쁜 짓이 자기에게 정확히 징벌로 돌아오도록 구조화되어 있는 인간이 제가 보기에는 가장 윤리적이에요. 예를 들어 청춘의 시기에는 너무 에너지가 넘쳐나기 때문에 자신이 무엇을 잘하고 잘못했는지, 누구에게 상처를 입히고 상처를 받았는지가 불분명한 상태로 서로 얽혀서 정돈이 안 되죠. 그러다 어느 순간 불현듯 오는 거죠. 아무리 무심하거나 무감한 인간에게라도 언젠가는 한번, 자기고뇌와 열정에 사로잡혀 무의식적으로 저지른 행위에 대한 반성 혹은 책임이 뒤통수를 매섭게 후려치는 날이 옵니다. 이 소설에서 가장 명랑하고 건강한 사고방식을 가진 진태도, 정연이 다 먹지 못한 닭날개 한 조각 때문에 돌아버리잖아요. 제가 보기에 사실 진태는 아무 죄가 없어요. 그러나 진태가 과거를 돌이켜보면서, 오래전에 정연이 겪었을 고통에 깊이 공감하는 순간, 자기 안에서 죄를 발견하게 되거든요. 우리 다 같이 반성하고 용서하고 뭉치자는 식의 주의주의적 죄의식이 아니라, 자기 속에서 자기를 찢으면서 자기도 모르게 튀어나오는 타인에 대한 절절한 공감의 힘만이 자기 죄를 진정으로 직시할 수 있게 해 주죠.

희생양을 배반하는 희생양

『레가토』에서 가장 분명한 가해/피해의 관계는 박인하와 오정연에게서 나타난다. 사실 박인하가 오정연을 강간하는 장면은 이 소설에서 가장 불편하고 고통스러운 대목이기도 하다. 그러나 비참과 굴욕, 모욕과 학대로 맺어진 이들의 관계는 서사가 진행되면서 모종의 형질 변화를 겪는다. 이제 가해자는 더이상 가해자만은 아니게 되고, 피해자 또한 더이상 피해자에만 머무르지 않는다. 그리하여 박인하는 자기가 저지른 끔찍한 죄를 끊임없이 환기하고 고백하는 자기모멸의 제의를 통해 자기 파괴적인 방식으로나마 삶의 동력을 얻는다. 오정연 또한 바로 그순간 흘린 '한 티스푼의 피'와 그 피로 태어난 딸을 통해 투쟁의 힘을 얻는다. 소설에서 오정연이 희생양이면서도 희생양에만 머무르지 않는 것은 그 때문이다.

소설에서 오정연은 두 번의 폭력과 마주친다. 첫 번째가 박인하에 의한 개인적 폭력이라면, 두 번째는 광주학살로 상징되는 시대적 폭력이다. 희생양이 등장하는 대개의 소설들에서 이 두 가지 폭력은 서로 복잡하게 얽혀 있는 양상으로 나타난다. 여성에게 가해지는 남성의 성적 폭력을 통해 시대적 폭력을 고발하는 이야기는 우리에게 너무나 익숙하다. 그런 점에서 이 소설 또한 언뜻 익숙해질 대로 익숙해진 수난받는 여성의 이야기를 연상시킨다. 그러나 박인하와 오정연의 가해/피해 관계는 모종의 죄의식과 속죄의식을 통해 역전과 재역전을 거듭하면서 우리에게 익숙한 가해/피해의 도식에서 벗어난다. 그 결과 오정연은 일방적인 제의적 폭력의 희생양으로 머물지 않는다. 여기에는 오정연이라는 매력적인 인물의 자질도 몫을 보탠다.

폭력의 가혹함을 증명하기 위해 희생양을 더 비참하게 또는 숭고하게 만드는 건 평면적인 방식이겠죠. 제가 소설을 쓰면서 가장 많이 고민했던 지점도 오정연에게 어떤 캐릭터를 주느냐 하는 것이었어요. 강간당하고 총 맞아 쓰러졌다는 점에서 오정연은 분명 희생양이에요. 그런데 정연은 원래 일상적 삶에서 명랑하고 생기가 넘치는 아이였고, 그렇기 때문에 그런 꼴을 당하고도 끝끝내 자기만의 활력과 긍정의 힘으로 극복해 내죠. 강간을 당하고도 우거지상을 하고 앉아 있는 대신 '발딱' 일어나고, 광주에서도 수술받고 누워 있던 애가 갑자기 '쨍' 하고 뛰쳐나가죠. 끝까지 버티는 인내와 다시 '쌩' 하고 '발딱' 일어나는 활기를 갖고 있는 캐릭터이기 때문에, 단순히 희생당하는 수난의 인물 코스프레가 되지 않을 수 있었다고 생각해요. 그 생명력이 마지막까지 그녀를 살아 있게 한 거고요.

과연 오정연은 어린아이다운 명랑성과 어른스러운 침착함을 두루 갖춘 인물이다. 두려워하면서도 용감하고, 냉정하면서도 관대하다. 어떤 상황에서도 인간에 대한 선의와 예의를 잃지 않으려고 애쓰는 강인한 여성이다. 바로 그 때문에 오정연은 겉보기에는 전형적인 희생양처럼 보이지만 결코 그에 고착되지 않는 독창적이고 개성적인 캐릭터가 될 수 있었다. 그러나 무엇보다도 짐작과는 다른 소설의 결말(오정연은 광주에서 죽지 않고 살아남았으며, 기억상실증으로 지난 일을 모두 잊은 채 파리에서 그녀의 생명을 구한 프랑스 남자의 사촌동생으로 살고 있었던 것이었다!)이야말로 결정적으로 정연을 숭고한 희생양이 아닌, 일상적이고 현실적인 인물이 될 수 있게 한다. 언뜻 이러한 결말 처리는 실종된 정연에게 죄의식을 지니고 살아온 자들의 소망 충족 드라마처럼 읽히기도 한다. 그렇기에 통속적이라는 얘기를 들을 수 있을지 모르겠지만, 어쩌면 바로 그 때문에 오정연이라는 이름에 죄의식을 품고 사는 사람들에게는 최소한의 위안이자 위로가 되는지도 모른다. 게다가 '지적인 작가'라는 타이틀을 갖고 있는 권여선에게 그런 식의 닫힌 결말은 모호한 열린 결말보다 쓰기가 훨씬 어려웠을 터다.

사실 결말이 장편에서 워낙 중요하니까 저도 여러 버전으로 생각을 했어요. 제가 지적이라고 오해받기 때문에 더 그랬죠. 결말도 뭔가 쉽지 않게, 끈적하게, 책을 덮고 나서도 기분이 답답하고 더럽게 가자, 그런 욕망도 있었어요. 그러나 또 한편으로는 이만큼 괴롭혔으니 이제 그만 쉬게 해 주자, 위로해 주자, 하는 마음도 있었죠. 또 저 스스로 이제 그만 죄를 내려놓고 싶은, 최소한의 위로라도 받고 싶은 이기심도 있었고요. 그래서 복잡하게 본다든가 애매모호하게 처리하기보다는 손쉬운 듯 보이지만 헐겁게나마 매듭을 지은 거죠.

애타게 정연을 찾아서

『레가토』는 잃어버린 것을 찾아가는 이야기다. 그러나 30여 년이나 지난 뒤에 어떤 계기로, 어떤 방법으로 잃어버린 것을 찾을 수 있을까? 그리고 설령 그것을 찾는다 하더라도 우리는 어떻게 그것이 바로 잃어버린 그것이라고 확신할 수 있을까? 많은 경우 정체성의 확인은 육체에 새겨진 표식에 의해 이루어진다. 발뒤꿈치에 새긴 문신이나 얼굴의 흉터, 엉덩이나 등에 있는 북두칠성 모양의 점 등등. 아니면 쪼개진 하트 목걸이나 똑같은 십자가, 어린 시절에 찍은 사진 등등. 그것들은 '갸가 바로 갸'라는 것을 확인해 주는 신원 확인의 중요한 표지이며 우리가 멜로드라마에서 익히 보아 온 모티프다. 『레가토』에도 그와 방불한 장치가 있다. 예컨대 박인하와 하연의 부녀상봉이라는 에피소드, 그리고 그에 동반되는 정체성 확인의 표지. 예컨대 박인하가 하연을 처음 보았을 때 하연이 입은 "흑백 가로줄무늬 셔츠에 하얀 스커트"는 정연이 실종 직전에 광주에 가면서 입었던 "흰바지에 흑백 가로줄 무늬 티셔츠"를 연상시킨다. 게다가 하연은 정연을 떠올리게 하는 '슬픈 초식동물 같은 표정'을 짓는 '동그랗게 튀어나온 이마'의 소유자기도 하다. 그러나 사실 둘 사이의 이러한 유사성은 실종된 정연의 행방을 추적하고 하연의 진짜 정체를 확인하는 데 아무런 계기로 작용하지 못한다. 오히려 흥미로운 것은 신원 확인의 표지가 비밀의 중심에 있는 인하와 하연 혹은 정연에게 각인되어 있는 것이 아니라 엑스트라에 가까운 주변인물 '순구'에게서 나타난다는 사실이다.

(작품을 꼼꼼히 읽은 독자라면 눈치채겠지만) 소설에서 순구는 세 번 등장한다. 박인하가 가르치던 야학생으로 한번, 광주에서 정연을 단검으로 찌른 공수부대원으로 또 한번, 하연이 탄 지하철에서 아내가 읽어 주는 성경에 귀를 기울이는 틱장애가 있는 중년 남성으로 다시 한번. 어쩌면 이 세 명의 인물은 동일인이 아닐지도 모른다. 그러나 작가는 애써 이 세 사람이 동일인이라는 표식을 마련해 주는데, 그것은 바로 왼쪽 뺨에 난 화상자국이다. 그뿐만이 아니다. 전철 안에서 순구에게 성경을 읽어 주는 여성은 그녀가 풍기는 '암내'를 통해 정연이 1학년 때 캠퍼스에서 만난 전도사와 같은 인물임이 암시된다. 이들은 소설 속에서 그다지 눈에 띄는 인물이 아니다. 그래서 독자들은 그들을 잊어버리고 있다가 바로 흉터('딘둥이')와 냄새('암내')를 통해 정체를 새삼 확인하게 된다.

그 부분은 제가 그렇게 하고 싶었어요. 인하와 정연의 가해, 피해 문제처럼, 딘둥이인 순구 또한 단순히 가해자로만 규정할 수는 없는 인물이죠. 광주의 직접적 가해자들이 받았을 상처도 하나의 풍경으로 소설 속에 녹여 보고 싶었고, 그 이후에 그 사람들이 어떻게 살아 왔을까 하는 생각도 들고. 그래서 그렇게 등장시키기로 했어요. 장편소설에는 워낙 많은 인물들이 들끓기 마련인데, 그렇다고 그냥 한번 슥 나왔다 사라지는 인물 천지여서는 또 안 되죠. 그래서 한 사람 한 사람을 등장시킬 때마다 이 사람을 뒤에 또 나오게 할 것인가 말 것인가 고민하지 않을 수 없어요. 아무리 엑스트라라고 해도 '행인1'이라고 할 수는 없는 거니까요.

그뿐만 아니다. 써클룸에 있었던, 낱장이 떨어져 나가고 밑줄이 쳐진 세로판형의 낡은 책을 기억하는가. 그 책 또한 소설 속에서 세 번 등장한다. 30여년 전 써클룸에 있던 책을 인하가 읽으면서 한 번, 인하가 잡혀들어간 뒤 정연이 인하의 하숙방에서 그 책을 발견하면서 또 한 번, 하연이 언니(정연) 소유의 오래된 책을 읽으면서 다시 한 번. '낱장이 흩어진 세로판형의 낡은 책'이라는 표지는 인하와 정연, 하연이 읽은 책이 사실은 모두 같은 것이라는 사실을 독자에게 은연중에 알려 준다. 이렇듯 겉보기에 멜로드라마의 장치를 활용하는 듯한 『레가토』는 실제로는 그 장치를 오히려 사소하고 엉뚱한 인물과 사물에 비끄러맴으로써 일반적인 멜로드라마의 관습을 미묘하게 뒤튼다. 또한 그것은 눈에 띄지 않는 인물과 사물에 그들만의 고유한 표지를 마련해 주려는 작가의 세심한 배려로 읽히기도 한다.

그럼에도 기본적으로 『레가토』의 큰 틀은 멜로드라마적 구조다. 예컨대 서로에게 강하게 끌리는 인하와 하연이 실은 부녀지간이었다는 통속적 반전이나, 비밀에 한걸음씩 다가가는 과정에서 발생하는 극적 긴장, 하연의 정체가 밝혀지기까지의 숨김과 드러냄의 극적 구조, 소설의 결말부에서 실종된 정연을 만나는 과정에서 작동하는 일련의 우연들이 바로 그 징표다. 그러면서도 이 소설에는 기존의 단편에서 드러났던 작가의 지적인 상상력과 언어감각, 유머 등이 군데군데 적절하게 배치되어 장편의 형식 속에서도 이런 특징이 효과적으로 자리잡게 한다.

권여선의 소설가적 기질이 잘 드러난 사례 하나. 진태와 재현은 중국식 샤브샤브 훠궈의 '허연' 국물에서 '하연'을 연상하고, 그러다가 급기야 '오'자가 들어간 말들(오뎅, 오라질, 오미자차, 오골계, 오도리, 오이지, 오대산, 오리무중, 오선지, 그리고 오월)에서 어쩔 수 없이 오정연을 떠올린다. 음운의 유사성의 원리에 기초한 이러한 은유적 룰은 단지 언어유희에만 그치지 않는다. 오정연을 돌보지 못했다는 죄책감에서 벗어나지 못하는 진태의 다음과 같은 독백, "그러니 나를 놓아라. 오대산아. 그렇게 배고픈 얼굴로, 그렇게 겁먹고 캄캄한 얼굴로 나를 쑥개떡처럼 꽉 움켜쥐고 있지 마라, 오미자야."(310쪽)는 남겨진 자들의 죄의식이 은유적 룰에 따라 어떻게 환기되는지를 섬세하게 보여 준다. 게다가 이러한 은유적 룰은 소설의 결말부에서 정연이 자신의 진짜 정체를 확인하는 데 결정적인 계기로 작동하는 것이니, 이 작가의 지적 치밀함은 여일하다.

우리는 무언가를 보면 비슷한 걸 떠올리게 되고, 또 부족한 부분이 있으면 메우려고 하게 되죠. 은유와 환유도 그런 과정에서 생기는 거잖아요. 물리적인 세계에서뿐 아니라 언어나 인식에서도 그런 식의 유사성과 인접성이 작동하고, 그러한 원리가 우리로 하여금 무언가를 인지하고 서로 연결 짓게 해 주는 한, 다시 말해 그게 인간의 기본적인 인지 체계인 한, 시뿐만 아니라 모든 문학작품에서 그 두 가지 룰은 나름의 방식으로 운용되는 것 같아요.

후일담의 시기를 지나면서

권여선은 "작가로서 앞으로 쭉 글을 쓴다는 전제하에서" 『레가토』로써 자기의 1기가 끝났다(아니, 끝났으면 한다)고 말한다. 앞서 권여선 소설 특유의 후일담적인 성격에 대해 얘기하기도 했지만, 작가는 『푸르른 틈새』에서부터 지금까지가 강박적이라고 할 정도로 자기 감정을 투사하던 시절에 대한 서사화 내지는 작품화의 시기였다면, 이제 『레가토』에서 그런 과정이 나름 매듭지어졌다고 생각한다. 그 시기를 후일담의 시절이라고 부를 수 있을까? 그렇다면 이제 그 시절은 지나간 것일까?

『푸르른 틈새』부터 『레가토』까지를 제1기 작품세계라고 말할 수 있다면, 그 시기에는 장편이든 단편이든 '후일담적'이라고 부를 법한 복합적인 정서가 지배적이었던 것 같아요. 과거의 어떤 것을 놓치지 않으려는 안간힘과, 그런데 결국 놓쳐 버렸다는 절망과 다시 그 일을 곱씹으면서 전혀 다른 모습으로 재구성된 과거에 대해 느끼는 경악과, 뭐 그런 식의 쳇바퀴 같은 것. 인간이란 늘 현재에 결핍을 느끼기 때문에 과거에서 뭔가를 자꾸 끌어오려고 하지요. 그런데 기억은 깔끔한 청소를 해 주는 대신 지저분한 죄의식이나 강박을 낳고, 그게 현재로 계속 침투해 들어와 현재를 교란하고, 그렇게 과거의 습격과 현재의 진압의 불완전한 반복이 제 소설의 테마였던 것 같아요. 그렇게 쓰려고 작정을 해서가 아니라, 제 안의 무언가가 그런 면만을 보게 했어요. 뭔가를 놓치고 있을지도 모른다는 생각, 그 놓친 것 혹은 놓쳤을지도 모를 어떤 것이 저를 자꾸 발광하게 하고, 그 기원을 찾게 하고, 그것만 골똘히 들여다보게 했던 것 같네요. 그건 크게 보면 1980년대라는 시대에서 온 것일 수도 있고, 작게 보면 저라는 인간의 자잘한 일상에서 나온 것일 수도 있죠. 그런 '찾기'의 구조와 추체험을 통해 달라지는 구성, 배치 등이 제 소설의 후일담적 형식 속에 항존했던 것 같아요.

작가는 『레가토』가 '후일담의 시기'로 요약할 수 있는 제1기의 마지막을 장식하는 작품이라고 말한다. 그러면서도 이 작품에는 후일담의 한계에 갇히지 않고 지금 삶의 세태를 꼼꼼하게 부조하는 특유의 솜씨와 섬세가 빛을 발한다. 단순한 회고적 시선에 갇히지 않는, 현재의 삶과 인간세사에 대한 세밀한 탐구는 최근 2~3년 동안 발표된 단편들의 두드러진 성과이기도 하다. 특히 「팔도기획」이나 「웬 아이가 보았네」 「소녀의 기도」 「은반지」 같은 작품에서, 작가는 과거에 대한 강박적 회고 대신 다양한 현재의 상황에 벌어진 인간관계와 그들 사이의 권력 구조를 기하학적으로 그려 가면서 그러한 관계의 그물망이 건져 올리는 복잡하게 뒤얽힌 인간만사의 심층심리를 예리하게 포착한다. 흥미로운 점은 이들 작품에서는 그간 권여선 소설에 자주 등장하던 지적인 캐릭터와는 전혀 다른, 통속적인 의식 수준에 머무는 인간군상의 이야기가 펼쳐진다는 것이다. 물론 작가 특유의 지적인 유희는 여전하지만 말이다. 권여선 소설의 제2기 단계로의 진입은 이미 시작되고 있는 것이 아닐까?

제가 이제부터는 현재에 대해 쓰겠다고 말은 해 놓고 어쩌면 과거에 있는 한 조각을 찾는 이야기를 계속할지도 모르겠어요. 아마 제게는 현재에서 시작해서 현재로 끝나는 소설적 상황을 만드는 일이 무척 어렵게 생각되기 때문에 그럴지도 모르죠. 그냥 소재나 주제를 그렇게 잡으면 되지 않느냐고 말할 수도 있겠지만, 이건 근본적으로 문체에서부터 소설에 대한 인식 자체를 바꿔야 하는 문제거든요. 다시 말해서 지금까지와는 다른 서사 방식을 탐구해야 되는 거죠. 예컨대 현재를 살아나가는 세속적이고 평균적인 관념을 가진 갑남을녀의 얘기를 쓴다고 할 때, 그게 대개는 빤하다는 이유로 배척되는데, 그들이 가진 관념이 빤한 거지 그런 빤한 관념을 가진 개개인에 관한 탐구가 빤한 것은 아니거든요. 평균이라는 건 도대체 뭔가, 그것부터 답이 안 나오니까요. 제가 지금까지는 소수자 입장에서만 바라보고 작은 리그에서만 꼼지락거렸기 때문에, 세상의 평균적이고 세속적인 현실을 지배하는 담론이나 인식에 대해서는 대충 무시하고 외면하고 살았는지도 몰라요. 이제는 그걸 깰 때가 된 거죠. 그걸 깨야만 제가 현재에 뿌리를 내릴 수 있어요. 지금까지는 저 혼자만의 리그 속에서 들입다 깊이 파기만 했다면, 이제는 좌로 우로 산지사방으로 움직이면서 새롭게 현실의 넓이에 대해 고민해야 할 때라고 봐요. 되든 안 되든.

거두절미식 인터뷰를 마치며

사실 우리의 인터뷰는 시종일관 머리 떼고 꼬리 떼고 몸통부터 파고드는 '거두절미식'이었다. 작가와 처음 만나는 사이도 아니고 (우리는 10년 전 한때 '세미나'도 같이 하던 사이였다!), 작품 얘기 외에 묻고 싶은 것도 많았는데 왜 그렇게 성급하게 단도직입했는지, 인터뷰를 마칠 즈음이 되어서야 후회가 밀려왔다. 그쯤 되어서야 급하게 연재할 때와 많이 달라진 점이 있는지 물어보았다. 그랬더니 작가는 처음 작품을 구상할 때부터 열 개의 소제목과 각각의 시간대에 들어갈 정보와 내용이 확정되어 있어서 크게 바뀐 부분은 없다고 말한다. 그러다가 잠시 침묵. 그냥 이쯤에서 끝인사를 나누며 인터뷰를 마쳐야겠다고 생각한 순간, 갑자기 이해되지 않았던 소설 속 한 장면이 떠올랐다. 소설에서 하연은 지하철에서 만난 중년 부부('딘둥이' 순구와 '암내' 나는 여자 전도사)를 따라 내리고 있는데, 그때 하연을 따라 내리던 깔끔한 수트 차림의 젊은 남자가 하연에게서 암내가 나는 줄 알고 눈살을 찌푸린다. 그런데도 하연은 아무렇지도 않게 그냥 내린다. 이런 불필요한 장면이 왜 덧붙여졌을까, 하는 나의 질문에 대해 작가는 이렇게 답했다.

그 장면은 언뜻 보면 불필요할 수도 있지만, 하연이라는 인물이 갖고 있는 윤리감의 한 측면을 보여 주는 거예요. 어떻게 보면 누명을 쓴 상황이잖아요. 냄새라는 게 정처없이 떠도는 거니까 그 진원지를 확정할 수 없죠. 그렇다면 하연도 그 남자처럼 얼굴을 찌푸린다든가 주위를 두리번거린다든가 해서 자기는 아니라는 메시지를 보내야 하는데, 그걸 안하거든요. 자기에게 씌워진 누명을 부인하지 않는 걸로 봐서 하연은 분명 이 부부에게 연민을 느끼고 있어요. 그 행위와 감정 속에는, 하연의 무의식이 아니라 작품의 무의식, 즉 오정연을 다치게 한 사람을 용서할 수도 있다는 뉘앙스도 살짝 숨어 있죠.

용서 치고는 참으로 이상한 방식의 용서다. 그러면서 깨달은 바는 권여선의 문학적 계산이 우리의 상상 이상으로 치밀하다는 사실, 그리고 섬세한 윤리 감각이 그것을 뒷받침하고 있다는 사실이다. 그리하여 『레가토』에서 새삼스럽게 다시 확인하는 것은 지적 냉철함 뒤에 숨어 그것을 떠받치는 저 선한 의지와 따뜻함이다. 내가, 그리고 우리가 권여선의 소설을 사랑할 수밖에 없는 이유다.

어쩔 수 없이, 사랑의 불가능성

구경미의 『라오라오가 좋아』

1 흥? 쳇!

소설의 시작은 이렇다. "어디로 가지?"[1] 이 첫 문장은 구경미의 신작
장편『라오라오가 좋아』(현대문학, 2010)의 전체 분위기를 단적으로 드러
내 주는 동시에, 이 질문에 이끌려 앞으로 혹은 뒤로 아니면 옆으로 헤매
며 나아가는 남자 주인공 '그'의 험난한 여로를 암시한다. 삶의 방향성을
상실한 '그'의 심리적 공황 상태를 엿볼 수 있는 의미심장한 질문, 그럼에
도 불구하고 대답은 필요로 하지 않는 이 자문(自問). 이것은 소설집 『노
는 인간』(열림원, 2005)에서 출발해서 장편소설『미안해, 벤자민』(문학동
네, 2008)과 두 번째 소설집 『게으름을 죽여라』(문학동네, 2009)를 거쳐 이
제 두 번째 장편소설『라오라오가 좋아』에 이르게 된 구경미 소설에 공통
된 어떤 분위기를 연상시킨다. 그것을 거칠게 요약하면 일종의 '반항적
자포자기'쯤 될 것이다. 다시 말해 그것은 현실적 욕구의 포기와 현실에
대한 반항이 거의 구분되지 않은 상태로 반쯤 걸쳐져 있는 상태, 그 결과

---

1 구경미, 『라오라오가 좋아』(현대문학, 2010), 34쪽. 이하 소설 인용 시 쪽수만 밝힌다.

인물들의 의욕 없는 무위(無爲)의 삶을 무능력의 소치로 봐야 할지 아니면 자본주의적 규범에 대한 거부 의식으로 해석해야 할지를 판단하기 어렵게 하는 판단 정지의 상태와도 같은 것이다. 따라서 "어디로 가지?"라는 소설 속 질문은 어딘가로 가고 싶은 강렬한 현실도피적 염원에서 비롯된 것이라기보다는, '이곳이 싫지만 그렇다고 해서 딱히 가고 싶은 곳이 있는 것도 아니다'라는 구경미 특유의 반항적 자포자기의 제스처를 함축한다고 볼 수 있다.

이러한 도피적이라고도, 시니컬하다고도, 그렇다고 해서 저항적이라고도 보기 어려운, 오히려 이 모든 태도들이 적당하게 뒤섞인 구경미식 제스처는 초기 단편 「초지일관 그녀는」에서부터 이미 예견된 것이었다. 예컨대 그것은 다음과 같은 것이다.

> 그녀는, 나는 도대체 왜 살고 있는 걸까, 라고 마흔세 번쯤 생각했다. 아무리 생각해도 살아야 할 이유가 없었다. 그렇다고 살지 않아야 할 이유도 없었다. 어느 날 문득, 딱히 살아야 할 이유가 없는데도 살아가는 자신을 발견했고, 그러고 나자 사는 목적, 의미, 가치, 기타 등등 삶에 있어 꼭 필요할 성싶은 아무런 명분도 없다는 것을 덩달아 깨달아 버렸다. 그 증거로 그녀는 최근 몇 년 동안 삶의 명분이 되어 줄 만큼 기쁨도 슬픔도 분노도 느끼지 못했다는 것을 역시 동시다발적으로 깨달았다. 깨달음은 한순간, 그리고 한꺼번에 오는 것이다. 가끔 우울하다는 생각은 했다. 더 가끔 무엇에 대한 투덜거림인지도 모르면서 참 시시하다는 생각은 했다. 그러나 그뿐이었다. 우울하다는 생각은 기표화되지 않았다. 시시함 역시 삶에의 천착으로 나아가는 능동적 혹은 파괴적 힘으로 발전하지 않았다.[2]

---

2   구경미, 「초지일관 그녀는」, 『노는 인간』(문학동네, 2005), 35쪽.

문제는 구경미 소설의 인물들이 이미 오래전부터 '삶의 명분'을 잃었다는 사실이다. 치욕과 모욕, 궁핍과 게으름을 견디거나 극복하면서까지 삶을 지탱해야 할 이유가 없어졌다는 것이다. 그래 봤자 지금 여기의 내 삶에서 크게 바뀌지 않으리라는 자조(自嘲), 내가 지금 느끼는 슬픔이나 기쁨 혹은 분노조차 내 삶을, 관계를, 세계를 변화시키지 못한다면 무슨 소용이 있겠느냐는 자탄(自嘆), 그렇다고 해서 크게 절망할 것도 없다는 이상한 자부(自負). 그런 것들이 절충된 태도를 정리하면 '흥? 쳇!'쯤 되지 않을까? 자신이 처한 부조리한 상황에 대한 의구심과 강한 거부 의식(흥?)이 이내 세계의 변화 불가능성에 대한 체념(쳇!)에 눌리고 마는 이러한 '흥? 쳇!'이야말로 구경미 소설의 인물들이 세계와 부딪히면서 빚어내는 어떤 포즈인 것이다. 『라오라오가 좋아』의 주인공 '그' 또한 마찬가지다. 그러니 뜨거운 열정과 분노가 없는, 그렇다고 차가운 냉소를 뿜어내지도 못하는, 미지근한 온도의 인간이 무심코 뱉어 낸 "어디로 가지?"라는 질문에 대한 질문이야말로 '흥? 쳇!'으로 일관하는 구경미식 인물의 운명을 예측할 수 있는 한 방법이 되는지도 모른다. 나아가 구경미 소설의 체온을 재는 방법이 되는지도…….

2 어쩔 수 없이, 사랑

『라오라오가 좋아』의 문제적 질문이 등장하게 된 계기는 이렇다. 라오스에서 오랫동안 현장 소장으로 근무했던 '그'는 그곳에서 우연히 알게 된 아메이를 처남(사업 실패로 이미 만신창이가 된)에게 소개해 주는데, 그 둘은 만난 지 한 달 만에 급히 결혼한다. 그러나 한국에서의 결혼 생활이 기대와는 다르다는 사실 때문에 실망하던 아메이는 어느 날 부부 싸움 끝에 조그만 위로를 얻고자 '그'를 찾아가 함께 낮술을 마시고 급기야 여관에서 하룻밤을 보낸다. 그러나 첫날의 실수를 만회하고 각자의 집으로 돌아가기 위한 용기를 얻기 위해 다시 술을 마신 '그'와 아메이는 전날보다 더 빨리 취해 어떤 의지나 기억도 없이 다시 여관으로 간다. 이 '구제 불능, 자포자기, 수렁'의 상황에서 두 사람은 어쩔 수 없이 사랑의 도피행을 감행하게 된다. 그러니 "어디로 가지?"라는 '그'의 질문은 사회적 제도와 질서를 교란하다가 결국 처절한 파국에 이르고야 말 열정적 사랑의 운명에 대한 비장한 예언은 결단코 되지 못한다. 그것은 다만 한순간의 잘못된 선택과 실수가 만들어 낸 원치 않는 상황에서 '어쩔 수 없이' 떠맡게 된 사랑의 대상에 대한 일말의 책임감에서 발설된 무의미하고 무책임한 발언에 불과한 것이다. 따라서 겉보기에 '그'의 사랑은 열정적인 것으로 느껴지지 않는다. 심지어 '그'는 아메이와의 관계를 후회하는 것처럼 보이기도 한다. "어디든 데려가 달라는 그녀(아메이)의 말 한마디에 그가 모든 것을 버렸듯, 아내의 전화 한 통에 그는 다시 소처럼 일만 하는 이전의 가장으로 돌아갔을지"(34쪽) 모른다는 '그'의 고백은 분명 한순간의 실수에 대한 통렬한 후회의 변(辯)으로 보기에 손색이 없기도 하다.

그러나 사랑의 도피를 자포자기와 자기 힐난의 '어쩔 수 없는' 결과로 보는 '그'의 주장과는 무관하게, 『라오라오가 좋아』의 서사는 열정적 사랑(흔히 불륜이라고 부르는)에 공통적인 어떤 특징을 드러낸다. 예를 들면 "틀에 박힌 일상생활과 구별될 뿐만 아니라 실제로 그것과 갈등하기도 하는 어떤 급박함"[3]과 같은 것이 그것이다. 실제로 '그'는 아메이와의 사랑의 도주로 인해 자신의 가정 내적 정체성(아버지와 남편, 형부와 매형)은 물론 사회적 지위(건실한 직장인)조차 포기한 채 처남에게 쫓기는 급박한 상황에 처하게 된다. 그리고 그러한 급박한 서사 전개 끝에 '그'는 이전의 모든 안정적 자리와 지위를 잃고 노숙자로 전락하고야 만다. 자신보다 스무

---

3   앤서니 기든스, 배은경·황정미 옮김, 『현대사회의 성·사랑·에로티시즘』(새물결, 1996), 82쪽.

살 가까이 어린, 이국적 매력을 지닌 여성과의 근친적 관계(처남의 아내를 탐했다는 점에서) 때문에 참담한 파국을 맞이하는 '그'의 서사는 분명 외형상, 시종일관 '급박함'으로 특징지어지는 불륜 서사의 스토리 라인을 충실히 따라가고 있는 것처럼 보인다.

문제는 소설이 이렇게 불륜 서사의 형식에 충실하면서도 독자에게 멜로드라마적 환상은 조금도 허용하지 않는다는 것이다. 다시 말해서 불륜담과 추격담의 외피를 두르고 있으면서도 이 소설은 어떤 정념이나 긴장감도 독자에게 불러일으키지 않는다. 물론 그렇다고 해서 우리의 삶이 불륜이라는 판타지조차 용납하지 못할 정도로 하찮고 저열한 것에 불과하다는 부정성의 자의식을 풍자와 해학을 빌려 극단적으로 밀어붙이지도 않는다. 다만 소설은 불륜 서사의 형식적 요건들을 충실히 따라가면서 불륜 서사 자체를 무효화할 뿐이다. 겉보기에는 일단, 그렇다. 그 이유는 언뜻 분명한 것처럼 보인다. 앞서 잠시 언급한 것처럼, '그'와 아메이의 사랑의 도피행은 우연히 벌어진 상황에서 선택할 수밖에 없었던 '어쩔 수 없는' 것이었기 때문이다.

소설에서 그러한 선택의 순간은 "운명에 맞서지 않기로 했다."(29쪽)는 '그'의 진술로 요약된다. 맥락상 이 문장은 '아메이와의 사랑을 운명으로 알고 받아들이겠다.' 정도로 해석될 수 있다. 그런데 뒤이어 "맞서지 않는 것, 받아들이는 것, 그것은 또한 그가 가장 잘하는 일이기도 했다."(같은 곳)는 진술이 더해지면서 아메이와의 사랑이라는 '운명'은, 자신에게 주어진 상황을 체념적으로 수용하는 소극적 태도라는 의미로, 우리의 짐작과는 다르게 변질된다. 소설에서 '그'가 주장하는 이러한 소극적 운명론은 분명 불륜 서사에서 흔히 기대할 법한 거창한 운명론, 예컨대 '모든 사회적 의무와 질서를 뛰어넘는 운명적 사랑'이라는 테제와는 거리가 멀다. 그뿐 아니라 오히려 이 소심한 운명론은 거창한 운명론을 교묘하게 비틀면서 배반함으로써, '운명적 사랑'을 자포자기와 자기 힐난의 한 방식으로 만들어 버리고 만다. 그러나 정말 아메이에 대한 '운명적 사랑'은 그저 한순간의 위기를 모면하기 위해 선택한 '어쩔 수 없는' 것에 불과한 것일까? 그런데 왜 '그'는 "운명에 맞서지 않기로"(29쪽) 결심한 순간, '어쩔 수 없이' 운명에 맞서게 되는가?

『라오라오가 좋아』에서 이러한 의구심은 또 다른 서술자 '나'(처제)에 의해 다음과 같은 질문으로 정리된다. "아메이와 형부는 바람일까, 사랑일까. 몰래 만나는 것도 아니고 아예 도망을 가 버린 그들은 바람을 피우는 것일까, 사랑의 도피를 한 것일까."(119쪽) '바람'이라는 통상적 절차를 거치지 않고 곧바로 '사랑의 도피'로 비약한 이들의 행보가 문제적인 것은 표면상, 이들이 그렇게까지 간절하고 애절하게 사랑하지 않는(것처럼 보인)다는 점이다. 그러니 처제인 '나'의 질문은 다음과 같이 다시 물어져야 한다. 그들은 정말 사랑했을까?

3   사랑보다 낯선, 돈

이 질문에 대한 답을 구하기 위해서는 우선 '그'와 아메이와의 첫 만남으로 거슬러 올라가야 한다. 이를 위해 소설에서는 아메이 아버지의 죽음이라는 사건을 깔아 놓는다. 사건은 이렇다. '그'가 소장으로 근무하는 라오스 건설 현장의 인부였던 아메이 아버지는 월급날 갑자가 들이닥친 강도떼에 의해 어이없이 죽게 되고, 유족을 찾는 과정에서 '그'는 아메이와 아메이의 어머니를 만나게 된다. 그리고 바로 그때부터 그저 구름다리 위에서 담배를 피우면서 바라보던 라오스의 한 풍경은 이제 그의 삶 속으로 걸어 들어오게 된다. 그러한 변화의 시작은 아메이 아버지의 유골을 들고 아메이의 집에 찾아갔을 때, 아메이가 내준 '라오라오'라는 라오스 독주를 마시는 바로 그 순간부터다.

여인이 술을 따르고는 그를 빤히 쳐다보았다. 어쩔 수 없이 이번에도 그가 잔을 비웠다. 세 잔째 마시자 뜨거움은 점차 따뜻함으로 변해 갔고 그는 그 온기가 싫지 않았다. 몸 바깥의 온도보다 몸 안의 온도가 올라가면서 어쩐지 자신이 보호받고 있다는 느낌을 받았다. 그가 잔을 내려놓자 여인이 다시 술을 따랐고 이번에 그는 망설임 없이 잔을 비웠다. 분위기 때문인지 술을 마시는 행위가 마치 의식을 치르는 듯해서 그는 경건함마저 느꼈다. 이전의 그는 인부들이 왜 저녁마다 시원한 맥주를 두고 독한 라오라오를 마시는지 이해하지 못했지만 이제는 이해할 수 있을 것 같았다. 한마디로 화끈한 술이었다. 군더더기가 없었다. 강한 자만이 마실 수 있는 술이었다. 마시면 강해지는 술이었다. 넉 잔만으로도 온몸에 활기를 주고 배 속에 용기를 심어 주었다.(80~81쪽)

처음에 '그'는 "이렇게 더운 날에, 이렇게 더운 곳에서, 이렇게 독한 술을……."(79쪽)이라고 생각하며 라오라오에 거부감을 드러낸다. 그러나 망자와 유족에 대한 예의 때문에 '어쩔 수 없이' 독주인 라오라오를 한 잔, 두 잔 마시면서 '그'는 낯선 체온의 변화를 서서히 느끼고 급기야 그러한 온도의 변화로 인해 "자신이 보호받고 있다는 느낌"(80쪽)마저 받는다. 지독하게 더운 날에 지독하게 독한 술 마시기. 이 이열치열의 포즈야말로 한평생을 '구름다리 위'에서 미적지근하게 살아온 한 존재의 삶의 온도가 변화하는 '운명적 전환'을 상징적으로 보여 주는 것은 아닐는지. 그래서 안주도 없이 라오라오를 연거푸 마시는 위의 장면이 경건하고 엄숙한 제의의 한 장면처럼 보이는 것 또한 그런 이유 때문은 아닐는지. 그리하여 바로 그 순간 아메이를 향한 '그'의 체온 또한 상승하기 시작하면서, '그'는 라오스와 라오라오, 그리고 아메이에 대한 이상한 애착을 갖게 된다.

이렇듯 첫 만남의 정황으로 미루어 짐작하건대, '그'는 아메이를 사랑했다고 추측해 볼 수 있다. 비록 사랑의 도피 과정 내내 아메이에 대한

'그'의 사랑의 감정이 구체적으로 표현되거나 언급된 적은 없지만, 분명한 것은 아메이와의 만남이 '그'의 삶 전체를 송두리째 변화시켰으며, 그러한 급격한 삶의 변화를 '그'는 아무런 거부감 없이, 운명적인 것으로 받아들이고 있다는 점이다. 그러니 다시 한번 강조하거니와 '그'는 아메이를 사랑했다. 그리고 여전히 사랑한다. 이는 아메이가 사라진 다음 "그녀가 얼마나 소중한 사람인지"(216쪽) 알게 되었다는 '그'의 눈물 어린 독백에서도 알 수 있다. 그렇다면 아메이는 어떤가? 그녀도 '그'를 사랑할(했을)까?

소설이 끝날 때까지 우리는 이에 대해 어떤 명쾌한 대답도 얻지 못한다. 다만 확실한 사실은 아메이가 '그'의 호의를 한 번도 거절한 적이 없다는 것이다. '그'는 언제나 호의를 베푸는 자이고 그녀는 그 호의를 받는 자이다. 그리하여 '그'는 라오스에서는 아메이의 한국어 학원비와 방세를 지불해 주었으며 한국에서는 아메이의 결혼을 주선해 주었다. 아무런 대가도 없이 말이다. 물론 두 사람이 사랑의 도피라는 미명하에 도망 다닐 때조차 모든 비용을 지불한 사람은 당연히 '그'다. 그럼에도 "그녀는 당당했고 그는 당당하지 못했다."(11쪽) 그녀가 받으면서 투덜대는 사람이라면, '그'는 주면서도 욕먹는 사람이다.

"그래! 가지 말자! 싫으면 안 가는 거지! 안 가면 되잖아!"
"그래요. 싫어요. 됐어요?"
"너…… 후회하니?"
"뭘요?"
"나랑 함께 있는 거."
그렇게 물어 놓고 그는 금방 후회했다. 그녀가 아니라고 대답하길 기다렸으나 끝내 돌아오는 대답은 없었다. 그녀는 뭔가에 단단히 삐쳐 있으면서도 아닌 척했고 그러면서도 삐친 감정을 엉뚱한 곳에다 고스란히 드러내고 있었다. 그는 이유도 알지 못한 채 하루 종일 그녀의 삐친 감정과 사투를 벌이는 중이었다.(32~33쪽)

언제나 이런 식이다. 분명 "먼저 시작한 것은 그녀였"지만, 매번 아메이의 눈치를 살피고 그녀의 투덜거림과 짜증을 계속 받아 주면서 어찌 됐든 그들의 도피성 여행을 지속하려고 노력하는 사람은 '그'다. 소설 초반부터 아메이는 '뚱하거나' '뾰로통한 얼굴로' '그'가 묻는 말에도 잘 대답하지 않는데, 이런 상황은 소설 끝까지 반복된다. 위의 예문에서처럼 그녀는 "뭔가에 단단히 삐쳐 있으면서도 아닌 척했고 그러면서도 삐친 감정을 엉뚱한 곳에"(32쪽)서 엉뚱한 방식으로 풀어놓는다. 언뜻 그녀는 알 수 없는 사람처럼 보인다.

그러나 그녀의 일련의 행적을 따라가 보면 그녀의 불만이 어떤 결핍에서 비롯되었다는 것을 알 수 있게 된다. 그녀의 욕망의 대상은 의외로 물질적이고 속물적인데, 그것은 바로 서울, 집, 자동차 등으로 상징되는 세련된 자본주의적 삶이다. 따라서 '그'를 대하는 아메이의 기대와 불만이 뒤섞인 듯한 혼란스러운 태도는 일차적으로 '그'가 그녀의 기대만큼 "여유 있는 후원자"(244쪽)가 아닐지도 모른다는 불안감에서 기인한다. 왜냐하면 라오스 건설 현장의 최고 책임자였던 '그'는 한국에서는 "상사의 눈치를 봐야 하는 월급쟁이에 불과"(12쪽)하기 때문이다. 따라서 아메이에 대한 '그'의 경제적 지원 또한 "라오스에서는 가능했지만 한국에서는 가능하지 않"(132쪽)다. 라오스와 한국 사이의 이러한 물질적 격차로 인해 더 이상 '그'의 경제적 후원을 받을 수 없게 된 아메이가 막다른 길에서 선택한 것은 바로 '그'의 대리인으로서의 처남과의 결혼이다. 그러나 아메이는 자신의 남편이 서울의 변두리, 안산에서 차도 없이 사는 알콜중독자라는 사실에 실망한다. 물론 그러한 삶은 그녀가 소장님인 '그'를 통해 상상하고 짐작했던 한국에서의 삶과는 전혀 다른 것이다. 그러니 그녀가 최초의 경제적 후원자인 '그'에게로 돌아간 것은 당연한 일일지도 모른다.

그러나 문제는 앞서 지적한 것처럼, '그'가 한국에서는 아메이가 원하는 '코트'와 '구두', 그리고 '서울에서의 삶'을 가능케 하는 든든한 후원자가 결코 될 수 없다는 점이다. 게다가 자신의 모든 삶을 담보로 한 사랑의 도피로 인해 이미 '그'의 경제력은 처남보다도 못한 지경에 이른다. 이제 '그'는 "집도 없고 자동차도 없고 신용카드 하나 없는" "마흔여섯의 너절한 중년 남자"(244쪽)가 되고 만 것이다. 그러니 아메이가 더 이상 여행이 아닌 고생이 되어 버린 사랑의 도피 끝에 다시 남편에게 돌아간 것은 당연한 일이다. 게다가 다시 도망가자는 '그'에게 다음과 같은 야박한 말을 덧붙이는 것도 잊지 않는다. "안 가요. 소장님은 변했어요. 거짓말만 해요. 멋진 집도 사 주고 차도 사 준다고 해 놓고선 도망만 다녀요."(249쪽)

그녀에게 정작 중요한 것은 사랑이 아니다. 그녀의 사랑의 도피를 가능케 한 동력은 '그'가 줄 수 있을 것으로 기대했던 '멋진 집'과 '차'였던 것이다. 물론 그것은 끝내 그녀에게는 불가능한 소망에 불과한 것이 되고 말지만, 어쨌든 그녀는 이러저러한 시행착오 끝에 라오스에서 한국으로의 이주에 그럭저럭 성공한다. 그러나 '그'는?

4   한국의 '폐품', 라오스의 '어부'

다시 한번 말하거니와 '그'는 자신의 안정된 삶 전체를 담보로 사랑의 도피를 할 만큼 그렇게 뜨겁고 열렬한 인간이 아니다. '그'는 오히려 미지근하고 우유부단하다. 그런데 '그'는 어째서 안전한 라오스에서 시도조차 하지 않던 '짓'을 위험한 한국에서는 한 걸까? 왜 아메이에 대한 '그'의 사랑은 그렇게 뒤늦게, '어쩔 수 없이'의 외양을 두르고 시도되어야만 한 걸까?

"술 마시고 싶어요. 맥주 한잔만 해요. 예전처럼."

사실은 그녀를 보는 순간부터 그도 술을 마시고 싶기는 했다. 밝은 대낮, 거리의 의자에 앉아 있는 그녀를 보자 문득 라오스에서의 생활이 떠올랐고, 맥주를 마신 뒤에는 의자에 앉은 채 느긋하게 낮잠을 즐기던 생각이 났다.(16쪽)

라오스에서 그녀와 함께 밥을 먹고, 영화를 보고, 메콩강 유람을 하고, 동굴 탐험을 하고, 사원에 가고, 별것 아닌 일에도 즐겁다고 웃고, 그러다가도 또 금방 사소한 일로 싸우던 때가 그는 사무치도록 그리웠다. 그녀와의 추억을 떠올리던 그는 결국 참지 못하고 엉엉 소리 내어 울었다.(216~217쪽)

위의 두 예문은 각각 아메이와 '그'의 사랑의 도피가 시작되는 순간과 끝나는 순간의 서술이다. 그런데 흥미롭게도 그때마다 '그'는 라오스를 떠올린다. '그'는 "그녀를 보자 바로 라오스를 떠올"렸기 때문에 아메이의 제안을 거절하지 못했으며, 그녀가 떠난 뒤에는 "라오스에서 그녀와 함께" 웃고 싸우던 때가 떠올라 그녀에 대한 그리움에 사무친다. '그'에게 아메이는 언제나 라오스다. 아메이의 집에서 뜨거운 라오라오를 마시고 몸 바깥의 온도보다 몸 안의 온도를 올려 무더위의 즐거움을 느끼기 시작한 순간부터, 아메이는 '그'에게 라오스적 삶을 일시적이나마 가능케 하는 존재였던 것이다. 이때 라오스적 삶이란 거창한 어떤 것이 아니다. 그것은 다만 맥주 마시고 낮잠 자기, 밥 먹고 영화 보기, 혹은 메콩강 유람하기 등과 같이 별것 아닌, 사소한 일상을 즐기는 삶이다. 그런 점에서 아메이를 향한 '그'의 사랑이란 라오스적 삶에 대한 소망의 또 다른 표현이라고 할 수도 있다. '그'와 아메이의 사랑의 도피를 단순히 열정적 사랑의 코드로만 이해해서는 안 되는 이유가 바로 여기에 있다. 특히 여행을 하면 할수록 점점 가난해지는 현실은 그들의 사랑을 (불)가능하게 한 그들의 사회,

경제적 조건을 짐작할 수 있게 한다.

처음에 부산 해운대와 일본 온천에서 화려하게 시작된 여행은 '그'의 신용카드가 정지된 순간부터 급격하게 빈곤해진다. 급기야 그들은 12인승 중고 승합차에서 먹고 자는, 거의 노숙자에 가까운 상태로 전락하고야 만다. 그리고 그렇게 도시에서 시골로, 호텔에서 노숙으로 옮겨 가는 과정에서 '그'와 아메이의 사랑은 점점 불가능하거나 어긋난 것이 된다. 그러나 이러한 사랑의 불가능성은 이미 어느 정도 예상되었던 바다. 왜냐하면 '그'가 한국인이면서도 한국에서 스스로를 '혼자'이고 '이방인'이라고 느끼는 반면, 아메이는 라오스인이면서도 한국에 정착하고 싶어 하기 때문이다. 결국 아메이는 만족스럽지는 않더라도 한국에서의 삶을 선택하고 '그'는 한국에서의 삶을 완전히 포기한 채 빈털터리가 되어 라오스로 간다. 그렇게 두 사람의 자리는 뒤바뀐다.

문제는 그러한 교체가 아메이보다는 '그'에게 더 비참한 결과를 야기한다는 점이다. 물론 아메이도 그 결과에 완전히 만족하지는 않는다. 그녀가 바랐던 것은 "서울의 화려함"이지 안산의 초라한 삶은 아닌 것이다. 그러나 시부모의 제사를 준비하는 아메이의 모습에서 우리는 그녀가 결국 한국적 관습과 질서에 동화될 것이라는 사실을 어렵지 않게 추측할 수 있다. 문제는 '그'다. 도식적으로 생각해 보면, '그'는 아메이와 마찬가지로 라오스적 관습과 질서에 동화되어 자신이 바랐던 라오스적 삶에서 만족감을 얻어야 할 것이다. 그러나 과연 라오스 건설 현장의 최고 책임자도 아닌 '그'가, 그렇다고 진짜 라오스인도 아닌 '그'가 라오스에 동화될 수 있을까? 라오스로 돌아가면 '그'는 정말 행복할까? 그런데 '어쩔 수 없는' 사랑 때문에 시작된 이 교체와 교환이 유독 '그'에게 더 가혹하고 비참한 것처럼 느껴지는 것은 왜일까?

아메이와의 사랑을 위해 자신의 사회 경제적 지위를 반납한 '그'는 결국 아메이에게 버림받는다. 물론 아메이와의 사랑 때문에 가족에게도 버림받는다. 그렇게 '그'는 자기 삶의 기반을 상실한 채 한국에서 완전히 추방된다. 그런데 그렇게 추방되기 전에 이미 '그'는 낯선 타자적 존재였던 바, 아메이와의 불륜이 '그'의 추방의 전적인 이유가 될 수 없는 것은 그 때문이다.

하지만 아이들은 자라면서 무섭게 똑똑해지고 무섭게 독립적으로 변해 갔다. 가끔씩 보는 그를, 까맣게 탄 그를, 열대지방의 옷을 입고 집 안에서 돌아다니는 그를 또한 무섭게 낯설어했다. 사실은 그 역시 아이들이 낯설었다. 아이들의 문화를 이해하지 못했고, 아이들이 하는 말을 잘 알아듣지 못했고, 아이들의 사고방식을 따라가지 못했다. 아이들이 그를, 자신들을 낳아 준 아버지가 아니라 후진국의 노동자처럼 대했다면, 그 역시도 가끔은 아이들을 잘사는 남의 집 아들딸처럼 대할 때가 있었다.(189쪽)

라오스에서의 오랜 노동으로 '그'는 "후진국의 노동자"가 된다. 그것은 일차적으로는 외모의 변화를 의미하지만, 좀 더 근본적으로는 모국과 혈연을 낯설어하는 '그'의 이방인 의식과 관련된다. 자기 자식을 "잘사는 남의 집 아들딸처럼" 낯설어하는 '그'의 이질적 시선은, 바로 개발 국가 사람들의 냉혹한 계산법을 이해하지 못하는 저개발 국가 사람들의 두려움에 가득 찬 태도를 연상시킨다. '그'가 라오스에서 돌아온 뒤에 단 한 명의 친한 동료도, 그를 따르는 부하 직원도, 그를 챙기는 상사도 만나지 못한 것도 따지고 보면 이러한 이방인적 자의식과 무관하지 않을 것이다. 이러한 태도가 자발적이건 비자발적이건 간에 분명한 것은 그 때문에 '그'가 가정에서도 사회에서도 소속감을 상실한 채 점점 한국 사회에 동화되기 어려운 낯선 존재가 되고 말았다는 사실이다. '그'가 빠진 가족사진은 이방인으로서의 '그'의 지위를 상징적으로 보여 준다. 자신과 마찬가지로 낯선 이방인인 아메이와의 재회가 반가운 것은 그 때문이다. '그'는 이제 더 이상 혼자 외롭지 않아도 되는 것이다. 그러나 아메이가 한국적 삶에 흡수되어 삼켜지자마자, '그'는 한국적 삶의 질서 바깥으로 내뱉어진다.

『라오라오가 좋아』에서 이러한 '그'의 추방은 양가적인 의미를 갖는다. 그것은 한편으로는 낡고 더러운 12인승 승합차의 폐차와 같은, 즉 무용지물한 존재의 폐품 처리와 같은 것으로 해석된다. 그런 점에서 소설의 마지막 문장이 "그런 다음 폐차장에 전화를 걸었다."(260쪽)인 것은 의미심장한데, 왜냐하면 이 '폐차장'은 "어디로 갈까"라는 '그'의 첫 질문에 대한 이 소설의 대답처럼 느껴지기 때문이다. 그러나 다른 한편으로 '그'의 추방은 자발적 궤도 이탈로 해석될 수도 있다. "멋져 보여서. 메콩강에서 물고기를 잡을 거야. 큰 욕심만 버린다면 뭐 그럭저럭 살아갈 수는 있을 것 같아. 그 나라가 원래 많은 걸 필요로 하지 않거든. 한국과 달리."(258쪽) 라오스에서 어부로 사는 삶이란 '그'가 그토록 바라 마지않던 '라오스적 삶'에 다름아닌 것이다. 그렇다면 '그'는 한국에서의 모든 사회 경제적 지위를 박탈당하고 나서야 비로소 자신이 원하던 단 하나의 삶을 얻었다고 볼 수도 있다. 한국의 '폐품'과 라오스의 '어부'는 그렇게 탄생한다.

그렇다면 폐품과 어부 중 무엇이 먼저일까? 다시 말해서 '그'는 어부가 되고 싶어 일부러 폐품이 된 것일까, 아니면 폐품이 되어 어쩔 수 없이 어부가 된 것일까? 그런데 어부와 폐품은 다른 말일까? 작가는 '어부'라고 쓰고 '폐품'이라고 읽는 것은 아닐까? 혹은 그 반대일지도……. 그러나 라오스의 어부건, 한국의 폐품이건 자본주의적 질서 바깥의 삶이라는 점에서는 다르지 않다. 『라오라오가 좋아』가 찾은 우리 삶의 진실이란 그런 것이다. 그것은 바로 폐품의 현실과 어부의 환상이 다르지 않다는 것에 대한 자각이다. 다시 말해 어부에 대한 환상은 폐품과도 같은 비참한 현실을 합리화하는 망상의 기제일지도 모른다는 것, 그러나 동시에 어부되기는 폐품의 현실을 견디고 넘어서는 유일하게 가능한 방식일지도 모른다는 것이다.

이렇듯 어부와 폐품을 중층적으로 포개 놓고, 희극과 비극, 망상과 현실을 겹쳐 놓는 구경미식 감각이 흥미로운 것은, 그러한 독법이 우리가 당면한 복잡하고 모순적인 상황을 가장 근사(近似)하게 보여 주는 소설적 방법론으로 활용되고 있기 때문이다. 구경미 소설이 덥지도 차갑지도 않은 적당히 미지근한 온도를 유지하는 것도 이와 무관하지 않다. 그러니 당분간 구경미 소설의 미지근한 온도를 즐겨 보시길……

몰락이 우리를 구원할지니

최윤의 『오릭맨스티』

　　최윤의 『오릭맨스티』(자음과모음, 2011)는 차갑고 엄격한 목소리로 시
작해서 따뜻하고 관대한 응시로 끝나는 소설이다. 총 17장으로 구성된 소
설은 크게 두 부분으로 나뉜다. 전반부(1~14장)가 세속 도시의 주류적 삶
을 좇아 유행가 가사처럼 평범하게 살아가는 젊은 남자와 여자가 어떻게
그러한 욕망의 노예가 되어 존재의 망실 상태에 이르게 되었는지를 전지
적 작가 시점으로 서술하고 있다면, 후반부(15~17장)는 그들의 죽음 이
후 남겨진 존재가 어떻게 그들의 몰락을 애도함으로써 구원의 가능성을
발견하는지를 '나'의 시점으로 서술한다.

　　소설의 대부분은 자기 삶에 대한 반성이나 성찰 없이 세속적 욕망이
이끄는 대로 관성적으로, 무자각적으로 살아가는 젊은 남자와 여자의 이
야기로 채워져 있다. 소설에서 이들은 '평범한' 사고방식을 가지고 '평균'
라이프 스타일을 추구하는 갑남을녀로, 고유성과 개별성을 상실한 그냥
'남자'와 '여자'로 명명된다. 보편적이면서 익명적인 이 호칭은 우리 자신
을 포함해서 주변에서 흔히 볼 수 있는 보통 사람들을 연상시킨다. 그 때
문일까? 소설 속에서 적당히 거짓말하고 적당히 묵인하고 적당히 체념하
다가 급기야 적당히 망각하는 '남자'와 '여자'의 삶은 우리에게 그렇게 낯

설지 않다. 그러니 가슴에 손을 올려놓고 솔직하게 얘기해보자. 우리는 소설 속 '남자'와 '여자'가 아니라고 단언할 수 있는가? 설령 그들이 저지른 일상화된 거짓말, 낙태, 혼외정사, '손장난' 정도의 횡령 같은 일을 저지르지 않았다고 해서, 과연 우리가 그 '남자'와 '여자'가 아니라고 말할 수 있는가? 그런 맥락에서 볼 때 이들이 지은 죄는 어쩌면 우리 모두가 저지를 수도 있는, 그러나 단죄하기는 어려운 사소한 잘못이나 실수에 불과할지도 모른다. 실제로 소설에서 그들이 저지른 잘못이 범죄행위라고 하기는 어렵다. 그럼에도 불구하고 『오릭맨스티』의 전지적 서술자는 그들의 잘못을 "적발되지 않은 살인" 혹은 "발각되지 않은 죄로 단언한다. 그리고 추문과 오명을 뒤집어쓴 그들의 죽음을 당연한 죄의 대가인 것처럼 해석하는 듯하다. 이 때문에 이 소설에서 은연중에 작동되는 이러한 인과응보의 논리는 그들의 사소한 잘못과 실수를 지나치게 가혹하게 다스리는 것처럼 보인다. 정말 그럴까?

그러나 소설에서 그들이 저지른 진짜 죄는 따로 있었으니, 그것은 바로 겸손을 가장한 무지다. 겸손의 사전적 의미는 "남을 존중하고 자기를 내세우지 않는 태도"지만 소설 속 '남자'와 '여자'에게 겸손은 모르는 것을 모른다고 쉽게 수긍하고 모르는 것을 굳이 알려고 하지 않는, 상식적이고 평범하다고 간주되는 삶의 질서에 순응하는 태도에 불과하다. 남자는 간혹 "자신만이 홀로 있는 거울"을 들여다보면서 "모든 일이 틀어질 것 같은 불안 섞인 의심"에 사로잡히지만 그 의심을 파고들기보다는 의심에 대한 생각 자체를 차단한다. '남자'는 나르시시즘적이지만 자기성찰적이지는 않은 것이다. 그렇다면 여자는 어떤가. 여자는 대중 추수적이고 몰취향적인 자신의 삶이 '거머리' 같은 존재에게 휘둘리고 있다고 생각하지만 그 거머리를 제거하는 대신 그냥 내버려둠으로써 자신도 거머리가 되고 만다. 그렇게 그 거머리들은 "눈에 띄지 않게, 조용히, 여자의 삶 속에서 사건을 만든다". 그렇게 그들은 공허한 삶의 형식을 기계적으로 반복함으로써 자기가 무슨 일을 하고 있는지 전혀 자각하지 못하는 상태에 이르고 만다. 그 결과 "자잘하지만 치명적일 수도 있는 악행들"은 저질러지자마자 망각되어 더 이상 그들에게 아무런 죄책감이나 두려움을 불러일으키지 않는다. 죄는 그렇게 관성화되면서 평범해진다. 그것을 한나 아렌트의 말을 빌려 '악의 평범성'이라고 불러도 좋을 것이다.

이런 맥락에서 볼 때 '남자'와 '여자'의 끔찍한 죽음은 다소 극단적인 방식이기는 하지만, 사유하지 않고 성찰하지 않는 평범한 삶이 얼마나 위험하고 파괴적일 수 있는지를 암시한다. 그러나 그들에게도 구원은 있으니, 특히 '여자'는 죽음 직전에 텐트에 홀로 남겨진 아이를 떠올리고는 미친 듯이 아이의 이름을 부르며 간절히 기도한다. "아가 살려 주세요! 우리 아가만은 살려 주세요. 잘못했어요. 용서해 주세요, 제발 그 애를 살려 주세요!" '여자'는 과연 무엇을 잘못했으며, 어떤 용서를 바란 것일까? 결국 아이는 살아남는다. 따라서 소설 후반부의 '나'에 관한 에피소드 자체가 '여자'의 기도에 대한 응답의 성격을 띤다. 다시 말해서 '나'를 죽음의 위험에 몰아넣은 '여자' (엄마)는 마지막 순간에 간절한 기도로 '나'를 구원한다.

그뿐만이 아니다. 어렸을 때부터 원인을 알 수 없는 호흡 곤란 증세와 (블랙홀 여행이라고 부르는) 기면 증세에 시달리던 '나'는 어느 날 블랙홀 여행이 끝나갈 즈음에 "마치 누가 숨이 멈추어 있는 내 입안에 호흡을 넣어준 것처럼 그 열기를 내뱉으면서 천천히 깨어난다. 유사 죽음(호흡 정지)의 상황에서 '나'가 뱉어내는 생명의 호흡은, 사실은 엄마인 '여자'가 임신의 징후를 느낀 순간 무의식적으로, 마치 꿈인듯, 자기도 모르는 사이에 차올랐다가 뱉어낸 호흡과 같다. 그것이 바로 '오릭맨스티'다. 뜻으로 번역되지 않는, 말 이전의 말, 혹은 첫 호흡, 첫 숨결. 그리고 그 순간 '여자'와 '나'는 낙조가 빚어내는 "거대한 황혼의 원시적 풍경"을 환각처럼 목격한다. 그런데 소설에서 '여자'와 '나'가 생명의 첫 숨을 내뱉는 순간은 왜 동틀녘이 아니라 해 질 녘일까? 죽음과 파국의 순간 생명은 시작되는 것이 아닐까? 완전한 몰락의 순간이야말로 구원이 가능한 순간이 아닐까? 그때 생명은 주문(呪)과도 같은 첫 호흡을 시작한다. 오릭맨스티, 오릭맨스티, 오릭맨스티.

심진경

서강대학교 영어영문학과를 졸업하고, 같은 학교 국어국문학과에서 박사학위를 받았다. 저서 『여성, 문학을 가로지르다』, 『떠도는 목소리들』, 『여성과 문학의 탄생』이 있으며, 『근대성의 젠더』를 함께 번역했다. 서강대학교, 서울예술대학교 등에서 강의한다.

더러운 페미니즘

1판 1쇄 찍음	2023년 8월 11일
1판 1쇄 펴냄	2023년 8월 25일

지은이	심진경
발행인	박근섭, 박상준
펴낸곳	(주)민음사

출판등록	1966. 5.19. (제16-490호)
주소	서울특별시 강남구 도산대로1길 62(신사동) 강남출판문화센터 5층 (우편번호 06027)
대표전화	02-515-2000 팩시밀리	02-515-2007
홈페이지	WWW.MINUMSA.COM

ISBN   978-89-374-1243-1 04810   978-89-374-1220-2(세트)

* 잘못 만들어진 책은 구입처에서 교환해 드립니다.

* 이 도서는 2018년도 한국문화예술위원회 아르코문학창작기금지원사업에 선정되어 발간되었습니다.